작가 김영수

김유미 장편소설

2

작가 김영수

김유미 장편소설

2

민음사

차 례

다작 시대

"김 선생님, 참 용하십니다. 참 많이도 쓰십니다."

'나하나' 다방에서였다. '나하나' 신 마담이 문인극 때 어찌나 열성적으로 돌봐주었는지, 문인들뿐 아니라 예술인들의 단골이 되었다.

다방에 들어서면 아는 얼굴들이 한둘은 으레 있게 마련이고, 여기서도 서울에서와 마찬가지로 원고료를 타고 있는 사람이 차 값은 도맡아 치렀다.

황순원은 「골목 안 아이」, 「참외」와 같은 단편을 발표하고, 김동리는 해군에서 발행한 작품집에 「해병과 상륙」을 발표하고, 박영준은 ≪신천지≫에 「빨치산」을 연재하고 있고, 안수길은 ≪신사조≫ 잡지에 「나루터의 도주」를 발표했다. 김영수는 영남일보에 「풍조」, 동아일보에 「성웅 이순신」을 연재할 뿐 아니라 방송국에서도 원고료를 받기 때문에 주머니 사정이 가장 나은 편이었다.
"어머, 김 선생님."
여류 작가가 반갑게 알은체를 했다. 두리번거리는 영수를 보고, 창가에 앉아 청년 두 명에게 무엇인가를 열심히 말하고 있는 팔봉이 손을 들어 보였다. 아마 문학 청년들인 듯싶었다.
"거, 왜 문학을 하겠다는 건지 도통 모르겠어. 아, 돈이 생기나 밥이 생기나 그렇다고 명예가 생기나. 이 전시판에 궁상스러운 우리들 모습을 보고 뭐 느끼는 것도 없나."
언젠가 그가 했던 말이다.
"안녕하십니까."
여류 작가의 인사에 답례를 하며 그 앞을 지나려 하자, 그녀가 말을 걸었다.
"누구 만나러 오셨어요?"
"아, 네 그냥 방송국에 나왔다가 들렀습니다."
영수는 엉거주춤 선 채로 대꾸했다. 누구를 만나러 왔든, 일이 있어 들렀든, 자기와 하등의 관계없는 일을 무례하게 묻는 사람들이 의외로 많다.
"어머, 그럼 여기 앉으세요."
그녀가 앞자리를 가리켰다.
"저도 집 안에 틀어박혀 있자니, 하도 갑갑해서 커피 한 잔 마시려고 나온 참이거든요."
"아, 네."
영수는 엉겁결에 그녀 앞자리에 앉았다. 갑갑해서 다방에 차를 마시러 나온다? 참 팔자도 좋은 여자구나, 한가한 그녀의 생활이 부럽다는 생각이 잠시 머리를 스쳐갔다. 너도나도 그저 써대기에 정신이 없다. 원고료가 쥐꼬리만 하든 ≪전선문학≫처럼 아예 원고료가 없든, 그나마 쓸 곳이 있는 작가들은 다행이다. 그렇지 못한 작가들은 학원에도 나가고 또 부인이 시장 바닥에서 장사를 하기도 한다.

"선생님, 요즈음 참 많이도 쓰세요."

"네?"

칭찬인지 야유인지 '많이도 쓴다'는 말이 아리송했다. 문인극이 대성공한 것을 두고 그런 식으로 칭찬하는 모양이라고 영수는 생각하고 싶었다. 어떤 사람들은 본심은 그렇지 않건만 표현을 잘 못해 그만 야유 비슷하게 될 때가 있다. '참 많이도 쓴다'는 말에 묻어나오는 야릇한 여운이 썩 듣기 좋은 건 아니었지만, 영수는 가능한 한 좋게 해석하고 싶었다.

'누구든 나타날 텐데…… 아직 염상섭 선배도 부산에 돌아가지 않았으니까 필경 나타나겠지.'

서로 약속은 없어도 영수가 부산에 가면 으레 한자리에 어울리고 또 부산에 있는 문인들이 대구로 올라와도 마찬가지였다. 영수는 담배를 피워 물었다. 방금이라도 삐걱 소리를 내며 누군가 들어올 것 같았다. 오늘은 방송국에서 원고료를 탔으니 팔봉이 그렇게나 읊어대는 보신탕을 살 판이었다.

팔봉의 보신탕론은 유명하다. 6·25 때 미처 피하지 못한 그는 박종화, 김광주, 김동리처럼 일찌감치 깊숙이 지하로 잠복하지 못하고 설마 나를 어쩌랴, 하다가 잡히고 말았다. 그는 반동으로 몰려 인민 재판에서 사형 선고를 받고 온몸을 밧줄로 묶인 채 길가를 끌려다니다가 송장이 되어 버려졌다. 그런데 기적적으로 의식을 되찾아 살아난 것이다. 그는 그처럼 모진 고문에 견디고, 또 송장이 되어 버려졌다가 살아난 건 순전히 평소에 즐기던 '보신탕' 덕분이라 했다. 그는 그런 과거가 있기 때문에 그 누구보다 열성적으로 작가들의 종군을 지지했다.

"요즈음 활동하시는 분이 김영수 선생님밖에 안 계신 것 같아요."

"네?"

"김 선생님 혼자만 활동하시는 것 같다고요."

"아, 네. 쓸 수 있을 때 써야지요."

그녀는 무료한 듯, 깐죽깐죽 영수에게 계속 말을 걸었다.

문인극을 쓰기 전에 ≪자유문학≫에 「퇴폐(頹廢)의 장」을 발표하고, 영남일보에 장편 「풍조(風潮)」를 연재하고 문인극이 끝난 지금, 동아일보에 「성웅 이순신」을, 연합신문에 「여성회의」도 연재하고 있는 중이었다.

「퇴폐의 장」에서 영수는 '텐 달라'를 벌기 위해 매춘을 해야 하는 여성, 전쟁으로 인한 여성의 수난을 그렸다. 그리고 「여성회의」에서는 피난지에서 애욕과 물욕으로 갈등을 일으키는 다양한 인간들의 모습을 통해 전쟁기 현실의 세태를 묘사했다.

전쟁기 작가들의 작품 주제는 주로 애국심 및 공산주의에 대한 적개심을 고취시키고자 하는 공통성을 가지고 있다. 영수 역시 글 속에 공산주의자들의 비인간성을 고발하기도 하지만 이데올로기보다 인간을 중시하고자 하는 휴머니즘의 입장에서 글을 썼다. 식구들을 먹여 살려야 한다는 의무감이 글을 쓰는 첫번째 이유이기도 하지만, 창작열이 무섭게 달아오른 마흔 살, 젊은 피가 그를 한시도 가만 놔두지 않아 지면과 기회만 주워지면, 원고료가 없어도 썼다.

1952년 4월에 발간된 ≪전선문학≫은 원고료가 없지만 팔봉을 비롯해 김송, 박영준, 정비석, 김동리, 최인욱, 황순원, 장덕조, 이헌구, 조지훈, 박목월, 손소희, 장만영, 박두진, 조연현, 유주현 등등 거의 문인들 전원이 글을 실렸다.

영수는 글을 쓰다 문뜩 박영준의 말이 들려올 때면 잠시 펜을 놓고 하염없이 벽을 쳐다보며 담배를 태운다.

'싸우는 국군의 긴장된 마음을 가져보려 합니다. 예술이니 뭐니 하지만 현재의 예술가들은 자기의 생활을 합리화시켜 가면서 목숨을 연장시키는 데 급급할 뿐 아닙니까? 최소한도 예술은 남을 위해 봉사하는 정신 속에서 우러나와야 할 것입니다. 6·25 사변이 일어난 뒤 우리에겐 그것이 너무나 결여된 것 같습니다.'

그의 소설 「열풍」에 나오는 이 대목이 가끔 영수의 가슴을 짓눌렀다. 작품 속의 최충림 말은, 어쩌면 이 시대를 살아가고 있는 모든 문인들의 절규일지도 몰랐다.

아이들이 약해 빠졌다. 잘 먹이는 것 같은데 툭하면 병원 출입이다. 유미와 다미는 지난달에 교대로 입원까지 했었다. 병명은 폐렴. 그리고 폐렴의 원인이 영양실조라니 기가 막혔다. 학교에 다니기 시작하면서 아이들이 골골한다. 아마도 20분 이상 걸어야 하는 길이 포장 안 된 흙길 탓인지도 모른다.

아이들 건강이 더 중요하니, 그냥 동네 학교에 보내자고 했지만, 아내는 서울 애들이 함께 모여 공부하는 피난 국민학교에 보내야 한다며 멀리 보낸다. 그래야 서울로 돌아갔을 때 수준이 떨어지지 않는다는 게 그녀의 주장이다. 하기는 맞는 말이었다. 아직 한국은 서울과 지방 교육 수준이 한참 다른 실정인 게 사실이었다.

"아무렴, 포장 안 된 길이라고 애들이 폐렴에 걸렸겠어요? 다른 애들도 다 그 길로 다니는데. 영양실조래요. 의사 선생님이 그러셨어요. 영양실조라고."

"그 길에서 흙먼지를 다 뒤집어쓰니 그런 거 아닐까?"

"그럼 다른 집 애들도 다 폐렴에 걸리게?"

"애들마다 면역성이 다르잖아."

"아녜요. 의사 선생님이 영양실조가 원인이라 하셨어요."

의사 선생님 말이라면 팥으로 메주를 쑨다 해도 믿는 아내이기에 영수는 전학 시키자는 말을 할까 하다가 입을 다물었다. 금자는 영양실조라는 말에 당황해하며 그날로 사과를 궤짝으로 들여오고 양키 시장에 가서 치즈와 버터를 사왔다.

"고기를 먹여야지, 치즈와 버터보다."

못마땅하다는 듯, 다니러 와 계신 장모님이 영수가 하고 싶은 말을 먼저 하셨다.

"하지만 애들이 고기는 싫어하니 어떡해요. 치즈와 버터는 잘 먹으니까 그거라도 먹여야지."

"잘 먹고 안 먹고가 어디 있나? 세 끼만 굶겨봐라. 무엇이든 허겁지겁 먹을 테니. 아이들이 먹고 싶은 것만 주니까, 아이들이 편식하는 거야."

"어머니도 참, 그러지 않아도 영양실조에 걸린 아이들을 어떻게 굶겨요? 무엇이든 맛있다는 거, 먹여야죠."

"에그, 아 딴 집 애들은 보리밥에 열무김치만 썩썩 비벼 먹여도 살만 팅팅 찌더구먼. 왜들 그리 골골한지……"

'그게 다 네 탓이다. 네가 아이들한테 유별나게 구는 게 실은 잘못이라고. 아, 아이들이 어렸을 때부터 이거 안 먹겠다 하면 저거 먹이고, 저거 안 먹겠다 하면 이거 먹이고, 그래가면서 유난을 떨었으니, 아이들 입이 그렇게 까다로워졌지.'

그녀는 입을 꾹 다물고 속으로만 하고 싶은 말을 이었다. 언제부터인지, 딸에게 하고 싶은 말을 죄다 하지 못하고 눈치를 보는 어머니가 되어버리고 말았다. 아마도 남편이 떠난 후, 큰딸이 가장 노릇을 하고부터인가 보다. 집안 살림을 책임지고 꾸려가고 있으니 아무리 자식이지만 마음에 있는 말을 폭폭 다 할 수가 없었다.

큰딸 금자는 자기 자식들에게 참으로 유난스럽다. 이 세상에 자식한테 유별나지 않은 엄마가 별로 없겠지만, 금자는 지나치다 싶을 정도다.

나미와 유미를 젖 먹이러 다닐 때, 그러니까 금자가 학교에 나갈 때 이야기다. 젖 먹일 시간이 되어 아이들을 학교에 데리고 갈 때, 안고 다녀야 했다. 아이들 다리가 휘어진다고 절대 업지 못하게 했다. 내리 사랑이라고 지 어미 힘든 것보다 지 자식들 다리 휘어지는 게 더 걱정되는 모양이었다.

어쨌거나, 아이들이 영양실조라는 말에 영수도 눈앞이 노래지는 것 같았다.

'써야지. 열심히 써야지. 청탁이 계속 들어오는 한, 밤을 새워서라도 써야지. 신문이든, 방송국이든, 잡지든, 열심히 써야지.'

"김 선생님, 저는요. 일 년이 걸리든 십 년이 걸리든 쓰고 싶을 때만 씁니다. 청탁이 들어와도 씌어지지 않으면 전혀 쓰지 못해요. 그런데, 참, 김 선생님은 용하세요."

"아, 네."

영수는 '부럽습니다' 라는 말을 입 속으로 씹었다.

'일 년이 걸리든, 십 년이 걸리든 쓰고 싶을 때만 쓴다'는 것이야말로 모든 작가들의 꿈 아닌가. 그 누가 쓰고 싶지 않을 때 쓰고 싶겠는가. 쓰고 싶지 않을 때 머리를 쥐어짜 가며 써야 하는 고통을 즐겨서 할 작가가 이 세상에 어디 있겠는가.

저 여자는 장 시인이 당장 저녁거리가 없어 쌀을 꾸러 다니는 걸 아나 모르나. 지금 이곳에 김영수 말고 장 시인이 들어왔다면, 장 시인에게 그런 말을 했다면, 그 친구 심정이 어땠을까. 나야, 그야말로 나야, 운좋게 24시간이 모자랄 정도로 써대고 있으니 그나마 그녀의 그런 발언을 애교로 받아줄 수 있지만.

영수는 나중에 그날 느꼈던 생각을 원고지에 옮겨놓았다.

가끔 길에서나 다방에서 아는 친구들을 만나면 으레 첫 인사가 요새 참 여기 저기 많이 쓰데 그려, 이런 소리 아니면 자넨 참 빨리 쓰니까 이런 소리를 하기가 일쑤다.

나는 지금껏 친구들의 이 같은 소리에 아무런 항변을 하지 않았다.

많이 쓴다고 하거나, 빨리 쓴다고 하거나, 그것이 한낱 악의 없는 인사말이기 때문에 나는 그저 한 귀로 듣고 한 귀로 흘려 버렸던 것이다. 그러는 동안에 나는 과연 나도 잘 분간 못하는 사이에, 많이 쓰는 사람이 되었고, 또 빨리 쓰는 사람이 되었다.

그러나 결코 많이 쓰지도 못하고 또한 결코 빨리 쓰지도 못하는 나로서는 나의 이 불명예의 명예에 대해서 언제까지나 침묵을 지키고 있을 수는 없다.

지난달이다.

부산에 있는 모 영화 회사의 부탁을 받아 동래 온천에 들어가 시나리오 한 편을 쓰고 온 일이 있다. 온천에 묵은 것이 도합 7일인가 8일 동안이었다.

친구들은 놀래었다. 어떤 극단 친구는, 그렇게 단시일에 빨리 써 갈기는 작품이 작품다울 수가 있겠느냐고 비꼬기도 하였다. 이런 소리를 들었을 때에도 여전히 나는 여전히 청이불문(聽而不聞)하였다. 아무런 항변도 물론 하지 않았다.

왜? 그것은 내가 그 작품을 쓰기까지의 창작 과정을 극단 친구는 너무도 몰랐기 때문이었다.

한 편의 소설이나 희곡이나 시나리오를 쓰기 전에, 내가 어떠한 창작 과정을 밟아야 되는지, 그들은 알 리가 없었고 그러니까 이러한 모르는 친구들을 붙잡고 사실은 그 작품을 창작하기까지에는 이러이러한 남모르는 고심이 있었소, 하고 설명할 아무런 흥미도 나는 느낄 수 없었던 것이다.

이 때문에 나는 더 한층 많이 쓰고 빨리 쓰는 작가가 된 것은 말할 것도 없다.

일전에 나는 우연히 모 다방에서 여류작가 한 분을 만났다.

이분 역시 이런 투의 말을 했다. 그리고 자기는 일 년이 걸리든, 십 년이 걸리든, 작품이 쓰고 싶을 때에 가서야 작품을 쓴다는 말을 했다.

이때에도 나는 웃었다.

작품을 쓰고 싶을 때에 가서야, 조용한 서재를 깨끗이 치우고, 정결한 책상을 대하고 앉아 붓을 드는 이 여류작가의 생활 능력을 나는 한편 은근히 부러워하기도 했다.

그러나, 많이 쓰고 빨리 쓰니까 작품다운 작품이 안 나오고, 일 년에 한 편, 십 년에 한 편 쓰는 작품이 세기의 대작이 될 수 있다는 논리에는 나는 불행히도 아무런 논리성을 발견하지 못했다.

먼 곳은 몰라도 일본만 하더라도, 丹羽文雄(단우문웅), 石川達三(석천달삼), 橫光利一(횡광이일) 같은 작가들은 이미 40대에 10여 권의 작품집을 세상에 내어놓을 수 있었다.

나도, 또는 내가 우연히 만난 그 여류작가도 정녕 마흔은 넘었다.

우리들은 과연 몇 권의 책을 썼던가.

지금은 고인이 된 일본의 林芙美子(임부미자)도 말을 들으니 100여 권이나 저서가 있다고 한다.

이러고 보면, 한국의 작가는 아무래도 조로증에 걸린 것만 같다.

나는 이 조로증에 걸리지 않기 위해서도, 더 많이 쓰고 더 빨리 써야겠다.

많이 쓰고 빨리 쓰기로 이름난 나는 과연 그렇게 빨리 쓰고 많이 썼던가.

앞서 말한 동래온천에서 쓴 시나리오 하나를 예로 들기로 하자.

200자 원고지 120여 장을 과연 7,8일 동안에 탈고를 했다.

하루 평균 따지자면 400자 20장가량 쓴 셈이다. 결코 많지 않은 분량이며, 빠르게 쓴 것도 아니다.

그러나 나는 이 120여 장을 쓰기 위해서 근 40일을 고생했다.

더구나 이것이 원고지에 글을 쓰는 것만으로써 일이 끝나는 것이 아니고, 영화가 될 것이므로 나는 2중, 3중으로 '붓'에 대한 책임을 느꼈던 것이다.

6·25 전에 軍영화 「성벽을 뚫고」를 내어놓고 비로소 두번째 세상에 내어놓는 영화인 만큼, 영화인 전체의 책임도 책임이려니와 시나리오 작가인 나로서는 함부로 붓을 놀릴 수 없는 일이었다.

플롯을 설정하기는 용이했다. 거기 따라 스토리를 구성하는 것도 과히 힘드는 일은 아니었다. 그 다음이 문제였다.

스토리의 기복을 구성하는 것, 이것만으로도 며칠을 허비했는지 모른다.

물론 그동안 붓을 들 수가 없었다.

소설이라고 안 그런 것이 아니겠지만, 연극이나 영화는 특히 이야기의 전개에 뚜렷한 기복이 있어야 한다. 이 기복을 잘 삽입하고 못하는 데 있어서, 작품의 성패가 달려 있다고 해도 과언이 아니다.

영화인 경우에는 나는 붓을 들기 전에 될 수 있으면 많은 영화인을 만나기로 한다. 되도록이면 많은 우수한 영화인을 만나, 내 머릿속으로 구성하고 있는 이야기를 이야기한다. 그래서 영화인들의 건강한 의견을 가급적 많이 듣기로 한다.

그러기 위해서는 다방엘 가기도 하고, 술집 출입도 하게 된다.

이야기는, 친구들과 만나서 이야기하는 동안에 더 완벽해지고 진실성을 띠게 된다.

다음에는 인물을 설정하는 문제다.

다시 말하면 성격의 파악이다.

나는 인물 하나마다의 성격이 뚜렷하게 내 머릿속에 새겨지기 전까지는 붓을 못 든다.

가령 A라는 인물의 성격이 완전히 내 머릿속에 투영되어야 한다. 조금이라도 흐리멍덩하다면 원고지를 보기조차 싫다. 보기가 무섭다.

A, B, C, D 등, 작중에 나오는 인물들의 성격이 취미가 교양 정도가, 나와 가장 숙친한 친구와 같이 머리 속에서 약동되어야 한다.

그렇게 작중의 인물이 나하고 숙친하게 되면, 나는 혼자서 깊은 밤중이나 또는 거리를 걸으면서도 그들 작중의 인물하고는 곧잘 다이얼로그를 주고받는다. 그들 작중의 인물은 나와 숙친하게만 되면, 그들은 자유자재로 행동을 하게 된다. 그들의 행동은 내 눈앞에 뚜렷하게 나타난다.

그러면 나는 목적을 이룬 것이다.

나는 다만 붓과 원고용지를 마련해 가지고 그들을 따라가며 꾸준히 기록만 하면 되는 것이다.

이렇게 인물 하나하나와 감정을 교류하는 시간이 무한히 장구할 수도 있다. 또는 무한히 단축될 수도 있다.

경우에 따라서는, 나는 내가 쓰려는 작품의 인물을, 그 인물의 전형을, 거리에서 다방에서 찾기도 한다.

영남일보 연재소설, 「풍조(風潮)」에 등장하는 임정혜나 송 마담이나 백 박사는 모두 이렇게 거리에서 찾아낸 인물이다.

그래야만 붓을 든다. 동래에서 쓴 시나리오도 이러한 과정을 거쳤다.

네 번이나 붓을 가했다. 그러니까 결국 붓을 들어서부터 탈고하기까지는 7일인가 8일 동안이지만, 사실 이러한 창작 과정을 합산하자면 근 2개월이 걸린 셈이다.

이러한 나의 서재의 비밀을 꿈에도 모르는 극단 친구나 여류작가 씨에게 나는 무엇이라고 말해야 된단 말인가.

쓰기 시작하면, 낮과 밤이 나에게는 없다.

밥도 끼니에 찾아 먹지를 못한다. 이틀이고 사흘이고, 그냥 책상 앞에 앉아서 밤을 샌다. 달리는 붓을 잠시라도 쉬고서 잠을 자고 밥을 먹고 할 틈이 정말이지 없는 것이다.

나는 지금껏 시나리오를 열은 썼으리라.

「성벽을 뚫고」, 「북위 38도선」, 「삼래 강」, 「길」, 「누가 바보냐?」, 「풍랑」, 「별은 빛난다」 등등…… 이중에서도 시나리오의 대표적인 것을 내어놓으라면, 나는 이번에 쓴 「출격명령」을 서슴지 않고 내어놓으리라.

나는 지금 이 글도 아이들이 울고 떠들고 복작거리는 단칸방 구석에서 쓰고 있다. 빨리 빨리 더 빨리 써야겠는데 붓은 잘 나가지 않는다.

도스토예프스키도 밥을 굶어가며 빚에 쫄려가며 그래도 어떻게 해서든지 생명을 유지하기 위해서 찬바람이 이는 지붕 밑 방에서 손을 혹혹 불어가며 소설을 썼다고 한다.

나도 이들 위대한 작가들의 교훈을 받아 지금의 온갖 불리한 환경과 대우를 스스로 극복해 가며 앞으로 더 많이 더 빨리 써야만 하겠다.

10월 17일 대구에서

—「나의 창작 방법—펜을 들기까지」,
≪전선문학(戰線文學)≫ 제1권 제1호(창간호), 1952년

문단의 '이방인'

종전 후의 동경은 확실히 미국 문화의 축소판이다.

긴자(銀座)를 걸어도 신주쿠(新宿)를 나가 보아도 우리는 그 어디서나 일본 고유의 물질문명이나 정신문화를 찾아볼 수가 없다.

거리를 걸어가는 여성들의 복장이 그렇고, 화장이 그렇다.

상점에 진열해 놓은 상품이 그렇고, 영화관들이 그렇다.

지난번 우리 시인 김소운 씨가 이태리로 가는 도중 동경에 잠깐 들러 부산 거리에 범람하는 상품이 모두가 일본 것이다, 이렇게 말했다 하지만 동경에서 일본을 말한다면 역시 이와 비슷한 결론을 내릴 수밖에 없다.

바로 이번 여름 銀座 노상에서 목도한 진풍경 하나를 소개함으로써 이 말은 입증되리라 믿는다.

하루는 미국 여성 하나가 상체를 노출한 경쾌한 복장을 입고 거리를 걸은 일이 있다. 마치 해수욕복 같은 복장이었다.

아무리 국제 도시인 동경이요. 또는 세계의 유행이 직수입되어 횡행하는 銀座通(긴자 거리)이라 해도 이러한 노출증에 걸린 외국 여성의 해수욕복 같은 복장은 만인 주목의 적(的)이 아닐 수 없었다.

그러나 유행을 무조건 숭배하고 진기를 무조건 추종하는 동경 아가씨들은 곧 시간을 다투어 해수욕복을 입고 거리를 만보하기 시작했던 것이다.

또 이런 일도 있다.

할리우드의 영화배우 하나가 하네다(羽田) 비행장에 모자를 쓰고 내린 일이었다.

그러면 벌써 그 이튿날이면 긴자 노상에는 모자 쓴 아가씨들이 범람한다.

모방을 좋아하는 일본 민족의 성격이 현대같이 노골화한 적은 없을 것이다.

만약 이대로 몇 해만 더 일본 문화가 상승된다면 일본 고래의 '무사도'니 '야마토 정신'이니 하는 것은 그 흔적도 찾으려야 찾아볼 수 없으리라 믿는다.

아니 일본의 표면은 벌써 미국적으로 구라파적으로 가장(假裝)된 지 오래다.

—「假裝한 東京(東京通信)」, 제1信

일본의 출판계를 이야기하려고 이 소제목을 설정한 것은 아니다.

일본 출판계에 침투하고 있는 북한 공산 계열의 선무 공작을 잠시 여기서 언급하고자 한다.

이름도 잘 모를 '조선인' 시인이 일본어로 시집을 발행하고 있다.

한국인이 아니고 '조선인'이라고 서점에서 선전하고 있는 이유는 즉

이 시인이 공산 계열의 작가라는 무언의 공고다.

「압록강」이란 적색 시집이 공공연하게 발매되어 있고 「조선전선」이란 종군기행문이 도처의 서점을 장식하고 있다.

전3권의 '김일성 선집'이 속속 간행되고 있다.

더구나 놀란 것은 이들 서적이 모두가 호화로운 장정이고 유창한 일본어란 점이다.

공산주의의 조직적인 선전력을 나는 다시금 동경 한복판에서 느끼지 않을 수 없었다.

이러한 좌익 간행물이 어떠한 경로를 통해서 간행되었는지는 알 리도 없거니와 조사를 할 수도 없다.

나는 서점에 들러 그러한 적구(赤狗)의 서적들이 진열되어 있는 것을 볼 적마다 새삼스러이 고적감을 느낀다.

이러한 출판 행동은 결코 한 개인의 문학 활동으로는 가능할 수가 없는 것이다.

한 작가의 문단적인 지위나 능력으로만은 용이하지 않은 것이다.

나의 억측인지는 모르지만 이러한 국제적인 출판 활동은 반드시 정치적 배경이나 출처불명의 자금이 그 중추 역할을 하고 있다고 생각한다.

이렇게 생각해 볼 때 나는 다시금 한국의 대외적인 선무 활동 출판 활동을 재검토하지 않을 수 없다.

일본으로 구라파로 미국으로 우리들의 작가도 진출하지 못할 이유가 어디 있느냐 말이다. 작가의 단독적 힘으로 부족하면 우리도 정부의 절대한 힘을 빌릴 수 있지 않을까. 다시 말하면 정부는 현존한 작가를 최대한으로 이용하면 되지 않느냐 말이다.

이제 우리의 한국의 문단은 '大邱的'이어서는 안 된다. '釜山的'이어서는 안 된다.

시인이 소설가가 극작가가 대구에서 혹은 부산에서 '거리의 고아'가 되어 정신적 방황을 계속하고 있을 때, 공산당은 그들의 가장 과장된 언어로서 일본어로 독일어로 영어로 선무공작을 하고 있다는 것을 잊어서는 안 된다.

종군작가를 일선에 내보내는 것만으로서 작가가 부하하고 있는 역사적 사명을 발휘케 한다고 인식하고 있는 우리들의 지도자가 있다면 이것은 커다란 오해다.

좁다란 허리띠 같은 현해탄을 사이에 두고 있는 일본이 아직도 우리들을 '조선인'이라 호칭하고 '조선인'이면 모두 공산당이라고 오인하고 있는 성급한 일본인이 아직도 허다한 이유는 물론 일본인의 무지한 소치도 있겠지만, 한국의 국외선전이 너무도 침묵을 고수하고 있기 때문이 아닌가 한다.

일본인에게 중국인에게 불란서인에게 이태리인에게 우리 한국도 외칠 것을 외치자, 호소할 것을 호소하자.

「김일성 선집」이 한 권 일본인의 서가에 꽂히는 것을 우리는 무표정한 얼굴로 보고 있을 수는 없다. 왜냐하면 김일성이는 우리들의 부모와 형제의 생명을 도살한 원흉인 때문이다.

한국의 소설은 아무런 문학적 가치관도 없는 극히 통속적이며 비속한 연애소설만이라고 개탄하는 모 고고한 문화인을 대구에서 부산에서 가끔 만난 적이 있다.

이것은 사실일지도 모른다.

그러나 소설가도 먹어야 사는 것이다. 거리에 방출된 가난한 소설가에게 그 누가 어떠한 요구를 감히 할 수 있느냐 말이다.

이 글을 쓰고 있는 지금엔 벌써 「김일성 선집」 제2권 제3권이 출간되었는지 모른다.

그래도 한국은 여전히 침묵을 고수하고 있는 것이다.

침묵이 황금보다 중할지는 모르나 세상에는 황금보다 더 중한 다이아

몬드가 있다는 것을 알아야 한다.

한국의 다이아몬드는 언제까지나 땅속에 묻혀만 있을 것인가.

—「金日成 선집」, ≪전선문학≫ 제2호, 1952년

영수가 동경에서 처음으로 한국에 보낸 글이다. 동경의 모습을 보면 볼수록 우리 땅의 현실이 한심했다. 문학인들조차도 이 파, 저 파로 갈라져 아옹다옹하고 있다는 게 너무 안타까웠다. 우리 민족성이 이렇게 생겨 먹은 건가. 화합을 할 줄 모르는 성격이 우리의 특성인가 하는 좌절감이 가슴을 쳤다.

영수는 '대북 방송 드라마 작가 겸 연출가'로 동경에 본부를 두고 있는 유엔군 사령부 극동방송국(VUNC)에 파견되었다. 월급이 자그마치 미화로 425불. 미군 장교 월급에 숙소도 미군 장교 숙소였다.

피난살이 단칸방 윗목에서 밥상을 놓고 매일같이 손가락이 푹 파이도록 원고지 칸을 메워도 한 달 수입이 미화로 100불이 되지 못한 현실에, 425불이란 그야말로 횡재나 다름없는 어마어마한 액수였다.

"어떻게, 도대체, 어떻게 당신이 뽑혔지?"

처음 연락을 받았을 때 금자가 들뜬 목소리로 물었다.

"뽑혀?"

뽑혔다는 말에 영수가 한바탕 소리내어 웃었다.

"당신 말야. 방송국 합창단에 들어오는 애들 어떻게 뽑아?"

"그거야, 물론 노래 잘하는 애들을 뽑지."

"그러니까 노래 선생님이 애들을 뽑을 때 기준이나 유엔 방송국에서 작가를 뽑는 기준이나 같을 게 아니겠어?"

영수는 기분이 좋아 어린애처럼 큰 소리로 웃어댔다.

"아, 지금 이 대한민국에 나처럼 드라마 쓸 줄 알고, 연출도 할 줄 알고, 게다가 영어를 나만큼 하는 작가 어디 있어? 있으면 나와 보라 해!"

영수가 어깨를 으쓱하며 주먹을 장난스럽게 허공에 내둘렀다.

"하지만, 또 헤어져 살아야 한단 말예요?"

기쁨도 잠시, 또 헤어져야 한다는 사실 앞에 금자는 목소리마저 기어들어갔다. 포천 밤골에서 몇 달 지날 때도 얼마나 힘들었던가. 속이 상해도 어디 대고 하소연할 곳도 없고, 서러워도 기대고 울 어깨도 없고, 아이들은 제 엄마를 하늘처럼 믿고 의지하고 있으니 아이들 앞에서 마음 약한 모습은 보일 수 없고, 해서 정 마음이 울적하고 서러울 땐 아이들이 잠들고 난 밤에 밖으로 나와 밤하늘 달과 별을 올려다보면서 울곤 했었다. 하염없이 흘러내리는 눈물을 닦을 생각도 안하고 그냥 실컷 그렇게 울어가며 설움을 달래곤 했었다. 그 석 달도 참 막막했다. 그런데 이제는 얼마 동안이나?

"여보, 당신도 알다시피 지금은 전시야, 지금 유엔 사령부의 초청이란, 말이 초청이지 실은 명령이나 다름없는 거야. 나한테 예스다, 노다 선택이 있는 게 아니라고. 우리가 군대가 있다 하지만 우리 군대가 어디 우리 맘대로 움직여? 유엔군 명령대로 움직이는 거잖아. 하긴 군대뿐 아니라 대한민국이 미국이 하라는 대로 움직이는 현실이지. 더군다나 미군이 들어오지 않았다면 지금쯤 제주도마저 다 저들 세상이 되어버렸을 테니, 안 그래? 가라면 가야 하는 거야. 돈 한 푼 주지 않으면서 가라 해도 가서 복무해야 하는 게 지금 우리 현실이오. 대북 방송이니까, 대한민국 국민으로서, 대한민국 작가로서, 의무나 다름없지. 젊은이들이 전선에 나가는 의무나 매한가지지. 그런데 425불씩이나 준다니, 고맙게 생각하고 가야 하지 않겠소."

"알죠. 알고말고요. 그런데 기간은 어떻게 되는 거예요?"

"그건 나도 잘 모르겠어. 아마 전쟁이 끝날 때까지 아닐까."

"전쟁이 끝날 때까지? 그렇게 막연하게? 무작정?"

"여보. 전선에서는 우리 군인들이 수도 없이 죽었소. 이 순간에도 남편이, 자식이 죽었는지 살았는지조차 모르는 식구들이 수두룩해. 이게 전쟁이오. 전쟁이란 이렇게 처참한 거야. 생각나? 우리 골목에 사시던 역사 학자, 김영모 씨 말이오. 그분은 식량을 구하러 여주로 나갔다가 객사하시지 않았소. 그것도 우리 아군의 폭격에, 이런 기막힌 비극이 바로 전쟁이오."

"알아요. 알아요. 알고말고요."

"당신 이제 부산 방송국에 다녀오는 그 고생 안해도 되잖아. 배급 쌀 받으려고 그렇게 고생하며 왔다갔다하는 거, 얼마나 내가 가슴이 아픈지 아오. 당신한테 고생 안 시키겠다고 큰소리 뻥뻥 쳤었는데, 그걸 지키지 못하니, 내가 얼마나 면목 없고 미안한지 몰라. 그러니 얼마 동안이 될지 모르지만, 그저 감사한 마음으로 지내야 하지 않겠소."

"그럼요. 그렇고말고. 알아요."

금자는 억지로 미소를 지어 보였다. 또 떠난다. 남편이 또 떠나간단다. 이번에는 아예 현해탄을 건너 멀리 간다. 나 혼자 아이들 데리고 또 살아가야 한다. 언제 돌아온다는 기약도 없다. 전쟁이 끝날 때까지, 전쟁이 끝날 때까지.

'무서워요. 가지 말아요. 어쩐지 두려워요. 외국으로 나간다니, 다시는 만나지 못할 것처럼 두려워요. 그럭저럭 이렇게 살자고요. 정 살기 힘들면, 내가, 내가 장사를 할게요. 김 시인 부인도, 정 교수 부인도 다들 양키 물건 장사를 하는데 나라고 못할 리 없잖아요? 나도 닥치면 이를 악물고 잘 할 수 있다고요. 물론 지금 우리들에게 425불은 엄청난 돈이지만, 그래도 나 혼자 하고많은 날을 어떻게 살아요. 어떻게.'

금자는 이 말을 삼켰다. 남편의 말이 옳았다. 지금은 전시다. 전시 중, 유엔군 사령부의 초청은 초청이 아니라 명령이라는 말. 그걸 못 알아들을 금자가 아니었다.

기다림. 기다림이 있는 한 삶은 아름답다고? 기다림이 있는 한 생은 살아볼 가치가 있다고? 아니다. 그건 기다려보지 않은 사람이 하는 말이다. 가슴 조여가며, 비실비실 앓아가며 애타게 기다려본 사람은 안다. 기다림이 결코 아름답지 않다는 것을. 기다림은 가슴을 쥐어짜는 고문이라는 것을.

"전쟁이 뭐 그리 오래 가겠어? 곧 끝날 거야. 미국 사람들이 오래 끌겠어? 곧 끝날 거야."

"그런데……."

"그런데?"

"아녜요. 괜히……"

"무슨 말이든 다 해요. 시원하게 다 하라고."

"왠지, 걱정이 되네요."

"당신 잘해 낼 거야. 그리고 미국 사람들 성격이 무슨 일이든 질질 끄는 성질이 아냐. 그러니 이 전쟁 그리 오래 끌지 않을 거야."

"그게 아니라 내 걱정은……."

금자는 무슨 말을 할 듯 할 듯 하다 자꾸 말꼬리를 흐렸다.

"아, 시원하게 말해요. 나도 당신 없이 살아갈 게 막막하지. 나도 막막하고말고. 내 맘은 이성적으로 참고 견딘다 하지만 내 몸이 오죽 당신 찾겠어?"

"저 사람은."

금자는 머리를 옆으로 돌리며 눈 흘기는 시늉을 했다.

"내 말은 그게 아니라고요. 내 말은 당신 한참 글 쓸 나이에 거기 가면 얼마나 지장이 될까, 그게 걱정되어 그래요."

"……."

영수는 농담하듯 낄낄거리다가 그만 뜻하지 않은 아내의 신중한 말에 웃음이 싹 달아났다.

"한참 소설 쓸 나이에 거기 가서 대북 방송극만 쓴다는 거, 소설가로서 막대한 손해 아니겠어요? 대북 방송극을 쓰니, 일본에 있는 공산당원한테 잡혀갈 위험성도 있고…….”

“그런 식으로 걱정하기 시작하면 끝이 없지. 하긴 일본에 조총련계가 많으니까, 하고많은 날, 공산당 욕해 대는 방송극 쓰는 사람 하나 해치우는 것쯤, 문제 아니겠지.”

“어유, 생각만 해도 소름 끼쳐. 그런데 그것도 그거지만 실은 당신 창작 활동에 기막힌 타격이 아닐까 하는 게 걱정돼요.”

“…….”

영수는 아내가 무슨 말을 하려는 건지 잘 안다.

지금 영수 또래가 제일 왕성하게 활동하고 있다. 한 사람이 연재를 끝내면 그 다음은 누구, 누구 해가면서. 조선일보에 박영준의 「눈보라」가 끝나자 영수가 「방랑기」를, 그 다음이 최인욱의 「구름과 꽃과 소녀」, 이런 식으로 돌려가면서 쓰고 있다.

“한참 당신 그룹이 활발하게 쓰고 있는데 일본으로 가버리면 당신만 고립되는 거 아니겠어요?”

“역시 조금자군. 그런 생각까지 하다니. 나도 실은 그 생각 하지 않은 게 아니야.”

“어마어마한 액수. 당신이 한 달 내내 글을 써도 100불이 안 되는 이판에, 물론 금덩어리가 굴러 들어오는 기분이지만, 당신 창작 생활을 생각하면, 우리 문단에 고아가 되어버리면 어쩌나, 그런 생각이 드네요.”

“고아?”

아내의 그 말을 영수는 찬찬히 씹어보았다. 그래. 그럴 가능성도 얼마든지 있다. 같은 나라 안에서도 지방에 살고 있는 작가들은 서울 주요 신문에 글을 실려주지 않는다. 작품이 좋다 나쁘다를 떠나 지방 작가들은 한 단계 아래로 간주해 버리는 게 그릇된 한국 문단 풍토다. 한심하게도 우리의 문단 풍토는 아직도 도시 중심, 그것도 오직 서울 중심이었다.

"꼭 한국 땅 안에 살아야만 작품을 쓸 수 있는 건 아니잖아."

영수가 말을 하면서도 자신이 없어 말끝을 얼버무렸다.

"사람들이 그러지 않아도 당신을 얼마나 질투해요. 남들은 너나 할 것 없이 다들 구질구질하게 살고 있는 현실인데, 동경에 가서 미군 숙소, 그것도 장교 숙소에서 산다는 거 알아보세요. 월급은 고사하고 그런 데 가서 그렇게 산다는 그 자체만으로 얼마나 시기, 질투를 하겠어요. 어유. 시기하는 사람이 댓 명만 있어도 당신 한 사람 고아 만드는 거 아무것도 아니지. 멀리 가 있는 사람한테 누가 글 써라 하겠어요?"

"글쎄."

하긴 그렇다. 한국 문단에서 이방인이 될 수도 있다. 그건 작가로서 자살 행위나 마찬가지다. 그걸 모르고 떠나는 건 아니다. 그것까지 다 생각하지만 그래도 떠나야 한다. 떠나겠다 떠나지 않겠다는 선택이 영수에게 달린 게 아니다. 그냥 "네." 하고 가야 하는 것이다. 만약 안 가겠다, 못 가겠다고 딱 거절했다 치자. 그러면 분명 군에서 부를 것이다. 그것도 무시무시한 조사 기관에서 부를 것이다. 정부에 협조하지 않은 사람. '친공분자'로 낙인을 찍을 수도 있다. 지금 우리 정국은 '간첩' 또는 '빨갱이'가 아니라 해도 '친공'이면 끝장이 나는 판이다. 대한민국 정부가 말이 대한민국 정부지, 미국 도움 없이, 미국 명령 없이, 미국 원조 없이 뭐 하나 이루어지는 게 없는 현실이다. 그 무엇보다 대한민국은 지금 미국의 구호 물자 없이는 먹고 살 수도 없는 형편이다. 이런 현실에 어떻게 유엔군 방송국 파견 임무를 거절할 수 있단 말인가.

무엇이든 반공과 연결되어야 한다. 애국이 곧 반공이다. 반공이 대한민국 국시다. 문학도 아무리 전쟁의 근본 원인을 보다 더 깊게 이데올로기 차원에서 파고 들어가려 해도 들어갈 수 없다. 이념 문제는 금기니까. 이념 문제를 놓고 문인들 간에 보이지 않는 알력도 만만치 않다.

대구는 비교적 조용한 편이다. 그러나 임시 수도인 부산에서는 문학가들 사이에 알력이 대단하다. 정부의 자문기관인 예술원의 설립을 준비하기 위해 정부는 '문화보호법'을 공포하였다. 예술가 측에서는 박종화, 서항석 같은 사람들이 준비 위원이 되어 정부를 도왔다. 이런 제도에 찬성하지 않는 문인들은 정부 방침에 동의 동조하는 문단을 어용 단체라 공박했다.

먹고살기도 힘든 피난살이. 꿈과 이상이 상실되어 버린 황폐한 사회다. 그 안에서 문학이, 문학인이 무엇을 이 거칠어진 사회에 기여할 수 있는가 하는 건 제쳐놓고, 친정부 반정부로 갈라져 으르렁거린다. 정부에 동조하는 그룹은 애국, 반대하는 그룹은 불순 분자로 분리되는 이 단순 논리에 영수는 숨이 막힌다.

"차라리, 이 판국에 떠나 있는 것도 나쁘지만은 않을 거야. 한 2, 3년 구상이나 하며 지내지 뭐. 그러다 돌아와 쓰면 되지 않겠어? 작가는 작품으로 말하면 되는 거니까."

"난 잘은 모르지만 어디 우리 사회가 작품이 좋다고 인정받는 사횐가요? 내가 보기에는 김지환 씨 소설이 참 좋던데, 해남에 살고 있으니 좀처럼 빛을 보지 못하는 거 아니겠어요?"

"당신, 다시 봐야겠네. 문학 세계를 샅샅이 잘 아는구먼."

"소설가 아내잖아. 아무리 무식해도."

금자가 머리를 약간 돌리며 눈 흘기는 시늉을 했다.

"아이들에게 맛있는 거 실컷 사 먹이고, 피아노든 무용이든 가르치고 싶은 거 모두 다 가르치고 그럽시다. 남들은 이런 기회를 가지고 싶어도 가지지 못하잖아. 그러니 그저 이런 기회가 주어진 걸 감사하게 생각합시다. 지금은 내 작품 생활보다 우리 아이들 영양실조 걸리지 않는 게 급선무 아니겠소. 치즈, 버터, 고기, 계란 물리도록 사 먹일 수 있잖아. 그럼 됐지. 그럼 됐어."

'동경에 가서 우선은 ≪전선문학≫에 꾸준히 작품을 보내자.'

1952년 4월에 창간호를 낸 ≪전선문학≫은 책을 만들 때, 미군 원조 물자로 들여온 종이를 육본 정훈감실에서 한꺼번에 얻어왔다. 그리고 작가들은 원고료도 받지 못하면서 열심히 그 잡지에 글을 실었다.

≪전선문학≫에 실리는 작품들은 종군 경험과 거기에서 주워 모은 소재를 바탕으로 쓰는, 보고 형식 비슷한 문학이다. 그래서 ≪전선문학≫에 실리는 글은 문학이라 간주할 수 없다는 부정적 견해도 있지만, 어쨌거나 전시 당시 문인들이 전쟁에 참여하는 자세로 적극 작품 활동을 한다는 데 의의가 있었다.

동경에 도착한 영수는 UN군 숙소에 짐을 풀었다. 침실이 두 개가 있는 아주 실용적인 아파트였다.

"불편하시겠지만 당분간입니다. 아마 단독 아파트가 곧 지정될 겁니다."

"아닙니다. 저는 괜찮습니다. 해밀턴 소령이 불편하시겠습니다."

"천만에요. 저야 대단한 영광입니다. 작가분과 함께 지낸다는 게 얼마나 선택받은 영광입니까? 저는 여태껏 작가분을 만나본 적도 없습니다. 미국인이든 외국인이든. 정말 제가 선택받은 영광입니다."

'선택받은 영광? 이 친구, 환영한다는 말 치고는 수식어가 꽤 요란하군. 이게 미국 사람들의 표현법인가 보군.'

영수는 그가 그저 인사치레로 그런 말을 하는 줄 알았지만 그게 아니었다. 그는 진심으로 그렇게 생각하는 듯, 매사에 그렇게 깍듯하고 정중할 수가 없었다. "저는 창작하는 분들을 세상에서 제일 존경합니다. 문학이든 음악이든, 무에서 유를 창조해 내는 그 두뇌야말로 천재 아니겠습니까?"

영수는 그가 그런 식으로 말할 때마다 그저 빙그레 미소짓기만 했다. 그의 찬사가 하도 진지해 고맙다는 말조차 쑥스러웠다. 해밀턴뿐 아니라 대부분의 미국인들은 백인이든 흑인이든 참 순진하다. 쉰이 넘은 사람이든 이십대 청년이든, 팥으로 메주를 쑨다 해도 곧이곧대로 믿는다. 그들은 남이 하는 말을 의심한다는 자체가 인격 모독이라 생각하는 듯싶었다. 하지만, 그렇게 무조건 믿다가 일단 거짓말이 탄로가 나면, 그 다음부터는 절대 신임하지 않는다. 진실을 말해도 믿지 않을 정도로 한 번 낙인이 찍히면 끝장이다.

남을 믿을 것.
미국인들이 white lie(악의 없는 거짓말)라 하는 것도 절대 하지 말 것.
실수를 하거나 잘못을 저질렀을 때, 솔직하게 빨리 시인할 것.
자기 책임을 남에게 전가하지 말고 스스로 할 것.
항상 청결에 신경 쓸 것.

미군 장교들과 생활하면서 이런 사항들이 어느새 영수의 생활 방침, 생활 문화가 되었다. 사실, 청결에 신경을 써야 한다는 건, 와세다 대학 시절에 이미 습관 들인 것이었다. '씻지 않는 더러운 조선인'이라는 소리를 듣지 않으려고 한 번쯤 건너뛰고 연극을 보러 갈까 하는 유혹이 일어도 목욕은 빠지지 않고 다녔던 것이다.

미군정 시절, 중앙방송국에서 일할 때에도 영수는 냄새 나는 한국인이라는 소리를 들을까 봐 부지런히 목욕을 다니고 행여 땀 냄새가 날까 봐 속옷에 파우더를 잔뜩 뿌리고 다니곤 했었다. 사실, 같은 한국 사람이지만 영수도 냄새가 풀풀 나는 한국 사람 곁에 가면 저절로 상이 찡그려지곤 했다. 땀 냄새, 음식 찌든 냄새가 범벅이 되어 나는 냄새는 고약하다 못해 역겨웠다. 하건만 너무나도 많은 사람들이 목욕 문화, 청결 문화에 익숙해 있지 않았다.

동경에 도착한 첫 주말, 영수는 시내 서점을 순례했다. 새로운 곳에 가면, 하다못해 한국에서 지방에 가도, 으레 서점부터 들러보는 게 영수의 습관이다.

'위대한 민족의 영웅, 김일성'

영수는 신간 소개 테이블에 쌓여 있는 책표지를 보는 순간, 가슴이 쿵 소리를 내며 내려앉았다. 일본에 살고 있는 한국인들, 한국인 2세들이 이런 책을 읽고 있을 때, 우리 대한민국은 무엇을 하고 있단 말인가. 대한민국 정부를 소개하는 책자는 고사하고, 북쪽에 비해 문학 서적도 눈 씻고 찾아보기 힘들 정도였다. 우리 한국, 한국인은 밖으로 눈을 돌려야 한다. 우물 안 개구리에서 벗어나야 한다. 정치인들의 난장판은 그렇다 치자. 하다못해 문인들마저 그 전쟁 와중에 부산파다, 대구파다 해가며 편을 가르니, 어찌한단 말인가. 처음에는 한마음 한뜻으로 모이던 작가들이었다. 누구 할 것 없이 서로가 다 궁상스러운 피난살이기에 꿀꿀이죽도 나눠 먹으려는 그런 마음이었다. 그러나 시간이 흘러감에 따라 종군에 참여하는 작가들과 참여하지 않는 작가들이 홍색 청색처럼 싹 갈라졌다. 뿐인가, 종군작가들끼리도 육, 해, 공군작가단 사이에 알력이 생겼다. 어느 곳에 더 실력 있는 사람들, 조금이라도 더 문단에 영향력을 가진 사람들이 모여 있는가를 눈치 빠르게 겨누어가며 옮겨다니는 사람들이 늘어났다. 꼭 유치원 아이들이 키 재기하는 것 같았다. 현해탄 하나 건너, 일본 땅에는 김일성 영웅화 만드는 책이 버젓하게 진열돼 있는 이 마당에.

영수는 동경에서 보고 듣고 느끼는 것들을 그때그때 메모해 놓기 시작했다. 자신이 쓰는 글이 훌륭한 문학 작품이 아니라 해도 좋았다. 언제고, 어디에고 발표가 되어 한국인들에게 자극제가 된다면, 다른 세상에서는 하루가 다르게 현대화, 문명화가 이루어지고 있다는 것을 이 글을 통하여 어렴풋하게나마 느낄 수 있다면, 그리하여 우리들끼리 물어뜯지 말고, 밖으로 시선을 돌린다면, 그게 어딘가. 그것만으로 영수는 보람을 느낄 수 있을 것 같았다.

'문화인 등록? 하하하.'

하루는 한국에서 서류가 날아왔다. 한국에 학·예술원이 설립되었다. 정부의 자문 기관인 동시에 예술의 창달(暢達) 기관인 것이다. 1953년 4월에 정부에서 문화인 등록령이 공포되고, 이에 이어 회원 선거를 위한 문화인 등록이 시작되어 영수에게도 연락이 온 것이다. 외국에 나가 있는 특별한 케이스이니 등록 서류에 기재해 보내기만 하면 된다고.

문화인? 영수는 문화인 등록이라는 말이 그렇게 우스울 수가 없었다. 문화인이란 도대체 어떤 사람을 가리키는 건가. 문화인의 자격은 누가 심사하는 건가. 문화인에 대한 개념부터 확실하게 해야 할 게 아닌가. 영수는 아무것도 적어보내지 않았다. 스스로가 '문화인'이라 자처한다는 것도 우습고, 또 정부 기관에 '나는 문화인이오' 하고 등록한다는 자체가 너무 희극 같았다.

아니나 다를까. 문화인 등록에 대한 오해와 비난이 한국 안에서도 일기 시작했다. 하건만 등록을 한 문화인들이 400명도 넘었다. 문학 부문에 105명, 미술 부문에 149명, 음악 부문에 92명, 연예 부문에 97명.

사전에는 '문화인'을 '문화적 교양이 있는 사람', 또는 '높은 문화 수준을 누리고 있는 사람'이라 정의했다. 그렇다면? 대한민국에 '문화인'이 겨우 400여 명밖에 안 된단 소린가. 판잣집, 다락방 살이, 꿀꿀이 죽…… 그 쪼들리는 피난살이 속에서도 대구파, 부산파를 갈라내던 문인들이다. 그러니 이제 등록한 문화인들과 등록하지 않은 문화인들 사이의 마찰은 눈에 보듯 뻔한 일이었다.

'대한민국의 문화인들이여. 문화인 등록까지 해가며 '문화인입네' 하기 전에 정신 차려라. 동경 서점에 뻐젓하게 김일성 전집이 쌓여 있다.'

마치 혁명군처럼, 영수는 원고지에 이런 구호 같은 글을 갈겨썼다. 밉상 받을 짓만 골라가며 하지 말라는 아내의 말이 불쑥불쑥 떠오르곤 했다. 그렇지 않아도 혼자 다 쓴다는 소리를 들어가며 질투를 받는데, 어마어마한 액수를 받고 동경에 가서 미군 장교들과 생활을 하니 얼마나 밉겠느냐고. 그러니 제발 솔선해서 미움받을 짓은 하지 말라고. 그러다간 정말 문단의 고아가 된다고. 그런가? 내가 스스로 자멸의 길을 택하는 걸까. 내가 솔선해 문단 고아의 길을 택하는 걸까. 모를 일이다. 모를 일이다.

지금 대한민국 정부는 장기 집권을 꾀하기 위해 문화인들을 포섭하고 있는 거다. 틀림없이 그 전초 작업으로 문화인 등록을 실시하는 것이리라. 여기에 문단의 대선배들, 자타가 인정하는 대가라는 사람들이 꼭두각시 노릇을 해주고 있는 것이다. 미움 아니라 조롱을 받을지언정 여기에 내가 동참할 순 없지 않은가. 문인은 자유인이다. 문인의 길을 택한 사람은 자유가 생명이다. 동경에서 친구들과 이데올로기 대립으로 열을 올려가며 토론할 때 영수가 주장했던 것이 바로 이 자유였다. 공산주의 사회에서는 예술이 정치적 이념에 의해 좌우되므로 체질적으로 진정한 예술인, 문인은 공산주의자가 될 수 없다는 게 한결같은 영수의 생각이었다. 예술, 예술인의 자유를 지키기 위해서도 자유 민주주의 체제를 택해야 한다는 게 영수의 주장이었다. 그런데 이제 그 자유 민주주의 체제 하에서도, 문인은 권력의 눈치를 보아가며 그들의 시녀 노릇을 해야 한단 말인가.

나는 자유인이다. 나는 그 어떤 단체, 기관에 소속되는 것을 본질적으로 싫어한다. 내 핏속에 저항의 피가 흐르고 있는 건가? 그저 순순히 따라가기만 하면 '괴짜', '반항아', '저 잘난 맛에 사는 놈' 소리 듣지 않고 무난하게 살 수도 있으련만, 그게 체질적으로 되지 않는 걸 어쩐단 말인가. 문화인 등록? 그렇다면 비문화인 등록이라는 것도 있나? 작가는 글 쓰는 게 업이다. 문화인이든 문화인이 아니든, 그게 중요한 게 아니다. 남이 문화인으로 알아주든 알아주지 않든 그것도 중요한 게 아니다.

무엇을 써야 하는가. 그 무엇이 작품의 주제가 되야 하는가. 영수의 고민은 이것이다. 오늘을 사는 대한민국의 작가라면, 폐허가 된 한반도, 이 민족의 비극을 써야 할 것이다. 이건 김영수 혼자만의 업무가 아니라 대한민국 문인들에게 주어진 책무다. 지금 우리들의 가장 큰 관심사는 동족상잔을 초래한 원인을 캐고 들어가야 한다. 무섭게, 무섭게, 제 살을 깎아내는 듯한 고통에 오열하면서 반성과 비판과 각성이 나와야 한다.

이데올로기. 이데올로기를 건드려야 한다. 이 문제를 건드리지 않고 지금 우리가 무엇을 쓸 수 있단 말인가. 공산주의를 건드리지 않고, 이 폐허의 현실을 어떻게 설명한단 말인가. 가슴이 답답했다. 원고지 앞에 앉으면 원고지가 불쑥 두렵기조차 했다. 대한민국 작가들에게 이데올로기는 금기다. 문학인의 상상력을 억압하는 이런 상황에, 문학이 과연 가능한가.

작가란 허무와 좌절감에 빠져 있는 사람들에게 그래도 인생은 살아볼 가치가 있다고, 잿더미 덤불 속에도, 방공호 토굴 속에도 사랑은 존재한다는 것을 전달해야 한다. 작가는 먼지처럼 흩어진 인간의 애정을 주워 모아, 회복의 길을 제시해 주어야 한다. 이 업무는 글을 업으로 삼고 살아가는 모든 문인들에게 주어진 시대의 사명이요, 민족의 명령이다.

이데올로기의 대립 문제. 여기에서 발생한 민족 간의 살인극. 이 처참한 과제를 외면하고, 무엇을 쓴단 말인가. 무엇을 쓸 수 있단 말인가. 전쟁 후유증에 시달리는 소시민들 모습? 미망인의 고독? 바람난 부인들? 절망 뒤에 찾아오는 방종? 찰나의 향락? 허무감과 무기력, 그리고 마침내 자조적인 니힐리즘? 한국 전후문학의 모습이 이것이 다일 수는 없지 않은가.

황순원의 「곡예사」, 안수길의 「제삼 인간형」, 김광주의 「석방인」 그들이라고 민족의 비극, 이데올로기 문제를 파고들고 싶지 않겠는가.

'사명을 포기치도 않고 그것에 충실치도 못하고 말라가는 나는? 나도 사변이 빚어낸 한 타입이라고 할까?'

「제삼 인간형」 주인공의 탄식을 읽으며 영수는 안수길의 통곡을 듣는 것 같아 눈시울을 적셨다. 안수길, 황순원, 김광주, 그들 모두 그 누구 못지않게 날카로운 문장력을 가진 작가들이다. 그들이 민족의 비극에 대한 어떠한 해답도 제시하지 못하고, 전쟁의 체험을 여러 인간 유형을 통해 있는 그대로 묘사하는 것만이 자신의 사명이라고 생각하지는 않으리라. 절대 아니리라. 금기시되어 있는 이념 문제를 피해 가며 그래도 글을 써야 한다는 건, 작가에게 얼마나 힘든 노동인가.

찻집 '가고파'

엄마가 왜 오시지 않을까. 혹시 아빠 찾아 일본에 가신 걸까? 꿈에 엄마가 어디론가 자꾸 멀리 멀리 가고 있었다. 그러다가 엄마가 영 보이지 않았다. 분명해. 나도 아빠가 보고 싶어 죽겠는데 엄마도 그렇겠지. 그래서 아빠 보러 일본에 가신 거다. 분명해. 그럼 우리는 어떡하지? 우리는? 어른 없이 우리 다섯 명이 살고 있다는 걸 누가 알면 어떡하지? 그럼 문둥이가 우릴 잡으러 올 텐데! 여기까지 생각하자 금방 오줌이 나올 것 같아 유미는 화장실에 갔다가 방으로 들어가지 않고 마루에 걸터앉았다. 다행히, 아직 주인 집 아주머니 아저씨는 주무시지 않는지 안채에 불이 켜 있어 무섭지 않았다.

마당이 환했다. 대낮과는 다른 밝음이지만, 외등도 없는데 마당 구석에 있는 장독대에 작은 독까지 환하게 보일 정도였다. 햇볕처럼 따스한

빛이 아니라 차갑다 할까, 으스스하다 할까, 그런 밝음이었다. 엄마가 웬일일까. 엄마는 일요일 저녁때면 꼭 돌아오셨다. 금요일에 부산 가셔서 일주일 동안 방송 나갈 어린이 시간을 다 녹음해 놓고 오신다. 그동안 밥은 주인집에 들어가 먹는다. 아버지한테서 생활비가 오면서부터 엄마가 제일 먼저 한 것이 방을 옮긴 거다. 동인동에 있는 큼직한 일본식 집이다. 여태껏 옮겨 다니던 집 중에 제일 근사한 집이다. 마당이 큼직하고 마당을 가로질러 뚝 떨어져 있는 방이 유미네가 사는 방이다.

엄마가 병이 나신 걸까. 아니면 정말 아빠가 보고 싶어 우리를 버리고 일본으로 가버린 걸까. 엄마가 없는 동안, 누가 우리를 잡으러 오면 어떡하지? 대구에는 문둥이가 많단다. 문둥이가 아이들을 잡아간단다. 아이들을 잡아다 먹으면 병이 낫는단다. 그래서 혼자 골목에서 놀면 안 된다고, 주인집 아주머니가 매일같이 일러주는 말이다. 부산에 가자. 부산에 가야 한다. 부산에 가면 이모가 다 알고 있을 거다. 부산에만 가면 집을 찾을 수 있겠지.

'악.'

유미는 하마터면 비명을 지를 뻔했다. 담을 넘어 고양이 한 마리가 마당으로 뛰어내렸던 것이다. 고양이가 살살 기어오더니 유미 발치에 와 쪼그리고 앉았다. 조금만 아는 척하면 당장이라도 무릎 위로 뛰어오를 자세였다. 고양이 눈빛이 소름 끼치도록 섬뜩해 유미는 냉큼 방 안으로 들어왔다.

"언니, 나 부산 갔다 올게."

이른 아침, 나미는 아직 잠도 채 깨지 않았을 때였다. 유미가 막 흔들어댔다.

"뭐?"

"부산 가서 엄마 찾아올게."

"뭐라고?"

"엄마 찾아온다니까. 나, 지금 가야 해."

나미가 눈을 떴을 땐, 이미 유미는 대문 밖으로 휙 내뺀 다음이었다.

"아저씨, 저요. 부산까지 좀 태워주세요. 네?"

"아니, 조그만 계집애가 혼자서 부산엘 간다고?"

"엄마 찾으러 가야 해요. 엄마가 부산에 가셨는데 안 오세요. 아프신가 봐요. 태워주세요. 네? 말썽 부리지 않고 얌전하게 앉아 있기만 할 테니 태워주세요, 네?"

"에끼. 부산이 옆 동넨 줄 알아? 냉큼 집에 가거라."

방산 시장 바닥엔 제대로 걸어다닐 수도 없을 만큼 트럭들이 빼곡하게 들어차 있고 남자들이 부지런히 사과 궤짝을 날라 트럭에 차곡차곡 싣고 있었다.

"아저씨, 저 좀 태워주세요. 부산까지 태워다 주세요."

"어린 게 어딜 간다는 거야? 부산이 얼마나 먼 곳인지 알기나 해?"

들은 척도 안하는 운전사가 있는가 하면, 소리를 꿱꿱 질러가며 야단치는 운전사도 있었다.

'안 태워주려면 그만두지, 왜 야단을 친담. 참 이상한 아저씨네. 태워주기 싫으면 그만두지.'

그래도 유미는 포기하지 않고 계속 돌아다니며 물었다.

'포기할 수 없다. 포기하지 않는다. 난 꼭 사과 트럭 타고 부산에 가서 엄마 찾아오련다. 엄마가 일본 가셨으면 기다렸다가 같이 오련다. 나는 절대 포기하지 않는다. 오늘 하루종일이 걸려도 꼭 사과 트럭을 타고야 말 테다. 밤골에서 전쟁놀이를 할 때에도 포기하지 않았다. 엎어져 무릎이 까져 피가 질질 흘러도 절대 항복하지 않았다. 나중에는 애들이 지쳐서 장난이니까 이제 제발 그만 하자고 할 때까지.'

"꼭 엄마 찾아가야 해요. 사과 궤짝 사이에 가만히 앉아 있기만 할

게요."

"못 간다. 뒤에 사람 탈 자리가 없다."

"사과 궤짝 사이에 끼어 갈게요. 태워주세요. 네? 아저씨, 네?"

"위험하다. 위험해서 안 돼."

"움직이지 않고 궤짝처럼 가만 있을게요. 네?"

"거 참……."

유미 눈에 초롱초롱 맺혀 있는 눈물방울을 보더니 머리에 희끗희끗 흰머리가 섞인 운전사가,

"너, 참 여간내기 아니구나."

하면서 드디어 유미를 번쩍 들어 사과 궤짝 사이에 올려주었다.

"고맙습니다, 아저씨. 고맙습니다."

"내가 내려라 할 때까지 꼼짝 말고 앉아 있어야 한다. 알겠니?"

"네. 꼼짝 안하고 앉아 있을게요. 정말이에요. 궤짝처럼 꼼짝 않고 가만 있을 게요."

"궤짝도 흔들린다."

트럭 운전사가 웃으면서 유미 머리를 쓰다듬었다. 트럭 한가운데였다. 가장자리에 앉으면 바람이 세고, 떨어질 위험도 있다며 일부러 가운데에 자리를 마련해 준 것이다.

"가다 두어 번 쉴 테니까 변소는 그때 가도록 하고. 알았지?"

"네."

"길이 험하다. 굉장히 흔들릴 테니 그런 줄 알아라."

"네."

포장도 안 되어 있는 길이었다. 털컥 털컥, 털컥 털컥, 트럭이 흔들거릴 때마다 몸이 흔들려 나중에는 귀가 다 멍멍하고 턱이 아팠다. 바람에 흙먼지가 뿌옇게 일어 눈도 제대로 뜰 수 없었다. 숨쉬기도 힘들 정도로 콧속으로 흙먼지가 들어왔다.

'엄마를 찾아야 해.'

'우리끼리 있으면 문둥이가 밤에 올 거다. 분명해. 분명히 문둥이가 우리 잡으러 올 거다.'

유미는 입속으로 흙먼지가 들어오지 않도록 입을 꼭 다물고 무릎 사이에 얼굴을 푹 파묻었다. 우리들끼리 오래 있으면 고아원에서 나와 우리들을 데리고 갈 거다. 부모 없이 애들끼리 산다고 반드시 데리고 갈 거다. 고아원에 사는 아이들은 낮에는 깡통을 들고 거지 노릇을 한다. 고아원에서 먹을 거, 입을 거, 다 주는데 왜 거지 노릇을 하는지 모르겠다고, 주인집 아주머니가 한 말이다. 문둥이가 잡으러 올지도 모른다. 엄마도 아빠도 없이 애들끼리 있는 줄 알고 밤중에 몰래 담을 넘어 들어와 제일 꼬맹이, 은미부터 잡아갈 거다. 어제 낮에 문둥이가 집에 왔었다. 먹을 것 좀 달라 할 때 다미가 말을 잘못했다. 집에 엄마 없다고. 엄마도 없고 아빠도 없고, 어른이 아무도 없으니까 줄 게 없다고. 엄마를 빨리 찾아야 한다. 다미가 분명 어른이 집에 없다고 말했으니까 그 문둥이가 반드시 다시 올 것이다. 드디어 트럭이 멈췄다. 어딘지 모르지만, 아마 트럭들이 잠시 쉬었다 가는 곳인 듯, 트럭들이 여럿 있었다.

"자, 내려라. 여기서 좀 쉬었다 간다. 변소에 다녀와. 저기 저 뒤로 가면 있다."

"네."

유미는 그러지 않아도 오줌이 매려 꾹꾹 참고 있던 중이었다. 오줌을 누고 나오니 운전사 아저씨가 국수장국을 사주었다. 배고픈 김에 유미는 눈 깜짝할 사이에 국물까지 훌훌 다 먹어치웠다. 물로 깨끗하게 부셔놓은 대접처럼 파 찌꺼기 하나 그릇에 남아 있지 않았다.

"너, 참 맹랑하구나. 어린 게 엄마를 찾아 부산까지 가다니. 그래, 엄마는 왜 부산 가셨니?"

"우리 엄마, 방송국에서 노래 가르치는 선생님이에요."

"뭐라고?"

"라디오 틀면 저녁 여섯시에 어린이 시간 나오잖아요. 그때 피아노 치면서 노래 가르치는 선생님이 우리 엄마라고요."

"정말?"

"네. 어린이 시간이면 조금자 선생님이 나오죠? 그 조금자 선생님이 바로 우리 엄마예요."

"그래? 와, 네 엄마가 아주 유명한 분이구나."

"그럼요."

"그럼, 너도 노래 잘하겠구나."

"네."

"뭐 하나 불러보렴."

"지금요? 여기서요?"

"그래. 하나 불러봐라."

다른 트럭 운전사가 곁에서 한마디 거들었다. 허름한 옷, 햇볕에 그을린 시커먼 얼굴, 그리고 억세 보이는 손마디 마디 같은 걸 보면 아주 험상궂어 보이는데 의외로 트럭 운전사들은 친절하고 구수했다.

"바다 건너 오 천리 / 가기만 하면 / 울타리에 호박넝쿨 흐드러지고 / 지붕 위엔 흰 박들이 / 고이 잠자는 / 오막사리 우리 집 한 채 있지요."

유미가 노래를 끝내자 트럭 운전사들이 박수를 쳤다.

"와, 너 노래 참 잘하는구나."

"콩쿠르 대회 나가서 일등 한 노래예요."

"그래? 콩쿠르 대회?"

"네, 시민회관에서 피난국민학교 어린이 노래자랑 대회가 있었거든요."

그때, 피난서부국민학교 대표로 유미가 나갔다. 여러 학교 대표들이 노래를 하고 이제 막 유미 차례가 되어오는데 피아노 반주를 하실 음악 선생님이 오시지 않았다. 유미는 초조해 발을 동동 구르며 선생님을 기다렸지만 이상하게, 제일 먼저 오셔야 할 음악 선생님이 나타나질 않았다. 이윽고 피난서부국민학교 차례가 되어 유미는 할 수 없이 무대에 올라갔다. 이제 반주 없이 노래를 부르는 수밖에 없었다.

"쾅……."

그 순간, 피아노 소리가 났다. 커튼 옆에 놓여 있는 피아노, 거기 엄마가 앉아 계셨다.

"바다 건너 오 천리 가기만 하면…… 그 노래 참 좋구나."

트럭 운전사가 유미 등을 툭툭 쳐주면서 방금 들은 노래 가사를 중얼거렸다.

"그런데 왜 엄말 찾아 나선 거냐?"

"일요일 저녁이면 꼭 오시거든요. 그런데 안 오시는 거예요. 분명 어디가 아프신가 봐요. 아니면……"

"아니면?"

"아뇨. 아무것도."

'혹시 아빠 보고 싶어 일본에 가셨나 싶어서요.' 유미는 이 말이 나오려는 걸 꾹 참았다.

"그나저나 부산 가면 찾아갈 수는 있겠니?"

"네, 초인동, 초인동에 이모가 사세요."

"초인동? 집을 아냐?"

"아니, 몰라요. 하지만 주소는 있어요."

"세상에. 주소 하나 가지고 부산 바닥에서 집을 찾겠다?"

"네. 초인동 파출소까지만 데려다 주세요. 네?"

유미는 아주 어린 시절, 길을 잃었을 때, 순경 아저씨가 두 번씩이나 집을 찾아주던 걸 기억하고 있다. 네 살이었던가, 다섯 살이었던가, 그때, 아침마다 엄마가 언니만 데리고 유치원에 가는 게 그렇게 샘이 나고 부러울 수 없었다. 그래서 몰래 몰래 뒤를 쫓아가다가 길을 잃곤 했던 것이다.

"어쨌든 주소, 잘 넣어두어라. 초인동이라 했지?"

"네."

"저기 펌프 보이지? 거기 가서 세수하고 오너라. 아직 멀었다. 이제 반도 채 못 왔다."

트럭에 다시 올라탔을 때 운전사가 배고파지면 먹으라고 사과 한 개와 건빵 한 봉지를 주었다.

"고맙습니다."

유미는 다시 사과 궤짝 사이에 들어가 얼굴을 무릎 사이에 푹 묻었다. 트럭 가장자리에 앉았다면 가끔은 산이라도, 들판이라도 볼 수 있으련만, 궤짝 사이에 들어앉아 있으니 보이는 건 그저 트럭 뒤에 이는 뿌연 먼지뿐이었다.

"아저씨, 고맙습니다. 고맙습니다. 고맙습니다."

부산에 도착해 트럭운전사는 유미를 초인동 파출소 앞에 내려주었다. 유미는 허리가 꺾어지도록 트럭 운전사에게 절을 하고, 파출소 안으로 들어갔다.

순경이 앞을 서고 유미가 뒤를 따랐다. 주소만 가지고는 피난민들이 다닥다닥 붙어사는 판잣집에서 도저히 집을 찾을 수 없지만, 방송국 어린이 노래지도 선생님이 묵으시는 집은 파출소에서 환히 알고 있을 정도로 유명했다. 골목을 끼고 돌면 또 골목, 또 골목. 골목을 돌 때마다 길이 점점 더 좁아졌다. 이러다 골목이 없어지는 건가 싶을 정도로 비좁은 골목에 들어서 순경은 마침내 어떤 집 문 앞에 우뚝 섰다. 문이 잠겨 있지 않은지 순경이 문을 두드리자 문이 안으로 밀렸다.

"안에 계십니까?"

"어머나. 아이고, 아이고, 이게 누구야?"

손바닥만 한 마당 가운데서 이모가 배추를 다듬고 있었다.

"아이고, 맙소사. 아이고, 이게 웬일이냐. 언니, 언니. 유미가 왔어. 유미가."

이모가 허리를 펴고 일어나며 소리를 지르자 방문이 열리며 엄마 얼굴이 나타났다. 엄마 머리에 하얀 수건이 매 있었다.

"맙소사."

금자가 일어나다 그만 주저앉았다.

"엄마."

"맙소사."

석회가루를 뒤집어 쓴 듯 뿌연 얼굴에 두 눈만 반짝거리는 유미.

"엄마."

"아이고, 난 헛것을 본 줄 알았다. 얘가, 겁도 없이 여기가 어디라고, 맙소사."

"도대체 어떻게 왔니?"

금자는 말도 제대로 하지 못하고 대신 계호가 꼬치꼬치 물었다.

"방산시장에 가서 사과 궤짝 운반하는 트럭을 타고 왔지 뭐."

"방산시장? 거기 부산 가는 트럭이 있다는 건 어찌 알았어?"

"엿장수 할 때 알았어. 거기 가서 엿 팔아봤거든. 트럭 아저씨들이 사과 궤짝 싣고 부산 가더라고."

"얘가 정말 큰일 낼 애네."

"엄마가 도망간 줄 알았지 뭐."

"이것아. 엄마가 뭐랬어? 너희들이 엄마 생명이랬지? 엄마가 너희들을 두고 가긴 어딜 가? 너희들 때문에 사는데."

그래. 아이들 때문에 산다. 아이들 때문에 눈물이 나와도 참아가면서 강한 여자가 되어야 한다고 자신에게 골백번, 골천번 강조해가면서 산다. 남편에게서 소식이 끊긴 지 다섯 달째 접어들었다. 일 년 동안 꼬박

꼬박 생활비도 오고 편지도 자주 오더니 불현듯 소식이 딱 끊겼다.

"돈을 좀 아끼세요. 저축해야지요. 매달 받는 거, 고스란히 다 써버리면 어떡해요?"

금자가 이런 편지를 보내야 될 정도로 그는 한 달이 멀다 하고 아이들 물건을 사보냈다. 학용품은 말할 것도 없고, 스웨터며 구두며 양말까지, 마치 소매상에 물건을 대는 것처럼 무엇이든 푸짐하게 보냈다.

"월급 받아 백화점에 갈 때가 제일 기쁜 날이라오. 그 재미로 지낸다오. 아이들 물건을 살 때 내가 얼마나 기분 좋은 줄 아오? 난 돈 쓸 곳이 없어요. 책 사보고 어쩌다 연극 가는 게 전부라오. 물론 매달 저축도 하니까 아무 걱정 말아요."

"나, 오늘부터 반장이다. 애들이 모두 날 뽑았어."

하루는 유미가 학교에서 돌아오자마자 자랑을 했다.

"왜 널 뽑아? 이제 막 전학한 너를, 반장으로 뽑았단 말야?"

"언니 반 애들은 안 그래?"

"뭘?"

"연필 하나 달라고 졸라대지 않아?"

"아니."

"중학생들은 다른가 보지?"

"우리가 뭐, 너희들처럼 어린애니?"

"아유, 내 이름 박힌 연필 한 자루만 주면 일주일 내내 내 책가방 들어주겠다, 대신 청소 당번 해주겠다는 애들이 수두룩해."

"어머머. 정말이니? 네 가방을 들어주겠대?"

"그렇다니까. 그런 애들이 쌔고 쌨다니까. 그래서 나한테 잘 보이려고 애들이 다 날 반장 뽑은 거야."

나미는 대구피난연합중학교, 유미와 다미는 피난국민학교에 다닌다. 피난국민학교는 지붕에 구멍이 숭숭 뚫려 있어 눈이 오면 눈송이가 교실로 들어오는 허름한 판자 건물이다. 그 피난 학교에 다니는 아이들 옷차림은 초라하기 짝없다. 누덕누덕 긴 옷을 입고 다니는 아이들이 대부분이다. 그런 아이들 속에 새로 들어온 아이는 하늘 나라에서 뚝 떨어졌는지 옷도 새록새록 새 옷만 입고 다니고 연필도 영어로 자기 이름이 박혀 있는 연필에 책가방도 이름이 박혀 있는 자주색 가죽가방이다.

비가 오는 날, 나미, 유미, 다미가 길에 나가면 그야말로 아이들이 구경을 하러 뒤를 따라올 정도다. 나미는 초록 비옷에 초록 우산, 초록 장화. 유미는 노랑 비옷에 노랑 우산, 노랑 장화. 다미는 빨강 색, 이렇게 완전 한 세트다. 그런데 유미는 그 비옷을 입지 않으려 들어 비 오는 날이면 엄마와 실랑이를 했다.

"아버지가 보내주신 건데 싫다니, 아버지가 아시면 얼마나 서운하시겠니. 얼마나 예뻐, 도대체 왜 싫다는 거냐?"

"싫어, 싫어. 나, 검정 고무신 사줘."

유미는 검정 고무신을 사내라고 떼를 썼다.

"고무신? 그 좋은 장화를 두고."

"싫단 말야. 나도 다른 애들처럼 검정 고무신 신을래."

"검정 고무신? 아유, 넌 참 이상해."

나미가 동생을 도저히 이해할 수 없다는 듯, 한마디 톡 쏘았다.

"검정 고무신을 신고 다니겠다고? 정말 이상한 애야. 창피하지도 않니? 촌뜨기처럼 검정 고무신을? 아유, 창피해. 쟨, 어째 저럴까. 엄마, 쟨 정말 좀 이상해."

"나만 다르잖아. 나만 이런 거 입고 다니잖아. 난, 싫어. 싫단 말야. 애들이 뭐라는 지 알아? 양갈보 딸이래. 양갈보 딸."

"뭐?"

"양갈보 딸이래. 아버지가 양키래. 그렇게 수군거린단 말야."

"그게 무슨 말이야?"

"엄마가 내 머리를 파마해 놨잖아. 머리카락도 곱실거리지, 눈도 쌍꺼풀 졌지. 옷도 학용품도 말짱 미제지. 그러니까 애들이 아버지가 양키라서 PX에서 사오는 거래."

"돈 아끼지 말고 아이들 맛있는 거 다 사 먹이고, 피아노든 바이올린이든 무용이든 뭐든지 다 시켜요. 돈은 아무 걱정 말고."

그러던 사람이 다섯 달이 넘어가도록 소식이 없다. 그동안 저축해 두었던 것도 이제 바닥이 나버렸다. 금자는 날이 갈수록 초조하고 안타까웠다. 가슴을 쥐어뜯는 것처럼 아픈 증세가 다시 나타났다. 소화제를 먹어도 그 통증이 사라지지 않을 정도로 나날이 심해 갔다.

일본에는 조총련계 사람들이 많다. 그들은 남한 정부를 인정하지 않는 사람들이다. 그들은 이승만 정권이 미제 앞잡이로 조국 통일을 막고 있는 반민족, 반통일 세력이라며 적대시하는 사람들이다. 그런데 김영수는 그 붉은 사상을 가진 사람들이 우글거리는 속에서 대북 방송 「자유의 소리」를 쓰고 있다.

틀림없다. 틀림없이 일을 당한 거다. 그렇지 않음, 이렇게 소식이 끊길 리 없다. 바꿔 생각해 보자. 한국 사람들이 우글거리는 속에서, 대한민국 정부를 부인하고 그 지도자를 천하에 둘도 없는 독재자로 묘사하고, 그 속에 살고 있는 사람들을 암흑 속에 신음하는 불쌍한 동족들이라 글을 쓴다면, 한국 사람들이 그 사람을 가만 놔둘 리 없지 않은가.

금자는 부산에 갈 때마다 문인들이 자주 드나드는 찻집 '아담'에 들렀다. 대구보다 부산에 문인들이 훨씬 더 많이 피난 와 있고, 또 일본을 왕래하는 사람들이 더러 있기 때문에 행여 무슨 소식을 들을 수 있을까 해서였다. 생활비를 보내줄 때마다 이제 방송국은 그만 다니라고 했지만, 금자는 그래도 계속 다녔다. 꼬박꼬박 배급 쌀을 받아온다는 게 큰 위안이었지만 실은 그보다 분주하게 할 일이 있어야 세월 보내기가 쉽기 때문이었다.

남편에게 여자가 생겼다는 소문도 들렸다.

"일본 식당집 주인 여자와 산다."

"술집 여자와 살고 있다. 그녀는 비록 술집 여자지만, 문학을 공부를 하던 사람이라 문학인 뺨칠 정도로 유식하다."

처음에는 말도 안 되는 소리라며 웃어버렸지만 이제는 잠을 제대로 잘 수 없을 정도로 그런 말들이 신경을 자극했다. 하기는 젊은 남자가 한두 달도 아니고, 일년이 넘도록 혼자 지내다보면 있을 수도 있는 일이겠지. 하지만 그렇다고 식구들에게 소식조차 끊어버린다? 자식들조차 잊어버린다? 아니다. 그건 아니다. 절대 그럴 사람이 아니다. 아내는 잊어도 자식은 잊을 수 없다. 아이들이라면 목숨도 아끼지 않는 사람이다. 어느 부모인들 자식을 위하지 않으랴 마는 그의 자식 사랑은 정말 유별날 정도다. 손찌검은 고사하고 이년, 이놈 소리 한번 하지 않는 사람이다. 귀한 자식일수록 따끔하게, 엄하게 키워야 한다는 말을 믿지 않는 사람이다. 믿지 않는 건 고사하고 자식을 때리는 짓은 야만인이나 할 짓이라고 말하는 사람이다.

그는 '사랑의 매'라는 말은, 어른들이 자신들의 행동을 정당화하기 위해 지어낸 억지 말이라 했다. 매로 아이들을 다스릴 수 있다고 생각하는 사람들이야말로 어리석은 사람들이라 했다. 아이들은 부모의 매에, 강한 자의 힘에 굴복하는 것이지, 사랑에 굴복하는 게 아니라고. 그런 식의 자녀교육은 옳고 그름을 떠나 주먹이 제일이라는 그릇된 인생관을 심어주게 된다고 했다.

그런 사람이 여자가 생겼다고 자식들을 나 몰라라 한다? 그건 아니다. 그건 절대 아니다. 하늘이 두 쪽이 나도 그럴 사람이 아니다. 아내는 몰라라 해도 자식을 몰라라 할 사람은 아니다.

"선생님, 찻집을 차려보면 어떨까요? 저희들도 이렇게 매일 놀고 있을 수도 없고 해서 현덕이와 영자와 셋이 생각해 본 건데요. 선생님 모시고 찻집을 차리면 어떨까 하고요."

하루는 중앙여전 제자들이 찾아와 찻집을 차리자고 했다. 여대생들이 다방이라니! 금자는 그냥 멍한 시선으로 재희를 바라보기만 했다. 전쟁이 사람들을 이렇게 생활 전선으로 몰아낸다.

"선생님, 선생님도 언제까지 막막하게 그냥 계실 순 없잖아요."

그들은 동경에서 소식이 뚝 끊겼다는 걸 알고 있다. 하긴 그렇다. 언제까지 무작정 앉아 있을 수는 없다. 엎친 데 덮친 격으로 다미가 폐렴으로 입원을 하더니, 유미마저 또 입원했다. 사과를 궤짝으로 들여놓고 먹이고, 양키 시장에서 소시지도 제일 큰 깡통으로 떨어뜨리지 않고 대먹이고 하다, 사과 궤짝도 없어지고, 버터도, 소시지도, 계란도 슬금슬금 없어지고, 쌀밥에 다시 보리, 수수, 조가 섞이고 고기 반찬이 푸성귀로 변하자 아이들이 견디지를 못했다.

"선생님, 다방이면 어때요? 피난처에서 뭘 하면 어때요? 김 시인 사모님은 군복 장사 하시잖아요?"

김 시인 부인은 양키 시장에서 군복을 팔았다. 허리춤에 돈 가방을 차고, 손에 미제 군복을 들고 서 있는 모습이 눈물겨워 어쩌다 시장을 가도 그녀가 있음직한 자리는 피하게 된다.

"다방이 어떻다는 게 아니라, 자금이 문제구나. 이럴 줄 알았으면, 김 선생님 보내시는 돈을 건드리지 않는 건데."

너무 호화스럽게 살아왔다는 후회가 들었다. 한 달에 한 번씩, 아이들을 앞세우고 중국식당으로 양식당으로 외식을 가는 게 크나 큰 낙이었다. 편지마다, 돈 걱정하지 말고 아이들을 잘 먹이라는 말에 아까운 줄 모르고 풍풍 썼던 것이다.

"선생님, 자금은, 저희들이 마련해 볼게요. 선생님은 아무 걱정 마세요."

"너희들이? 무슨 수로?"
"영자가 남편한테 알아본다 했어요."
"영자 남편? 육군 대위가 무슨 돈이 있다고?"
"선생님도 참, 요즈음 군인 세상인 거 모르세요?"
재희가 후후 웃었다.
"선생님, 물장사는 밑지지 않는대요."
"누가 그래?"
"우리들이 시장 조사 다 해봤다고요."
"선생님은 그저 앉아 계시기만 하세요. 일은 저희들이 다 할게요. 주방장도 저희들이 알아볼게요."
"정전이 되었으니 사람들이 자꾸 서울로 올라갈 텐데, 장사가 될까?"
"선생님, 사람들이 서울 올라가자면 아직 멀었어요. 잿더미에 가서 뭐 하겠어요? 지금 가면 고생만 더 하죠."
"하긴."
"선생님은 근사한 다방 이름 하나 생각해 보세요. 다른 건 아무 걱정 마시고요."

'가고파.' 김동리가 지은 찻집 이름이다.
"멋진 이름 하나 지어주세요."
찻집 문을 열기 전, 금자는 문인들을 초청하고 이름을 부탁했다. 문인극을 연습할 때 영수와 자주 어울리던 사람들이라 금자도 다 잘 아는 사이였다.
"어디 시인부터 시작해 봐요."
장덕조가 구상을 쳐다보며 웃었다.
"전 여사한테서 그럴듯한 이름이 나올 것 같은데요."
구상이 전숙희를 바라보며 조용히 웃었다.

"'고향 사람들' 어때?"

팔봉이 문인극 '고향 사람들'을 꺼냈다.

"배고파가 어떨까? '배고파', 우리들 모두 사실 배가 고프니까."

말을 해놓고도 우스운지, 박영준이 히히 웃었다.

"그거 괜찮네. 배고파. 배고파. 그거 이름 잊어버릴 리도 없겠고."

"궁상맞은 것도 서러운데 '배고파'는 그렇고, '그리워'가 어때요?"

유주현의 '그리워'에 이어 구상이 불쑥 '들국화'라 했다.

"뭐?"

"들국화. 조 여사를 보면 왠지 들국화가 떠오릅니다."

"거, 참 눈도 가지각색이군. 들국화보다는 수선화가 떠오르는걸."

한참 이런저런 제목이 오고 갔다. 어린애들 작문 시간처럼 별별 이름이 다 나오다가 결국 김동리의 '가고파'로 결정된 것이다.

"고향에 가고 싶은 사람들이 모이는 곳. 피난살이 단칸방에 앉아 있을 수 없어 대낮이면 무작정 거리를 배회하는 사람들이 모이는 곳. 거, 이름 치고 너무 멋진 이름이네. 안 그래요? 조 여사?"

"네. 정말 딱 맘에 듭니다."

"아, 그럼 됐군, 됐어. 자, 그럼 우리 보신탕이나 먹으러 갑시다."

팔봉의 보신탕 타령이 또 나왔다. 남편 친구들이 '가고파'를 자기 집처럼 편하게 여겨주는 게 금자에게는 크나큰 위안이었다. 위안 정도가 아니라 실은 정신적인 힘이 되어주었다. 아예 문 여는 시간에 출근하듯 들어와 탁자 위에 원고지를 펴놓고 글을 쓰는 사람도 있고, 연락처를 '가고파'로 삼는 사람들도 있었다. 신문, 잡지사 기자들이 '가고파'로 원고를 가지러 드나들었다.

고마운 사람들. 아침부터 저녁 때 문을 닫는 순간까지, 누구든 있었다. 시인, 작가, 평론가, 화가, 교수, 어느 구석이든 한두 사람은 꼭 있었다. 마치 가게를 지키는 사람처럼, 금자를 지켜주는 사람처럼.

장성들도 나타나기 시작했다. 문인, 화가, 음악가, 교수 이런 사람들과 친분을 맺고 싶어하는 장성들이 의외로 많았다.

'군인. 그때 그 군인도 불쑥 나타나 주었으면.'

군인들이 자주 드나들자 금자는 1·4 후퇴 때, 바람처럼 나타나 돈뭉치를 마루에 내려놓고 간, 그 군인이 나타나 주었으면 싶었다.

또다시 피난을 가야 했다. 이번에는 친척이라곤 사돈의 팔촌도 없는 남쪽으로 무작정 떠나야 했다. 전쟁은 이겨가고 있는 듯싶었다. 9·28 수복 후, 한국군과 미군은 빠른 속도로 북진을 하고 있었다. 전쟁을 이기는 정도가 아니라 이제 곧 통일이 되는 듯싶었다. 이승만 대통령이 평양에 다녀오고, 종군작가들이 함흥까지 올라갔다 올 정도니 그야말로 통일이 눈앞에 다가온 듯싶었다. 그런데 그만 생각지도 않던 중공군이 들어온 것이다.

삐익. 문 앞에서 차가 급정거하는 소리가 났다. 그리고 이어 군인 한 명이 마당으로 뛰어들어왔다. 그는 마당에 들어오자마자 마루에 돈뭉치 하나를 내려놓았다. 마치 은행에서 방금 찍어 나온 듯, 빳빳한 새 돈이었다

"빨리 가십시오. 한강 나루터는 이미 피난민 행렬로 만원 상탭니다. 그래도 그리로 가셔야 뗏목을 타실 수 있습니다. 그 길밖에 없습니다. 한강을 건너셔야 합니다. 쪽배를 타시는 한이 있어도, 곧 한강을 건너도록 하십시오."

그는 두어 군데 더 들를 곳이 있다며 급히 나갔다. 그가 들어왔다 나간 시간을 다 합하면 채 1분도 안 되는 것 같았다.

"누구예요? 도대체?"

얼벙벙한 시선으로 남편을 바라보며 금자가 물었다.

"나도 잘 모르겠네. 정훈국에서 몇 번 본 적은 있지만."

그때 얼른 영수 머리에 이기련 대령이 떠올랐다. 그 친구일까? 그가 사람을 보낸 걸까? 그라면 충분히 있을 수 있는 얘기다.

"내가 왜 김형을 좋아하는지 알아요? 외로운 사람. 무지무지하게 외로운 사람. 세상사람들이, 세상 돌아가는 게, 모두 시시껍절해 보이지? 나도 그래, 나도 실은 그렇다고. 끔찍해. 김형을 보면 내가 나를 보는 거 같아 끔찍해. 징그러."

언젠가 술고래가 된 상태에서 이런 말을 하던 이기련이다. 필경 그가 사람을 보낸 걸 거다. 피난 갈 돈이 없을 줄 뻔히 알고 몇몇 작가들 집에 그런 식으로 돈을 보낸 걸 거다. 그 자신도 땡전 한푼 없는 사람이지만, 은행을 뚫기라도 했을 거다. 필경 그다. 그가 틀림없다.

"세상에, 고맙다고 말할 짬도 없었네."

마룻바닥에 놓여 있는 돈뭉치를 아주 기이한 물건처럼 내려다보면서 금자가 중얼거렸다. 마치 영화에 나오는 원탁의 기사 같았다. 곤경에 처했을 때 바람처럼 나타나 목숨을 구해 주고 또 바람처럼 휙 사라지는. 금자는 언제고 그를 만나면 덕분에 기차를 타고 무사하게 대구까지 올 수 있었다는 말을 꼭 전하고 싶었다. 그가 아니었다면 기차는 생각지도 못하고 아마 걸어서, 걸어서 겨우 대전 정도에서 주저앉았을 것이다.

대구에서 문화인을 만나려면 '가고파'에 가면 된다는 말이 나 돌 정도로 '가고파'는 문을 연 지 채 두 달도 되기 전에 문화인의 사랑방이 되었건만 동경에서는 여전히 소식이 없었다.

행방불명

"얘, 정 대위가 요즘 매일 출근이다."

영자가 현덕이와 재희 얼굴을 번갈아 보며 눈을 찡긋했다. 조금자는 서울에 다니러 올라갔다. 집이 어떻게 되었는지 궁금하던 차에 차편이 있어 간 것이다. 금자는 군복을 입지 않고서는 기차를 탈 수도 없고 도강은 더욱이 어려울 때, 군복을 입고 서울을 왔다갔다하는 최정희가 그렇게 부러울 수가 없었다.

"그래요. 대구나 부산에서 어려운 고비를 겪으며 영등포까지 왔다가 한강을 넘지 못해서 영등포에서 하차하는 사람들을 목격하곤 군복의 힘이 대단하다는 것을 절실히 깨달았어요."

육군복을 입고 서울에 다녀온 최정희의 그런 말을 들으며, 기회가 있으면 나도 좀 데리고 가달라고 부탁했었는데 하루는 그녀가 '가고파'에 들어오자마자, "조 여사, 당장 떠날 수 있어요?" 하고 물었던 것이다.

"누가 알아? 이 근처에 일이 있나 보지 뭐."

"모른 체하지 마. 너 때문에 부지런히 드나드는 거 빤히 알면서."

"어머머. 왜 나 때문이니?"

재희가 현덕이 말에 펄쩍 뛰었지만 금방 얼굴이 붉어졌다.

"너야, 내 눈에도 너라고."

영자가 재희라고 꼬집는 데는 그럴 만한 이유가 있었다. 재희가 쉬는 날 두어 번 허탕쳤다가, 그 다음부터는 아주 정확하게 재희가 쉬는 날에는 절대 나타나지 않는 정 대위다. 이제 막 스물을 넘긴 처녀들에게, 세탁소에서 방금 다려 입고 나온 듯한 깔끔한 군복을 입고 다니는 청년 장교들은 귀공자들처럼 보였다.

"어쨌거나 난 군인한테 관심 없어."

"어째서? 군인 아저씨가 얼마나 좋은데 그래?"

영자가 샐쭉한 표정을 지었다.

"군인은 무식하다, 이거지?"

"쟨, 그 말이 아니야. 군인이 왜 무식하니? 여기 드나드는 군인들만 봐도 얼마나 유식하니."

"무식한 군인들이 많은 건 사실이지만 교수, 작가, 빰치게 유식한 군인들도 많아. 여기 자주 오시는 이용상 씨 봐. 군인이지, 시인이지, 멋쟁이지, 얼마나 근사하니? 그분처럼 박식한 사람도 드문 것 같더라."

"너, 이 시인한테 반해도 단단히 반했구나."

"쟤는, 사람이 근사하다는 말도 못해?"

"난 말이지. 무식, 유식이 문제가 아니라, 어쩐지 군인 마누라 되기가 무서워. 전쟁이 언제 또 터질지 모르잖아. 너한테 미안한 소리지만 늘 불안하게 사는 게 군인 마누라 아니겠니?"

"그거야, 물론 그렇지. 하지만 조금만 철학적으로 생각해 보면 말이다.”

철학적이라는 말을 하면서 영자가 푸 웃었다.

“세상사, 사실 다 내일 일을 알 수 없는 미로잖아? 안전한 곳에 살아도 길 가다 차에 치어 죽을 수도 있는 거고, 한순간 앞을 모르는 목숨. 그건 군인이든 누구든 마찬가지 아냐.”

“아유, 얘 좀 봐. 결혼을 하시더니, 우리와 차원이 다르네. 인생을 한 차원 높은 데서 보시네.”

현덕이가 놀리듯 말하며 깔깔 웃었다. 사실, 재희는 정 대위에게 마음이 많이 기울어져 있다. 연락장교인 그는 굉장히 영어를 잘한다. 그가 가끔 몇 마디 영어 하는 걸 들으면 듣는 사람이 살살 녹을 정도다. 하루 쉬는 날, 재희는 정 대위와 방천으로 뱃놀이를 가기도 했었다. 재희는 그걸 친구들에게 비밀로 했기 때문에 죄를 진 기분이었다.

“그런데 말야. 너희들은 안 그러니? 군인들을 자주 보니까 말야. 하마터면 의용군으로 끌려갈 뻔했던 그때가 자꾸 생각난다.”

재희가 슬쩍 말을 돌렸다.

“어유. 생각만 해도 끔찍하다 얘.”

6·25 때 일이다. 중앙여전 앞에는 커다란 벽보가 나붙었다. 이제까지 학교에 나오지 않은 학생도 몇 날 몇 시까지 강당에 모이면, 그동안의 결석은 상관하지 않겠다는 내용이었다. 대신 그날도 학교에 나오지 않으면 반동으로 처벌한다는 무시무시한 경고였다. 그때까지 학교에 나가지 않고 있던 현덕이와 재희, 영자가 모여 어찌할까 궁리를 했다.

“가면 안 돼. 가면 그 길로 의용군에 끌려간다.”

영자가 절대 학교에 가지 말자고 했다.

“하지만, 오늘 나가면 그동안 결석한 거, 다 눈감아 준다잖아? 오늘 나가지 않으면 반동으로 처벌하고, 아유, 무서워.”

"그래도 가면 안 돼. 고등학교 학생들이 의용군 나가는 거 봤지? 그 애들이 뭘 알아서 지원했겠니? 말짱 연극이래. 미리 짜여진 각본이라는 거야. '오늘 나오지 않으면 반동으로 처단되고, 나오면 반동으로 처단되지 않는다.' 이렇게 선전을 한 다음, 아이들을 강당에 몰아넣어 전원 의용군으로 지원하자고 정신을 쌩하게 만들어놓고 끌고 가는 거래. 도망 나온 아이가 한 말이야."

대학생들, 고등학교 학생들을 이런 식으로 의용군으로 끌어갔다. 사상적으로 이편보다 그편에 솔깃해 자원한 학생도 있겠지만 거의 다 자신도 모르는 새에 지원병이 되어 쓸려 간 것이다. 교양 강좌가 있다고 선전해 학생들을 강단에 다 모이게 한 다음 당 조직 간부들, 즉 세포(細胞) 위원들이 번갈아 등단하여 격렬한 강연을 한다.

"조국과 민족을 위하여 우리는 미 제국주의와 이승만 매국도당을 쳐부숴야 한다."

"조국의 통일을 이룩하려는 이 성스러운 대열에 낙오하려는 비겁한 자는 즉시 처단되어야 한다."

"옳소. 그런 놈은 반동분자요. 그런 놈이 여기 있다면 즉시 민족의 이름으로 심판합시다."

"우리 학교에는 그런 놈 단 한 명도 없소!"

학생석 여기저기에서 벌떡 일어나 주먹을 휘두르는 사람들이 있다. 이런 식으로 학생들에게 애국 애족심을 고취시켜 놓고, 그 길로 궐기대회를 하고 '전원 지원'이라며 행진을 한다.

"동덕여중 애가 한 말이야. 200명이 전원 지원이라며 모조리 끌려갔대요. 걘, 설사 핑계 대고 화장실 갔다가 담을 타고 도망쳤대. 교양 강좌라는 게 바로 그런 거래. 학교든 동네든 간에 교양 강좌가 있다 하면 절대 나가지 말라고 그애가 신신당부하더라고. 시가행진 하면서 징징 우는 애들이 수두룩했대."

영자가 우겨 그들은 그날 학교에 나가지 않았다. 그리고 영자 말대로 그날 학교에 간 학생들은 모조리 지원병으로 나갔다. 대구로 피난을 오게 된 그들은 살아도 같이 살고 죽어도 같이 죽는다는 심정으로 형제애 이상으로 똘똘 뭉쳐 지냈다. 그들은 조금자 선생님을 그 어느 선생님보다 좋아했다. 조금자 선생님에게는 권위 의식이랄까, 그런 게 전혀 없었다. 하면서도 은은한 고급 향수처럼 고차원적인 지성미가 풍겼다. 어느 순간에는 옛날 영화에 나오는 양반집 큰며느리 같기도 하고, 또 어떤 때는 어디서나 볼 수 있는 평범한 이웃집 아주머니 같기도 했다. 특히 재봉질을 하고 있을 때는 영락없이 이웃집 아주머니였다.

"어머, 선생님, 팬츠 또 만드세요?"

"글쎄, 지난 일요일에 만든 건 너무 커서 두 사람은 들어가겠다며 날 놀리시겠지. 남편 사이즈도 모른다면서."

"선생님, 본도 없이 어떻게 만드세요?"

"그러니까 어떤 땐 너무 작아 넓적다리도 안 들어가고, 또 어떤 땐 너무 커 허리까지 쑥 들어가고 그런다고. 엉터리지 뭐. 나도 요즘 와서 배우는 거라 아직 서툴러. 애들 옷 만들어 입히고 싶어서 배우는 중이란다."

재봉질을 할 때와 마이크 앞에서 노래 가르칠 때와 강의실에서 강의할 때 모습이 전혀 다른 사람이었다. 학생들이 조금자 선생님의 강의를 특히 좋아하는 이유는 보육학 외에 간간이 들려주는 '여성학' 때문이었다. 여성의 지위 향상, 인권 동등을 잘못 이해하고 행동에 옮기는 여성이 되어서는 안 된다는 것을 그는 늘 강조했다. 그게 바로 신식 물이 잘못 든 시뚝한 여성의 모습이라고.

'올바른 인권 자유라는 것은 맹목적으로 남녀 동등을 주장하는 게 아니라, 남자와 동등한 인격체로 실력을 기르는 것부터 시작해야 한다.'

'잘난 여성이란 남이 잘났다, 잘났다 해서 잘난 여성이 되는 게 아니고, 속이 여문 여성이 잘난 여성이다. 속이 여문 여성이란 실력은 남성 이상으로 당당하면서도 가장 여성다울 줄 아는 여성이다.'

학생들 눈에는 조 선생님이 바로 그런 여성이었다. 다소곳해 보이지만 자기 주장이 분명하다. 단지 그 주장을 정면으로 충돌하지 않을 뿐, 결국은 본인의 주장을 상대방에서 설득시킨다. 야한 화장은 절대 하지 않는다. 야한 색상 옷도 입지 않는다. 물론 액세서리 같은 것도 전혀 안 한다. 한데도 이상하게 그에게서는 고상하고 품격 있는 멋이 풍겼다.

'가고파'에서도 조 여사의 인기는 대단했다. 어떤 시인은 아예 공개적으로 '조 여사와 연애 한번 해보면 원이 없겠다.'라는 말을 하기도 한다. 그런가 하면 장성들 중에는 조 여사를 만나보기 위해 눈에 띌 정도로 자주 나타나는 사람도 있다. 그런 장성은 으레 '가고파'가 문을 닫을 때까지 기다리고 앉아 있다가 저녁을 대접하겠다며 나섰다.

"말야. 이 장군 말야. 아무래도 좀 수상하잖아?"

"아냐. 이 장군은 선생님 친구분 남편이래."

"선생님 친구 남편이라도 그렇지. 왜 그렇게 자주 나타나니? 선생님 좋아하는 게 얼굴에 나타나잖아. 안 그래?"

"난, 이 장군보다 박 시인이 더 싫어. 자기가 마치 선생님 보호자나 되는 것처럼, 남들이 저녁 산다 하면 꼭 끼어 가니? 우습지 않니?"

"그거야, 선생님하고 단둘이만 가기 멋쩍으니까 이 장군이 박 시인도 최 여사도 전 여사도 다 함께 모시고 가는 거 아니겠니."

"하기는, 우리 선생님 안 좋아할 남자가 이 세상에 어디 있겠니?"

"어제는 선생님이 안 계시니까 얼굴색이 다 이상해지더라, 그랬지?"

"우리 선생님한테 유혹이 너무 심해."

"유혹?"

"그래. 유혹. 우리 선생님, 아직 젊으시다. 이제 겨우 마흔하나시잖아. 마흔하나. 마흔한 살의 미모 여성. 남편이 있지만 바다 건너 멀리 가 있고 혼자 살아가는 여성. 너, 우리 선생님이라 생각하지 말고 그냥 사십대 초반의 지성과 미모를 겸비한 여성을 상상해 보라고."

현덕이 말에 재희, 영자가 입을 다물었다. 현덕이가 늘 앞서 간다. 결혼을 한 영자보다 더 앞서 간다. 아직 여고생 티를 벗지 못한 재희에 비해 훨씬 어른스러워 보여 '가고파 마담'을 맡기도 했다.

"김 선생님이 일 년에 두 번 정도 나오시는 건가?"

"두 번은. 한 번이라는 것 같아. 휴가가 일 년에 한 번뿐이래."

"전번에 말야. 유미, 다미, 둘 다 입원해 있을 때 선생님이 굉장히 당황해하시더라. 난 선생님은 어떤 경우에도 절대 당황해하실 분이 아닌 줄 알았는데, 눈앞이 아찔하다 하시면서 눈물을 보이시더라고."

"그래. 너무 힘드실 거야. 외롭고."

"외롭진 않으실 거야. 주변에 우리들도 있고 또 좀 사람이 많니? 한시도 선생님을 가만 놔두지 않잖아."

"아이고, 이 맹추야. 그러니까 너는 하나는 알고 둘은 모르는 책 버러지라고. 아무리 사람들이 주변에 득실거려도 선생님은 혼자 사시잖아."

"애들이 너무 골골해. 먹기도 잘들 먹는 것 같은데 왜 영양실조지? 참 알다가도 모르겠네."

"선생님 말야. 요즈음 많이 약해지신 거 같아. 안 그러니? 눈물 기가 스쳐가는 걸 여러 번 봤거든."

"김 선생님. 정말 이상하지?"

"정말 빨갱이들한테 잡혀가신 걸까?"

"설마."

"아냐. 나도 자꾸 그런 생각이 들어. 입장을 바꿔 생각해 봐. 일본에서 누군가가 미국인을 죽어라 욕해 대는 드라마를 계속 쓴다 해. 너, 그럼 미국 측에서 가만있을 것 같니? 쥐도 새도 모르게 죽여버릴걸. 안 그래? 미국 사람도 그럴 텐데. 아유. 끔찍해."

"소름끼친다 얘, 그딴 불길한 소리 입에 담지도 마. 선생님 앞에서는 더군다나 절대로 그런 내색도 하지 마."

"선생님, 요새 소화도 안 되시나 봐. 죽을 좀 쒀 드려야겠어."

"남의 속도 모르고 이 장군이다 박 시인이다 선생님한테 너무 능글맞게 굴어 꼴 보기 싫게."

"남자들이란 참 이상도 해. 안 그러니? 빤히 김 선생님 부인이라는 거 알면서도 어떻게 그러니? 우리 선생님을 넘보다니."

"얘, 말만 들어도 징그럽다. 넘본다니! 징글징글, 몸이 다 근질거린다. 그런 게 아니라 순수한 감정일 수도 있잖아. 얼마든지. 선생님을 그냥 친구처럼 좋아하는."

"아이고, 재희야. 너 또 문학소녀 티가 나오는구나. 남녀 사이에 순수한 우정, 좋아하시네."

남자들이란 아무리 수만 병정들을 거느리는 무시무시한 장군들이라 해도, 여성들 앞에서는 순진한 소년들이 되는 듯싶었다. 이 준장도 박 준장도 김 소장도 조금자, 모윤숙, 전숙희, 장덕조, 최정희 같은 여성들 앞에서는 마치 담임 선생님에게 더 잘 보이려고 내기를 하는 국민학교 어린이들 같았다.

"선생님, 내일 돌아오신다 했지?"

"그래. 내일 오후."

서울에 다니러 온 금자는 다리가 후들거려 떡방앗간 앞, 고목 나무 그늘에 주저앉았다. 구렁이가 살고 있다는 백 년인지 천 년인지 묵은 고목은 여전히 그 자리에 묵묵히 서 있었다. 동네가 폭삭 주저앉았건만, 나무는 폭격의 흔적조차 없었다. 구렁이가 무서워 폭탄도 피해 간 거라고, 동네 사람들이 하는 말이었다.

정자네 큰아들 현우, 영일네 둘째아들, 영준이가 의용군으로 끌려갔난다. 언론인, 오 국장 댁 사정은 더 처참했다. 피난 가다 폭격을 당해 그자리에서 애들 엄마가 죽었단다. 네 아이가 졸지에 엄마를 잃었다.

"대한민국 백성질 했다고, 그게 반동이라는 겁니다. 글쎄, 그래 가면서 속죄하라고 속죄하면 살려준다면서, 하고많은 날 끌고 가 일을 시키는 겁니다. 그러다 또 세상이 바뀌니 어찌 된 줄 아세요? 군인이 들어오기에 아이고, 이젠 살았다, 좋아라 했더니, 웬걸, 부역했다고 잡아 족치는 겁니다. 빨갱이짓 했다는 거니, 글쎄 원통하고 억울해 혀를 깨물고 죽고 싶더라고요."

미동학교 나미 담임이었던 홍 선생의 하소연을 들어가며 금자도 하염없이 눈물을 흘렸다.

"태극기가 꽂혀 있던 깃대에 인공기를 내다 걸었죠. 세상이 바뀌었으니 살아남기 위한 방책이었죠. 그러다 또다시 태극기, 또다시 인공기. 희극도 아니고, 참말로 내 자신이. 매미 허물 벗듯 돌변하는 게 주접스러워, 내 스스로가 증오스럽더라고요."

"대한민국도 인민공화국도 똑같습니다. 백성 생각하는 사람들이 아니라고요. 말짱 나쁜 놈들입니다. 정권욕에 눈이 뒤집힌 건 똑같아요. 양쪽 다 민주주의를 내세우잖아요. 양쪽 다 민족을 위해서라고. 그 속에서 그저 살아남기 위해 인공기를 달았다 태극기를 달았다 해가며 난리를 했으니 이게 곡마단 광대가 아니고 뭡니까."

"소두 한 말에 3,000원 하던 쌀값이 5,000원으로 껑충 뛰어오른 게 엊그제 같더니 이젠 8,000원대를 내릴 줄 모르니 모두 굶어죽으라는 건지, 아, 나무 한 평에 만 원을 넘어요. 만 원이 말이 됩니까? 대구도 물가가 그래요?"

동네 여인네들은 하나같이 얼굴이 부석부석했다. 제대로 먹지 못해 누렇게 뜬 모습들이었다. 미군이 들어오면 밀가루라도 푸짐하게 배급받을 줄 알았더니, 그것도 아니란다.

전쟁이 정식으로 끝난 것도 아니고, 국민들은 나날이 치솟아 오르기만 하는 물가에 눈만 뜨면 끼니 걱정을 해야 하는 판국에, 정친 인들은 세력 다툼으로 혈안이 되어 있었다. 1952년 부산으로 피난 와 있는 임시 정부는 제2대 대한민국 정·부통령 선거를 맞게 되었다. 정부는 점차 야당화되어 가고 있는 국회를 믿을 수 없어 간접 선거에 불안을 느끼기 시작했다. 이승만을 재선에 추대한 여당 측이 간접선거제를 직접선거제로 고칠 것을 주장하자 이에 반대하는 야당 국회의원들과 심각한 대립 현상이 나타났다.

대다수의 국민들은 생활고에 지쳐, 직접선거제이든 간접선거제이든 관심도 없지만, 정치판은 무력까지 동원해 가며 난장판을 벌였다. 5월에는 국회의원 10명이 체포되는가 하면 6월 말에 가서는 '민족자결단'이라는 괴상한 이름의 청년들이 등장하여, 80여 명의 국회의원들을 연금하는 해괴망측한 일이 벌어지고, 나중엔 헌병까지 출동하여 국회 출석을 기피 중이던 야당계 의원들을 강제로 끌어내 간접선거제를 직접선거제로 통과시켰다.

금자는 '가고파'에서 세상 이야기를 듣는다. 대한민국이 돌아가는 이야기, 하다못해 북한에서 숙청 기운이 돌고 있다는 이야기까지 들을 수 있었다. 이런 어수선한 속에서 대통령이 된 이승만은 1953년 6월 18일 반공 포로를 밤중에 전원 석방시키는 깜짝 쇼를 벌이고, 결국, 한국이 원하든 원하지 않든, 1953년 7월 27일 휴전협정이 조인되었다. 이로써 3년 32일에 걸친 전쟁이 일단 정지되고 정부는 8월 15일, 서울로 환도한 것이다.

정전 후, 정부가 집계한 한국전쟁의 피해는 막대했다. 국군 사망자수는 22만 5000명, 실종자는 4만여 명, 민간인 사망은 24만 4000명, 피살이 12만 8000명, 실종이 30만여, 피랍이 84만여 명에 달했다. 북쪽의 피해까지 합친다면, 거기에 미군의 사망자까지 합친다면, 참으로 상상을 초월하는 파괴였다. 외세가 쳐들어온 거라면 탓하고 원망할 대상이나 있으련만, 이건 우리끼리 물고 뜯고 다 헐어버렸으니 허망하기 그지없는 노릇이었다.

서울의 도심지는 거의 잿더미로 변해 버렸다. 광화문 네거리의 비각은 허물어지고 남대문은 구멍이 뺑뺑 뚫리고, 종각은 흔적도 없고, 거리는 쓰레기장이 되어 있었다. 대한민국과 인민공화국이 수시로 바뀌는 속에서 피난도 가지 못하고 서울에 눌러 있었던 사람들. 그들이 겪은 처참함은 피난 갔던 사람들이 상상할 수조차 없는 비극이었다.

"가진 것을 골고루 나눠 먹어야 한다. 그러면 인민공화국에서 일주일 안으로 식량을 넉넉하게 배급해 줄 것이다."

자치대라는 완장을 찬 청년들이 집집마다 식량의 보유량을 조사하여 조금씩만 남기고 말짱 걷어갔단다. 인민공화국이 넉넉하게 배급을 줄 것이라 강조하면서. 그러나 그뿐, 쌀 한 알도 배급되지 않았단다. 그런가 하면 대한민국 측은 또 어떤가. 강도처럼 집을 점거하고 가산을 전부 차압하는 순경도 있었단다.

"너희들은 빨갱이짓을 했으니 다시 이 근처에 오면 그때는 죽이겠다."는 엄포에 집 주인은 입 벙긋도 못하고 졸지에 거리에 나 앉았단다.

정치판에서든 학교에서든 동네에서든 새 유행어가 '빨갱이'다. 미운 사람에게 '빨갱이' 또는 '빨갱이짓'을 했다는 누명만 씌우면, 그는 죽은 사람이나 다름없다. 폐허로 변한 서울에 다녀온 금자는 실컷 두들겨 맞은 사람처럼 온몸이 저리고 쑤셔 자리에 눕고 말았다. 집은 다행히 뼈대는 남아 있지만, 손을 어디서부터 어떻게 써야 할지조차 막막했다.

"전 여사, 저, 부탁 한 가지 해도 될까요?"

어느 날 오후, 전숙희와 마주 앉았을 때 금자가 조심스레 물었다.

"조 여사, 아직 많이 불편해 보이는데, 왜 좀더 쉬시지, 나오셨어요. 제자분들이 아주 잘하고 있는데."

"아니, 이제 괜찮아요. 아파도 여기 나와 아파야지, 그래야 맘이 편한 걸요."

"그런데 저한테 무슨 부탁을? 어디 얘기부터 해보세요."

"저…… 전 여사, 영어 편지 한 장 부탁하고 싶어서요."

비교적 '가고파' 안이 한가한 초저녁 시간 때였다. 전숙희는 조금자가 부러워하는 몇 안 되는 여성 중에 한 사람이다. 글을 쓰는 여자라는 데 우선 존경이 갔지만 그녀는 그 이상이었다. 어느 남성하고 어떤 대화를 하든 막힘이 없었다. 문학 분야뿐 아니라 다른 예술 방면에도, 정치 경제에도 박식했다. 그런가 하면 배우 저리 가라 할 정도로 미인이고 교양미가 풍기는 멋진 여성이었다.

"영어 편지라니요?"

전숙희는 커피를 마시면서 조 여사를 바라보았다. 요즈음 들어 부쩍 야위어 보인다. 하긴 생전 처음으로 다방을 경영하는 것이니 긴장도 되고 피곤도 하겠지. 뿐인가, 남편 없이 다섯 애들을 키우자니 속 썩는 일이 한두 가지겠는가. 그래도 언제나 미소를 잃지 않는 고운 여성인데 요즈음 부쩍 얼굴이 핼쑥해 보인다.

"등잔 밑이 어둡다고 글쎄, 전 여사, 영어 잘한다는 거 알고 있으면서, 내가 미처 생각을 못했어요."

"영어를 잘하긴. 그저 겨우 의사 소통이나 할 정도지요."

"아유. 의사 소통 할 정도면 다 된 거지, 우리 같은 사람이야 미국 사람 앞에서 완전 벙어리 아녜요."

"그런데 왜 갑자기 영어는?"

"저, 저, 사실은……."

사실은 그 누구에게도 말하지 않고 지내려 했다. 견딜 수 있을 때까지 혼자 견디려 했다. 그런데 이제는 더 참을 수가 없었다. 일단, 조총련에게 일을 당했구나, 생각하니 여태껏 입 꼭 다물고 지내온 게 후회되었다.

"조 여사."

조금자 눈에 눈물이 고이는 것을 보고, 전숙희가 깜짝 놀라 탁자 앞으로 바짝 다가앉았다.

"조 여사."

전숙희는 조금자 팔을 잡았다. 그녀의 팔이 가늘게 떨리고 있었다.

"영어 편지를 한 장 부탁해야겠어요."

"무엇이든 내가 할 수 있는 거라면, 그런데 도대체 무슨 일인지 이야기나 좀 해요."

좀처럼 약한 모습을 보이지 않는 조금자다. 차가운 듯하면서도 따스하고, 따스한 듯하면서도 때로는 차가워 보이는, 동성이든 이성이든 쉽게 어울릴 수 없는 그런 독특한 개성을 지니고 있는 여성이다.

언젠가 최정희가 "내가 남자라도 조금자에게는 반하겠다."고 말할 정도로 그녀에게는 구식, 신식 미가 어울려 있었다.

"유엔군 총사령관에게나, 유엔군 극동방송국 국장에게나, 편지를 좀 써주세요. 김영수가 살아 있는지 어쩐지, 그것만이라도 알아보고 싶어서요."

설명을 죽 하고 난 후, 금자는 손가락으로 명치 끝을 꾹꾹 눌렀다. 속이 또 쓰려 왔다.

"세상에, 세상에, 어쩌자고, 그걸 혼자만 간직해 왔대요. 세상에! 잘은 못 쓰지만, 쓰고말고요. 알아봐야지요. 그래서 요즘 그렇게 얼굴색이 말이 아니었군요. 진작 이야기를 하실 것이지, 진작. 아, 그런 걸 꽁하니 속에 묻어두고 있었으니 병이 나죠. 참."

그날 저녁으로 전숙희는 당장 클라크 유엔군 총사령관 앞으로 편지를 썼다.

갱그린 gangrene

회복실에서 깨어났을 때, 영수의 손은 저절로 왼쪽 다리를 더듬었다. 팔이 제대로 움직거려 주지 않아 안타까웠다. 마음 같아서는 팔을 쭉 뻗고 싶은데 팔이 말을 듣지 않았다. 그래도 영수는 손가락을 꼼지락거리며 아래로 아래로 내려갔다. 넓적다리를 더듬어 내려가는 손이 마비가 되는 듯 뻣뻣해졌다. 붕대로 칭칭 감아놓은 다리.

"억!"

무릎 아래가 없었다.

영수는 짐승의 목을 따는 듯한 비명을 지르며 다시 의식을 잃었다.

이따금 잠을 자다 송곳으로 종아리를, 넓적다리를 콕 찌르는 듯한 통증에 잠이 깨곤 했다. 이상도 하다. 너무 운동을 심하게 했나? 영수는 요즈음 자주 미군들과 땀을 뻘뻘 흘려가며 농구를 했다. 영수가 고등학교 시절에 농구 선수였다는 것을 알고 난 미군들은 툭하면 농구 코트로 영수를 불러냈고, 나중엔 편을 갈라 게임을 할 정도까지 비약했다. 그렇지 않아도 무슨 운동이든 운동을 좀 해야겠다고 생각하던 참이라 영수는 방송국 안에 농구팀이 형성된 게 참 기뻤다. '도둑놈' 소리를 들어가며 중동 유니폼을 입고 뛰던 시절처럼 몸이 잽싸진 않았지만, 그래도 아직은 뛸 만했다.

농구를 하면서 방송국 사람들과 훨씬 가까워졌다. 몇몇 사람들과 사무적으로 알고 지내는 정도가 아니라 이제는 다른 부서에 있는 사람들하고도 같이 맥주를 마시러 나갈 정도가 되었다. 가까워지자, 그들은 한국과 한국인에 대하여 여러 가지를 물어왔다. 한국 사람들은 중국 말을 하느냐, 일본 말을 하느냐고 묻는 군인도 있었다. 그들은 한국에 대해 거의 백지 상태였다. 그들 대부분 한국이란 나라가 어디에 있는지조차 모르며 한국전에 참전한 것이었다.

행여 안하던 운동을 너무 심하게 한 탓인가 싶어 당분간 농구를 중단했다. 하지만 그 기분 나쁜 통증은 잊을 만하면 찾아오곤 했다. 그렇게 몇 달이 지나가면서, 야금야금 발가락 끝에서부터 살이 썩어 들어오고 있었던 것이다.

"굿럭(good luck)."

"시 유 순(see you soon)."

수술 대기 중인 환자들은 수술받으러 가는 환자에게 이렇게 인사를 한다. 오늘은 어느 방 어느 환자가 수술을 받는다 하면 간호사에게 부탁해 휠체어나, 아예 침대를 밀어 복도가 보이는 곳으로 옮겨가 있다가 꼭 한마디 인사를 건네는 것이다. 살아서 돌아오라는 응원이었다. 하지만 살아서 돌아오는 사람들이 돌아오지 않는 사람들보다 훨씬 적었다.

살아서 병동으로 돌아온 걸까? 살아서? 나도 지금 살아서 내 병실로 돌아온 걸까? 살아서 돌아오긴 온 것 같은데, 과연 지금 이 순간, 살았다는 게 그래도 행운일까.

진통제로 살았다. 약을 먹고 주사를 맞고, 자고 나면 또 주사를 맞고, 보름이 지나가고 한 달이 지나갔다. 다리는 여전히 붕대로 친친 감겨져 있었다. 절단한 부분이 아물 때까지 병원에 있어야 한단다. 잘린 다리. 꿈속에 잘려나간 다리가 허공에 빙빙 떠돌았다. 9·28 수복 당시, 피가 흥건한 냉천을 기어갈 때, 거기 나뒹굴던 다리며 팔이며 몸통들. 그 끔찍한 장면도 함께 떠올랐다.

"여보, 여보."

의식이 깨어나면 아내를 불렀다.

"나미야, 유미야, 다미야, 학중아, 은미야."

아이들 이름을 차례대로 부르다 눈을 뜨면 아무도 없었다. 사방이 하얀 벽일 뿐, 사람이라곤 없었다. 잘린 무릎 아래가, 아니 무릎 아래뿐 아니라 넓적다리가, 엉덩이가, 허리까지 칼로 살을 짓이기는 것처럼 아팠다. 배도 땅겼다. 기침을 할 때마다 우악스럽게 꿰매놓은 실이 툭 터져 창자가 튀어나올 것만 같았다. 가슴에서 배꼽 아래까지 송곳으로 듬성듬성 꿰매놓은 것같이 울퉁불퉁했다. 다리를 절단할 때, 무엇이 잘못되었는지, 피가 천장으로 솟구쳐 개복수술도 했단다. 그렇게 응급조치를 할 수밖에 없었단다. 다리를 절단하는 대수술을 하면서, 배도 가를 수 있는 건지, 군인병원이라 개돼지 잡듯 한꺼번에 해치운 건지, 어쨌거나 의학적 용어를 다 알아들을 수는 없지만 생명이 위독해 그 길밖에 없었다는 게 군의관 설명이었다.

"진통제를 주시오. 더 독한 걸 주시오. 견딜 수가 없소."

약 기운이 깨기 시작할 때쯤이면 영수는 미친 사람처럼 울부짖었다. 참을 수가 없었다. 어느 구석 하나 아프지 않은 곳이 없었다.

"아직 이릅니다. 시간이 안 됐습니다."
"차라리 죽여주시오. 죽여주시오."
때로는 영수가 너무 몸부림을 쳐 혁대로 친친 묶어놓기까지 했다. 혁대로 묶인 채 발버둥치다가 의식을 잃기도 했다.

여배우 복혜숙의 남편, 김성진 외과에서 엄지발가락을 잘라낼 때, 그가 말했었다. 발목까지 잘라내는 게 좋겠다고.
"발목까지, 발목까지…… 잘라내면 안심할 수 있습니까?"
아내가 덜덜 떨면서 물었다. 영수는 입 언저리 근육이 마비되어 버린 듯, 아무 말도 나오지 않았다.
"장담은 할 수 없습니다. 죄송합니다. 워낙 고약한 병이라서. 언제 또 다시 살이 부패해 썩는 증세가 나타날지, 아니, 영영 나타나지 않을 수도 있습니다. 정말, 이 병은 예측할 수가 없습니다."
"영영 나타나지 않을 수도 있다고요?"
"그렇습니다. 다시 안 나타날 수도 있습니다."
"그럼, 발가락만."
금자가 그 말을 하는 순간과 거의 동시에 영수 입에서도 "발가락."이란 소리가 터져나왔다.

이 무슨 저주인가. 내가 무엇을 잘못했다고, 이 무서운 병, 하필이면 살이 부패해 썩어 들어오는 병에 걸렸단 말인가. 나는 그 어느 누구에게도 해코지 해본 적이 없다. 그 어느 누구도 마음으로 미워해 본 적도 없다. 욕심을 부렸다면 공부에 대해, 작품에 대해 욕심을 부렸을 뿐이다. 오직 그것뿐이다. 돈에 대해, 명예에 대해 욕심을 부려본 적도 없다. 그 누구도 시기해 본 적 없다. 사기쳐 본 적도 없다. 중상 모략도 해본 적 없다.

청진동 골목, 그 가난에서 벗어나기 위하여, 돌진, 돌진 또 돌진! 나를 재찍질해 가며 살아왔다. 남들이 놀러 다닐 때 졸음을 쫓느라 냉수로 목욕을 해가며 공부했다. 동경 유학생 시절도 먹고 싶은 것, 입고 싶은 것도 참아가며 지냈다. 며칠 밥을 굶어 가물가물 정신을 잃은 적도 있었다.

'가난한 집 자식들은 공부를 못한다. 공부도 있는 집 자식들이 잘한다.'

그런 전형적인 사고방식에 도전해 가며 살아왔다. 증명하고 싶었다. 스스로에게, 그리고 사람들에게, 가난하기 때문에 공부를 못한다는 건 나약하고 비겁한 자의 변명이라는 것을 증명해 보이고 싶었다. 빈털터리면서, 오지게 당당하고 시큰둥하게 건방지다는 소리를 들어가면서도, 눈 하나 끔벅하지 않고 살아왔다.

사람은 가난하다고 기죽지 않는다. 사람은 자기 스스로에 대한 자긍심이 없을 때, 오직 그때 남들 앞에서 기가 죽는다.

'장르를 넘나들지 말아야 한다. 그게 문학인의 자세다' 그 고정관념도 때려부수고 싶었다. 장르를 넘나드는 작가. 소설도 쓰고 희곡도 쓰고 드라마도 쓰고 시나리오도 쓰는 작가이고 싶었다.

사람들은 무엇이든 다 쓸 줄 아는 재주 있는 작가라는 말은 절대 안 한다. 대신 무엇이든 마구 써대는 작가라고 폄하한다. 마치 시를 쓰다 소설을 쓰고 소설을 쓰다 희곡을 쓰면 타락이나 하는 것처럼. 그 밴댕이 속처럼 편협한 가치관, 한국 문단에 보이지 않게 짙게 깔려 있는 그 휘장에 영수는 질식할 것만 같았다. 그러면서도, 그 누구에게 아부도 하지 않고, 그 누구도 미워하지 않으면서, 그 어떤 말이든 한 귀로 듣고 한 귀로 흘려가며 당당하게 살아왔다. 자신이 있으니까. 자신 하나로 버텨온 거다.

동경으로 건너오기 전까지, 박영준, 김동리, 정비석과 더불어 신문연재도 많이 써 왔다. '쓰고 싶으면 너도 써라. 희곡도, 드라마도 시나리오도 써봐라. 쓸 수 있으면 써봐라.' 이런 배짱으로 살아왔다. 나는 그 순간, 순간, 내가 가장 잘 묘사할 수 있는 글의 형식을 빌려 쓰고 싶을 뿐이다. 그리고 소설이든 희곡이든 시나리오든, 드라마든 쓰는 것마다 히트해 왔다. 그것만은 남들도 부인할 수 없는 사실이었다. 김영수가 어린이 방송국까지 손을 댄다고 뒷전에서 쑥덕쑥덕 댔지만 「똘똘이의 모험」처럼 장기간 인기를 끈 어린이 방송극이 또 있었던가.

나는 정말 자유롭고 싶었을 뿐이다. 그 어떤 틀이나 그룹이나 또는 평 따위에 나를 구속시키고 싶지 않았을 뿐이다.

그 누구도 원망해 보지 않았다. 단지, 답답했을 뿐이다. 자신들의 사고관, 가치관, 그것만이 절대적 진리처럼 주장하는 고루하고 편파적인 문단 세계에 답답함을 느끼고 외로움을 절절하게 느끼긴 했지만, 때로는 남의 글을 끝까지 읽지도 않고 평을 쓰는 평론가들의 양심을 심한 언어로 질타하기도 했지만, 사람을 미워해 본 적은 없었다. 사람을 미워하기는커녕, 실은 늘 사람이 그리웠다. 허물없이 지낼 수 있는 친구가 그리웠다. '이 죽일 놈아', '이 구제불능의 회색분자야', '이 정신 나간 볼셰비키야.' 해가면서도 하루만 안 봐도 보고 싶은 얼굴들, 그들이 말짱 북으로 가버린 후, 친구가 그리워 늘 목이 말랐다.

한데 어째서, 어째서 이런 저주인가. 이제 겨우, 마흔 초반이다. 한참 일할 나이다. 그런데 어째서 이 끔찍한 병에 걸렸단 말인가.

어렸을 때 냉방에서 잠자기 일쑤였다. 김성진 박사는 냉방에서 잔다고 갱그린에 걸리는 게 아니라 했지만 미국인 군의가 제일 먼저 물은 말이 바로 그것이었다. 동상에 자주 걸렸었느냐고.

청진동 시절, 잠을 자다가 뼈까지 시려와 깬 적도 여러 번 있었다. 와세다 시절, 두 주일 동안 옥살이를 할 때, 열 발가락이 시퍼렇다 못해 진한 보랏빛으로 변하기도 했었다.

죽여다오. 제발 나를 죽여다오. 나에게 죽을 자유를 달라. 당신들은 모른다. 이 아픔을. 이 생살을 찢는 듯한 아픔을.

"나를 도와주시오. 나를 제발 도와주시오. 자는 듯 조용히 가는 주사가 있지 않소? 그런 주사가 있다는 거, 알고 있소. 제발, 나를 도와주시오."

같은 동양인이기 때문인지 백인 간호사보다는 일본인 간호사에게 훨씬 친근감이 느껴졌다. 그래서 영수는 하즈예만 들어오면 간청을 하기도 하고 때로는 미치광이처럼 발광을 하기도 했다.

"압니다. 얼마나 고통스러우신지 압니다. 하지만 참으셔야 합니다."

"알긴, 네가 뭘 알아? 네가 어떻게 알아?"

"진정하세요. 또 혁대로 꽁꽁 묶이고 싶으세요? 선생님, 제발 제발 진정하세요."

영수가 미친 사람처럼 소리를 질러대면 그녀는 울상이 되어 간청하듯 말하곤 했다.

"나를 좀 도와주오. 나를 좀 도와줄 수 없겠소?"

"선생님, 제발, 소리 지르지 마세요. 또 사람들이 와요. 그럼 또 묶어요. 제발, 소리 지르지 마세요."

하즈예와 그런 실랑이가 매일 계속되었다. 야간 당번인 수잔은 영수의 히스테리를 받아주지 않았다. 소리소리 질러대기 시작하면 '진정해라', '참아라' 두어 마디 하다가 침대 모서리에 달려 있는 비상 버튼을 누른다. 그러면 장정 두 명이 냉큼 달려와 영수 몸에 혁대를 둘렀다.

"선생님, 왜 나에게 이런 불행을 주었느냐고 저주하시지 말고, 주님이 생명을 구해 주셨다는 것을 감사해하셨으면 좋겠습니다. 그래야 선생님이 빨리 회복되십니다."

하즈예의 그 말이 떨어지는 순간, 탁자 위에 있는 물컵이 날아갔다.

"야, 네가 건방지게 나한테 설교하는 거야."

"아니, 아닙니다. 제가 감히 작가 선생님께 무슨 설교를 하겠습니까? 다만 괴로워하시는 모습 뵙기가 너무 안타까워 그럽니다. 육체적 고통은 약으로 고칠 수 있지만, 정신적 고통은 선생님 자신이 고치셔야 합니다."

바닥에 엎어진 물컵을 집어 제자리에 놓으면서 하즈예가 나직하게 중얼거렸다. 찾아오는 사람도 별로 없었다. 일주일에 한 번 정도 방송국에서 같이 일하는 위진록, 유덕훈, 김복자가 번갈아 가며 찾아왔지만, 넉 달이 넘고 여섯 달이 되어가자 그들의 발길도 차츰차츰 뜸해졌다. 참을 수 없게끔 쑤시고 땅기던 아픔도 조금씩 덜해 갔다. 아편이 들어가 있는 진통제 주사는 더 이상 맞지 않아도 지낼 만했다. 이제는 진통보다 고독이 더 참기 힘들었다.

고독병. 잡지에서 읽은 기사다. 미국의 노인들을 죽이는 첫째 병이 고독병이라고. 그때, 잡지를 읽으면서 고독병이라는 건 어디까지나 정신적 상태인데 그 정신적 상태 때문에 사람이 정말 죽을 수도 있는 걸까 의아했었다. 그런데, 정말 막상 당하고 보니 그게 아니었다. 의사와 간호사들이 시간 맞추어 잠깐씩 얼굴을 디밀 뿐, 온종일 개미 새끼 하나 얼씬거리지 않는 병실. 하즈예가 방에 들어올 시간이 기다려졌다. 그녀는 영수를 성가신 환자로 취급하지 않고 사람으로 대해 주는 오직 한 사람이었다.

"아니, 오늘은 하즈예가 쉬는 날이잖아?"

어느 날 똑똑 노크를 하면서 얼굴을 들이미는 하즈예. 영수는 너무나도 반가워 그만 콧날이 다 시큰해졌다. 빈 병실에서 멍하니 창 밖이 부유스름하게 훤해지는 새벽을 맞이하고, 하루가 차츰차츰 저물어 가는 어둠을 맞이한다는 것이 얼마나 외로운 일인지 당해 보지 않은 사람은 모른다.

왜 장기간 입원해 있는 환자들이 툭하면 벨을 신경질적으로 눌러대며 간호사를 찾는지, 영수는 그 심성을 알 것 같았다. 얼굴을 보고 싶은 것이다. 아무 얼굴이나, 그저 사람의 얼굴을. 그리고 말을 하고 싶은 것이다. 무슨 말이든. 사람과 대화를 하고 싶은 것이다. 그래서 그들은 간호사를 불러 공연히 이런저런 투정을 하고 불평을 하는 것이다. 그런 환자들의 심정을 꿰뚫듯 들여다보고 있기에 간호사들은 긴급 벨 소리가 울려도 냉큼 달려가지 않는다.

외로운 병. 고독병. 그 병을 스스로 고칠 수 있을 때, 스스로 고치는 길을 터득할 때, 그때 비로소 사람은 자유스러워지는 게 아닐까. 그러나 그건 도인의 경지, 해탈의 경지다. 사람은 사람이기 때문에 사람을 그리워한다. 필요로 한다. 이런 감정이 전혀 없다면 사람이라 할 수 없지 않은가. 해서 영수는 어떤 종교도, 그게 절대라 믿지 않는다. 왜냐하면 부자연스럽기 때문이다. 인간의 가장 근본적인, 가장 자연스러운 감정 — 사랑, 미움, 그리움, 의심, 욕심 — 이걸 벗어나야 한다는 자체가 얼마나 억지인가. 오욕을 벗어난 인간이 어찌 인간이란 말인가. 더럽고 추하고 야비한 것도 인간 본연의 모습이고 고고하고 숭고하고 거룩한 것 또한 인간 본연의 모습이다. 악함과 선함이 함께 똑같은 무게로 가슴속에 들어 있기 때문에 인간은 늘 고뇌하고 방황한다. 이게 인간이다.

외로움도 어쩔 수 없이 내가, 내 목숨이 붙어 있는 한 함께 살아가야 하는 것. 더불어 살아가야 하는 것이라면, 순순히 받아들이자. 순순히. 다리 하나 없이 살아가는 것 또한 내가 받아들이고 살아가야 하듯.

"오늘은 간호사가 아니에요. 작가 선생님 문안 온 방문객이에요."

그녀는 방긋 웃어가며 꼬물꼬물 가방 속에서 뭔가를 꺼냈다. 그러고 보니 하즈에는 간호사 유니폼이 아닌 하늘색 원피스를 입고 있었다.

"안 되는 줄 알지만, 쉬, 비밀이에요."

하즈에가 도어를 바라보며 손가락을 입에 댔다.

"김치 생각 나셨지요?"

그녀가 꺼내놓은 것은 볶은 밥과 김치였다.

"한국 사람들은 김치 없으면 식사 못한다는 말 들었어요."

영수는 물끄러미 김치가 들어 있는 자그마한 유리병을 바라보기만 했다.

김치. 김치를 먹어본 지가 얼마 만인가. 아내가 잘 만들던 보쌈김치며 장김치 생각이 났다.

"사모님이 계셨으면 얼마나 잘 보살펴드렸겠어요."

영수는 목이 잠겨와 고맙다는 말도 못하고 창 밖으로 시선을 돌렸다.

금자. 그녀는 남편이 다리 병신이 되었다는 것을 까맣게 모르고 있겠지.

"가진 것은 건강한 몸뚱이뿐이오. 나는 정신이 건강하고, 육체가 건강하오. 나는 이 두 가지가 건강하기 때문에 당신을 행복하게 해 줄 자신이 있소."

'아아, 여보. 그렇게 자신 있게 말했었지. 자신만만하게. 그런데 이제 다리 병신이 되었소.'

"선생님, 이런 책을 읽었어요."

하즈에가 탁자 위에 가지고 온 음식을 올려놓으며 말했다. 볶은 밥, 김치뿐 아니라 계란말이도 있었다.

"사형수의 일기였어요. 독방에 갇혀 있을 때, 가끔 벌레가 나와 바닥에 기어다니곤 했대요. 그 사형수는 벌레가 방에서 나가지 못하도록 자꾸 한 곳으로 몰았대요. 방에 있어달라고, 제발 나가지 말라고. 자신 외에 무엇인가 방 안에 움직거리는 생명체가 있다는 것이 그렇게나 고마웠대요. 저는 그 책을 읽으면서 눈이 붓도록 얼마나 울었는지 몰라요."

하즈에가 잠시 시선을 떨구고 가만 있더니 다시 말을 이었다.

"선생님, 외로우시죠? 객지에서 이런 일 당하시고 너무 적적하시죠?

하지만 머지않아 완쾌되실 것이고, 그러면 고국으로 돌아가 가족들과 지내실 수 있잖아요? 지금 외로우셔도 조금만 참으시면 선생님에게는 가족이 있으시잖아요."

가족? 가족에게로 돌아간다? 한쪽 다리로 아내에게 돌아간다? 아니다. 아니다. 나는 이 꼴로 돌아갈 수 없다. 돌아가지 않는다. 절대로.

"선생님은 사형수도 아니고, 혼자도 아니세요. 잠시 그냥 잠시, 요양원에 들어와 계시다고 생각하셔요. 그리고 지금은 선생님이 이 세상에서 가장 비참한 사람이라 생각하시겠지만, 여기 이 병동에서는 매일같이 사람이 죽어나가요. 돌아온다고 손을 흔들면서 수술실로 간 사람들 중에 돌아오는 사람들 별로 없어요. 선생님, 그들은 다리 하나 없어도, 하다못해 다리 둘 다 없어져도 살아서 이 병동으로 돌아오기만을 간절히 기도하면서 수술실로 가요. 선생님은, 다리 하나를 잃으셨지만, 이렇게 나날이 회복되어 가고 계셔요. 머지않아 아픔도 씻은 듯 가실 것이고, 그러면 선생님은 그리운 가족에게로 돌아가실 수 있어요. 정말 외로운 사람은 외로운 것도 몰라요. 마비가 되니까요. 외롭다는 게 자신의 생활이 되어버리면, 외롭다는 걸 느끼지도 못해요. 정말 서러운 사람은 그런 사람들이에요."

'정말 외로운 사람은 외로운 것도 몰라요.'

영수는 방금 하즈예가 한 말을 꼭꼭 씹어보았다. 이제 겨우 스물을 넘겼을까 한 여자에게서 나오는 소리답지 않게, 가슴 저미도록 슬픈 말이었다.

"저는, 부모님 얼굴도 기억하지 못해요. 제가 아주 어렸을 때 다 돌아가셨어요."

'정말 외로운 사람은 외로운 것도 몰라요.'

하즈예가 돌아간 후, 그녀의 음성이 영수의 귓가에서 떠나지 않았다.

하즈예는 똥오줌도 받아내고 목욕도 시켜주었다. 다리에 약물 소독을 하고 연고를 바르고 헝겊을 새 것으로 바꾸는 일도 하즈예가 주로 했다. 하도 성난 사자처럼 툭하면 발광을 해대, 다른 간호사, 간호 보조사들까지 하즈예가 당번이 아닐 때도 그녀에게 부탁을 할 정도였다.

"내가 그동안 못되게 군 것 용서해요. 당신에게 화를 낸 것이 아니었소."

"잘 알고 있습니다. 저한테 화내신 게 아니라는 걸 잘 알고 있습니다."

운동을 시작했다. 클러치를 양쪽 겨드랑이에 끼고 걷는 연습을 할 때마다 하즈예가 곁에 있었다. 휠체어를 타고 병원 마당을 한 바퀴 돌 때도 하즈예가 곁에 있었다. 언제부터인지 하즈예는 영수에게 없어서는 안 될 그런 존재가 되었다.

여보.

당신 수술이 잘 되었고 지금은 회복 중이라는 소식이 무엇보다 반갑습니다.

방송국 국장 제임스가 직접 아내의 편지를 갖고 찾아왔다.

"정말 놀랐습니다. 그런 대수술을 하고 여태 가족에게 연락을 안했다니, 어떻게 그럴 수 있습니까? 참 독합니다."

그는 독하다는 말에 힘을 주며 웃었다.

"도대체 몇 달입니까? 반년이 지나도록 집에 연락을 안하다니, 정말 너무 하셨습니다. 부인께서 생사 확인만이라도 해달라는 말이 나옴직도 하고말고요."

영수는 묵묵히 그의 말을 들어가며 그 등뒤로 펼쳐져 있는 가을을 바라보고 있었다. 주홍색, 붉은색, 노란색, 바람에 낙엽이 흩날린다. 초봄에 들어온 것 같은데 시간이 이렇게 흘러갔다.

여보. 무슨 말을 해야 할까요.

당신이 그 고통을 받고 있는 시간에 나는 아무것도 모르고 소식 없는 당신만 원망하고 있었으니 늦게나마 당신에게 용서를 빕니다.

여보.

당신이 나에게 이런 말을 했던 것 지금도 또렷하게 기억합니다.

'나는 태어날 때부터 가난과 빈곤 속에 태어났소. 역경을 헤치고 헤치며 꿋꿋하게 버텨왔소. 나는 앞으로도 그 어떠한 좌절과 난관이 부딪친다 해도 결코 쓰러지지 않을 거요. 사람은 자기 자신이 자신을 쓰레기라 생각하면 그 순간부터 쓰레기가 되는 것이오. 자신이 자신을 불쌍하다 여기면 불쌍한 인간이 되는 거요. 나는 자신 있소. 당신이 내 곁에만 있어준다면, 나는 용기를 가지고 이 인생을 멋지게 살아낼 자신이 있소. 한 번밖에 없는 인생, 우리는 우리의 인생을 멋지게, 멋지게 살아줄 의무가 있는 게 아니겠소.'

당신의 그 말. 지금도 생생하게 기억합니다.

나는 당신 곁에 있습니다. 지금도 그렇고 앞으로도 영원히, 항상 당신 곁에 있을 겁니다. 당신이 멀리 떠나고 나서야, 당신이 나에게 얼마나 소중한 사람이라는 것을 절실하게 깨닫게 되었습니다.

우리에게는 영리하고 귀여운 다섯 아이들이 있습니다.

나미는 무용에 재주가 있나 봐요. 당신이 원했지요? 최승희 같은 무용가를 만들고 싶다고요. 무용 선생님 칭찬이 대단하세요. 이 담에 반드시 훌륭한 대가가 될 거래요.

유미는 피아노와 성악 레슨을 받아요. 피난국민학교 음악 콩쿠르에 나가서 독창을 했어요. 글쎄, 유미 차례가 되었는데 반주하는 선생님이 나타나질 않겠지요. 그래서 내가 무대 위로 쫓아 올라가 반주를 해주었다고요. 물론 1등을 했어요. 누구 딸인데 1등을 하지 않겠어요.

영수는 눈을 감았다. 나미가 분홍색 토슈즈를 신고 나비같이 춤을 추는 모습, 유미가 마이크 앞에서 노래를 부르고 아내가 반주를 해주고 있는 모습이 눈앞에 환히 펼쳐졌다.

음악을 하는 아내에게 피아노를 사주지 못했다. 어렸을 때 피아노 건반을 큼직한 종이에 그려놓고 연습을 했다는 아내. 피아노가 소원인 아내에게 피아노를 아래층, 이층에 두 대씩이나 놔주겠다는 신랑감도 있었다. 피아노를 꼭 사주고 싶었다. 어느 날 갑자기 그랜드 피아노가 들이닥쳐 기절할 듯 놀라는 그 모습을 보고 싶었다.

시간이 너무 짧았다. 「소복」으로 문단 말석에 겨우 들어서 본격적으로 글을 쓰기 시작할 무렵, 6·25가 터졌고, 그리고 또 한참 무섭게 글을 쓸 나이에 일본으로 건너왔다. 전쟁만 나지 않았다면, 지금쯤 피아노 한 대쯤은 사주었을 텐데. 그놈의 전쟁만 나지 않았다면, 내가 이곳 동경에 와 있지 않을 텐데.

내가 일고 교수에게 대들지만 않았다면, 한겨울 시멘트 바닥에서 옥살이를 하지만 않았다면, 다리 절단까지 하지 않을 수도 있었을 텐데. 아아, 그러나 '그럴 수도 있었었는데, 저럴 수도 있었었는데'라는 말이 무슨 소용이란 말인가. 그 말처럼 슬픈 말이 세상에 또 어디 있단 말인가.

여보. 우리는 어떠한 역경 속에서도 좌절할 수 없습니다. 좌절해서는 안 됩니다. 아이들을 보며 용기를 가져야 합니다. 행여나 당신이 좌절한다면, 당신은 당신의 말을 거역하는 것입니다. 부디 당신의 그 무모하리만큼 당당한 자긍심과 용기를 잃지 말고 잘 견뎌주기를 바랄 뿐입니다.

'무모하리만큼 당당한 자긍심'
아내가 아주 기분이 좋을 때 놀리듯 하던 말이었다.
"도대체 당신은 뭘 믿고 그리 당당한 거유?"

"믿기는 뭘 믿어? 이 김영수를 믿지."
"낭신 그러니까 미움받지."
"누가 날 미워해?"
"누군 누구예요? 문인들이 다 당신 미워하지."
"그거야, 당연하지. 미울 수밖에."
그래, 그랬다. 이날 이때까지 늘 '무모하리만큼 당당한 자긍심' 그것 하나로 살아왔다.

지금 이 글을 쓰고 있는 이 순간, 달려가고 싶을 뿐입니다. 곁에 있지 못하는 것이 너무나도 안타깝습니다. 여기 걱정일랑 아무것도 하지 마세요. 저도 아이들도 잘 지내고 있으니까요. 아프고 괴롭고 외로울 때, 아이들과 나를 생각해서라도 기운을 내주세요. 어서 빨리 회복하기를 하늘에 빌겠습니다. 자주 쓰겠습니다.

윽. 으윽……. 영수는 베개에 머리를 묻고 짐승 소리를 내며 흐느끼기 시작했다. 그래. 그것이 내 생활 철학 아니었던가. 사람은 자기 스스로 자신을 별 볼일 없는 인간, 있으나 마나 한 인간이라 생각할 때, 오직 그때만 쓸모없는 인간이 된다. 남이 무엇이라 해도 스스로가 자신을 가치 있는 인간이라 생각한다면, 절대 함부로 살지 못한다.
남이 나를 병신이라 비웃는 게 무슨 상관이냐. 내가, 나를 병신이라 비웃지 않는 한, 나는 당당하게 살아갈 수 있는 거다. 내가, 나를 불쌍하게 여기면 남들도 나를 불쌍하게 여긴다. 지독한 집념과 자신감과 자존심으로 이날까지 살아왔다. 이까짓 다리 하나 없으면 어떠냐. 나는 오늘부터 다리 하나로 당당하게 살아가련다. 두 다리로 사는 사람보다 더 열심히 살아가련다. 이것이 내 운명이라면 피하지 않으련다. 부딪쳐 살아남으리라.

나는 글쟁이다. 글쟁이는 펜만 있으면 살 수 있다. 그래. 나는 펜만 있으면 산다.

일본 여인 하즈예

저녁때 사무실에서 숙소로 돌아오면 영수는 제일 먼저 의족을 빼고 까진 살 부분에 약을 발랐다. 나무로 만든 의족은 굉장히 무겁다. 그 무거운 의족을 무릎에 끼고 그것이 온종일 제대로 붙어 있도록 넓적다리에 매단다. 헐렁하면 벗겨지니까 단단하게 나일론 줄로 꽁꽁 동여매야 한다. 그래야 걸을 수 있다. 딱딱한 나무에 살이 까지지 말라고 무릎과 넓적다리에 헝겊을 여러 겹 친친 감지만, 그래도 으레 살이 까진다.

의족을 빼고 우선 넓적다리를 주무른다. 온종일 무거운 나무를 매달고 있었던 넓적다리는 하도 졸라매 늙은이 뱃가죽처럼 쭈글쭈글하다. 멍이 든 것처럼 시푸르죽죽하다. 한 손으로 연신 쓰라린 다리를 주물러 가면서, 원고지 앞에 앉아 있자면 슬픔이 주먹밥덩이처럼 목구멍을 너머 꾸역꾸역 올라왔다.

펜이 방바닥에 내팽개쳐진다. 글은 써서 뭘 하나. 이까짓 글. 이까짓 글. 이것도 글이랍시고 쓰나. 이까짓 걸 글이랍시고!

'자유의 품으로'

유엔군 극동방송국의 대북 방송 「자유의 소리」나 쓰자고 글쟁이가 되었던가. 최전방까지 종군할 때, 그 활활 타오르던 정의감, 애국심은 어디로 사라졌을까. 종군작가들을 비웃는 문인들이 더러 있었다. 그들은 종군작가들이 쓰는 글 나부랭이가 소설이냐 시냐 해가며 비웃었다.

내 형제가, 내 자식이, 내 이웃이 전선에 나가 더러는 불구자가 되고 더러는 행방불명이 되고, 목숨마저 잃어버리는 현실이건만, 순수문학만 주장하며 고고하게 선비 행세를 하려는 축들이었다.

"정신 나간 놈들. 나라가 없어질 판에 하늘의 별이 어떻고, 달이 어떻고, 그딴 잠꼬대나 써대면서, 그걸 순수문학이라 해?"

팔봉이 열을 올려가며 식식댔었다.

"정말 지 놈들이 고고하게 행동한다면 내 말을 안하겠다. 전쟁 문학이 문학이냐고 씨부렁거리는 그 입으로 공짜 밥, 공짜 술이라면 허겁지겁하며 주접 떠는 건 또 뭐야? 글깨나 쓴다는 놈들, 그 위선이 난 구역질 나."

"승리를 해야 한다는 것이 국가의 지상 과제라면, 국민은 전승을 위하여 총역량을 기울여야 하지 않는가."

박영준은 이렇게 주장하며 그 누구보다 열심히 종군하였다. 공산군의 침략을 물리치고 전쟁에서 승리하여 이 기회에 남북통일을 이뤄야겠다는 마음이 종군작가들의 마음이었다. 총 대신 붓으로 후방 국민들에게 전쟁의 목적과 반공 의식을 고취하고자 하였던 것이다.

그때는 공산당에 대한 적개심, 조국과 민족에 대한 애국심, 그리고 이 나라의 작가로서의 사명감 같은 것이 시뻘건 쇠가 용광로 안에서 달구어지듯, 그렇게 가슴속에서 달구어졌던 것이다. 총을 메지 못하니까

총 대신 붓을 들고 일선으로 달려가곤 했던 것이다.

그런데, 지금은 빈 쭉정이같이 텅 빈 가슴이다. 바람이 조금만 불어와도 뒤집어질 빈배 같다.

'대북 방송 「자유의 소리」는 의의가 있는 것이다.'라고 스스로에게 골백번 다짐해 본다. 밖의 세상을 전혀 모르는 북한 동포들에게, 공산주의의 허구를 알리는 이 일이 어째 의미가 없단 말인가. 이 일이야말로 당장 대한민국 작가에게 주어진 거룩한 사명 아니겠는가.

말할 수 있는 자유. 선택할 수 있는 자유. 세상에는 이런 자유의 세계가 있다는 것을, 암흑 세계 속의 동포들에게 알리는 일이 어째 의미 없단 말인가. 천 갈래, 만 갈래로 찢겨 흩어지려는 감정을 달래기 위해 엉덩이를 밀어가며 부엌으로 간다. 주전자에 물을 올려놓고, 벽에 기대 앉아 물이 끓기를 기다린다.

'도둑놈. 도둑놈.'

농구를 위해 태어난 놈 같다는 소리를 들었다. 이 구석에 있는가 하면, 어느새 저 구석에 가 있고, 도둑놈처럼 공을 잘 뺏는 중동의 김영수.

물이 끓었다고 주전자가 요란한 소리를 낸다. 끓는 물에 커피 가루와 설탕을 넌 다음 책상까지 가지고 가는 데 시간이 걸린다. 팔을 쫙 뻗어 뜨거운 커피 잔을 앞으로 밀어놓는다. 그리고 엉덩이로 몸을 밀어 앞으로 나간다. 다시 커피 잔을 앞으로 민다. 다시 엉덩이로 몸을 민다.

드디어 책상 앞. 의자에 올라앉지 않고 그냥 마룻바닥에 앉은 채 벽에 몸을 기대고, 커피 한 모금을 마신다.

"아…… 아아."

신음인지 한숨인지 야릇한 소리가 입 밖으로 새어나온다.

그래도 살아야 한다. 나에게는 다섯 아이들이 있다. 그 아이들을 남부럽지 않게 입히고 먹이고 교육시키는 게 나의 임무다. 나의 의무다. 내가 나에게 맹세하지 않았던가. 언제고 한 가정의 가장이 된다면, 언제고 아이들의 아버지가 된다면, 그 아이들이 학비가 없어 학교를 중단해야 하는 일은 절대 없을 거라고. 그 아이들이 남의 교복을 얻어 입고 다니는 일은 절대로 없을 거라고. 나는 나에게 맹세하지 않았던가. 나는 나 자신에게 이걸 지켜야 한다. 씨를 뿌려놓고 책임을 다하지 못한다면, 그건 사람이 아니다. 그건 짐승이다. 아니다. 짐승만도 못하다. 짐승의 세계에도 모성애, 부성애가 있다. 짐승들도 새끼들에게 위험이 닥쳤을 때, 어미가 에비가 먼저 달려나가 맹수의 먹이가 된다. 그런 짐승들이 수두룩하다. 한데 하물며 인간이면서, 다섯이나 되는 아이들을 세상에 내어놓고 책임 완수를 하지 않는다? 그건 짐승만도 못한 동물 아닌가. 나는 아이들이 추위에 떨며 잠들지 않게 하련다. 나는 아이들이 제대로 먹지 못해 영양실조에 걸리지 않게 하련다. 자, 지금 당장 나의 임무는 매달 꼬박꼬박 집에 생활비를 보내는 것이다. 그동안 생활비를 보내지 못해 아내가 피난처에서 제자들과 찻집까지 해가면서 살았단다.

조금자. 겸손하고 수수한가 하면, 여왕마마처럼 도도하기도 한, 그 조금자가 다섯 아이들을 먹여 살리기 위해 찻집까지 했었다. 그 성격에 얼마나 자존심이 상했을까. 하면서도 그녀는 행여 내가 좌절할까 봐, 용기를 잃지 말라고 연신 신신당부하는 편지를 보내온다.

자, 나는 지금 나를 동정할 때가 아니다. 아내가 말은 안하지만 그동안 빚을 많이 졌을 게다. 나는 지금 「자유의 소리·자유의 품」을 써서 열심히 가족에게 생활비를 보내야 한다. 남한 정부가 행하는 짓거리들이 맘에 들지 않는 게 많지만, 그래도 김일성을 우상화해야 하는, 그러지 않으면 총살을 당하고, 그나마 살아남으면 탄광으로 보내지는 북한보다야 낫지 않은가.

'조선문화협회 중앙부위원장'이던 임화가 미제 고용 간첩 죄목으로 사형당했다. 사회주의적 사실주의 작품이라 극찬을 받았던 「대동강」의 작가 한설야마저 숙청당했다. 그가 누구인가. 한때 '문예총위원장', '교육

문화상'까지 역임했던 그가 아닌가. 미국인의 교활성, 잔인성을 그린 그의 작품 「승냥이」는 연극까지 되었었다. 그렇게 최대 찬사를 아끼지 않던 그의 작품들이 어느 순간 갑자기 졸작이 되어버린 것이다. 졸작과 걸작의 평이라는 게 얼마나 우스꽝스러운 인간의 장난인가.

"배에 기름진 사람은 구역질나서 더 이상 우상화할 수 없다."

그가 어느 사석에서 이런 말을 했단다. 그 이후 그의 걸작은 졸작으로 곤두박질해 난도질을 당했다니 이게 북한의 문학 예술관이다. 그나저나, 그 사회에서 그런 말을 하고도 얼마 동안 목숨이 붙어 있었다는 게 기적이라면 기적이다.

코뮤니스트가 절대로 아니면서, 타의에 의해 코뮤니스트가 되어버린 이태준. 그는 그나마 목숨은 건진 모양이다. 그는 함경도 어느 인쇄소 교정공(校正工)으로 보내졌단다. 그 어느 작가보다 우리말을 새록새록 보석처럼 아름답게 만들어내는 그가, 더 이상 글을 쓰지 못하고 교정공이 되었다니. 이건 이념을 떠나 얼마나 기막힌 우리 민족의 상실인가. 김남천, 김영석 같은 작가들은 임화와 친분이 두텁다는 이유 하나로 처벌되었단다. 북한에서는 오로지, 당의 노선에 철두철미 복종하고 공산주의적 혁명 정신을 대중에게 교양하는 문학만이 존재할 수 있는 것이다.

그래. 남한 땅에 부정 부패, 비리가 난무한다 하여도, 어찌 북한에 비하랴. 「자유의 소리」. 이것이 나에게 주어진 임무라면, 이 일에 전념하도록 하자.

회의와 자학과 환멸, 그리고 다시 스스로에 대한 변명과 위로. 뼈 속까지 스며드는 외로움과 함께, 밤이면 밤마다 계속되는 자신과의 싸움이었다.

일요일 아침이었다. 퇴원하고 두번째 맞는 주말이었다. 똑똑. 아주 조심스럽게 문을 두드리는 소리가 났다.

전화도 없이 불쑥 찾아올 사람이 없다. 미국 사람들은 바로 옆집에 살고 있어도 전화 없이 그냥 들이닥치지 않는다. 이것도 영수가 미국 사람들과 생활하면서 배운 그들의 문화다. 불쑥 들이닥쳐 남을 당황하게 만들지 않는다. 들러도 좋은가 미리 전화를 하여 물어본다. 처음엔 그들의 이런 태도가 매우 사무적이다 싶어, 쌀쌀맞게 여겨졌지만 지낼수록 참 편했다. 그들의 이런 생활 태도가 개인에게는 상대방에게 무례를 범하지 않게 하고, 국가적으로는 빈틈없는 신뢰성을 구축하는 게 아닌가 싶었다.

시도 때도 없이 남의 집에 들이닥쳐 숟가락 하나만 더 있으면 된다는 식의 한국 정서는 되는 일도, 안 되는 일도 없는, 두루뭉실한 구수함은 있을지언정 맺고 끊음이 분명치 않아 때로는 불화의 원인이 되기도 한다.

매사에 자신의 의견을 분명하게 나타내는 것. 이것 역시 영수가 미군들과 같이 생활하면서 배운 그들의 문화다. 예스, 노가 분명하다. 한번 '노'면 끝까지 '노'고, 한번 '예스'면 끝까지 '예스'다. 그래서 무슨 일이든 윗사람의 승낙이 필요한 경우, '노' 소리를 듣지 않으려면, 미리 빈틈 없이 철저하게 준비를 해야 한다.

거짓말 또한 남을 해치지 않는 'white lie'일지라도 통하지 않는다. 일단 거짓말쟁이로 찍히면 매장되고 만다.

"잠깐만 기다리십시오. 잠깐만."

영수는 벽을 짚어가며 한 다리로 쿵쿵 뛰어나갔다. 집에 있을 때는 의족을 달고 있지 않기 때문에 엉덩이로 밀고 다니든가, 벽을 짚고 한 다리로 뛰든가 한다.

"선생님."

하늘색 원피스가 눈이 부셨다. 머리카락 몇 올이 바람에 날려 그녀의 이마를 살짝 덮고 있었다.

"선생님."

그녀가 두번째 선생님을 불렀을 때까지 영수는 멍하니 한 손으로 벽을 짚은 채 서 있었다.

"들어가도 될까요?"

"어? 어, 어…… 그래요. 그래, 들어와요."

"의족을 꼭 달고 계신다고 약속하시고."

그녀가 벽에 기대 있는 영수의 의족에 시선을 보내며 나직이 말했다. 퇴원할 때 하즈에가 단단히 당부했었다.

"집에 계실 때도 의족을 꼭 하고 계셔야 합니다. 안하고 계시면 나중에 너무 힘드십니다. 근육을 단련시키지 않으시면, 정말 고생하십니다."

"약속하시는 거예요. 아무리 불편하셔도 꼭 하고 계신다고. 주무실 때도 하고 주무시는 게 좋습니다. 빨리 적응될수록 선생님이 편하시거든요. 자꾸 빼놓고 계시면 나중에 의족이 맞지 않게 돼요. 그럼 의족을 새로 맞춰야 하고, 그거 새로 적응하시려면 몇 곱절 더 힘드십니다."

하즈에는 몇 번이고 이 말을 되풀이했었다. 마치 어린애에게 물장난, 불장난하지 말라고 타이르고 또 타이르는 어머니처럼.

"선생님, 그동안 재활센터에 두 번밖에 가시지 않았다면서요?"

"어? 어."

전화 한 통 없이 들이닥친 하즈에다. 그토록 무례한 행동을 할 여자가 아닌데, 무작정 나타났으니 영수는 놀랍기도 하고 어의도 없어말이 제대로 나오지 않았다.

'여자가 남자 숙소에 들이닥친다. 무작정 들이닥친다? 그건 그 여자에게, 이 남자는 남자가 아니라는 뜻이나 다름없지 않은가'

순간적으로 스쳐가는 이런 생각에 영수는 그만 쿡 웃어버렸다.

'남자? 나도 남자인가? 나는 지금도 남자 구실을 할 수 있는 건가?'

"그동안 휴가였어요."

하즈예는 묻지도 않은 말을 했다.

'선생님을 찾아뵙고 싶었습니다. 퇴원하신 다음날부터 갑자기 나에게 할 일이 없어진 듯 허전했습니다. 꿈에도 선생님 모습이 나타났어요. 의족은 제대로 달고 계실까. 소독은 제대로 하실까. 매일 걷기 연습을 하실까. 산책을 좋아하시는데, 휠체어를 밀 사람은 있을까. 식사는 제때 하실까'

이런 생각이 머리에서 떠나지 않을 때, 하즈예는 휴가를 앞당겨 훌쩍 떠났다. '환자였을 뿐, 그는 환자였을 뿐. 객지에서 대수술을 한 외로운 분이기 때문에 각별히 보살펴 드렸던 것뿐, 그뿐'이라고 자신에게 말해 가면서.

그러나 병원으로 돌아왔을 때, 제일 먼저 재활센터로 달려갔고, 거기서 김영수 선생님이 퇴원 후 두 번밖에 오지 않았다는 말을 듣고 달려오지 않을 수 없었다.

퇴원 후 석 달 동안은 매일같이, 그리고 그 다음 석 달은 일주일에 두 번씩, 재활센터에서 물리 치료를 받아야 한다. 어린아이가 걸음마를 시작하는 것처럼, 걷기 연습을 하면서 근육을 새로 단련시켜야 한다. 그 무거운 나무다리를 달고 다니자면 넓적다리 근육뿐 아니라 엉덩이, 허리 그리고 어깨까지 새로운 적응이 필요한 것이다.

'환자였을 뿐, 환자였을 뿐이다'

그를 생각 밖으로 밀어내면 밀어낼수록 그는 꿈속에조차 찾아 왔다. 진통제 주사를 놔달라며 미친 사람처럼 울부짖는 그가 나타났다. '죽여달라, 죽여달라'는 소리에 잠이 깨지곤 했다. 역도 선수처럼 근육이 울퉁불퉁한 흑인 청년 두 명이 그에게 달려들어 혁대로 묶어놓는 장면도 환히 나타났다.

'선생님, 제발, 제발 조금만, 조금만 참으세요. 네. 조금만. 제발. 무시무시한 청년들이 와요. 혁대 가지고 와요. 제발, 선생님, 제발.'

눈을 떠보면 한밤중이었다.

"큰애는 무용을 한다오. 얘가 나미야."

"어머, 어쩜 이렇게 예뻐요? 정말 너무너무 예쁘게 생겼네요."

"응, 모두들 그러지. 태어났을 때부터 예쁘다는 소리 참 많이 들었지. 애 엄마가 임신 중 내내 최승희 사진을 머리맡에 놓고 살았다오."

"최승희? 누군데요?"

"어, 아주 유명한 무용가라오. 기막힌 미인이기도 하고, 지금 북에 살고 있지만."

"그래서 따님이 무용을 하는군요."

"응, 애엄마 꿈이 얘를 대한민국 최고 무용가 만드는 거라오. 얘는 둘째, 노래를 잘해. 대구 피난국민학교 콩쿠르에 나가서 1등을 했대요."

"모두 재주꾼이네요."

"지 엄마가 노래를 잘해요. 방송국 노래 선생님을 오래 했다오."

"아, 네. 사모님이 아주 훌륭하신 분이시군요."

"그 밑에 다미, 학중, 은미. 애네들은 아직 어려 뭘 시킬지 아직 모르겠고."

회복되어 가면서, 그는 영 딴사람이었다. 울부짖어 가며 물컵을 내동댕이치던 그 사람이 아니었다. 그는 남을 배려할 줄 아는 속이 깊은 사람이었다. 혼자 할 수 있는 건 불편해도 혼자서 했다. 아무 때나 시도 때도 없이 벨을 눌러대지 않았다. 벨 소리를 듣고 당장 달려가지 않으면, '간호사, 간호사' 악을 쓰듯 불러대는 그런 짓도 하지 않았다. 절대 염치없는 짓이나 얌체 짓을 하지 않았다. '미안하오', '감사하오', '고맙소' 소리를 할 줄 아는 신사 중에 신사였다.

무엇보다 어쩌면, 그가 군 병원에 있는 여느 환자들처럼 백인이나 흑인이 아니고 동양 사람이라는 데 하즈예가 마음이 더 갔는지 모른다.

그가 군인이 아니고 한국의 작가라는 것도, 하즈예에게 특이한 존재로 여겨졌던 것이다. 하즈예는 스물여섯 살이 되기까지 일본인이든 외국인이든 글쓰는 사람을 직접 만나본 적이 없었다.

"아드님은 하나세요?"

친근해지자 그는 가족들 사진도 자주 보여주었다.

"그래요. 이름은 학중."

그는 입을 꾹 다물고 있다가도 아이들 이야기가 나오면 갑자기 얼굴에 생기가 돌며 말이 많아졌다. 아이들 하나하나 성격을 묘사하기도 하고, 장래에 뭘 시키고 싶다는 희망도 이야기했다.

때로는 하즈예가 휠체어를 밀고 정원을 산책하기도 했다. 물론 하즈예가 근무 시간이 아닐 때였다. 정원은 비록 군인 병원 안이지만, 손질이 잘 되어 있어 환자들이 산책하기에 안성맞춤이었다. 퇴원하기 얼마 전에는 하즈예가 백화점 심부름까지 했다. 정말, 이런 일을 시켜도 되는 건가고 그가 사양했지만, 하즈예가 제의했던 것이다.

"제가 갈 일이 있어 백화점에 갑니다. 제가 나가는 김에 혹시 살 거 없을까요? 자녀분들한테 보내시고 싶은 거, 없으세요?"

"보내고 싶은 거야, 많지. 학용품도 보내고 싶고, 옷도 보내고 싶고."

두 다리가 성할 때는 주말이면 으레 백화점을 한 바퀴 돌곤 했다. 이것저것 골라 서울에 한 보따리 보내는 게 즐거움이었다. 그게 거의 1년 전 일이다.

"제가 사오면 안 될까요? 저, 물건 잘 골라요."

하즈예가 생긋 웃어가며 말했다.

"미안해서, 미안해서 그러지."

"제가 즐거워서 하고 싶은데요. 하도록 해주세요. 네?"

"그래요. 그럼, 학용품하고, 스웨터, 장갑, 스카프, 그리고 따스한 속내의 같은 것들. 하즈예가 봐서 예쁜 것들, 사와요."

"선생님 맘에 안 드시면 바꿔오면 되니까요."

"아니오. 그럴 거 없어요. 하즈예가 고르면 보나마나 예쁠 테니까, 두 번 일하지 말고, 그 길로 서울로 부쳐줘요. 고맙소. 정말 고맙소."

하즈예는 김영수 선생님의 자녀분들 물건을 직접 골라서 사고, 부치면서 한 번도 만나본 적 없는 나미, 유미, 다미, 학중 그리고 은미와 친근해졌다.

"선생님, 오늘은 선생님이 부탁하시지 않은 것을 제가 하나 했는데 괜찮지요?"

하루는 백화점에 다녀온 하즈예가 입꼬리로 웃어가며 물었다.

"뭘? 물론 괜찮지. 괜찮고말고."

"저, 사모님 향수 한 병 짐 속에 넣었어요. 샤넬 No.5 향수가 요즘 굉장히 인기거든요."

"향수? 그런데……."

"네?"

"아니, 아니 잘했소. 참 잘했어."

향수를 받고 머리를 갸우뚱해할 아내 모습이 떠올랐다.

'이 사람 좀 봐. 내가 향수 사용하지 않는다는 거, 잊어버렸나 봐,' 하며 픽 웃겠다.

"선생님, 지금 선생님에게는 간병인이 필요합니다."

병원에 아직도 머물고 있는 환자들 이야기, 간호사 수잔이 엑스레이 의사와 결혼했다는 이야기 등등, 이런저런 이야기를 하다가 불쑥 하즈예가 한 말이다.

"간병인?"

"네, 퇴원 후 얼마 동안은 간병인의 도움이 필요합니다."

"간병인은 뭘. 혼자 그럭저럭 지낼 만한걸."

"아녜요. 회복 기간 중에 간병인이 절대 필요해요. 매일 규칙적으로 산책하셔야지요. 식사도 잘 하셔야 회복이 빠르죠. 그리고 또 규칙적으로 재활센터에 다니시고 하자면, 도움이 필요하세요."

"글쎄."

하기는 누군가 가 있었으면, 누군가가 좀 도와주었으면 싶을 때가 한두 번이 아니었다.

"선생님, 저를 간병인으로 써주세요."

의자에 꼿꼿하게 앉아 카펫에 뭐가 묻어 있나를 살피는 여자처럼 잠시 시선을 내리깔고 있던 그녀가 고개를 들며 똑 부러지게 말했다.

"전화를 하면 거절하실 것 같아 무례함을 무릅쓰고 이렇게 왔습니다."

"……."

영수는 숨이 막혀오는 것 같아 눈을 감아버렸다.

하즈예. 아아, 하즈예. 혼자 쭈그리고 앉아 소독을 하고 약을 바르고 헝겊을 두를 때마다, 네 생각이 간절했다. 네가 그동안 얼마나 나에게 고마운 사람이었나를, 내가 얼마나 너에게 의지했었던가를 절실하게 느낄 수 있었다.

산책을 가고 싶어도 엄두가 나지 않아 나가지 않았다. 식당에 가는 것조차 귀찮아, 적당히 이 안에서 깡통 뜯어먹으며 지내고 있다. 사무실 외에 아무 곳에도 가고 싶지 않다. 그 아무 곳에도.

이제는 혼자 살아가야 한다고, 혼자 살아가는 연습을 해야한다고, 자신에게 골백번 골천번 강조를 하건만, 그게 잘 되어지질 않는다.

이제 나는 환자가 아니다. 이제 너는 나를 더 이상 돌볼 의무가 없다. 나에게 신경을 쓸 아무런 이유가 없다. 나는 나 혼자 살아가는 법을 배워야 한다. 아무리 힘이 들어도 나는 나 혼자 걷기 연습을 해야 한다. 지팡이에 의지하고 살아가는 법을 익혀야 한다. 모든 걸, 모든 것을 나 혼자 해야 한다.

목구멍이 자꾸 막혀와 영수는 아무 말도 할 수 없었다.

어색한 귀국

"무슨 소리요. 아니, 서울에 나오긴 왜 나와요? 이런 기막힌 직장을 두고. 아예 꿈에도 그런 생각 말아요."

유치진이 손까지 저어가며 말했다. 갈비구이 전문 집인 한국관에는, 여기가 한국인가 착각될 정도로 한국 사람들이 많았다. 한국관에 드나드는 한국 관료들, 기업가들, 신문 방송 관계자들, 학자들, 예술인들, 그들을 보면 한국이 미국 구호물자로 살아가는 나라라는 게 믿어지지 않을 정도였다.

6·25 전쟁은 미국과 한국을 굳건히 결합시켰다. 미국은 한국과 '한미상호방위조약'을 체결하고, 피폐해진 한국 경제를 안정화시키기 위해 무한정의 원조를 쏟아 붓고 있었다. 원조의 목적은 한국을 공산주의 위협으로부터 방지한다는 것이었고, 이 막대한 원조의 덕으로 한국에는

신흥 재벌들이 탄생했다.

전쟁 후, 한국의 모든 국가 권력은 '반공'이라는 이름 아래 정당화되었다. 한국의 통치 이데올로기인 '반공'은 도전할 수 없는 국시(國是)였다. 그리고 신흥 세력은 정부를 뒷받침해 주는 강력한 기반이 되었다.

"작가들 생활이 예나 지금이나 달라진 게 없어요. 신흥 부자들이 탄생해 돈을 물 쓰듯 펑펑 써대고 있지만 그건 남의 동네 이야기고, 문인들은 죽어라 써대도 여전히 궁핍을 면치 못하고 살지. 신문 연재 계속 맡아 쓰는 인기 작가 몇몇을 제외하고는 글써서 아이들 대학에 보낼 엄두도 내지 못해요. 이게 우리 문단의 현주소요. 그러니 아예 딴생각 말고 그저 여기 꾹 눌러 앉아 있으라고요. 이 직장을 부러워하는 사람들이 얼마나 많은데. 나부터 이런 안정된 직장 있으면 아프리카라도 달려가겠어."

"저는 여기 와보니 패러다이스 같은 곳에 사시는 김 선생님이 부럽기만 하네요."

무용가 김백봉은 혹독한 전쟁을 치러낸 나라의 여성 같지 않게 여전히 고왔다. 그래. 동경이 패러다이스 같다는 김백봉 말이 별로 틀린 말은 아닐 것이다. 서울과 동경을 비교한다면. 잘 정돈된 거리. 반짝거리는 유리 건물들, 앙증맞을 정도로 오밀조밀한 거리의 화단들. 이런 동경의 모습이 폐허가 된 서울 거리와 너무 대조적이리라.

"일본 사람들, 우리 한국전쟁 덕을 톡톡히 보고 있지요?"

"그러게 말입니다. 우리가 이 사람들 부자 만들어주고 있습니다."

"지금 서울은 피난 시절보다 더 어려우면 어려웠지 나아진 게 없습니다. 자고 나면 물가가 오릅니다. 쌀 한 말에 5,000원은 옛말입니다. 피난 갔던 사람들이 다 올라오면서 경제 사정이 더 말이 아닙니다. 그야말로 전쟁이 다시 날 것처럼 살벌합니다."

"밥 세 끼 해결하는 문제가 시급한 사람들이 수두룩한가 하면, 신흥 부자들 하는 짓은 눈뜨고 못 봐줄 정도랍니다."

조용하게 앉아 있던 유치진 부인도 한마디했다.

"갈수록 심해지는 부정부패가 문젭니다."

배가 몹시 고팠는지, 열심히 밥만 먹고 있던 임원식이 수저를 내려놓으며 한마디 했다.

"난, 신문마다 신춘문예 제도가 다시 살아나는 걸 보고, 이제 많이 자리 잡혀 가는구나, 생각했습니다."

영수는 신춘문예 제도가 다시 살아난 걸 보고, 이제 한국도 많이 자리가 잡혀간다고 생각했다. 1954년, 서울의 일간 신문들은 재건 사업을 서둘러가면서, 중단되었던 신춘문예 현상모집을 재개했다.

1954년 조선일보에 안동민의 소설 「밤」이 선외 가작으로, 그리고 1955년에는 전광용이 소설 「흑산도」로 당선되었다.

신춘문예뿐 아니라 동아는 장덕조, 김내성, 박영준, 김팔봉 같은 중진들의 연재 소설을 게재하고, 조선은 안수길, 김이석, 최정희, 최인욱 같은 작가들의 단편 릴레이를 연재하기 시작했다.

그런가 하면 조연현, 오영수가 주도한 문예지 ≪현대문학≫이 창간되고, 그동안 휴간 중이던 ≪문학예술≫도 살아나고, ≪자유문학≫도 탄생해 숨은 인재들을 발굴하기 시작했다.

한참 일할 나이, 바로 영수와 엇비슷한 시기에 문단에 등단한 문우들이 이제는 중진들이 되어 열심히 쓰고 또 새로운 잡지 등, 일을 벌이고 있었다.

"신춘문예야 신문사 생명이니까."

"한국일보는 동화와 소년 소설도 연재한다죠?"

"창간된 지 6개월 만에 5만 부를 돌파했대요. 신문계 충격이 대단한가 봐."

"그런데 말입니다. 내가 소설을 몰라 하는 소린지 모르겠는데 말입니다."

임원식이었다.

"신문 소설을 읽으면 말입니다. 무기력, 무능력. 그저 죽지 못해 살아가는 소시민의 하소연이랄까, 테마가 다 그렇고 그런 거 같습니다."

"민족의 고민, 그 고민의 원인. 이념 문제는 건드릴 수 없는 현실이니, 작가들이 쓰고 싶은 주제를 맘대로 쓸 수 없는 거죠. 이게 대한민국 작가들의 공통된 고민일 겁니다."

대한민국 작가를 대변해 변명하듯 말하는 영수 목소리에 한숨이 묻어 나왔다. 그렇다. 임원식의 그 말이 백 번 맞다. 테마가 다 그렇고 그렇다는 건 참으로 옳은 지적이다. 전쟁 때도 그렇고 지금 역시 그렇다.

전쟁 때는 전쟁이라는 특이한 상황이 작가들에게 애국심을 고취시키는 작품 아니면 전쟁을 겪어내는 다양한 인간 모습을 묘사하는 작품을 쓰게 했다. 박영준의 「애정의 계곡」, 「빨치산」, 「용사」, 최인욱의 「행복의 위치」, 정비석의 「애정무한」 같은 작품들이 주로 공산주의 이론의 허구성과 모순을 폭로하며 반공사상과 애국심을 불러일으키는 소설들이었고, 염상섭의 「소년수병」, 황순원의 「포화 속에서」, 안수길의 「고향바다」, 박용구의 「고요한 밤」 같은 작품들은 전쟁을 겪어내는 인간의 모습을 사실적으로 보여주는 작품들이었다.

김영수 작품의 주제 역시 현실을 헤쳐나가는 여러 유형의 인간 모습이었다. 1952년에 연합신문에 연재했던 「여성회의」, ≪자유세계≫에 발표했던 단편 「퇴폐(頹廢)의 장」 그리고 1951년에 영남일보에 연재했던 「풍조(風潮)」가 다 그랬다.

영수는 지금도 정치보위부에 끌려가 관처럼 생긴 나무 박스 속에 들어가던 때를 생각하면 치가 떨리지만 작품 속에 공산주의자들이 하나같이 다 비인간적인 모습으로 그려지는 건 찬성할 수 없었다. 그건 김일성 찬양만이 문학이라 간주하는 북한과 다를 바 없는 수준 아닌가.

인민군들의 횡포를 지적하려면 북진했을 때 국군의 횡포도 지적해야 옳다. 우리 군은 하나같이 국민과 국가를 위한 정의의 사나이들이고, 인민군들은 노인도 아녀자도 가차없이 죽여버리는 악한이라 묘사하는 건 문학도 아니다. 미처 피난을 가지 못해 서울에 남아 있던 사람들이 당한 수모. 그 수모를 겪은 사람들이 증인으로 시퍼렇게 살아 있는데, 어떻게 문학이 거짓말을 한단 말인가.

대한민국이 진정한 자유국가라면 이편의 비인간성도 고발해야 한다. 이편의 더러움도 해부해야 한다. 자위대란 완장을 두른 청년들이 저지른 만행은 북에서 내려온 사람들의 행패나 별 다름 없었다. 아예 남의 집 침대며 의자를 자기 물건처럼 집어가기도 하고, 심지어는 남의 집마저 빼앗아 자기 문패를 단 군인도 있었다. 항의를 하는 자는 무조건 불순분자 아니면 적색분자, 악질 부역자로 둔갑했다.

대한민국 작가는 공산주의의 허구성을 폭로하는 것으로 임무를 다 하는 게 아니다. 남쪽의 작가든 북쪽의 작가든, 진정 그가 작가라면, 이념에 대항할 수 있는 어떤 힘, 우리 민족만의 철학 같은 문제를 생각해 봐야 한다.

해방 후, 한국의 정부 요인들은 개인의 권력, 이익을 도모하기에 급급했다. 그들이 그렇게 권력쟁탈에 눈이 어두워 있는 동안 북에서는 총과 칼을 갈고 있었던 것이다. 이러한 역사 현실을 직시하면서, 민족 통일 문제를 파고 들어가야 하는 게 아닌가. 민족 통일을 표방으로 공산주의자들이 전쟁을 일으켰기 때문에, 이제 한국에서는 민족 통일 같은 어휘 자체가 금기시 되어버렸다. 남북한 작가들이 편향적 이념에 치우쳐 작품 활동을 한다는 건, 문학사적으로 얼마나 불행한 일인가. 김일성을 우상화해야 살아남는 작가들이나, 김일성을 악마화해야 살아남는 작가들이나 무엇을 제대로 쓸 수 있을 것인가.

일제 때는 저들의 감시와 간섭 때문에 쓰고 싶은 걸 제대로 쓰지 못했다. 살기 위해서라고, 어쨌거나 질기게 살아남아 있어야 언제고 문학다운 문학을 할 수 있지 않겠느냐고 자신에게 변명하면서, 치사하고 처참해지는 가슴을 서로서로 위로해 가면서 지내왔다. 그러니 그 시절, 문학의 빈곤은 일본 놈들에게 책임 전가를 할 수 있다. 그러나 이제는 누구를 탓한단 말인가. 그 누구에게 책임 전가를 할 수 있단 말인가.

'반공'이 통치 이념인 대한민국. 예민한 사상 문제는 '반공'이라는 이름 아래 금기시되어 있으니, 작가들은 궁상스러운 세태 묘사와 무능력 무기력한 자조와 탄식으로 흐를 수밖에.

"그래요. 비극적인 핵심은 언제나 비켜서야 하니, 작가들의 주제는 일상의 현실에서 방황할 수밖에 없는 거지요."

유치진이 영수 잔에 술을 부어주면서 쓸쓸하게 웃었다. 일정 때 친일 활동을 했다는 이유로 해방 후 한동안 고생을 한 그다. 그는 총독부의 압력으로 어용 극단인 '현대극장'을 발족시키고, 친일 작품 「흑룡강」을 써서 창립 공연으로 올리기도 했다. 해방 후, 그의 작품 「왜 싸워?」가 전국 대학극 경연대회 지정 작품으로 출품되었을 때, 문화계가 한동안 떠들썩했었다. 문총(文總)으로부터 과거 친일 어용극이라는 반론이 제기되었던 것이다. 이런 아픈 과거가 있는 그이기에 전쟁 후, 우리 문학이 빠져드는 나태와 무기력에 남다른 감회가 이는 것 같았다.

"여기서, 김형은 우리보다 북한 소식을 정확히 듣겠지요?"

유치진이 불쑥 북한 쪽으로 화제를 돌렸다. 여기가 한국이 아니라는 점이 그에게 그런 질문을 할 수 있게끔 여유를 주었나 보다.

"아무래도 그런 편이지요."

"월북 작가들이 거의 다 숙청당했다지요?"

"그랬답니다."

"재주 있는 사람들도 많이 갔는데."

말을 얼버무리며 한숨을 길게 토해 냈다.

"이태준이 얼마나 미문가(美文家)입니까. 참으로 우리말을 아름답게 가꾸려는 작가였지요. 그도 당했겠죠? 물론?"

"다행히 목숨은 붙어 있나 봅니다. 함흥인가 어딘가에 있는 인쇄소 교정공으로 보내졌답니다."

"교정공이라, 아까운 사람. 이서향인 어떻게 되었을까."

"웬만한 소식은 다 들려오는데 그 친구 소식은 아직 듣지 못했습니다."

"난, 그가 볼셰비키라고 아직도 믿을 수 없어요. 그의 출세작 「어머니」에 이런 대목이 나오잖아? '네 남편이란 녀석은 사회주의자니 무엇이니 하다가 결국 도적놈이 되었지!' 그런 글을 쓴 사람이 어떻게 공산주의자가 돼? 말도 안 되지. 절대 아니야. 순수한 이상주의자라 할까. 안 그래요? 김형하고는 절친한 사이였지? 진보적인 사상을 가진 사람들, 그들이 결코 공산주의자들이 아니잖아요? 그들을 말짱 북으로 내몬 책임이 우리에게도 있다고, 안 그래요?"

약주 탓일까. 유치진 눈가가 불그스름해졌다.

해방 후, 연극계는 좌익이 훨씬 활발하게 활동했었다. 그들은 미군정이 노골적으로 탄압을 하기 시작하자, 자의 반 타의 반으로 북으로 간 것이다.

"대부분이 실은 양심적인 이상론자들이었지. 북에서 예술인, 문인들 대우를 더 잘해 준다니 솔깃해 올라간 거지. 그 사람들이 숙청을 당하며 얼마나 원통했을까."

"북쪽 사람들, 정말 선전 하나만은 알아줘야 해요. 쌀을 싹싹 걷어가면서 일주일 내로 그 배로 갖다 준다 할 때, 어찌나 표정이 정직해 보이던지, 저도 철석같이 믿었다고요."

김백봉이 손으로 입을 가리며 호호 웃었다.

"이번 참에 공산주의에 솔깃해 있던 사람들이 많이 깨어났을 겁니다.

이게 전쟁의 득이라면 득이라 할까. 내가 아는 몇몇 사람들만 해도 그래요. 저쪽에 다분히 기울어져 있던 사람들이, 이번 그들의 그 무자비성에 그만 정이 뚝 떨어졌다 하더라고요."

"비극이죠. 비극이지. 북쪽의 양심적인 인텔리들은 남쪽에 기대를 가지고 내려오고, 남쪽의 순수 어상주의자들은 북쪽에 기대를 품고 올라가고, 양켠 어느 세상이 되든 이들은 목숨 부지하기 어려우니, 이게 바로 민족의 비극이지."

"그러니 똑똑한 사람들 다 없애고 이 나라 어쩌자는 건지."

그들과 헤어져 영수는 지팡이에 몸을 의지하고 천천히, 쉬었다 걷고 쉬었다 걷고 하면서 숙소로 향했다. 참으로 오랜만에 걸어보는 밤길이었다. 허여멀건한 달이 구름 사이를 빠져나와 길을 밝혀주었다.

다리 수술을 하고 난 후부터 몸이 불기 시작했다. 하즈예는 운동 부족 탓이라며 하루에 적어도 삼십 분씩은 꼭 걸어야 한다고 했다. 하지만 걷는다는 게 말처럼 쉽지 않았다. 삼십 분은커녕 십 분도 걷기 힘들다. 살이 까져 쓰라리고, 그까짓 살이 짓물러 터져 나중에는 곪기까지 하는 데야, 어쩔 것인가.

이서향, 그가 진정한 볼셰비키는 될 수 없다는 유치진의 말과 함께 그의 얼굴이 어둠 속에 환히 떠올랐다. 월북 작가들이 몽땅 당하는 판에 그만 살아날 리 만무하다. 더군다나 「성벽을 뚫고」를 쓴 김영수를 살려 내보냈으니 어찌 살아남아 있겠는가. 아마도 최근에 그의 소식을 접할 수 없는 이유가 바로 그것이리라. 이미 오래전에 처형당한 것이리라.

「동맥」, 「광풍」을 신문사로 보내기 전, 들어봐 달라고, 듣고 솔직하게 평해 달라고 부른 친구가 서향이었다. 「소복」을 조선일보에 보내기 직전에도 역시 서향을 불러냈었다.

"미안해, 여보게 친구. 미안해."

영수는 걸음을 멈추고 달을 쳐다보면서 울먹거렸다.

'임마, 다리 하나 없다고 엄살 그만 떨어. 김영수가 다리 하나 없다고 기죽어? 기죽지 마, 임마.'

서향이 버럭 소리를 질러대며 다가왔다.

휴전이 되었지만, 유엔군은 여전히 일본에 주둔해 있었다. 유엔군 방송국도 여전히 존재하고 대북 방송 「자유의 소리」도 여전히 나갔다. 겉으로는 아무것도 달라진 게 없어 보였다. 하지만 대북 방송 성격이 많이 달라졌다. 달라질 정도가 아니라 실은 백팔십도로 전환했다. 맥아더 사령관이 클라크로, 클라크가 리지웨이로 교체된 후, 대북 방송은 공격적이 아니라 선교사적 스타일로 변한 것이다.

이제 다시 그 방, 그 사무실로 돌아와, 「자유의 소리」를 꼬박꼬박 쓰며 지낸다. 그런데 도무지 써지지 않았다. 아무것도 쓰고 싶지 않을 때, 써지지 않을 때, 그래도 써야 한다는 건, 참으로 곤혹스러운 일이었다.

"안녕하세요? 참 반갑습니다."

"많이 좋아지셨군요."

인사말을 듣는 것도 피곤했다.

'그냥 나를 못 본 척해 다오. 나를 모르는 사람이라 여기고 그냥 지나가 다오.'

때로는 지팡이를 내던지며 이렇게 발작을 일으킬 것 같아, 자신이 무서울 때도 있었다. 그래도 써야 하는가. 소설도 희곡도 드라마도 다 시시껄렁하게 여겨졌다.

신탁통치 문제가 한참 쟁점이 되었던 해방 직후, 그때 영수는 소설 「혈맥」을 썼었다. 그때 역시, 영수는 이편도 저편도 아닌 방관자의 시선으로 담담하게 현실을 그렸을 뿐이다. 자신의 목소리를, 자신의 주장을 강하게 나타낼 수 없었다. 그게 그 당시 작가에게 주어진 한계였다. 그러면, 해방 후에는? 해방이 된 후에는 작가들이 마음대로 은근한 압력이나 감시 같은 걸 전혀 의식하지 않고 글을 쓸 수 있었는가 하면 그것도 아니다. 정치적으로 문제가 될 수 있는, 예민한 주제는 피해야 했다. 사상 문제를 다루고 싶은 붓 길은 아슬아슬하게 전쟁의 비인간성을 비판 내지 통탄하는 한계에 머물러야 했다. 그제나 지금이나 작가에게 보이지 않는 족쇄가 채워져 있다. 변한 게 아무것도 없다.

그해 겨울, 영수는 인천항으로 떠나는 배에 올라 타 있었다. 드디어 가족에게 가는 길이었다. 1956년 초봄에 유엔군 사령부가 동경에서 오키나와로 이사를 가기 때문에 영수는 그전에 휴가를 받은 것이다. 가족도 보고 싶고, 또 변화된 한국 모습도 보고 싶었다.

박영준, 김광주, 황순원, 김동리, 이무영, 정비석…… 조선일보에서 중진들의 단편 릴레이를 하면서 연락이 없다. 연락오기를 은근히 기대하던 영수는 서운하기도 하고 서글프기도 했다. 김영수라는 존재는, 동경으로 떠나는 순간부터 한국 문단에서 잊혀진 존재가 되어가고 있는 것 같아 초조하기도 했다.

죽은 사람보다 더 서글픈 존재가 잊혀진 사람이라던가. 아내의 표현처럼 나는 문단의 고아가 되어가고 있는 건가. 불구의 몸으로 돌아온 남편을 맞이하는 아내의 표정은 어떨까. 문학계, 연극계 친구들의 표정은 어떨까. 아이들은? 아이들은 알고 있을까. 아버지가 이제 다리 하나 없는 사람이라는 것을.

떠날 날짜가 임박해지자 두려웠다. 그렇게나 보고 싶은 식구들에게 가건만 가슴이 떨리도록 두려웠다.

"당신은 하여튼 어쩜 그리 겁쟁이에요? 체격이 부끄럽지도 않아요?"

도둑이 들었을 때, 문도 열어보지 못하고 쩔쩔매는 남편이 너무 기막혔는지 다음날 아침, 아내는 놀리는 조로 다그쳤었다.

"모르는 소리 마. 도둑은 도망가게 내버려두는 게 상책이라고. 잡아서 어쩔 거야? 보나마나 요 앞 산동네 사람이기 쉬운데, 피차 얼마나 난처하겠어. 안 그래?"

아내에게 이런 식으로 둘러댔지만 사실 영수는 지독한 겁쟁이다. 그때나 지금이나 아내보다 훨씬 겁쟁이다. 아내는 이제 겨우 마흔을 넘겼다. 여자 나이 마흔이면 한참 나이다. 그런데 이제부터 다리 하나 없는 남편과 살아야 한다? 아이들 다섯을 데리고 혼자 밤골로 갔던 아내다. 거기서 시누 시어머니의 눈총을 받아가며 견뎌낸 아내다. 화물차 빈 드럼통 위에 올라앉아, 대구로 피난을 갔을 때도 아내 혼자 해냈다. 남편은 종군한다고 툭하면 석 주일, 때로는 한 달씩 사라지고 했으니 피난살림도 혼자 한 것이나 다름없다. 그러다 남편은 아예 바다 건너 일본으로 가고, 간 지 얼마 되지도 않아, 그나마 꼬박꼬박 보내주던 생활비마저 끊겨 객지에서 찻집까지 차렸던 아내다. 고맙다는 말이 무색할 정도로 고마운 아내. 차라리 아내 앞에 나타나주지 않는 게 그녀를 위하는 길 아닐까.

넘실거리는 파도가 자꾸 유혹했다. 차라리 이 시퍼런 물 속으로 뛰어들라고. 아이들. 아이들 때문에 살아야 한다? 아이들은 아내가 혼자 힘으로 잘 키울 수 있다. 나는 그걸 믿는다. 조금자는 김영수보다 훨씬 능력이 있는 여자다.

멀리 월미도가 보이기 시작하자, 가슴이 찌릿찌릿 해왔다. 누가 전기로 지지는 것도 아니고, 거꾸로 매달고 가죽 채찍으로 내리치는 것도 아닌데, 사타구니가 찌릿찌릿하다 못해 경련이 오다니!

"혹시, 한국분이십니까?"

세관을 통과할 때였다.

꼬장꼬장한 목소리처럼 빼빼 마른 세관원이 물었다.

"네, 그렇습니다."

"아, 그러시군요. 저는 외국분인가 했습니다. 하와이 사람 같기도 하고 태국 사람 같기도 하고."

깐깐해 보이는 생김새와 달리 그는 정도 이상으로 헤헤거렸다.

"유엔방송국 근무시라고요? 거기서 뭐 하십니까?"

"글 씁니다."

'거기 입국 서류에 다 적혀 있지 않소?' 하려다가 영수는 공손히 대답했다.

"네?"

"글 쓰는 사람입니다."

"아니 그럼, 영어로 글을 쓰신단 말입니까?"

"아니올시다. 한국 말로 씁니다. 북한에 보내는 「유엔의 소리」를 쓰고 있습니다."

"아, 네. 그러니까 작가 선생님이시군요."

"그렇습니다."

영수는 이제 빨리 보내달라고 말하고 싶었다.

1952년 겨울에 떠나, 벌써 4년이 흘러갔다. 병원에만 열한 달, 퇴원하고도 물리치료 여섯 달. 그동안의 세월을 도난당한 듯싶다. 아이들이 많이 자랐겠다. 나미는 여전히 무용연구소에 다닌다지. 유미는? 피아노를 계속 하나? 은미가 아빠를 기억이나 할까?

"이거, 아무래도 물건을 너무 많이 가져오신 것 같습니다."

"아니, 물건이 많다니요? 애들이 다섯입니다. 다섯 애들 선물가지가 전붑니다. 아내, 나일론 치맛감 하나 없습니다."

"이거 말입니다. 이거."

그가 만지작거리는 건 영수의 낙타 속내의였다.

"아, 그건 내가 입으려고 가져온 겁니다."

"이거 미젭니까?"

"네, PX에서 산 겁니다."
"PX에 맘대로 드나드십니까?"
"네. 미군 숙소에서 삽니다."
"아, 네."
그는 여전히 베이지색 낙타 속내의를 만지작거렸다.
"이거, 저 주시겠습니까?"
"네?"
영수는 내가 잘못 들었나 싶어 음성을 올렸다.
"이거, 여기서 구하려면 엄청 비쌉니다. 절 주십시오."
그는 이번에는 아예 달라고 했다. 줄 수 있는가고 묻는 게 아니었다. 남의 물건을 그냥 달라는 것이었다.
'뭐 이런 사람 있어? 대한민국 세관원이 날강도냐? 왜 남의 물건을 달래?'
목구멍을 타고 올라오는 말을 영수는 꿀꺽 삼켰다.
"그러시오. 가지시오. 자, 가지라고요."
"아이고, 여기서 이러시면 안 됩니다."
영수가 트렁크 안에서 속내의를 확 꺼냈다. 올라오는 성미를 죽이자니 자연 내의를 꺼내는 손짓이 거칠어졌다. 그가 당황해하며 영수의 손을 잡았다.
"달라면서요?"
"집 주소를 주십시오. 댁으로 가겠습니다."
"우리 집에? 서울까지요?"
"네, 주소만 주고 가십시오. 내일 당장 가겠습니다."
"주소, 거기 그 입국 서류에 있지 않소."
"아, 참 그렇군요. 북아현동. 북아현동이면 아현동 시장에서 가깝겠군요."

"그렇습니다."

"파출소에서 어느 쪽입니까?"

"파출소 앞길로 죽 올라와 방앗간 골목 안으로 들어오면 됩니다."

"제가 말입니다. 음, 오늘밤으로 가겠습니다. 여기 일 끝나는 길로."

"좋도록 하시오."

밖으로 나오니 비린 냄새가 풍겨오고, 이 구석 저 구석에 쓰레기가 쌓여 있었다. 차창 밖으로 지나가는 마을 모습이 을씨년스러웠다. 가끔씩 군데군데 사람이 살고 있는 흔적은 보이지만 버려진 들판처럼 황량했다.

마음을 단단히 먹고 왔지만 막상 얼마 안 있어 식구들을 만난다 하니 반가움인지 두려움인지 이상야릇한 감회가 자꾸 가슴을 눌렀다. 상이군인만 보면 무섭다고 자지러지던 아이들이다. 그 아이들이 아빠를 보고 무서워하면 어쩌나. 의족은 바지 속에 가려져 있으니까, 아이들에게 보여주지 않으면 되겠지. 다리가 잘려져 나간 부분은 아무에게도 보여주지 않으리라. 아내에게도 절대, 절대 보여주지 않으리라.

"맙소사. 아니 아무리 그래도 어쩜 남의 속내의까지 달라고 여기까지 쫓아온대요?"

여덟시가 좀 넘었을 때, 인천 그 세관원이 정말 나타났다. 일이 끝나기 무섭게 달려온 모양이다.

"불쌍하게 봅시다. 오죽 그게 입고 싶었으면 여기까지 부리나케 달려왔겠어? 나도 처음엔 어이가 없어 욕이 나올 뻔했다고. 그런데 다시 생각해 보니 측은하더라고. 오죽 없으면 남이 입겠다고 가져온 속내의를 달라 하겠어."

"아유. 모르는 소리예요. 없어서가 아니라고요. 그게 세관원들 못된 근성이라고요. 관리들, 위에서부터 아래까지 하다못해 구청, 동회까지 말짱 '와이로'예요. 요즘, 돈 안 주면 관 뚜껑도 닫히지 않는데요. 세상이 이렇게 험해졌어요."

"좋은 일 했다 칩시다. 나보다 더 필요한 사람에게 주었다고."

영수는 그 속내의가 정말 필요해 가지고 나온 것이다. 냉기가 솔솔 옷 속으로 스며들면 무릎이 찌릿찌릿 저리고 쑤셨다. 날씨가 꾸물거리기만 해도 다리가 미리 알아차렸다. 그래서 비싼 줄 알면서도 그걸 마련한 것이었다. 하지만, 그 세관원 덕분에, 정확히는 그 낙타 속내의 때문에, 영수는 아내와 어색한 만남을 아주 자연스럽게 넘길 수 있었다.

고요한 파탄

"배 서방, 요즘도 일하겠지?"

아침에 안방으로 건너와 영수가 제일 먼저 한 말이었다.

"배 서방은 왜요?"

"의자 하나 짜야겠어."

"의자?"

금자가 의아한 시선으로 남편을 바라보았다. 피곤한 탓인지 눈에 충혈이 돼 있었다.

"아빠, 안녕히 주무셨어요?"

학교 갈 준비를 하면서 아이들이 줄줄이 인사를 했다. 오랜만에 만난 아버지라 그런지 아이들이 서먹해했다.

"아빠, 왜 우리랑 안 자?"

아침을 먹다 말고 불쑥 은미가 물었다.

"아빠 방은 사랑방이다."

"아빠는 글을 쓰셔야 하니까, 조용한 방이 필요하셔."

금자가 냉큼 덧붙여 설명을 했다.

"글 쓰는 사람은 항상 조용한 방에서 혼자 자야 하는 거예요?"

다미가 좀더 구체적으로 물었다.

"어서들 밥 먹어라. 밥 빨리 먹고 학교 가야지."

금자가 말을 돌리며 서둘렀다. 영수는 사랑방에서 잤다. 물론 전쟁 전에도 주로 사랑방을 사용했다. 그 방이 서재인 셈이었다. 그러다 아이들이 다 잠들고 나면 가끔 안방으로 건너가 아내 곁에 눕곤 했던 것이다. 금자는 그가 행여 안방으로 건너오나 자정이 넘도록 말똥말똥한 눈으로 신경을 곤두세우고 있었으나 그의 발자국 소리는 들리지 않았다.

"후……."

자정이 넘고 밤이 깊어졌을 때, 금자는 손바닥으로 살살 가슴을 쓸어내렸다. 왜 이럴까. 남편이다. 그렇게 기다리던 남편이다. 그런데 왜 그가 곁에 오지 않은 게 다행이다 싶을까. 자정을 넘길 때까지 마당에서 바스락 소리만 나도 몸이 움칠했다. 만약 그가 건너온다면 어쩌나 하는 생각에 가슴이 옥죄어 들었고, 가슴 옥죄어드는 자신에게 놀라고, 놀라는 자신이 민망하고 미안하고, 그리고 당혹스러웠다.

그는 왜 안방으로 오지 않을까. 서로 할 말이 많지 않은가. 그동안 공백을 메우자면 밤을 꼬박 새워도 모자라지 않은가. 왜 그는 내 곁으로 오지 않을까. 고단해서 잠이 든 거다. 분명. 얼마나 고단할까. 내가 배 여행을 해보지 않아 모르겠지만, 기차 타고 부산만 다녀와도 녹초가 되는데 배를 타고 바다 건너왔으니 오죽 피곤하랴. 그러니 그저 녹아떨어진 것이리라.

내가 사랑방으로 건너가야 하는 건가? 가서 이불은 제대로 덮고 자는지 들여다보는 게 도리 아닐까. 만약 깨어 있다면 다리 좀 보자고, 그래야 하는 거 아닐까.

이 깊은 밤에 내가 사랑방으로 건너갔을 때, 그가 만약 자지 않고 깨어 있다면 그건 피차간에 민망한 노릇 아니랴. 용기를 내라고, 식구들을 생각해서도 용기를 내라고, 그렇게 간곡하게 편지를 쓰던 그 심정은 그제나 지금이나 조금도 변함 없다. 남편이 곁에 있었으면, 다시 허리끈은 졸라매고 살아도 좋으니 그저 남편과 자식들과 다 함께 모여 사는 평범한 가정이었으면, 하고 얼마나 원했던가.

그가 이제는 유엔군 방송국 일 그만 보고 돌아왔으면 좋겠다. 휴전 상태고 또 가족 떨어져 몇 년 근무했으니, 이제 사표를 낸다 해도 괜찮겠지.

아이들 과외? 나미 무용소, 유미 피아노. 그것도 그만두면 될 거 아닌가. 지금 이 나라 형편에 다섯 아이들 제대로 학비 만들어 학교 보내는 것만도 감지덕지해야 할 처지 아닌가. 물론 작가에게 단단한 고정 수입이 있다는 게 얼마나 중요한가를 안다. 알고말고. 고정 수입이 없을 때 그가 초조해하는 모습을 보면, 곁에서 보는 사람이 다 애가 탈 정도다.

그나저나 도대체, 어째서 나는 행여 남편이 곁에 올까 긴장이 되는 걸까, 어째서! 이제 나는 여자로서의 삶은 완전히 끝나 버린 것일까?

아직 마흔 초반인 금자에게 이따금 유혹이 다가오기도 했다. 남자들은 참으로 알다가도 모를 이상한 인간들이다. 버젓이 부인이 있는 남자들인데도, '여성 친구'를 원하는 사람들이 의외로 많다.

"조 여사. 조 여사하고는 말이 통해요. 말이 통하는 여성 친구. 조 여사는 그런 느낌을 줍니다."

말이 통한다? 도대체 무슨 말을 서로 해봤기에 말이 통한다는 걸까? 일상적 뉴스나 문학, 예술, 학술계 이야기는 사람들이 여럿 모여 앉아 있을 때 시간을 보내기 위한 평상적인 대화 아닌가.

"가끔 식사도 같이 하고 시외로 드라이브라도 나가고, 그런 친구로 지내고 싶습니다. 조 여사를 보면 뭐라 할까? 옛날 소년 시절에 좋아하던 여학생 같다 할까요? 조 여사 앞에만 오면 내가 자꾸 소년이 되는 것 같단 말입니다."

문인이든 장성이든 교수든 화가든 언론인이든, 그들의 공통 언어는 '외롭다'였다. 아이들을 데리고 열심히 살아가지만, 때로 뼛속까지 저릿저릿 외로울 때가 있다. 남편의 가슴팍이, 손길이 그리울 때는 입술을 꼭꼭 깨물어 가면서, 나보다 그가 더 외롭겠지, 훨씬 더 외롭겠지, 내 곁에는 아이들이 있잖아. 그는 혼자고. 이렇게 스스로를 위로하며 긴긴 밤을 보내곤 했다. 이상하게 아주 친한 친구들조차 혼자 사는 친구를 가까이하기보다 멀리하려 들었다.

"우리 애 아빠가 너를 너무 좋아한다."

정림이는 아예 까놓고 이런 말을 하기도 했다. 어느 날, 정림이 집에 놀러 갔을 때였다. 저녁때가 되어 집에 가려는 금자를 보고 정림의 남편, 이 장군이 허둥지둥 나와 잡았다.

"아이고, 왜 벌써 가십니까. 아직 초저녁인데, 저녁 잡숫고 천천히 가십시오."

그때 그는 마당까지 맨발로 뛰어나왔던 것이다. 그날 이후부터 정림이는 툭하면 맨발로 마당까지 뛰어나간 자기 남편 이야기를 하면서 마치 그게 금자의 잘못이기라도 한 듯, 묘하게 말꼬리를 올리곤 했다.

남자들. 부인도 있고 자식도 있고 명예도 있고, 직위도 있고 돈도 있는 사람들. 그들에게 그 '외롭다'는 말을 들을 때마다 남편이 하던 말이 떠오르곤 했다. 사람은 누구나 다 외롭게 마련이라고. 태어날 때도 혼자, 떠날 때도 혼자이기 때문에 외로운 것은 인간의 운명이라고.

솔직히 너무너무 외로울 땐 남자 친구를 두고 싶다는 마음이 들 때도 있었다. 조 여사에게 그 아무것도 바라는 것 없다고, 그저 같이 있는 그 자체만으로 흐뭇하고 왠지 마음이 평화스러워진다고, 식사나 같이하고 가끔 시외로 드라이브나 하고…… 이런 말에 순간적이나마 끌리지 않았다면 그건 거짓말이다. 하나 그 아무것도 원하지 않으면서 가끔 같이 구경 다니고 식사나 하고 할 남자가 이 세상에 어디 있겠는가. 그야말로 말도 안 되는 소리지.

금자는 남편 김영수에 대한 자긍심이 대단하다. 다른 사람은 몰라도 금자는 알고 있었다. 그가 보통 사람과 다르다는 것을, 그는 무서울 정도로 머리가 좋은 사람이라는 것을. 무섭게 머리가 좋을 뿐 아니라 천진난만할 정도로 순수하다는 것을.

그런데 왜, 어째서, 남편이 나타난 순간부터 마음이 얼어붙었을까. 그가 다리 하나가 없기 때문인가? 다리 하나 없는 남편이기 때문에 살을 맞댄다는 상상만 해도 가슴이 오그라드는 건가? 여기까지 생각이 미치자 금자는 자신이 부끄러워 귀뿌리가 후끈 달아올랐다.

부부란 지지고 볶아대도 함께 살아야 하는가 보다. 물어뜯고 쥐어뜯어 가며 입에 거품을 물고 죽일 년, 죽일 놈 하다가도 언제 그랬느냐는 듯 더할 나위 없이 다정해지는 게 요상스러운 남녀 사이 아닌가.

그가 안방으로 건너오지 않는 것이나 건너오지 않기를 바라는 것이나, 서로가 서로에게 무언의 예의를 지키는 건가. 예의? 무슨 예의? 그는 아내에게 잘린 다리를 보여주지 않으려 하고, 나는 굳이 보려들지 않고, 이것이 예의일까. 우리 사이에 이제 아무것도 남지 않았나. 이런 예의를 지켜야 할 정도로 우리 사이는 남남이 되어버린 건가.

아이들이 잠들 때까진 어색하지 않았다. 아이들은 연방 아버지 다리에 대해 물었다.

"아버지, 왜 지팡이 짚고 다녀?"

"응, 다리 하나를 절단했거든."

아이들에게, 아버지가 병이 나셔서 다리 하나가 없어졌다는 말을 분명히 했다. 아이들이 놀라지 않도록 그 말을 해도 여러 번 했다. 그런데 전혀 모르고 있었던 것처럼 자꾸 물어댔다.

"절단이 뭐야?"

은미가 아버지 앞으로 바짝 다가앉으며 물었다.

"이렇게 잘라내는 거지."

그는 아주 자연스럽게 손짓까지 해가며 아이들에게 설명했다. 마치 연극 배우들에게 각본 설명을 할 때 손짓, 발짓까지 해가며 설명하는 것처럼.

"상이 군인처럼, 그러니까 아빠, 다리가 없어요?"

은미가 상을 찡그리며 물었다.

"그래."

"어디까지 없는 거야?"

철이 든 나미와 유미 다미는 묻지 않고 입을 꼭 다물고 있고, 은미가 자꾸 캐물었다.

"여기, 이 무릎 아래까지."

"어디 봐."

"어서 학교 가야지. 늦을라. 어서, 어서."

금자가 아이들을 방에서 내쫓다시피 했다. 수술한 다리를 보자 해야 하는 건지, 그가 자연스럽게 보여줄 때까지 기다려야 하는 건지, 금자는 그것도 잘 판단이 서지 않았다. 그렇게나 기다리던 남편인데, 하나부터 열까지 어색하고 긴장되고 불편하기조차 했다.

불편하다니, 남편이 불편하다니! 부부 사이에도 분명 예의가 있고, 체면이 있고, 자존심이란 게 있는가 보다. 그가 안방으로 오지 않은 게 자존심 탓일까. 부부란 헤어져 있으면 이렇게 쉽게 남남이 되는 건가.

사실 동경으로 건너가기 전에도 그리 살가운 부부 사이는 아니었다. 글 쓸 게 있으면, 방송국에서 며칠씩 잠을 자기 일쑤였다. 좁아터진 피난 방, 아이들이 복작대는 속에서 글을 쓰는 그의 모습은 쳐다보는 사람도 숨이 막힐 정도였다. 그래서 그가 방송국에서 며칠씩 잠을 자고, 석 주일 때로는 한 달씩 전방으로 종군을 할 때도, 금자는 오히려 다행으로 여겼었다.

눈보라가 휘몰아쳐 때로는 눈을 뜰 수가 없다고 했다. 어떤 땐 정강이까지 푹푹 눈구덩에 파묻혀 걸을 수가 없을 정도라 했다. 그런 최전방 막사에서 끼적인 메모들, 그는 그 노트를 신주 모시듯 소중하게 코트 속 깊숙이 지니고 돌아오곤 했다. 종군할 때는 으레 박 영준과 함께였다. 동부든 서부든 둘이 그림자처럼 같이 다녔다. 그렇게 지내다 동경으로 간 남편이다. 이미 동경으로 떠나기 전부터 서로의 몸을 원한다거나, 그런 감정은 없어진 사이였다. 젊었을 때도 굉장히 쾌락을 밝히는 사이는 아니었다. 밤골에 피난 가 있을 때도 금자는 과부나 마찬가지였고, 대구 피난 생활 역시, 과부나 다름없는 생활이었다.

"의자를 짜야 한다니, 무슨 의자요?"

원래 엉뚱한 사람이긴 하지만, 오자마자 뭘 만들겠다는 건가?

"말이오. 내가 화장실에 가자면 당장 의자가 필요하구려. 다리를 굽힐 수가 없어서 말야."

의아한 눈빛으로 바라보는 아내의 시선을 피하며 그가 식 웃었다. 민망하거나 계면쩍을 때 소리 없이 웃는 그런 미소였다.

'아. 세상에.'

금자는 용수철에 퉁긴 것처럼 발딱 일어났다.

"내가 나가 금방 배 서방 불러올게요."

영수는 도착해 지금까지 소변은 몇 차례 보았지만 대변은 참고 있는 중이었다. 다리를 굽히고 앉을 수 없으니 정 급하면 대야에 일을 보든, 종이를 깔고 일을 보든 하는 수밖에 없을 것 같았다. 서울에 가면 모든 생활 조건이 불편하리라는 건 이미 각오하고 왔지만 미리 연락해 의자를 짜놓는 데까지 미처 신경을 쓰지 못했다.

"이만하면 됩니까? 이 구멍을 좀더 크게 팔깝쇼?"

배 서방은 영수가 그려놓은 그림을 보면서 뚝딱뚝딱 의자 하나를 눈 깜짝할 사이에 만들어놓았다. 그는 오래전부터 집에 드나드는 일손이었다. 목수 일이든 미장이 일이든 아궁이, 굴뚝 뚫는 일이든 무엇이든 못하는 일이 없는 사람이었다.

"아니, 훌륭해, 훌륭해."

영수가 의자에 앉아 엉덩이를 움직거려 보았다.

귀퉁이가 제대로 맞지 않고 어긋어긋했지만 그런 대로 쓸 만했다.

"내가 당장 시험을 해보지."

영수는 한 손에는 지팡이, 다른 손에는 나무 의자를 들고 대문 옆에 있는 변소로 향했다. 그 뒷모습을 멍하니 바라보다 금자는 코끝이 찡해와 얼른 시선을 피했다. 성미가 급해 여기 번쩍, 저기 번쩍 하는 사람이다. 한곳에 진득하게 앉아 있지 못하는 성미다. 그는 다방 한구석을 차지하고 온종일 앉아 있는 문인들을 도저히 이해할 수 없다고 했다.

"아 그래야, 문단 돌아가는 것도 알고, 평론가들하고 교제도 하고, 그러는 거 아니겠어요?"

금자의 말에 그는 너털웃음을 웃었다.

"내가 외교관이오?"

"외교관이 아니라 해도, 사람 살아가는 세상에 교제가 필요하잖아요."

"글쟁이란 혼자 하는 작업이오. 글은 혼자서 쓰는 거야. 아무리 교제를 잘 해도 글을 잘 쓰지 못하면 낙오자가 되는 거지, 평론가들하고 교제 잘 한다고 졸작이 걸작이 되나? 얻어 처먹고 졸작을 걸작으로 만드는 친구들이 있으면 그게 평론가야? 도둑놈들이지."

그래서인지, 그는 문단이고 연극계고 영화계고 간에 유별나게 친한 친구도 없고, 그렇다고 또 유별나게 싫어하는 사람도 없다.

"아무리 글쟁이 작업이 혼자 하는 거지만, 그런 식으로 살면 너무 쓸쓸하고 외롭지 않겠어요? 보면 대개 자기들 그룹이 있는 것 같던데."

"산다는 게 외로운 거지. 산다는 게 본래 외로운 거라고."

산다는 게 외롭다는 말에 금자는 더 말을 하지 못했다.

'이리 주세요. 내가 의자 갖다 놓을게요.'

목구멍까지 이 말이 올라왔지만 끝내 입 밖으로 나오지 않았다. 왜 이렇게 가슴만 방망이질을 해대고 말 한마디 제대로 나오지 않는지 금자는 스스로에게 몹시 짜증이 났다.

대문이 열려 있었다. 요즘 도둑이 많다고, 문단속을 잘 하라고 엄마가 늘 주의를 주건만, 동생들이 들락날락하는 바람에 문은 늘 빗장이 풀어져 있다. 문을 밀고 들어와 중문을 지나 사랑방 앞을 지나가다 유미는 걸음을 뚝 멈추었다. 아버지가 방 안에 계신 것 같았다. 유미는 살금살금 아버지 방 앞으로 다가갔다. 문틈으로 아버지 모습이 보였다.

'악.' 유미는 하마터면 소리를 지를 뻔했다. 아버지는 구부정한 자세로 무릎 부분에 약을 바르고 계셨다. 무릎 아래 살이 물주머니처럼 축 처져 있었다. 물주머니처럼 늘어져 있는 살은 쭈글쭈글하고 거무튀튀했다. 만지면 전염병이라도 옮길 것처럼 징그러운 살덩어리. 저절로 진저리가 쳐졌다.

그날 저녁, 유미는 밥도 먹는 둥 마는 둥 하고 건너 방으로 건너가 공부 핑계대고 꼭 처박혀 있었다.

아아. 아아. 아버지 다리. 그 징그러운 다리. 무릎 바로 아래 살이 진흙을 뭉개놓은 것처럼 뭉뚱그려져 있다. 그 뭉텅한 살덩이. 썩은 고깃덩이 같은 살. 꿈에도 무릎 아래 오그라든 살이 생생하게 떠올라 오싹 소름이 끼쳤다.

"엄마."

다음날 아침, 유미는 새벽같이 안방으로 건너갔다. 아직 동생들은 곤히 자고 있었다. 나미는 뜰 아래 방을 쓰고 다미, 학중, 은미는 엄마와 안방에서 자고 유미는 건넌방을 썼다.

"엄마."

유미가 엄마 은미와 엄마 사이를 비집고 들어와 누웠다.

"왜? 왜 이렇게 일찍 일어났니?"

"엄마."

"왜 그래?"

애가 학교에서 뭘 잘못했나? 얼마 전에는 공부 시간에 「차탈레 부인의 연인」을 읽다가 선생님한테 들켜 혼이 났던 아이다.

"왜?"

유미 어깨가 가늘게 흔들리고 있었다.

"얘가? 아니, 왜 그래?"

유미는 소리를 죽여가며 울고 있었다.

"왜? 왜 그래?"

"아버지, 아버지가 불쌍해."

애가 꿈을 꿨나? 엉뚱한 애가, 지금 제 엄마에게 무슨 말을 하고 싶은 걸까.

"어서, 나가 세수해라. 아침부터 괜히 왜 그래."

동생들이 깨기 시작해 유미는 다시 건너 방으로 건너갔다.

"아버지."

다음날 유미는 집에 아무도 없을 때 살그머니 아버지 방문을 열고 들어갔다.

"학교 다녀왔니?"

"응."

"아버지."

"응?"

"요건 무슨 약이고, 이건 무슨 약이야?"

한 구석에 있는 약을 만지작거리며 물었다.

"응, 이건 소독약이고 이건 연고다."

"이거, 매일 발라야 하는 거야?"

"그래. 매일."

"왜?"

"곪지 말라고 바르는 거지."

떠나오기 전, 하즈예가 꼼꼼하게 챙겨준 약들이다. 한 달 이상 충분히 쓸 약을, 약뿐 아니라 솜, 거즈, 다리 싸매는 헝겊까지 충분히 넣어준 것이다.

하즈예. 그녀는 토요일과 일요일, 시계바늘처럼 아침 여덟시면 나타났다. 간병인으로 고용해 달라며 찾아온 그날, 영수는 '예스'를 하지 않았지만 그렇다고 '노'도 하지 못했다. 호소하는 듯, 애원하는 듯, 간절한 그녀의 표정을 보며, 눈을 감아버렸던 것이다.

"선생님, 꼭 매일같이 소독하셔야 합니다."

"선생님, 그리고 소독하신 다음, 이 연고를 골고루 바르세요. 살이 까지지 않은 부위에도 다 발라주세요. 아시겠죠? 제가 하는 것처럼, 이렇게 살살. 살이 보이지 않을 정도로 한 겹을 씌우시라고요."

소독을 하다 말고 하즈예는 때로 입술을 무릎 부위에 댈 듯 댈 듯 해가며 후후 불기도 했다. 마치 엄마가 밖에서 놀다 무릎을 다치고 들어온 아이를 다루듯, 그녀의 행동은 조심스러웠고, 그 조심스러움 속에 따스함이 담뿍 배어 있었다.

"아파? 많이?"

"아니다. 아프지 않다."

"정말?"

"그런데 왜 매일 약 발라야 해?"

"다리가 무겁다. 나무를 깎아 만든 거니까 아주 무거워. 그래서 몇 시간 달고 있으면 살이 까지거든. 까진 살은 곪기 쉽다. 그러니까 매일 소독하고 약 발라줘야 한다."

호기심이 유난히 많은 아이기에 영수는 자세하게 설명했다.

"엄마. 나, 아버지 다리 봤어."

금자가 외출에서 돌아오자 유미가 안방으로 건너왔다.

"그래?"

금자는 짐짓 아무렇지도 않은 것처럼 대꾸했지만 실은 굉장히 놀랐다. 왜 아이한테 다리를 보여주었을까. 나에게도 보여주지 않으면서. 이제 겨우 중학생인 애가 얼마나 놀라고 당황했을까. 그만 한 거 생각 못할 사람이 아닌데, 왜 그랬을까. 이상하게 자신의 자리를 유미에게 빼앗긴 것 같은 상실감마저 들어 가슴이 알싸했다.

"엄마. 나 말이지. 아빠 거기 보는 순간, 하마터면 토할 뻔했어."

"……."

"얼마나 징그러운지 몰라. 살이 축 늘어졌는데, 시퍼런 부분도 있고 시커민 부분도 있고 시뻘겋게 까진 부분도 있어."

"……."

금자는 돌아서 옷을 갈아입으면서 유미가 하는 말을 듣고만 있었다.

"엄마. 왜 엄마가 아버지 약 안 발라드려?"

"약?"

"응, 아버지가 혼자 소독하고 약 발라."

'아버지가 혼자 소독하고 약 발라.' 그 목소리에는 엄마에게 대한 서운함이랄까, 원망이 진득하게 배어 있었다. 소독을 하고 약을 바른다? 아직도 그래야 하는 건가?

"아버지가 불쌍해."

유미가 중얼거리며 건넌방으로 건너갔다. 여고생인 나미는 학교에서 파하면 그 길로 무용연구소에 간다. 나미는 아파서 학교에 빠지는 날은 있어도 무용연구소를 빠지는 날은 없다. 그만큼 나미의 생활은 무용이 전부이다시피 하다. 매일 저녁, 송범 무용연구소에서 늦게 돌아오기 때문에 '아버지 저 왔어요' 마당에 서서 인사를 하고 곧바로 방으로 들어간다. 하지만 유미는 학교가 끝나기 무섭게 집으로 달려와 아버지 방으로 들어간다.

"아버지, 오늘 이 책 친구한테 빌렸어."

책가방에서 꺼내는 책은 「주홍 글씨」이었다.

"네가 그런 책을 다 읽니?"

"응, 「대지」도 읽었고, 「죄와 벌」도 읽었고 「좁은 문」도 읽었어. 「차탈레 부인의 연인」 읽다가 선생님한테 들켜 야단맞았어."

"누가 그런 책을 읽어라 하던?"

이제 겨우 중학교 3학년짜리가 「차탈레 부인의 연인」, 더군다나 「주홍 글씨」를 뭘 안다고 읽을까 싶어 물었다.

"명작이니까 그냥 읽는 거지 뭐. 명작은 다 읽어야 하는 거 아냐? 우리 문예반 언니들이 이런 거 읽어."

이화여중 문예반인 유미는 선배들이 읽는 건 반드시 읽어야 하는 걸로 알고 있는 모양이었다.

"지금 읽을 게 있고, 좀더 커서 나중에 읽을 게 있고 그렇다. 어디 그 책 좀 보자꾸나."

영수는 「주홍 글씨」 첫 페이지 서너 줄을 읽다가 저절로 눈살이 찌푸려졌다. 철자법 틀린 게 한두 군데가 아니고, 문맥이 통하지 않은 것도 있었다.

"이 책 읽지 마라."

"왜?"

"시간 낭비다. 읽지 마."

"명작은 다 읽어야 하는 거 아냐?"

유미가 고개를 갸우뚱해 가며 책을 책가방 속에 집어넣었다. 해외 명작이 번역되어 아이들의 독서욕을 충족시켜 준다는 건 좋은 일이다. 하지만 이렇게까지 오역해서야 어쩔 것인가. 그날 밤 영수는 촛불 밑에서 글을 쓰기 시작했다. 책임감 없이 마구 번역해 내는 출판사들의 저질성을 지적해야 할 것 같았다. 작가로서, 출판사를 공격하는 건, 어느 모로 보나 똑똑한 짓은 아니지만, 그래도 해야 할 말은 해야 했다.

'글을 쓰지 않으면 않았지, 신문사, 출판사, 평론가…… 이 눈치, 저 눈치 봐가며 쓰진 않으련다. 그래 가면서 뭘 쓴단 말인가. 차라리 붓을 내던지고 지게를 지는 게 낫지.'

"김영수, 제까짓 게 뭔데, 뭐가 그리 잘 났다고, 이 구석 저 구석 다 들쑤셔대? 건방지게, 일본에 가 산다고 지 놈은 한국 놈 아닌가?"

"왜 그래? 난 시원해 좋더구먼. 통쾌하잖아? 김영수가 지적하는 게 뭐 틀린 거 있어? 구구절절 다 옳은 말이잖아?"

명동 '동방 살롱'에서, 선술집 '은성'에서 문인들 간에 오가는 대화였다. 김영수가 잠시 귀국해 경향일보에 쓰고 있는 칼럼이 매일 그 얼굴이 그 얼굴, 그 대화가 그 대화인, 사람들에게 심심찮은 화제 거리를 새록새록 제공하고 있었던 것이다.

"극작가 K형, 그게 누구야."

"아, 누군 누구겠어? 김광섭이겠지."

"김진수 아니고?"

"그런가? 김진수?"

"말 한번 시원하게 했더군 그래. '작가는 우선 무엇보다도 작품을 써야 하지 않겠소.' 그 말이 뭐 틀렸어? 옳은 말이지."

공초를 비롯해 변영로, 마해송, 구상, 조지훈, 왕학수, 최인욱, 김이석, 김광주 같은 문인들이 동방 살롱 단골들이다. 이봉구는 아예 날마다 출근해 '명동 백작'이라는 칭호까지 얻었다.

영수가 서울에 오자마자 연재하고 있는 칼럼 「본 대로 들은 대로」는 김광주가 영수에게 무엇이든 쓰라고 경향신문 지면을 내준 것이었다. 전쟁 전, 연재소설을 맡으라고 북아현동 집으로까지 찾아왔던 친구다. 그는 지팡이를 짚고 나타난 영수를 보고, '얼마나 불편하냐', '걸을 만하냐', 그딴 투의 말은 꺼내지도 않았다.

"아, 왔으면 김영수가 살아 있다는 걸 세상에 알려야 할 게 아냐."

그 한마디뿐이었다.

'김영수는 대한민국 국민 아닌가.', '저는 한국놈 아닌가.' 그런 말을 들어가면서도 영수는 이 구석, 저 구석, 고쳐나가야 할 우리들의 그릇된 근성에 대하여, 무지한 행동에 대하여, 틀려먹은 사고방식에 대하여 가차없이 써 나갔다.

> 집의 아이들이 책을 들고 읽기에 대체 무슨 책을 읽나 하고 보았다.
>
> '세계명작소설'이었다. 원작자의 이름은 이미 우리들이 잘 아는 너무도 유명한 작가였다.
>
> 이러한 세계명작이 번역되어 아이들의 서가에 꽂히게 된 것을 나는 무엇보다도 어버이로서 기뻐했다. 그러나 책을 들고 첫 페이지의 몇 줄을 읽자 나는 문득 읽던 것을 멈추었다.
>
> 한글 철자법이 후안무치하게 틀린 것은 제2, 제3의 문제로 하고(백보를 양보해서), 우선 문맥이 통하지 않는 데는 놀라지 않을 수 없었다.
>
> 그리고 나는 즉석에서 아이들에게 이 책 읽는 것은 중지하라고 명했다.

아이들은 그래도 읽던 것을 쉽사리 단념할 수 없는 듯 그 후에도 손에서 책을 놓지 못하는 것을 나는 종종 보았다.

나는 이러한 착오된 문화의 섭취를 어떻게 처리해야 좋을지 지금도 판단을 못 내리고 있다.

해외명작이 하루 빨리 우리말로 번역되어 새 세대의 왕성한 독서욕을 충족시키고 높고 깨끗한 정신 세계의 구축을 위하여 이바지한다는 위업에 대해서는 누구나 이의가 없으리라 믿는다.

그리고 이와는 정반대로 아이들에게 '틀린 글' '그릇된 번역'을 읽히는데 있어선 누구나 주저 않고 반대할 것은 불문가지리라 믿는다.

그러나 새 세대는 도저히 읽어서는 안 될 '오역' '악역'의 세계명작을 읽고 있는 것이다. 이것을 우리들은 어떻게 조처해야 한단 말인가.

나는 다른 누구에게보다도 먼저 이러한 '오역' '악역'을 퍼트린 출판업자에게 한마디를 올린다. 문화사니 출판사니 하는 간판은 걸기는 용이할지 모르나 여기에 상부되는 문화적 양심이 항상 병행해야 한다.

말 들으니 모 출판사는 왜말을 아는 학생들에게 일금 2만 환을 주고 해외명작을 번역시켜 출판하기도 한다고 한다.

만약 이러한 말이 사실이라면 이러한 출판사야말로 대한민국의 문화를 파괴하는 비적적 존재인 것이다.

홍콩에서 일본에서 마약과 양단을 밀수해 들여오는 것만이 도적이 아니다. 이러한 출판 밀수자 역시 마땅히 극형에 처해야 할 무서운 도적인 것이다.

심한 것을 보면 책 뒤딱지에 번역자의 이름을 밝히지 않은 것도 있다.

외국소설이 혹은 시가 우리말로 번역되었을 때엔 우선 독서가의 주의와 관심을 이끄는 것은 번역자의 이름인 것이다.

왜냐하면 번역자에 따라서 원작의 예술성이 읽는 이에게 전달되는 농도가 놀라울 만치 다르기 때문이다.

존칭이 없는 외국 말이 우리 말로 번역될 땐 존칭을 해야만 할 때가 있다.

외국 소설에선 흔히 남편이 아내를 부를 때 아내의 이름을 부르지만 이것을 우리말로 번역할 땐 다만 '여보' 한마디로써 족할 때가 있다.

외국 말을 안다고만 해서 곧 외국 소설을 번역할 수 있다고 생각한다는 것은 칼을 쓸 줄 안다고 해서 곧 외과의사가 될 수 있다고 생각하는 것과 같은 것이다. 이러한 악질 출판자를 하루바삐 추방하는 것도 전체 문화인의 제일과업이 되어야 할 것이다.

—「名作 아닌 名作」

글을 마치고 영수는 담배를 피워 물고, 타 들어가는 촛불을 망연히 바라보고 있었다.

꺼질 듯 꺼질 듯 하면서 녹아 내리고 있는 촛불은, 마치 수렁 속으로 갈아 앉을 듯 앉을 듯 하면서도 버티고 있는 자신의 모습 같다.

「명작 아닌 명작」을 끝내고 나니 커피 생각이 간절했다. 한밤중, 글을 쓰다 커피를 마시는 게 영수의 낙이라면 큰 낙이다. 커피를 마시면 침침해지던 눈도 단박에 밝아지는 것 같고, 정신도 쌩 맑아지는 것 같았다. 커피도 너무 마시면 중독이 된다 하면서도 하즈예는 가방 속에 가루 커피와 가루 크림 넣는 것도 잊지 않았다. 그러나 커피 가루가 있고 크림도 있고 설탕도 있지만 뜨거운 물이 없으니 커피는 단념하는 수밖에 없었다.

아주 기본적인 것. 전기도, 물도, 수세식 화장실도, 너무나도 기본적이라 중요함을 모르고 살아왔던 것들이 한국에서는, 너무나도 사치한 것들이었다.

고국에 돌아와 더 외롭다. 식구들 속에서 더 외롭다. 아내에게 무슨 말이든 말을 하긴 해야 할 텐데, 무슨 말을 한단 말인가.

'여보. 당신이 싫어서가 아니오. 당신에게 이 흉한 다리를 보여주고 싶지 않을 뿐이오. 자존심? 그런지도 모르겠소. 어쩌면, 당신 머릿속에 영원히, 영원히, 사지가 멀쩡한 남자. 체격 하나만은 남부럽지 않은 건장한 남자로 남아 있고 싶다는 부질없는 욕심인지 모르겠소. 남편, 김영수는, 다리 절단을 하면서 성불구자가 되었다 생각해 주오. 그렇게 생각해 주오.'

"본 대로 들은 대로"

서울은 저녁 여섯시가 되기 무섭게 전기가 나갔다. 동경처럼 24시간은 바라지도 않는다. 그저 밤 열시 정도까지만이라도 불이 들어와 있으면 좋겠다. 허나 어쩔 것인가. 이게 대한민국 사정인 것을.

불편한 게 어디 전기뿐인가. 아침저녁으로 하던 샤워를 못하니 죽을 노릇이었다. 샤워는 고사하고 제대로 씻을 수도 없다. 한번 씻으려면 그야말로 법석을 떨어야 한다. 우선 물을 데워야 하고, 데운 물을 방으로 가져와야 하고, 대야에 찬물과 데운 물을 적당히 섞어 씻노라면, 아무리 조심을 해도 방바닥이 물바닥이 된다.

수돗물이나 펑펑 나오냐 하면 그것도 아니다. 물장수, 만득이 엄마가 힘겹게 길어오는 물이다. 사람이 힘들게 살다가 차츰 편하게 살아야지, 편하게 살다 힘들에 살면 돌기 십상이라는 말처럼 영수가 바로 그 꼴

날 지경이었다.

공중탕에 갈까, 하는 생각도 여러 번 했지만 엄두가 나지 않았다. 갑자기 다리 하나 없는 사람이 알몸으로 들어왔을 때, 사람들이 당혹스러워할 장면을 상상해 보면 아찔했다.

항의가 또 들어오겠다. '양심 없는 출판사는 도적이나 다름없다' 했으니 출판사들이 시근벌떡대겠다. 하지만, 또 써야 한다. 또 쓸 건이 있다. 이런 건 실은 신문사에서 다루어야 하지 않은가. 신문사에서 사회 문제로 지적, 고발해야 할 게 아닌가. 신문사들이 정부 기관지 노릇이나 하고 있으면 어쩌자는 건가. 그래도 지면을 내주며 그야말로 '본 대로 들은 대로' 쓰라는 경향신문이 고마울 뿐이다.

박태준이 원고료를 받기 위해 잡지사에 다섯 번씩이나 찾아갔었단다. 작가가 쥐꼬리만 한 원고료를 받으려고 잡지사로 다섯 번씩이나? 이건 아니다. 아무리 작가란 직업 자체가 돈과 거리가 멀다 하지만 이건 아니다.

살롱에서 T형을 만났다. 피로한 기색이었다. T형과 나는 커피를 한잔씩 놓고 마주 앉았다.

웬일요? 얼굴빛이 좋지 못하니 내가 먼저 입을 열었다.

닷새 동안 헛걸음쳤소.

T형은 비로소 입을 열었다. 이하에 기록한 것은 T형과 나 사이에 전개된 대화의 일 절이다.

그 잡지사에 마침 돈이 없었던 게지.

아냐 돈은 있는데 딴 거 급히 지불할 게 있어서 내 고료는 뒤로 미뤘다는 게야.

그렇지만 닷새 동안이나 헛걸음을 치게 할 리가 있을까.

오늘은 사장이 어디 나가고 없대.

어제는?

어제는 편집책임자가 안 나와서 고료지출 전표를 안 떼어 할 수 없다는 것이고.

그저껜?

그저껜 사원회의가 있어서.

그래서 닷새 동안을 헛걸음을 쳤단 말요?

T형은 대답 대신 묵묵히 찻잔을 들었다. 나는 더 캐어묻지 않고 커피를 불었다.

T형은 이미 문단적 위치가 뚜렷한 작가다. 업이 글을 쓰는 것이요, 글을 매일 써야만 일곱 식구가 살아갈 수 있다는 '문필 노동자'다.

허나 이처럼 눈코 뜰 새 없이 분주한 '문화노동자'는 수금을 하기 위해서 닷새 동안이나 가두에서 방황한 것이다. 120시간이나 집필을 정지한 것이다.

문제는 여기에 있다. 120시간의 허비를 어디서 누가 무엇으로 보상하여 준단 말인가. 바둑판 같은 원고지를 한자 한자 메워 비로소 일곱 식구의 생계를 이어가는 작가 T형은 변변한 신분 증명서 한 장 없는 '당일치기 자유노동자'다. 써야 살고 안 쓰면 굶어야 하는 생명의 보장이 없는 족속이다.

이러한 어디까지나 무기력한 작가에게 부과된 문화사적 책무는 결코 경하지가 않다.

학대를 받아도 써야 하고 경멸을 받아도 한자 한자 바둑판을 메워야만 하는 것이 이 땅의 문필가다.

이래도 우리는 살아야 하오.

T형은 한참 만에 이런 소리를 가만히 입 속으로 하고 고소를 삼켰다.

그렇다. 이래도 우리는 살아야 한다.

그러나 살기 위해선 작가도 인간인 이상 폐를 채울 신선한 공기만은 필요치 않은가.

사흘씩 닷새씩 헛걸음을 치게 하는 잡지사가 있다면 신문사가 있다면 이것은 작가에게서 '바람'마저 빼앗아 가는 약탈 행위다.

—「작가와 폐(肺)」

"총알 날아오지 않았어?"

박영준이 마당에 선 채 식 웃으며 말했다.

"잠깐이라도, 들어오지 그래."

"그러지 말고 나가, 바람 쐴 겸 나가자고."

"나가긴 뭘. 쓸 것도 있고."

"아, 그만 세상 들쑤셔놓고 나가자니까."

무서운 사람도 두려운 사람도 없는 김영수 성격을 그 누구보다 잘 아는 박영준이지만 오랜만에 한국에 돌아와 각계 각층, 하다못해 관공서 구석까지 공격하고 있는 게 은근히 걱정되었다. 그러지 않아도 일본에 가 살고 있는 그를 은근히 시기, 질투하는 문인들이 수두룩하다. 마치 김영수가 자진해서 VUNC에 가 있기나 한 것처럼, 문단 이탈자로 간주하려는 축들조차 있다. 얼마 전에는 ≪현대문학≫에서 김영수에게 원고 청탁을 한다니까 아예 대놓고 못마땅해하는 사람들도 있었다.

"아, 동경에서 호의호식하며 돈 잘 벌고 있는 김영수는 좀 빼놔."

"옳아. 옳아. 아, 혼자 호강하고 지내는데 뭘 거기까지 생각해? 궁한 우리들이 수두룩하잖아."

박영준은 그렇게 거침없이 제동을 거는 문우들 얼굴을 멀쑥하게 바라보기만 하였다. 영수가 「파도」를 연재할 때, 원고료 타는 날이면 틀림없이 나타나 술을 얻어 먹던 문우들이었다.

"아, 소설 언제 쓰고 그렇게 나돌아?"

박영준은 동아일보에 「형관」을 연재하고 있는 중이었다.

"온종일 방구석에 박혀 있다고 안 써지는 글이 써져? 골이 아파서 나왔어. 한바탕 돌고 오려고. 정말, 안 나갈래? 이제부터 아예 세상 단절하고 살기로 작심한 거야?"

"글쎄, 돌아가기 전에 꼭 쓸 게 몇 꼭지 있다니까."

"조 여사, 아 저놈, 왜 저렇게 속을 썩히지? 저놈이 없어져야 내가 조 여사하고 연애를 할 텐데 말야."

영수는 박영준이 나간 후, 곧 원고지 칸을 메워가기 시작했다. 외출할 때면 으레 들러준다. 나갈 때 그리고 집에 들어올 때 너무 늦은 시간이 아니면 그렇게 들러 이런저런 소식들을 전해 주곤 한다. 그가 같은 동네에 살고 있다는 게, 그리고 그렇게 수시로 자주 들려준다는 게, 새삼 가슴 뭉클하도록 고마웠다.

그는 늘 같이 나가자 하지만 영수가 사양한다. 꼭 나갈 일이 생기면 나중에 혼자 나가는 한이 있어도 가능한 한 사람들과 함께 다니지 않는다. 그건 사람들에게 불편함을 주지 않기 위해서다. 몇 발자국 걷다 쉬고 또 쉬고 해야 하는 사람 보조를 맞춘다는 게 얼마나 답답한 노릇인가.

북아현동 고개 하나 넘어가자면 거의 한 시간은 잡아야 한다. 서대문까지 나가기 전에 빈 택시를 만나면 다행이고, 그러지 못하면 사거리까지 나가야 한다. 두 다리가 성한 사람은 10분, 15분이면 충분한 거리다. 그러니 아무리 친구하고 같이 다니고 싶지만, 불쑥 따라나설 수 없었다.

영수 앞에는 택시도 잘 멈춰주지 않는다. 두 다리가 성한 사람은 버스를 타고 다닐 수 있지만 영수는 버스에 올라탈 엄두도 낼 수 없어 꼭 택시를 타야 한다. 그런데 불구자를 태우면 재수가 없다는 미신이라도 있는지, 지팡이를 짚고 서 있는 사람 앞은 그냥 휙휙 지나가고 만다. 어떤 날은 한 시간 이상도 서 있어본 적이 있다.

'여보게. 내가 왜 자네하고 나가고 싶지 않겠나. 내가 왜 나가서 그리

운 친구 얼굴들 보고 싶지 않겠나.'

'우울해지지 말자. 이것도 다 견뎌내야 할 나의 운명이다.' 라고 생각하면서, 영수는 애써 마음을 다독거리곤 했다.

R형.

나는 요즘 형의 좌담회 기사를 매일 신문이 나오기를 기다려서 계속해 읽었습니다. 이 기사를 읽는 것이 한동안 우리 문단 사정을 모르고 지내던 나에게 있어서는 무엇보다도 큰 공부이기 때문이었습니다. 그동안의 동향과 지금의 현상과 앞으로의 전망을 나는 R형의 말씀을 통해서 인식하고 관망할 수 있기 때문이었습니다. 정말 매일 Q紙를 읽는 것은 나로선 참 즐거운 시간이었습니다.

나는 지금 그다지 즐거운 마음으로 이 붓을 들지 못했습니다.

즐거움과는 전혀 반대의 감정으로 이 글을 써 올리고 있는지도 모릅니다.

나에게 많은 지식을 제공해 준 형의 좌담회 기사는 결국 나에게 커다란 하나의 의문을 품게 하고야 말았습니다.

음악가 K씨와 미술가 R형의 말씀을 나는 여기에다 갈피를 가리고 줄거리를 추려 옮겨 쓸 시간도 지면의 여유도 없음을 유감으로 압니다.

요약하겠습니다. 요약해 말씀드리는 것이 어떻게 생각하면 도리어 다른 제3자에게 끼치는 정신적 타격이 적을지도 모릅니다.

R형.

형의 장황한 말씀을 요약하면,

문단에는 어디서 어떻게 나온지도 알 수 없는 신인이 너무나 많다.

신인은 모름지기 권위 있는 등용문을 통과해야 한다.

이러한 대목도 있었고, 신인들의 발언이 너무나 당돌하다 이런 개탄도 있었습니다.

R형.

내가 지금 형에게 외람되게도 고언을 드리려고 하는 것은 이 대목입니다.

형께서도 잘 아시다시피 마가렛 미첼도, 앙드레 지드도, 서머싯 몸도 하등의 등용문을 통과했다는 소문은 없습니다.

등용문이란 것이 어떻게 생긴 문인지는 모르겠습니다.

그러나 세계 어떤 문단에도 이러한 '문'이 작가에게 자격증서를 수여하기 위해서 설치되어 있지는 않을 것입니다.

만약에 꿈에라도 이러한 '문'이 있다면 그것이 유형이건 무형이건 우리는 결속해서 이것을 때려 부숴야 하겠습니다.

공산주의 국가에는 작가의 자유와 진실과 이데아를 통제하고 억압하기 위해서 '심사의 문'이 있고 '검열의 문'이 있다고 합니다.

그러나 행복하게도 우리들의 신인은 자유세계에서 호흡하고 있습니다.

그러므로 자유로이 발언할 수 있고, 자유로이 표현할 수 있는 것입니다. 아니 꼭 있어야 할 것입니다.

신인의 발언이 당돌하다는 것은 사실 그들의 창창한 전도를 위해서 근심되는 일일지도 모릅니다. 그러나 이것은 인자한 선배의 호의 가득찬 눈으로 바라볼 때 우리는 얼마든지 긍정할 수 있으리라 믿습니다.

당돌한 신인만이 당돌한 예술을 창조합니다.

침체한 문단에 선풍을 일으키는 것도 필시 당돌한 신인일 겝니다.

R형.

'신인이여 점잖아라', '신인이여 근신하라' 이렇게 선배들이 신인에게 질책한다면 그들은 채 꽃도 못 피우고 시들 것입니다.

활화산 같은 신인이 격동하고 불을 뿜어야만 우리의 문단이 비로소 태동하고 약진한다는 것을 형은 왜 모르십니까.

R형.

우리가 지금 이런 말을 하고 있는 것조차 신인들은 어디선가 홍소하고 있다는 것을 형은 모르십니까.

문단의 활화산은 신인입니다.

그러기에 백 명, 천 명, 만 명 자꾸 역량 있는 신인이 나와야 할 게 아닙니까.

──「등용문(登龍門)」

소설가 C형이 장편소설의 주인공을 대학교수로 설정했다가 정작 모 대학 교수와 언쟁 끝에 멱살잡이를 하고 대판 싸움을 했다는 소리를 들었다. 처음에 나는 이야기하는 친구가 그저 조작해서 하는 농담이거니 하고 웃으면서 들었다. 그러나 이야기가 조작이 아니고 사실임에는 나는 웃음을 멈추고 정색을 했다.

지금으로부터 10여 년 전에 나도 이런 욕을 본 적이 있다.

「태양의 거리」라는 연극을 썼는데 여기에 등장하는 인물이 이발사였다.

공연 제1일이었다. 한 중년신사가 무대 뒤로 와서 작자를 찾았다.

내가 알지 못할 중년신사와 대면을 했다.

그는 서울 이발조합의 요직에 있는 사람이라 했다. 그리고 왜 이발사를 모델로 하였느냐고 시비를 거는 것이었다. 나는 하도 어처구니가 없어서 말이 안 나왔다. 그래서 근처 다방으로 데리고 가서 근 한 시간 동안이나 단단히 계몽을 해서 돌려보낸 적이 있다.

그때만 해도 나는 일종의 계몽사업을 한다는 성의를 가졌었고 그로 인해 불쾌한 줄도 몰랐다.

이발사를 모델로 해서는 안 된다는 법령이 있을 리 없다. 비단 이발사뿐만이 아니다. 어느 지위에 그 사람이 있건, 어느 권력 아래 그 인물이 위치하건 작가가 소설을 구상함에 있어서 어디까지나 자유스러워야 할 것은 말할 필요조차 없다. 소설을 형상화하는 소재가 인간이고 작가가 탐색 탐구하는 대상이 영원히 인간인 이상 여기에는 이발사건 국회의원이건 종로3가 산월(山月)이건 선택의 구별이 있을 리 없다.

그러나 내가 소위 모델 때문에 귀중한 시간을 할애하여 어색하게나마 계몽사업을 한 것은 지금으로부터 10여 년 전 옛날 일이다.

지금 생각하면 '예전에 이런 일도 있었소' 하고 웃음을 금치 못할 이야기다.

그런데 10여 년 전에 있었던 이러한 희극이 당당히 1955년도에 더구나 민주주의 대한민국에서 발생했다는 데는 나는 아연하지 않을 수 없었다.

더군다나 C형의 경우가 10년 전 내가 만났던 등속의 이발사가 아니고 최고의 학식과 인격을 겸존한 대학교수란 데에는 나는 거듭 아연치 않을 수 없었다.

톨스토이가 당시의 제정 러시아 귀족 사회의 타락한 윤리를 숨김없이 폭로했다고 해서 일찍이 작가 톨스토이가 제정 러시아 공작이나 후작에게서 멱살을 잡혔다는 이야기를 나는 들은 일이 없다. 도스토예프스키가 「죄와 벌」에서 고리대금업 하는 노파를 적나라하게 그렸다고 해서 나는 일찍이 그가 고리대금 업자들에게서 욕을 보았다는 소문을 들은 적이 없다.

민주주의 대한민국의 소설가 C형이 작품의 주인공을 대학교수로 했다고 해서 대학교수에게 멱살을 잡히고 힐책을 당했다는 것은 확실히 하나의 20세기의 난센스다. 소설가 C형의 멱살을 잡은 그 대학교수가 아무쪼록 정당한 신경계통을 가진 정상인이 아니기를 바라며, 이 너무도 우스운 이야기를 그냥 허물없는 다방 한담의 하나로서 돌리려 하니, 오늘의 커피는 한층 더 맛이 없다.

자유주의 민주 사회에서 작가가 작품의 모델을 대학교수로 했다는 이유 하나로 멱살을 잡힌다면, 그 사회가 어떻게 법치국가인가. 더군다나 같은 문인들이 그걸 어떻게 우스갯소리로 넘긴단 말인가. 어떻게 다방 한담의 하나로 돌린단 말인가.

'당해 싸다'는 식으로 고소해하는 작가도 있다. 그런 말을 키들거려 가며 하는 자가, 바로 엇비슷한 시대에 문단에 나온 작가라는 사실에 영수는 비애를 느꼈다. 「자유부인」이 선풍적으로 인기를 끌었다는 게 그렇게 배가 아픈 모양이었다.

―「모델과 작가」

Y월간잡지는 현재 우리나라에서 상당히 발행부수가 많은 권위 있는 대중잡지라는 것을 나는 안다. Y지 외에도 이와 내용이 유사한 월간잡지가 몇 있다는 것도 나는 이미 잘 알고 있다.

그러니까 자연 유사한 잡지끼리 발행부수를 올리기 위해 고정된 문필가에게서 원고를 빼앗으려고 경쟁하는 것은 막을 수 없는 경쟁의식이다.

그런데 이 권위 있는 Y월간잡지가 얼마 전에 커다란 실수를 하나 저질렀다는 것이다.

Y지가 메인 타이틀로서 실린 모 작가의 모 원고가 사실 나중에 알고 보니 모 외국 오락 잡지에서 그냥 그대로 번역했다는 것이다.

여기에 모 작가라고 구태여 이름을 숨긴 것은 작가의 명예를 위해서다. 나는 이렇듯 부끄러운 이야기를 들었다고 해서 곧 모씨를 의심하고 경멸하려 들지는 않는다.

설마 그랬을라고 하는 어디까지나 부정적 위치에서 나는 이 부끄러운 이야기를 전개하려고 한다.

그러나 이러한 비행이 있을 법도 한 일이고 또 이러한 소문이 전혀 근거 없이 날 것 같지도 않으므로 이야기 난 끝에 몇 마디 더 첨가해 둔다.

미국 잡지나 일본 잡지에서 살그머니 도둑질을 했다고 해서 언제까지나 독자가 그 출처를 모를 리가 없다는 것을 집필가는 우선 인식해야 한다.

도둑글을 써서 고료를 타먹은 사람은 무명 작가거나 혹은 이름도 없는 문단 외계의 사람이라면 몰라도 적어도 약간 이름이 있는 사람이면 이런 도의에 이탈된 행위는 마음에 걸려서도 못할 것이 아닌가.

일본의 '킹(King)' 잡지도 미국의 '라이프(Life)' 잡지도 우리나라에선 작가 모씨 이외에 읽고 있는 사람이 얼마든지 있다는 것을 모씨는 재인식해야 할 것이다. 따 왔으면 따온 출처를 밝히는 것이 결코 부끄러울 리가 없다. 출처를 밝히지 않고 남의 것을 내 것같이 시치미를 떼고 행세하려는 데서 악(惡)은 발아하는 것이다.

작품을 못 쓰는 (또는 안 쓰는) 작가를 나는 존경할 수 없는 것과 마찬가지로 또한 나는 남의 것을 훔쳐다 내 것같이 꾸며내 놓는 가면 작가를 나는 존경할 수가 없다.

이러한 글이 그냥 무사히 도피하는 것이 오늘의 잡지계요 문단이라면 이러한 잡지계나 문단은 멸시를 받아도 대항할 기력과 양심이 없지 않은가.

가위와 풀만을 가지고 잡지를 꾸며내던 암흑 시대는 이미 지나간 지 오래다.

외국 오락 잡지에서 따다 번역 잘하는 것은 수완 있는 편집자로 자임하던 출판업계의 무정부주의 시대는 이미 옛날에 지나갔다.

내가 하고 싶은 말, 내가 쓰고 싶은 글만을 써도 쓸 겨를이 없고 미처 소화할 지면이 없는 저력 있는 작가가 되기를 우인의 사람으로 작가 모씨에게 충고한다.

―「내 글과 남의 글」

바로 2, 3일 전 일이다. KBS의 어린이 시간을 들었다.

씩씩하게 즐겁게 노래하는 어린이들의 모습이 눈앞에 떠오르는 것 같아서 나는 이 시간을 끝까지 듣기로 했다.

그러나 들어가는 도중 나는 자식을 기르는 어버이의 하나로서 도저히 묵과할 수 없는 문제에 봉착했다.

문제라는 것은 아나운서와 국민학교 어린이들 사이의 문답 형식으로 벌어지는 '수수께끼'였다. 그날 밤 방송된 대로 여기에 옮겨 쓰기는 어려우나 대강 기억되는 대로 쓰면 다음과 같은 것이었다.

청량리 집을 팔구서 신당동 집을 사구 이사를 했어요. 그럼 판 청량리 집은 몇 번지고 새로 산 신당동 집은 몇 번지겠어요?

동명은 이것이 맞는지 모르겠으나 '팔구' '사구' 했다는 말은 틀림없고, 판 집과 산 집의 번지를 물은 것만은 분명하다. 이것이 수수께끼 문제였다.

대체 어떻게 대답이 나오나 하고 나는 불안한 마음으로 기다렸다.

어린이들에게서 해답이 연발되었다.

청량리 집은 '팔구' 이사를 했으니까 89번지고, 신당동 집을 '사구' 이사했으니까 49번지라는 것이었다. 아나운서는 이 해답이 옳다고 하고 축하의 상품을 준다고 했다.

나는 솔직히 말해서 이 시간 방송을 어린이들이 들을까 봐 여간 겁이 나고 불안하고 두려운 것이 아니었다.

현대에 있어서 방송은 이미 뚜렷한 하나의 문화로서 장르를 영유하고 있는 것이다. 말하자면 '라디오'에서 '방송 문화'로 발전한 것이다.

방송을 통해서 우주의 신비를 공부하고 해저의 경이를 공부하고 '바른 말'을 공부하고 지리 역사를 공부하고 있다는 것은 이미 구문에 속한다.

아니 라디오 문화는 이미 음향만으로서는 불만족해서 '텔레비전'으로 대치한 지 오래다. 라디오는 이렇듯 현대에 있어서 무엇보다도 가치 있는 문화재로서 등장한 것이다.

그러므로 어린이들의 정서 교육과 병행해서 또한 과학 교육을 라디오는 최대한으로 부담하고 있음은 물론이다.

그러나 며칠 전에 들은 KBS의 수수께끼 시간은 너무도 비과학적이요,

비현대적인 데는 나는 아연실색하지 않을 수 없었다.

어째서 '사구' 한 것이니까 49번지고, '팔구' 했으니까 89번지란 말인가.

어린이들의 오락은 어디까지나 건전해야 한다. 건전, 명랑한 오락을 어린이에게 제공하는 것은 어른들의 책임이요 동시에 문화인으로서의 책임이다.

그런데 어째서 우리가 신임하는 KBS는 이것을 망각하였단 말인가.

고학적이 아닌 황당무계한 이야기나 수수께끼는 어린이에게 해독만을 끼치는 미신인 것이다. 아무렇지도 않은 수수께끼에서도 어린이들은 그릇 물들기 쉽다는 것을 나는 부형의 1인으로서 KBS에 말해 둔다.

—「KBS를 듣고」

내가 도대체 평론가요? 소설가요?

어느 술자리에서 H씨가 물었다. 나는 얼른 대답을 못했다.

이와 똑같은 의문을 나도 그에게 가졌기 때문이었다.

때와 경우에 따라서는 평론가도 되고 소설가도 되는 것이 지금까지의 H씨였기 때문이다.

지금도 H씨가 그 어떤 것에 속하는 분인지 나는 무지하다.

소설가 아뇨?

나는 얼마 후 지금까지의 씨의 활동을 검토한 다음 이같이 응답했다.

그리고 이것으로써 씨의 질문에 대해 만족한 대답이 되리라 믿었다.

그러나 H씨는 뜻밖에도

허허…… 내가 소설가야? 하고 웃었다. 조소였다.

그리고 화제는 다른 데로 돌아갔다. 그러나 나는 H씨의 이 조소를 그냥 묵과할 수는 없었다.

H씨의 장편 역사소설을 그동안 나는 모 일간신문에서 읽은 적이 있다.

월간잡지에서도 씨의 단편을 대한 적이 있다.

그리고 불행히도 나는 씨의 평론을 신문에서나 잡지에서나 별로 읽은 것이 없다.

그런데 씨 자신은 감연히 평론가로서 동의를 구하는 것이었다.

이것을 나는 그대로 묵과할 수 없었고 찬의를 표할 수도 없었다.

소설가로서의 씨의 과거를 나는 잘 알기 때문이었다. 그러나 씨는 내가 소설가야? 하고 조소를 머금었다.

'모씨의 소설은 재미가 없다. 김모의 소설은 재미는 없지만 그래도 재래의 수준은 보지하고 있다'

이러한 '창작 월평'이 지금도 문단 한구석에서 횡행하고 있는 것은 사실이다. 그리고 이 따위 독후감이나 인상기를 끄덕거리고 '나는 평론가요' 하는 따위의 맹랑한 평론가(?)가 아직도 문단 한구석에서 횡행하고 있음을 나는 잘 안다. 제 구미에 안 맞았다고 해서 틀렸고, 제 인상에 좋았다고 해서 잘되었다, 성공했다 하는 주제넘은 짓은 이젠 '나이' 먹은 값을 해서라도 삼가야 할 것이 아닌가.

'평론가란 남이 쓴 작품을 평하는 것이니라' 하니까 아마도 소학교 생도의 작품을 꼬느는 '선생님'의 위치에다 자기를 올려놓고 그리고 야릇한 만족감에 도취되어 있는지, 거기까지는 모르겠으나 제발 '재미 있었다' '좋았다' '틀렸다' 식의 메스꺼운 평(?)은 빨리 중지하는 것이 문단의 정화를 위해서도 기대되는 것이다.

이러한 독후감, 인상기 따위가 요행 활자와 되었다 해서 '나는 평론가다' 하고 큰기침을 한다면 진정한 권위 있는 평론가를 위해서도 서글픈 일이다. 생각하면 한심한 일이다.

해방 10년을 경과해도 문단에 우리들이 귀를 기울일 만한 '지도 이념' 하나 출현하지 않는 것은 아마도 이 따위 사이비 평론이 난잡하게 자리를 차지하고 있는 때문인지도 모르겠다. 정말이지 한심한 일이다.

—「이것도 평론인가」

언젠가 레슬링 시합을 본 적이 있다.

국제 시합이니만큼 시합 전부터 인기가 굉장했다.

본시 이 레슬링이란 것이 과연 스포츠인지 무엇인지 알 수 없는 무지무지한 것이고 또 초인간적인 육탄과 육탄이 어우러져서 치고 차고 때리고 하는 것이기 때문에 대체 어떻게 하는 스포츠인지 한 번쯤은 보아두는 것이 좋을 것 같아서 보러 간 것이었다.

시합이 백열화했을 때였다. A에게 어깨 너머로 떨어진 B는 다시 엉금엉금 일어나더니 A에게 친절히 손을 내밀고 다가왔다. 싸우자는 표정이 아니고 분명히 악수를 청하는 표정이었다. 나뿐 아니고 관중도 그렇게 생각했다.

그런데 이것은 우리가 B의 전술에 대해 무지한 소치였다. B는 A에게 다가와서 악수를 할 듯 손을 내밀다가는 금방 태도가 돌변하며 A의 팔목을 비틀어 허리를 깔고 넘어갔다. B의 전술은 참으로 비열하기 짝 없었다. 나는 지금 고요히 눈을 감고 얼마 전에 본 레슬링 시합을 눈앞에 그려본다. 비열한 전술로써 A를 넘어뜨린 B의 추악한 체구를 연상한다.

요즘 명동 거리에 모여드는 글 쓴다는 친구들 사이에 간혹 이런 B와 같은 비열한 책략가가 있다는 말을 들었다.

딱 마주치면 손을 내밀고 악수를 하고 담소를 하다가도 헤어지면 비방하고 험구하는 것을 예사로 한다는 친구가 있다는 소리를 들었다.

이것이 사실이라면 우리는 먼저 우리들의 주위를 경계할 수밖에 없다.

얼마 안 되는 이 땅 문단에서 A가 B를 경계하고 B가 C를 경계하고 C가 또 D를 경계해야만 된다면 이보다 더 서운하고 슬픈 일은 없을 것이다.

작품 욕을 해도 좋다. 그 작품을 쓴 작가의 험구를 해도 좋다.

그러나 이런 것은 어디까지나 그 작가의 앞에서 정정당당히 벌어져야 할 것이다. 그 작가의 앞에서는 좋은 낯을 하고 손을 내밀고 악수를 하고서는 금방 돌아서서 그놈 저놈 하고 욕을 하고 깎아 내린다는 것은 꼭 비열한 레슬링 선수와 같은 자이다.

문단의 우정이 알지 못하는 사이에 저해되는 것도 이런 레슬링 선수 같은 자가 작가의 가면을 쓰고 다방에서 다방으로 꼬리를 흔들고 다니는 때문이다.

이것은 비단 문단만을 지적해서 할 말은 아니다.

연극계도 그렇고 영화계도 이런 말은 적용되리라 생각한다.

또 미운 놈이 있다.

같은 자리에서 술까지 얻어먹고 돌아서서 술 사준 사람을 욕하고 깎아내리는 놈이다. 술을 얻어먹을 땐 얻어먹는 맛에 욕을 못하고, 헤어져서는 그놈의 작품이 어떠니 그놈이 인간성이 어떠니 하고 기염을 토하는 놈이다.

이런 놈은 악수를 하고 나서 팔을 꺾어 넘어뜨리고 그리고 또 배를 타고 올라앉아 목을 조르는 놈과 마찬가지다.

참 이 땅의 문단이란 것 같이 좁고 답답한 데는 없을 것이다.

대중소설가도 순수소설가도 다 같이 한 자리에 앉아 술잔을 나누며 허심탄회하게 담소할 아량들은 없는가.

'그놈' '저놈' 하고 욕하기 전에 여보게 이 친구하고 어깨를 치며 웃으며 따뜻한 술잔을 나눌 '멋'은 영영 잃어 버렸는가.

—「레슬링 선수」

K형에게 올리는 글

어둠 속에서 책상머리를 더듬었습니다.

어젯밤 불을 끄고 자리에 들 때 성냥을 놓아둔 위치를 기억하기 때문입니다.

촛불을 켰습니다.

쌍촛불을 켰습니다.

그래도 방 안은 차고 어둡기만 합니다.

또 어젯밤에 꺼둔 꼬투머리 하나를 찾아 아내의 크림 병 위에다 붙였습니다.

그래도 책상 위에 의지하고 있는 상반신은 떨리도록 춥기만 하고 가뜩이나 빈약한 사고력은 똘똘 말리고 응고되어 좀처럼 펜을 들 용기가 나지 않습니다.

차라리 어서 동이 트기를 기다립니다.

책상 맞은편에 있는 쪽창에는 손바닥만 한 유리창이 붙어 있습니다.

날이 밝기만 하면 이 손바닥 만한 유리창이 온종일 나에게 온갖 소식과 기쁨과 이야기를 가져왔습니다.

책상머리에 두 팔을 짚고 대(竹) 잎이 그려 있는 손바닥만 한 유리창을 향하고 앉았으면 대문이 언제나 시야에 들어왔고 대문 소리가 요란히 나서 머리를 들면 낮이건 밤이건 때를 헤아리지 않고 언제나 그리운 벗들이 찾아들었습니다.

그러기에 나는 나도 모르는 사이에 이렇게 책상 위에 두 팔을 짚고 쪽 창을 향해 앉아 있는 것이 버릇이 되고 말았습니다.

누구하고 약속이 있는 것도 아니건만 쪽창을 향하고 앉았으면 꼭 또 요란히 대문 소리가 날 것만 같았고 마냥 만나고만 싶은 벗들이 충충충 들어설 것만 같았습니다.

그래서 지금도 나는 촛대와 크림 병과 재떨이에 촛불을 밝혀놓고 쪽창을 향하고 앉아 있습니다.

펜을 듭니다.

이렇게 이른 새벽에 꼭 써야 할 글이 있는 것도 아닙니다.

그러나 손은 어느새 펜을 들었습니다.

이것도 언제부터 시작되었는지 모르는 나의 슬픈 버릇 중의 하나입니다.

글을 안 써도 좋고 다행히 써지면 더 좋고 펜을 들고 앉은 나는 얼마든지 희미한 촛불 밑에서 행복을 자각합니다.

나는 비로소 '자유'를 호흡하기 때문입니다.

오늘도 조간 문화면에는 문우들의 출판기념회의 소식이 눈에 띕니다.

내일도 모레도 그리고 그 다음날도 이런 잔치가 어디어디서 있으리라고 C양은 알려주었습니다.

그러나 이러한 '우리끼리의 잔치'가 매일같이 있다고 해서 나는 행여나 자숙할 필요가 있다고는 생각지 않습니다.

기쁘면 기쁘다 하고 슬프면 슬프다 하고 화나면 화난다 하고 마음 속에 떠오르는 대로 솔직히 표현하는 것이 얼마나 아름답고 좋습니까.

친구끼리의 정다움과 그리움과 반가움을 못 이기어 주머니를 털어 모아 서로 막걸리라도 한 잔 나누는 홍취가 그 얼마나 멋집니까.

신문을 펴 들고 이런 생각에 잠겨 있는 동안 쪽창 밖이 환해졌습니다.

날이 밝았습니다. 손바닥만 한 유리창이 또 나를 유혹하기 시작합니다.

대문은 그저 닫혀 있고 아직 벗들도 찾아올 것 같지 않습니다.

그러나 나는 이제부터 또 얼마를 무서운 형벌과 같은 고독과 싸우러 출발해야겠습니다.

실로 아무것도 없는 가벼운 여장입니다.

그러나 한 자루 만년필만은 소중히 몸에 지녀야겠습니다.

이제부터 할 말이 많기 때문입니다.

그러나 이것도 사실 부질없는 하나의 유혹일지도 모르겠습니다.

좋습니다. 유혹이라도 좋습니다.

아무래도 좋습니다.

욕을 먹어도 미움을 사도 버림을 받아도 인간이란 제멋대로 사는 수밖에 없지 않습니까.

날이 아주 밝았습니다.

그럼 그만 촛불을 끄고 또 의족(義足)을 달아야겠습니다.

(병신(丙申) 1월 26일 다시 동경으로 떠나는 새벽)

—「촛불을 켜놓고」

망망대해

현실과 환상. 환상과 현실.

서울에서의 한 달이 분명 현실이었다. 아내와 다섯 아이들이 있고, 대문을 열고 '여보게 영수' 하면서 수시로 드나드는 친구들이 있고, 명동에 나가면 언제 들러도 반가운 얼굴들이 있는 살롱이 있고, 출출해져 혼자든 서넛이든 무교동 용금옥에 가면 시골 잔칫집처럼 모두가 아는 얼굴들, 그곳이 현실이었다.

용금옥은 오래된 추탕 집으로 유명할 뿐만 아니라 여야를 막론하고 드나드는 정객들 그리고 역대 훌륭한 여러 선비들이 드나들어 유명한 집이다. 특히 판문점 휴전 회담 북한 주석 통역관 김동석의 '용금옥 안부'가 신문에 실리자 용금옥은 더더욱 유명해졌다.

고려대학 교수였던 김동석은 6·25 서울 피침(被侵) 때, 월북했다.

북쪽의 주석 통역이 된 그가 판문점 회담장 휴식 시간에 서울에서 취재 갔던 기자들에게 "지금도 용금옥이 무교동 그 자리에 있는가?", "지금도 용금옥 추탕 맛 여전한가?", "용금옥 아주머니 안녕하신가?" 등등 물었는데 서울에 돌아온 기자들은 신문사 간부들에게 김동석 말을 보고하고 "그 용금옥이 어디에 있습니까?"라고 물었다. "용금옥도 모르는 놈이 무슨 신문기자야?" 젊은 기자는 간부들에게 핀잔을 되게 맞았다. 야단맞은 기자는 그 길로 용금옥에 찾아가서 여주인 홍기녀에게 김동석의 안부를 전하고 '북의 주석 통역관 김동석은 서울을 그리워하며 용금옥의 낭만을 얘기도 하고 깊은 향수에 젖어 있더라"는 식으로 기사를 썼다. 이 기사가 신문에 발표되자, 다음날부터 회담 장소에 김동석의 모습이 보이지 않았다 한다.

"용금옥 미꾸라지가 북한 주석 통역관을 잡아먹은 걸까? 참으로 요요하구나."

주옥 같은 탈속세적 언행으로 유명한 변영로가 박종화, 김팔봉, 구상, 김영수와 술잔을 주고받아 가며 한 말이다.

"그분은 늘 학상(학생)들과도 잘 어울려 왔지. 술값이 많건 적건 꼭 그 선상(선생)이 냈어. 그런 양반이 어쩌다 이북으로 가셨는지……."

용금옥 홍기녀는 김동석 이야기가 나오면 몹시 아쉬운 표정을 짓곤 했다. 세상 돌아가는 이야기. 우여곡절을 거치며 1954년 1월 포로교환을 끝낼 때까지 장장 4년간이나 끈 회담 이야기 등, 용금옥은 정보 센터나 다름없었다. 몇 년간의 공백기를 메우는 데 영수에게 용금옥은 더할 나위 없는 곳이었다.

한국이 영수에게 여러 가지로 불편한 건 이루 말할 수 없었다. 물도 제때 잘 나오지 않고, 전기도 초저녁이면 나가버리고, 택시 잡아타기도 힘들고…… 그런 것들이 몸이 부자유스러운 사람에게 얼마나 힘이 드는 건지, 본인이 아니면 상상하기 힘들다. 그러나 그럼에도 불구하고 그래도 서울은 고향이기에 그리운 곳, 사람 냄새가 나는 곳이었다.

이제 다시 떠난다. 사흘 동안 이 프리만 호에서 바다와 익숙해질 때쯤이면 요코하마에 닿을 것이다. 무엇 때문에 그곳에 가는가. 누가 있다고 그곳에 가는가. 영수는 갑판 위에 올라와 담배를 피워 물었다. 점심과 저녁 사이, 무료한 시간을 죽이기 위해 여기저기 의자에 누워 낮잠을 자는 사람들, 독서를 하는 사람들도 있었다.

일본 사람들도 눈에 띄지만 승객 대부분이 서양 사람들이었다. 시애틀까지 가는 배니까, 휴가를 내 고국에 돌아가는 미군, 또는 한국에 와 있는 남편을, 아버지를 만나러 왔다 가는 군인 가족들인 듯 싶었다.

하늘이 바다 같고 바다가 하늘 같은 망망대해. 왜 가는가. 식구들, 친구들, 친척들. 나에게 가장 가까운, 가장 소중한 사람들을 다 두고 혼자서 왜 또 떠나가는가.

'생활비.' 이유는 오직 그것 하나다. 아내도 이제는 그만 돌아오라고, 제발 같이 살자고, 빈말이라도 그런 말은 비추지 않았다. 아마 모르긴 해도 그저 꼬박꼬박 생활비나 보내주었으면, 하는 심정인 듯 싶었다.

재건 복귀 사업이 한참 진행 중인 서울은 빈부 차이가 극심했다. 정부는 쏟아져 들어오는 미국 원조를 산업은행 융자를 통해 일부 기업들에게 특혜를 주고 있었고 정부의 특혜를 받은 그들은 신흥 세력으로 부각하여 정권과 밀착돼 있었다. 서울은 힘차게 부흥하는 사회라는 인상보다 먹구름이 서서히 몰려오고 있는 듯한 불안감을 주었다.

왜일까? 이 막연히 느껴지는 불안감은 어디로부터 오는 것일까? 일부 특수층을 제외하고는 너도나도 너무 궁핍한 탓이리라. 인간의 존엄성을 최소한 지킬 수 있는 생활 조건, 의식주 문제가 제대로 해결되지 않을 때 인간의 가치 기준이 흔들릴 수밖에 없지 않겠는가. 전쟁이 완전히 끝난 게 아니고 휴전 상태라는 것 또한 불안을 더 해 주는 요소이리라.

영수는 이런저런 답을 스스로 찾아보지만, 그런 이유들 외에 그 무엇. 꼬집어 지적할 수 없는 묘한 그 무엇. 뿌연 안개처럼 스멀스멀 서울을 덮치는 묘한 불안감, 공포감 비슷한 것을 느꼈다.

대한민국은 자유 민주주의 국가라 하지만 정부의 이념인 반공 외에 그 어떠한 정치 이념도 용납되지 않는 또 다른 형태의 독재 사회였다. 애국이란 오직 반공 정신의 철저성 여부가 결정지었다. 그런 상황에서 민주주의적인 규범은 전혀 존재하지 않고, 정권과의 연줄, 백, 그런 것들이 개인도 단체도 성공여부를 판가름하는 듯했다. 정부 정책에 조금이라도 비평하는 목소리가 나오면, 그건 곧 사상 문제, 반공법으로 직결되는 문제였다.

1954년 민의원 선거에 절대 다수당이 된 자유당은 대통령 3선을 목적으로 대통령 중심제의 헌법 개정안을 내놓았다. 이 헌법 개정안이 국회에서 부결되자 자유당은 '사사오입'으로 가결시켜 버렸다.

사사오입 개헌, 그리고 1952년에 강제로 통과시킨 발췌 개헌. 법치국가를 자칭하는 대한민국에서 공공연하게 이런 일이 일어날 수 있다는 건, 한국인의 불행이요 크나큰 수치가 아닐 수 없다.

사사오입 파동으로 자유당 내에서도 분열이 생겨나고 있다 한다. 그나마 정치 물을 덜 먹은 소장파 의원들이 탈당하는 동요를 보이고 있단다.

"그놈이 그놈이야. 정의심은 무슨 얼어죽을 정의심. 제 권력 기반을 위해 탈당하고 다른 당에 입당하고, 새 당을 창설하고 난리 피우는 거지. 다 제 속셈 차리기 위한 거야."

"거, 너무 비관적 아냐. 그래도 양심 있는 의원들이 몇 명이라도 있지 않겠어? 역사는 다수에 의해 변하는 게 아니고 소수에 의해 변해 가는 거니 몇 명이라도 올바른 자들이 있다면. 그 사람들을 믿어봐야지. 안 그래? 말짱 쓰레기들이라면 이 나라, 영 가망조차 없단 말 아냐."

영수는 이런 투로 말했다가, 사람이 너무 순진하다는 말까지 들었다. 어쨌든 서울은 흔들리는 배 같다 할까? 배가 너무 커서 웬만해서는 흔들거림이 느껴지지 않을 뿐, 흔들거리고 있음은 분명하다. 마치 한밤중, 잠을 잘 때, 배가 흔들리고 있음을 느끼는 것처럼.

망연한 이 불안감. 당장 5월이면 닥쳐올 제3대 정·부통령 선거가 그 불안의 정체인 것 같다. 현 정권이 하는 짓이 결코 바람직한 짓은 아니다. 영구 집권을 위해 온갖 부정을 저지르고 있다. 권력 유지를 위한 절대적 부의 축척. 그것을 신흥 재벌 세력들을 키움으로써 확보하고 있는 것이다. 신흥 재벌 세력의 등장으로 빈부 차이는 점점 더 심각해지고, 사람들은 불만이 턱에 차 있다. 그리고 이 불안정한 인간의 심리가 찰나주의적인 향락과 타락을 빚어내고 있었다.

춤바람이 불고 있다. 시장 바구니를 들고 시장을 간다고 집을 나선 아낙들이 댄스 홀로 직행한다. 여성 지위 향상을 내세워 퇴폐 풍조에 휩쓸려 외간 남자와 간통을 한다. 댄스 홀의 건달, '박인수 사건', 외간 남자와 간통한 '박부미 사건', '광주시 계(契) 소동' 등등, 연일 신문에 보도되는 이런 사건들이 도덕성이 붕괴되고 있는 불안한 세태를 반영해 주고 있었다.

이런 상황에, 문인들은? 특히 문단의 거목이라는 선배들일수록 정권과 밀착되어 그들의 홍보팀 노릇을 해주고 있다. 시류에 편승하기를 거부하고 묵묵히 작품 활동을 하고 있는 문인들도 있지만, 정부 고관들과 어울려 다니며 마치 자신이 장관이라도 된 듯 우쭐대는 문인들이 늘어나고 있다. 그들은 이제 막걸리 따윈 입에 대지도 않는다. 언제부터 그렇게 입이 고급이 되었는지 양주 아니면 다음날 골이 때린단다. 바로 몇 해 전까지만 해도, 피난처 대구, '말대가리 집'이나 '석류나무 집' 같은 곳에서 막걸리도 감지덕지해 마시던 그들이 그렇게 낯이 간지러울 정도로 하이칼라들로 둔갑했다.

“어이, 영수, 좀 들르라고. 사무실 알지?”
“사무실?”
“아, 예술원 사무실 몰라? 문교부 빌딩 안에 있어.”
며칠 전에도 명동에서 만난 선배가 껄껄 웃으며 문교부 빌딩이라는 말에 힘을 주었다. 물론 영수는 예술원 사무실이 어디에 붙어 있는지 알 리 없었고, 서울을 떠나오기 전까지 들르지 않았다.
정부는 그 예술원에 한 달에 거마비로 1천 원인가 2천 원인가를 지급한단다. 도대체 문화인 등록제라는 것이 정부의 지시, 더군다나 대통령령(令)으로 이루어졌다는 것도 넌센스고, 또 거기에 ‘내가 문화인이요’ 하고 등록한 사람들이 도합 400명이 넘었다는 것도 놀라 자빠질 노릇이고, 예술원 간부직이 대통령의 임명을 받아야 된다는 것도, 너무나 희극 같은 현실이다. 북한의 예술가동맹, 작가동맹 회원들이 김일성에게 임명장을 받는 것과 무엇이 다르단 말인가.
회장, 부회장, 사무국장. 이런저런 타이틀을 서로 나눠 쓰고, 신인들도 ‘등용문’이라는 거대한 문을 여기저기 만들어놓고, 마치 그물로 고기를 낚아 올리듯, 비위에 맞는 놈만 건져 올리고 있다.
신인들에게, 후배들에게, 그들이 무서운 기개로 활동을 할 수 있도록 선도해 주는 선배들이 아니라, 눈치 작전, 줄서기부터 익히도록 길들이고 있으면 어쩌자는 건가. 이토록 혼미한 분위기 속에서 그래도 열심히, 아니 지긋지긋하게 원고지 칸을 메워가며 생활비를 벌어야 한다는 건, 얼마나 허무한 노동인가.
떠나기 며칠 전, 동방 살롱에서 만난 문우들의 말이 가슴을 아리게 했다.
“영수, 아예 나올 생각 말게. 생활비 때문에 사람이 치사해진다고. 잡지사, 출판사 싸잡아 후려치는 그 배짱이 달리 나와? 영수라고 별수 있는 줄 알아? 목구멍이 포도청이라고, 어쩔 거야. 연재소설 세 개 한꺼번에 써 갈겨도 모자라.”

“원고지 칸 메우지 않고 살아가는 방법 없을까?”

“난, 학원 강사나 나갈까 봐.”

“학원 강사, 아니, 국어 학원도 있어?”

“흐흐흐, 그런가? 국어 학원은 없나?”

“자네가 영어 강사를 하겠어, 수학 강사를 하겠어. 우린 학원 강사 자격도 없다고.”

이봉구가 어째서 감정이 없는 인간, 전혀 어디에 애착을 가지지 않는 인간들을 작품에 그리는지, 영수는 그의 그 심정을 이해할 수 있을 것 같았다. 그의 작품 「서울의 연인」이나 「인생실록」이나 「명동엘레지」나 등장 인물들은 사랑 때문에 갈등하는 법도 없고, 분노나 원한, 사치와 허영 따위에도 무관심하다. 그저 존재해 있을 뿐이다. 그저 무감정 목석인 상태로 존재해 있을 뿐이다.

철저한 도피. 현실로부터의 탈출. 그래, 나 또한 지금 현실로부터 도피하고 있는 게 아닌가.

현실과 환상. 잘린 다리를 보자고 한번도 물어본 적이 없는 아내. 마치 남편이 다리 병신이라는 것을, 모르는 체하려는 아내. 모르는 체해 주기를 바라는 남편. 이것이 현실이라면, 그 잘려진 다리에 소독을 해주고, 약을 발라주며 후후, 후후 입김을 불어넣는 하즈에는 환상의 세계인가.

하즈에. 그녀와도 이별이다. 이제는. 돌아가면 곧 짐을 꾸려야 한다. 곧 유엔군 사령부가 오키나와로 옮긴다. 미군 병원이 옮겨가면 간호사까지 다 함께 가는 건지 어쩐 건지, 그건 물어보지 않았다. 묻고 싶었지만 용기가 나지 않았다. 아니 그걸 묻는다는 건 내가 네가 필요하다는 말이기에 피했다.

하즈에. 그녀가 간호사인 탓일까. 오직 그 이유뿐일까. 하즈에와 있으면 마음이 그렇게 푸근할 수 없다. 어쩌면 병원에 있는 동안, 그녀가 몸을 씻겨주고 입혀주고 먹여주기까지 하며 보살펴준 사람이기 때문에, 더더욱 그렇게 다정하고 따스한 사람으로 여겨지는 건지도 모른다. 말 상대도 없을 때 그녀는 영수에게 천사 같은 존재였으니까.

아내에게 차가움을 느꼈다. 아니, 아내는 반대로 나에게 차가움을 느꼈는지도 모른다. 서로가 서로에게 지나칠 정도로 깍듯하고 정중하게 대했다. 어쩌면 그게 바로 차가움이었으리라.

"뭐 불편한 거 없어요?"

그녀는 외출할 때면 사랑방 문 앞에 서서 이렇게 물었다. 문 앞에 선 채로.

"아니, 뭐 별로."

"들어올 때 군만두라도 사올까요?"

"군만두? 그거 좋지. 그러구려."

"그럼 다녀올게요."

아내는 늘 그런 식으로 닫힌 문에다 대고 물었고 영수도 닫힌 문 안에서 대답했다.

어느 날, 금자가 외출에서 막 돌아왔을 때였다. 친정 어머니는 동생 집에 가 계시고, 큰애들은 아직 들어오지 않았고, 작은 애들은 밖에서 놀고 있었다. 금자는 일부러 기침도 두어 번 해보는 등, 사랑방 문 앞에서 인기척을 내도 아무 소리가 없기에, 조심해 가며 문을 열고 안으로 들어갔다.

'에구머니.'

금자는 못 볼 것을 본 것처럼 후닥닥 몸을 돌렸다. 헐렁한 팬티 하나만 걸치고 잠들어 있는 남편의 하체가 끔찍했다. 툭 불거져 나온 무릎 아래에, 거무죽죽하게 뭉뚱그려져 있는 살 뭉텅이는 상할 대로 상한 고깃덩이 같았다. 저절로 진저리가 쳐졌다. 심장이 뚝 멈춰버리는 것 같았다. 서둘러 방문을 닫고 나오려는데,

"어? 어…… 당신이오?"

영수의 손이 엉겁결에 다리로 갔다. 차 내던지고 잤던 이불자락을 급히 끌어올렸다.

"아주 완쾌된 거예요?"

금자는 목소리를 가다듬어 가며 물었다. 빤히 다 본 줄 알 터인데 모른 체할 수도 없어 물은 것이다. 남편의 절단된 다리를 보고 속이 메슥거리기까지 하는 자신이 너무 당혹스러워, 금자는 저절로 가는 한숨이 나왔다.

"응. 그래. 그렇고말고."

"약 바른다면서요? 유미가 그러대요."

"응, 그건 그냥 조심하느라고, 아무렇지도 않아. 그런데 장모님 언제 오셔?"

영수는 빨리 화제를 돌렸다. 다리 이야기를 하고 싶지 않았다. 아내가 다리 이야기를 계속 하는 게 진땀이 날 정도로 불편했다. 신체 장애자의 열등감인가? 열등감을 아내에게 느낀다? 다른 사람도 아닌, 아내에게? 영수는 머리맡에 놓여 있는 캔트 곽에서 담배를 한 개비를 꺼내 물었다. 장모님이 누상동, 처남 집에 가셨는데 며칠이 지나도 오시지 않았다. 장모님은 아들 집보다 북아현동에 계실 때가 훨씬 더 많았다. 아이들을 어렸을 때부터 외할머니가 돌보아주었기 때문에, 아이들은 제 엄마보다 할머니를 더 따른다.

"주말에 오신 다 했어요. 여기 오시면 신역(身役)이 고되시니까 거기서 하루라도 더 붙잡나 봐요."

"애들은?"

"큰애들은 아직 학교에서 안 왔고, 작은 애들은 밖에서 놀고 있어요."

"저 말이오. 뜰 아래 광을 목욕탕으로 뜯어고치도록 합시다."

동경에서 돌아와 처음으로 둘이 한 방에 있는 거다. 오랜만에 단 둘만의 시간을 가진 부부가 이렇게도 할 말이 없단 말인가. 영수는 담배 연기를 한숨과 함께 길게 토해 냈다. 아내는 통 안하던 짓을 왜 했을까. 왜 하필이면 내가 다리를 빼놓고 잠들어 있을 때 방에 들어왔을까.

"목욕탕?"

"공중탕에 갈 수도 없고, 명동에 독탕이 있어 가봤지. 한데 엄청 비쌉디다."

'물도 사 먹고 있는 형편에, 목욕탕은…….'

금자는 이 말을 삼켰다.

'그렇구나. 공중탕에 가질 못하는구나. 편한 시설에서 살던 사람이 오죽이나 불편할까.'

"아침저녁으로 샤워를 하다 제대로 씻지도 못하니 원, 이거, 참, 야만인 따로 없구먼."

그가 기막히게 우스운 말이라도 한 것처럼 낄낄 웃었다.

"암만 비싸도, 아마 독탕 다니는 게 나을 거예요. 물 사정이 워낙 나쁘니."

"당장 하자는 게 아니라, 내가 아주 나오면 그때 가서 만들도록 생각해 봅시다. 뭐니뭐니해도 목욕탕이 제일 급한 거 같군."

또 화제가 끊겼다. 할 말이 궁해 둘 다 쩔쩔 매는 게, 서로에게 민망할 정도로 핸둥했다.

"언제 나올 생각인데요?"

"응?"

"언제 아주 오느냐고요."

아주 오기를 바라서 하는 말인지, 아주 오는 게 두려워서 하는 말인지 애매한 음성이었다. 영수는 담배 연기를 후, 후 벽 쪽으로 불어내며 나직이 답했다.

"응, 글쎄, 나오긴 나와야지. 아주."

"아주?"

'아무 대책 없이 지금 아주 나와버리면 어떻게 살아요?'

금자는 이 말이 올라와 입술을 한일자로 꼭 다물었다. 내가 어쩜 이렇게 되었을까. 남편이 돌아온다는 게 기쁘기보다 돌아오면 당장 무슨 수입으로 일곱 식구가 살아가는가, 그 생각이 앞선다. 어쩜 내가 이렇게 변했을까. 전쟁을 겪으며 사람이 달라져도 너무 달라졌다. 남자는 곡식을 구하러 나간 사이, 집에서 기다리던 노부모가 굶어 죽고, 아이들마저 병들어 픽픽 쓰러지는 그런 현실을 목격하고 난 후부터 세상은 아름다운 곳, 서로가 서로를 도와주며 의지하는 곳이 아니라, 옆에서 굶어 죽는 사람이 있어도 숨겨놓은 쌀 한 바가지 퍼주지 않는 무시무시한 곳이었다. 이제는 그저 모두가 돈, 돈이다.

"당분간 거기 있어야겠지. 아이들 학비 때문에도 그렇지만 여기가 워낙 불안하니 말야. 몇몇 인기 작가 제외하고는 생활이 여전히 말이 아냐. 물가가 다 무섭게 오르는데 오르지 않는 건 원고료뿐이라는군. 이런 판에 내가 무작정 오면 되겠어? 신문 잡지 통틀어, 손바닥만 한 무대인걸. 안 그래? 아무리 오고 싶어도 당분간 참아야지."

금자는 입을 꼭 다물고 생각에 잠겨 있고 영수 혼자 자꾸 이 말 저 말을 중얼거렸다.

'그래. 그가 무작정 서울에 돌아오면 당장 살기가 곤란할 거다.'

남편 김영수는 타고난 성격이 누구에게 아첨, 아부하지 못하는 성격이다. 하고 싶은 말, 해야 할 말이 있으면 불이익이 들이닥칠 걸 빤히 알면서도 해야만 직성이 풀리는 성격이다. 그런 사람이니, 어떤 문인 단체든 예술 단체든 감투는 고사하고 멤버도 아니다. 감투 경쟁을 하는 예술인들을 시시풍덩한 인간들이라 코웃음을 친다. 그러니 평생 야인으로 그저 글이나 쓰며 지내야 할 사람이다. 그런데 이 좁은 바닥에서 둥실둥실 때로 비위도 좀 맞추고 적당히 협조도 하며 어울리지 않으니,

돌아와도 지면 하나 변변히 얻지 못할 건 빤한 일 아닌가.

내가 무슨 일이든 할 수 있다면, 내가 벌어서 생활비를 충당할 수 있다면 얼마나 좋을까. 그러면 그는 맘 턱 놓고 그저 쓰고 싶을 때나 쓰며 살 수 있을 텐데……. 방 선생 부인처럼 나도 보험을 팔아볼까? 그 길을 알아볼까? 학교 월급보다 적어도 세 배는 넘는다고, 그녀가 자신 있게 한 말이다.

"저 말이오."

막 금자가 방문을 닫으려는 순간이었다.

"저, 저, 말이오."

무슨 말이 저렇게 힘이 들까. 금자는 돌아서서 남편의 얼굴을 빤히 바라보았다. 밤에 잠을 제대로 자지 못했는지, 눈이 충혈돼 있었다. 그는 무슨 말인가 할 듯, 할 듯 하다가 반도 채 타지 않은 담배를 재떨이에 꾹꾹 눌러 짓이겼다.

"저 말이오."

그가 다시 담배 곽에서 담배 한 개비를 꺼내 불을 붙여 물었다.

"이제부터는, 방에 들어올 때, 노크하고 들어왔으면 하오."

노크? 아내가 남편의 방에 노크를 하고 들어와야 한다?

"아이들에게도 그렇게 일러주오."

영수는 의자를 벽 쪽으로 돌리며 말했다. .

'당신에게 그리고 아이들에게도, 이 흉한 다리를 보여주고 싶지 않아서 그런 거요.'

아내가 나간 후, 영수는 벽을 향해 나직이 이 말을 내뱉었다.

'아아, 이럴 순 없다. 우리 두 사이가 이럴 순 없다.'

하지만 아내가 방 앞에만 와도 저절로 몸이 굳어져버렸다. 남녀 사이란, 비록 수십 년을 같이 살면서 아이를 만들고 키우고 했을망정, 일단 살을 대지 않고 살게 되면 이렇게 썰렁한 사이가 되어버리는 건가. 스스럼없는 사이로 함께 늙어가기 위해, 살이라도 비벼대며 살아야 하는 건가 보다. 일생을 헛 살아온 것 같은 허전함이 가슴을 시리게 했다.

이제는 혼자 살아가야 한다. 맨살을 대기는커녕 한번 껴안아 보지도 않은 채 떠나왔다. 누가 먼저라고 말할 수 없으나, 두 사람이 그걸 다 원했던 것 같다.

'여보, 여기 좀 보구려. 이렇게 잘랐어.' 하면서 도착하자마자 보여주었어야 했다. 자연스럽게 보여주고, 한 이불 속에 들어가야 했다. 섹스를 하지 않는다 해도 등이라도 서로 쓰다듬으며, 정한을 풀었어야 했다. 자존심이었나. 서로 자존심의 대결이었나.

이제 혼자다. 혼자 살기 위해 가고 있다. 영어와 일본어를 사용하는 다른 문화, 다른 종족, 다른 세계 속으로 가고 있다. 꼭지를 틀기만 하면 아무 때고 찬물, 뜨거운 물이 콸콸 쏟아져 나오고, 24시간 전기가 끊기지 않고, 수세식 변기와 목욕실, 밤중에도 출출하면 무엇이든 해 먹을 수 있는 가스 레인지가 있는 곳, 살기 편한 곳. 그래. 살기 편한 곳으로 가서 일주일에 방송극 하나씩만 써도 생활비가 보장되니까, 그걸 감사하게 여겨야지, 암, 감사하고말고. 동경이 아니고 오키나와든 어디든, 지금 나에게 튼튼한 밥줄이 있다는 게 고마움이고말고. 외롭다든가 고독하다든가, 그런 투정은 말자.

망망대해 홀로 묵묵히 미끄러져 가고 있는 이 거대한 프리만 호처럼 우리 네 인간들도 혼자서 간다. 이 세상에 확실한 게 있다면 오직 이것뿐, 혼자 왔다 혼자 간다는 것. 오직 이것뿐 아닌가.

여기저기 지면(紙面) 하나 얻어볼까, 눈치 보며 거리를 헤매는, 그 처량한 작가군 속에 들어가 어깨를 비빌 자신이 없다. 주변머리가 없는 탓이기도 하지만, 단단한 밥벌이 두고, 그 속에 끼어들어 간다는 건, 남의 밥그릇을 빼앗는 염치없는 짓이다. 못할 짓이다.

지금 서울은, 글만 잘 쓰면 먹고 살 수 있는 분위기가 아니다. '너는 누구냐'가 아니라 '너는 누구를 아느냐'가 그 사람의 가치를 정하는, 그런 분위기다. '백이 있어야 한다', '끈이 있어야 한다', '줄을 잘 서야 한다.' 이런 말이 공공연하게 돌아다녔다. 그래서 문인들은 방에 들어앉아 글 쓰는 시간보다 밖으로 나돌며 교제하는 시간이 훨씬 더 많은 것 같았다.

한 달 동안 머물면서 경향신문 「본 대로 들은 대로」 칼럼에 문학계는 물론이고 연극계, 영화계, 방송국, 하다못해 관공서까지, 문우들 표현대로 한다면 총을 쏴대고 떠나왔다.

백이 있는 것도 배짱이 좋은 것도 물론 아니다. 하지만 작가들이, 인간을 주제로 글을 쓰는 게 업인 작가들이, 인간의 근본적인 자유와 권리에 대해, 방관자적 태도를 취한다면, 그건 작가이기를 포기하는 거 아니겠는가.

서쪽으로 기울어진 해가 바다를 주홍빛으로 물들이고 있다. 싱싱한 물고기처럼 시퍼렇던 바다가 익은 감빛을 띠며 애잔하다. 스러져 가는 모든 것들은, 마지막 순간이 더 처절하도록 아름답다. 혼신을 다해 무엇인가를, 그 무엇인가를 남기고 가려는 몸부림일까. 우리들 인생도 마지막 순간을 저토록 아름답게, 황홀하게, 고요하게 마무리해야 하리라.

꿈에서 막 깨어나듯 화들짝 놀라며 영수는 손목 시계를 들여다보았다. 다행히 저녁 다섯시가 채 안 된 시간이었다. 요코하마에서 프리만호를 타고 인천으로 올 때, 주의 부족으로 저녁 한 끼를 꼬박 굶은 일이 있다. 그야말로 무식한 탓에 밥을 얻어먹지 못한 것이다.

배를 탈 때, 만 3일간 배 안에서 먹을 밥값을 미리 지불하고 선불한 영수증을 받는다. 배에 올라서는 영수증만 보이면 하루 세 끼 식사를 안심하고 할 수 있는 것이다. 그런데 승선 첫 날, 그만 저녁을 굶었다.

배에서는 매일 새벽이면 그날의 스케줄을 인쇄해 돌린다. 몇 시 몇 분에 식사가 있고, 몇 시 몇 분에 영화가 있고, 몇 시 몇 분에 커피 타임이 있고, 이렇게 하루의 생활 시간이 아주 세밀하고 정확하게 기록되어 있다.

스케줄을 보니 저녁 식사 시간이 16시 30분과 17시 30분으로 2회였다. 16시 30분이면 오후 4시, 4시에 저녁을 먹는다는 것은 좀 일러서 영수는 다음 2회 시간에 하기로 하고, 도서실에 올라가 잡지를 보다가 그 시간에 맞춰 식당으로 내려갔다. 그리고 영수증에 좌석 번호, '6' 이라는 숫자가 쓰여 있는 지정석에 가 앉으려 했다. 이때 보이 장(長)이 앞으로 와서 정중하게 입을 열었다.

"대단히 미안하지만 손님은 나가 주십시오. 손님의 식사 시간은 지났습니다."

"지나다니? 17시 30분에 맞춰서 왔는데 어째서 지났단 말이오?"

"가지고 계신 영수증을 보십시오."

보이 장과 문답 끝에 그 자리에서 영수증을 꺼내보았다. 과연 거기에는 분명히 식사 시간이 '제1회'라고 체크가 되어 있었다. 영수는 더 지체하지 않고 식당을 나왔다.

1분 2분을 엄중해야 한다는 것을 미군 숙소에서 그들과 함께 생활하면서 충분히 익혔다고 자신했건만, 연필로 체크되어 있는 것을 자세히 확인하지 않아 실수를 저지른 거였다.

서울에서, 시간 약속을 지키지 않는 친구들 때문에 화가 치민 적이 여러 번 있었다. 내일 오전 중에 집에 꼭 갈 테니 어디 나가지 말고 기다리고 있어라 해놓고 다음날 오전은커녕 오후가 되어도 영영 나타나지 않는 거였다.

"여보게, 민주주의, 문화인이 뭔지 알아? 민주주의, 문화인 트레이닝부터 하게. 민주주의란 내 맘대로가 아닙니다. 자유가 방종이 아니듯,

민주주의는 시간 약속을 지키는 것, 신용을 지키는 겁니다. 설마, 자네 '문화인 등록'을 하진 않았겠지."

5시 25분. 영수는 식사시간 딱 5분 전에 식당으로 내려갔다.

오키나와의 재회

정부통령 선거유세 도중 야당의 대통령 후보자, 신익희 씨가 급서했다는 모국의 암울한 소식이 들려왔다. 서울에 가 한 달 동안 있을 때, 느꼈던 그 망연한 불안감이 서서히 그 얼굴을 드러내고 있는 것 같았다.

정치가 뒤숭숭한 탓인지, 소시민들의 생활이 여전히 가난에 허덕이기 때문인지, 안정감이 없고 불안하기까지 하다는 게 몇 년 만에 찾아간 모국의 인상이었다. 그래도 거기가 내 조국, 내 고향이었다. 내 식구, 내 친척, 내 친구들에게 느껴지는 끈끈한 정. 남의 땅에서는 도저히 찾아볼 수 없는 그 정이라는 것 때문에, 영수는 서울을 떠나올 때 무척 힘들었다.

'영영 떠나는 게 아니다. 떠남은 다시 만나기 위해서다. 만남을 위해 지금 잠시 떠나는 것뿐이다.'

갑판 위에서 영수는 스스로에게 이 말을 수없이 강조하며 마음을 달랬었다. 전쟁 후유증에서 벗어나지 못한 탓이리라. 반쯤 허물어진 건물, 쓰레기 더미가 되어버린 집터들. 도심지만 벗어나면 아직도 전쟁이 훑고 간 흉물스러운 모습이 그대로 남아 있었다. 그 을씨년스러운 자국처럼 사람들 저마다의 가슴속에도 기막힌 사연들이 들어 있으리라. 이제는 전쟁의 상흔을 떨쳐버리고 다시 일어서야 한다. 아무리 밟아도, 죽어버리지 않는 질경이처럼 끈질긴 기질이 우리 한국인 기질 아닌가.

정치를 맡아 하는 사람들이, 정신을 좀 차린다면, 아니, 아니다. 정치하는 사람들만 탓할 건 아니다. 국민들이 현명해야 한다. 국민들이 정신을 차려 가짜와 진짜를 구분해 낸다면, 우리도 일본인들처럼, 전쟁의 폐허에서도 무서운 속도로 일어설 수 있으리라.

우리 민족이 일본인들보다 열세한 민족이라고 절대 생각하지 않는다. 중요한 건, 나라 살림을 맡아 하는 사람들을 잘 뽑는 일이다. 배가 제대로 항해할 수 있도록 선장을 잘 택해야 한다.

야당 대통령 후보자, 신익희가 선거유세 중에 급서했다는 소식이 채 잊혀지기도 전, 장면 부통령의 저격 미수 사건이 들려왔다. 어찌 나라가 이렇게 돌아가고 있는가. 이념 문제로 갈라진 남북. 이념 문제로 갈라졌다고 흔히들 말하지만 실은 그게 다는 아니다. 우리가 언제부터 그렇게 사회주의, 자본주의에 익숙해 있었는가. 명확하게 따진다면 남의 나라 이념 대립에 편들기를 한 것이나 다름없다. 밖에서 쳐들어온 타민족과 싸운 것도 아니고, 형제끼리 죽이고 죽임을 당한 그 끔찍한 비극이 채 아물기도 전에, 이제는 손바닥만 한 남한 땅 안에서, 우리끼리 권력 쟁탈을 위해 또 죽이고 죽임을 당하고 있다.

이런 소식을 대할 때마다 영수는 울화통이 치민다. 누구에게랄 것 없이, '에이 빌어먹을', '에이 못난 인간들' 소리가 저절로 나온다.

"아, 그놈이 그놈이지 뭘. 우리야 자유당이면 어떻고 민주당이면 어때. 민주당은 뭐, 별난 놈들인가? 한통속이라고, 다 한통속이야. 핵심에서 밀려난다 싶으니까 탈당해서 따로 당을 만든 거지, 나라 생각해서? 천만에. 다 그놈이 그놈이라고."

영수는 마치 이 나라가 내 나라가 아닌 듯, 정치하는 인간들은 따로, 글 쓰는 사람들은 따로, 그런 식으로 말하는 친구들의 사고 방식, 그들의 지성이 의심스러울 정도였다.

정치와 사회, 정치와 경제, 정치와 학술, 정치와 문학. 이 모든 것이 거미줄처럼 연결돼 있는 게 사람 살아가는 세상살이다. 유별나게 정치에 관심이 있어서가 아니다. 사람 산다는 게 곧 정치다. 무식꾼이든 인텔리든 정치 영향을 받으며 살아가는 게 우리들의 삶이다.

대통령은 자유당의 이승만, 그러나 부대통령이 자유당의 이기붕이 아닌, 야당의 장면이 되었다는 게 불길하다면 아주 불길한 징조다. 연로한 이승만이 사망하는 경우, 권력이 민주당으로 넘어가게 되어 있으니 자유당이 가만있지 않을 건 불을 보듯 빤한 일이다. 이번 선거 결과, 자유당은 일반 대중의 반(反) 이승만 분위기를 확실하게 읽어냈으니 1960년 총선 준비를 지금부터 단단하게 해나갈 것이고, 그 와중에 독재 체제는 더 강화되리라. 비난이나 비판의 목소리는 설 땅이 없으리라.

부모 품을 떠나면 하나같이 효자가 되고, 나라 품을 떠나면 하나같이 애국자가 된다는 말이 이래서 생겼나 보다. 신문을 펼쳐도 정치면은 제일 뒷전이었건만 나와 살면서 달라졌다. 이제는 제일 먼저 들여다보는 게 정치면이다.

"김일성이 반대파를 깡그리 제거하는 것과 이승만이 정적을 제거하는 것과 무엇이 다르냐."

"겉으로 내건 정치 체제가 하나는 공산주의요, 하나는 민주주의일 뿐, 실은 북이나 남이나 다 철저한 독재 체제 아니냐."

홍보실 실장인 월리가 날카롭게 비난하는 소리였다. 그는 평상시에는 아주 조용한 사람이지만 맥주가 좀 들어가면 독설가로 변한다.

"우리가 과연 무엇 때문에 코리아를 위해 수많은 목숨을 잃고 막대한 돈을 쏟아 붓고 있는지, 난 생각할수록 이해가 안 된다. 이게 솔직한 내 심정이다. 어디 좀 시원하게, 내가 납득이 가도록 북한 체제와 남한 체제가 어떻게 다른지 설명해 다오."

"북한과 남한이 뭐가 다른가? 그걸 지금 말이라고 해?"

영수가 대꾸할 가치조차 없다는 식으로 그의 말을 뭉개버리자 그가 더 발끈했다.

"영수, 너는 코리아의 최고 지성인 아니냐? 글 쓰는 사람이니까. 난 글 쓰는 사람들을 정말 존경한다. 남에게 무엇인가를 생각하게끔 하는 사람. 인생을 연구하는 직업이 작가들 아니냐. 그런 사람의 의견을 듣고 싶은 거다. 난 정말 혼동되니까. 북한과 남한이 정말 어떻게 다르냐? 공산주의와 민주주의 그건 말뿐이지, 지금 너의 나라 정계 돌아가는 게 민주주의냐? 우리가 바보짓 하고 있는 거 아니냔 말이다. 왜 그런 독재 정권을 돕느냐 말이다."

"미국이 코리아의 민주주의를 위해서 막대한 인명 피해와 돈을 쏟아 붓고 있다는 식의 단순 논리는 집어치워라. 미국은 어디까지나 너희 나라 이득을 위해 동아시아를 지키는 거다. 작전상 한국이 필요하니까 한국을 지키는 거다. 다 너희, 미국의 이득을 위해서다."

맥주를 많이 마신 탓일까. 영수의 음성이 격해졌다. 오래전부터 그렇게 생각해 오고 있던 것도 아니다. 사실은, 미국이 아니었으면 제주도도 위태했다고 생각하기 때문에, 미국인들에게 감사하고 있다. 그런데 쥐도 구석에 몰리면 돌아서 문다는 말처럼, 윌리가 하도 남한 정부를 깔아뭉개고 있으니 그만 속이 뒤집힌 것이다.

아니, 실은 그보다 영수 가슴 깊은 곳에서 남한 체제와 북한 체제가 다른 게 무엇이냐고 소리쳐 묻고 또 물어대고 있으니, 그만 역으로 울화가 치밀어 올라온 것이다.

세상이 무섭게 달라지고 있다. 소련이 인류 역사상 처음으로 인공 위성 스푸트니크 제1호를 발사, 성공시키고 뒤이어 11월에는 제2호를 발사하여 세상을 깜짝 놀라게 하였다. 바야흐로 이 지구 위에 우주 시대가 열린 것이다. 가끔 우주 시대를 소설화하는 미국 소설을 심심풀이로 읽곤 했다. 비록 공상이지만, 그 상상력만큼은 참으로 대단하다고 감탄했었다. 그런 공상소설을 가리켜 만화 같다고 비웃던 미국 언론계가 바짝 긴장을 한 건 말할 것도 없다. 미국의 언론은 그동안 미국이 외국에 자동차 팔아먹기에 정신이 팔려 국가 경쟁력에 소홀히 했다고 일제히 비난의 화살을 퍼부어댔다. 미국이 두 손 바짝 들고 소련에 항복했다는 것이다. 바짝 긴장한 미국은 대외 정책에 고삐를 당기고 있었다. 미국은 한반도에 핵무기를 도입키로 한다고 정식 발표하기에 이르고, 우주 로켓을 발사하여 최초로 달나라 착륙에 성공한 소련의 흐루시초프는 당당하게 미국 땅 안에 있는 유엔 총회에 참석한다.

세상이 이렇게 무섭게 확확 달라지고 있다. 일본만 해도 미국의 원조와 한국 전쟁 덕으로 무섭게 발달되어 가고 있다. 일본의 경제가 이렇게 급속도로 성장한다면, 얼마 안 가, 세계 선진국 대열에 들어설 것이다.

우리나라. 대한민국은 외부의 이런 변화를 알고 있는 걸까. 정권욕을 떠나, 진정 민족과 국가의 장래를 생각하는 지도자는 정녕 없는 건가. 미국은 원조를 대폭 줄이면서 한국에 압력을 가하고 있다. 한반도의 안정과 경제 재건을 위해 일본의 기술과 자본을 지원받으라고 종용하고 있는 것이다. 말이 종용이지 실은 압력이다. 말을 듣지 않으면 원조를 더 감축하겠다는 협박이나 다름없는 것이다. 한국은 미국 원조에 국가 경제력이 매달려 있기 때문에 미국의 말을 듣지 않으면 안 될 난처한 입장에 처해 있다. 사실상, 한국의 연평균 국민 총생산 성장률은 1957년에 7퍼센트에 이르던 것이 1958년에 들어서는 5퍼센트 수준으로 하락했다. 나날이 발전해 나가야 할 경제가 오히려 뒷걸음질을 치고 있는 것이다. 이런 한국의 현황에 대해 방송국 동료들이 때로 굉장히 부정적 견해를 피력하기도 했다. 미국의 대한 원조, 그 자체에 대해 회의를 품는 사람들도 있었다. 홍보의 월리가 그 중에 가장 노골적이었다.

장면 저격 사건 이후, 월리는 이승만을 아예 김일성과 비교했다. 그때마다 영수는 뾰족하게 반론을 제기할 수 없어 속상했다. 당당하게 조목조목 따져가며, 실례를 들어가며, 반론을 제기할 수 없다는 그 자체가 심히 불편했다. 무슨 개나발 같은 소리를 지껄이는가고, 어째서 김일성과 이승만을 동급 취급하는가고, 대한민국 국민이라면 마땅히 주먹이라도 휘두르며 흥분해야 할 터인데, 그럴 자신이 없었다.

"미국에는, 대한 원조 자체에 회의를 하는 의원들이 늘어나고 있다. 대한 원조가 이승만 권력 유지에 다 들어갔다고 말이오. 우리가 희생한 대가가 그거였느냐고, 국회에서 공공연하게 공박하는 의원들도 있다."

미국인 대부분은 예민한 정치 사회 문제는 대화에 올리지 않는다. 남의 나라 정치는 고사하고 자기 나라 정치도 좀처럼 입에 올리지 않는다. 정치뿐 아니라 종교 문제도 가급적이면 피한다. 그들은 자신의 주장을 남에게 설득시키려 들지 않는다. 서로 다르다는 것을 인정하자는 식, 그야말로 민주주의 사고 방식이 철저한 그들이다. 그래서 그들이 제일 즐겨하는 공동 대화는 스포츠다. '뉴욕 양키스'가 우승할 것이다, 아니다 'LA 다저스'가 이길 것이다. 때로는 돈을 걸고 내기를 하기도 한다. 그러나 한국전에 참전했다는 특수 상황 때문인지, 한국의 정치 상황이 가끔 화제에 오르곤 했다.

그들의 대화 속에서 영수는 미국 정부가 한국 정부에 불만을 가지고 있다는 걸 느낄 수 있었다. 이승만이 반민주적으로 나가고 있는 것도 이유 중의 하나지만, 일본과의 협상을 제대로 해나가지 않는 것도, 그들 표현대로 하자면 '뭘 몰라도 한참 모르는 짓'이었다.

외롭다. 아아, 소리 지르고 싶을 정도로 외롭다. 외롭다는 생각이 가슴을 후벼파면, 영수는 바닷가로 나갔다. 오키나와로 옮겨온 방송국은 바로 바다 앞에 자리 잡고 있어서, 동경과 또 다른 정취를 풍겨주었다. 동경처럼 수시로 시내에 나가 서점 순회를 한다든가 연극을 본다든가 또는 영화관, 야구장에 간다든가 하는 문화 시설은 비교가 안 되지만, 탁 트인 바닷가를 아침이고 저녁이고 산책할 수 있다는 건 또 다른 정취였다.

주어진 현실을 특혜라 여기며 살아가자. 서울에 가서 체험하지 않았던가. 수도꼭지만 틀면 더운물이 쏼쏼 쏟아져 나온다는 건 기대조차 할 수 없는 일이다. 더운물은 고사하고 찬물도 제대로 나오지 않아 집집마다 물장수들이 드나든다. 물장수들은 하루 온종일 어깻죽지가 빠지도록 물을 길어 나르며 생활을 꾸려나간다.

제대로 씻지 못하니 냄새 때문에 견디기 참 힘들었다. 남 앞에 가기가 민망한 건 고사하고 우선 스스로가 곤혹스러웠다. 다리를 친친 감싸는 헝겊은 매일같이 빨아야 한다. 그러나 매일같이 빨래를 한다는 건 서울에서는 아주 사치스러운 일이다. 그래서 사용한 헝겊을 또 쓰고, 쓰고 하다 보면 헝겊에서 약 냄새, 고린 냄새가 범벅이 돼 고약한 냄새가 난다. 속옷도 동경에서는 하루 하나씩 갈아입어도 기계가 척척 빨아주고 말려주니까 괜찮지만, 서울에서는 일주일씩 입어야 할 정도다.

빨래는 장모님이 그 추운 겨울, 개천에 가 빨아 오셨다. 금자가 질색을 하며 가시지 못하게 해도, 돈 주고 사 먹는 수돗물에 빨래하는 게 아깝다고 꼭 그렇게 빨래 대야를 이고 나가시곤 했다. 추위를 이기시려고 어떤 땐 빨래 속에 소주 한 병을 넣어 가시기도 했다. 남편 일찍 여의고 큰딸 때문에 먹고 살아왔다는 그 송구함을, 그런 식으로 갚으시려는 장모님 성격이었다. 손이 시뻘겋게 얼어 들어오시는 장모님 모습 뵙기가 너무나도 안쓰러워 영수는 속옷을 벗었다가도 다시 집어 입곤 했다.

저녁 여섯시가 되기 무섭게 꺼지는 전등. 촛불 밑에서 밥 먹고 촛불 밑에서 글을 써야 하는 불편함. 뿐인가. 북아현동에서 한번 외출을 하려면 마음을 단단히 먹어야 한다. 언덕을 넘어 서대문 사거리까지 나가야 택시든 합승이든 버스든 잡아 탈 수 있으니 아무리 힘이 들어도 휘뚝휘뚝거리며 북아현동 언덕을 걸어 올라가야 한다.

"아, 동에 번쩍, 서에 번쩍 하던 김영수 엉덩이가 왜 그렇게 무거워졌어? 서울 왔다고 도무지 볼 수가 없잖아."

동방 살롱에서 반갑게 만났을 때 김동리가 트집 잡듯 한 말이다.

"박 선생이 좀 끌고 나오시지 않고."

최정희도 오랜만에 반갑다는 표현을 그런 식으로 했다. 그러니까 한 동네에 살고 있다는 죄로 공연히 박영준만 핀잔을 먹곤 했지만 그러나 무슨 말을 들어도 그는 그 특유의 싱거운 미소만 지을 뿐 이렇다 저렇다 말이 없었다.

그래. 불평, 불만을 말자. 여기는 비록 황량한 들판과 사방이 바다 천지지만, 그래도 생활 시설이 모두 최첨단 아니냐. 신체가 부자유스러운 사람에게 이런 신식 생활 시설이 얼마나 고마운 것인가. 고마워하자. 고마워하며 살자. 후한 월급도 고마워하고.

아내에게는 직장 보험에서 수술비와 입원비 등등 병원비를 반 이상 감당해 주어 경제적으로 피해가 없다 말했지만, 실은 그게 아니었다. 반 이상을 내준 건 사실이지만 나머지는 영수의 빚으로 남아 있었다. 월급에서 뭉텅뭉텅 제해 내야 하는 꽤 큰 액수였다.

'현실에 적응해 나가는 게 가장 현명한 삶의 방식이다.'

수술하고 난 후, 죽여달라, 죽여달라 발작하다가 기절을 하고 또 깨어나고 하면서 서서히, 서서히 깨달은 게 바로 그것이었다.

'사람은 지금 이 순간, 이 현실에 불만족하면, 영원히 행복할 수 없다. 그 사람은 불만으로 눈을 떠, 불만으로 눈을 감게 된다. 그 얼마나 불쌍한 목숨인가. 인간은 스스로에게 의무가 있다. 자기에게 주어진 목숨, 단 한 번뿐인 목숨을 멋지게 값지게 살아주어야 할 의무가 있다.'

오키나와에 온 후부터 바다는 영수에게 구원이었다. 바다는 신비한 마력을 가지고 있다. 사람을 묘하게 흥분시키기도 하고, 또 마치 몽혼 주사를 맞은 것처럼 한없이 평화스러움에 잠기게도 해준다. 바다 앞에 서면 사람 가슴속에 이는 오만가지 정감, 회한 같은 것이 지푸라기보다 더 보잘것없이 느껴진다. 내가 지금 이 세상에 존재하고 있든 없든, 바다는 여전히 밀려오고 밀려가며 하얗게, 하얗게 세상살이를 씻어내고 있다.

아무것도 아니다. 고통이라는 거, 슬픔이라는 거. 그런 거 실은 아무것도 아니다. 그 또한 삶이 가져다주는 자그마한 행복이나 기쁨처럼 함께 더불어 살아가야 하는 인간의 몫이다. 혼자 살아가는 법을 익혀야 한다.

서울에서는 중견들의 작품 생활이 왕성해지고 특히 여성 작가들의 등장이 활발했다. 장덕조, 김말봉, 박화성 같은 이들이 연달아 연재를 쓰고 있다. 박화성은 한국일보에 연재하는 「고개를 넘으면」을 통해 여성이 수없이 넘어야 할 고개가 아무리 가시밭길이라 하더라도 그것을 운명으로 받아들이지 않고 의지와 지성으로 극복해 가는 새롭고 독특한 신 여성상을 그려내 화제를 만들고 있다. 피난지에서 영남일보 문화부장을 하던 장덕조 또한 조선일보에 「낙화암」을 연재하며 단단하게 자리를 굳혀가고 있다.

이 초조감은 내가 서울에 돌아가도 설 땅이 없다는, 비비고 들어갈 틈이 없다는 불안감인가. 그건가? 그래서 마음이 이토록 휘청거리는가. 영수는 바다 앞에 서서 바다에다 대고 말을 했다. 마치 거기서 누군가가 들어주고 있는 것처럼. 옛날, 고등학교 시절, 하늘을 올려다보고 말을 하던 그 버릇 그대로였다.

한국을 떠나온 후부터 마음에 밀려오는 초조, 갈등, 불안. 그건 김영수가 한국 문단과도 아내와도 멀어져가고 있는 듯한 허무함과 외로움 그 범벅이었다. 바통을 물려주고 받아가며 릴레이를 하듯, 함께 글을 써온 문우들이다.

이기영이 「봄」을 동아에 연재할 때 김영수가 「새벽바람」을 조선에 연재하고 그리고 그것을 끝으로 두 신문사가 폐간당했다.

전쟁이 나자 조선일보에 연재되던 염상섭의 「난류(暖流)」가 중단되고, 경향신문에 나가던 정비석의 「청춘산맥」이 중단되고 신 경향에 나가던 김영수의 「속 파도」가 중단되었다.

오직 자신감 하나 믿고 돌진, 돌진, 또 돌진해 왔다. 그 자신감이 나를 지탱해 준 힘이다. 그런데? 지금 그 자신감이 흔들리고 있는 걸까? 그래서 이토록 휘청거리는 걸까.

무리하지 말자. 김내성이 그 쓰고 싶어하던 자서전도 써보지 못하고 쓰러지지 않았는가. 그가 누구인가. 1938년 조선일보에 「마인」을 연재할 때 장안의 종잇값을 오르게 한 장본인 아닌가. 그의 소설 「실낙원의 별」도, 정비석의 「자유부인」 버금가게 인기를 끌었다.

"이제 연재물 그만 쓰고, 좀 쉬다가 정성 들여 자선전이나 한번 썼으면……."

그게 그와의 마지막 대화가 될 줄이야. 그는 「실낙원의 별」에서 본격적인 문학성 추구를 시도하다가, 그 작품을 끝으로 쓰러지고 말았다. 겹친 과로 끝에 뇌일혈로 쓰러진 것이다.

바다 앞에 서서, 초인이 된 기분으로 생이 아무리 힘들지라도 절망해서는 안 된다고, 초조감이니 불안감이니 하는 건 욕심 탓이라고, 욕심을 버리자고, 욕심에서 벗어나자고, 마음을 다독거리고 잔잔한 가슴이 되어 어기죽어기죽 숙소에 돌아오면, 도어 문을 열고 들어서는 순간, 다시 원점으로 돌아간다.

눅눅한 냄새가 배어 있는 방.

아아, 어찌 살아갈 것인가. 어찌 살아갈 것인가. 하루이틀도 아니고 이 막막한 외로움을 무슨 재주로 내가 견뎌낸단 말이냐.

"하즈예."

방송국 외부 손님 대기실에서 하즈예를 보는 순간, 영수는 그자리에 굳어져버린 듯 우뚝 서버렸다.

"선생님."

그녀가 앞으로 다가왔다. 넘어질 듯 급하게 뛰어오다시피.

"선생님."

"하즈예."

누가 먼저랄 것 없이 두 사람은 부둥켜안았다.

아아. 보고 싶었다. 네가 보고 싶었다. 꿈에도 네가 나타나 내 다리를 주물러주고, 약을 발라주었다. 하즈예는 이제 잊어버려야 한다고, 스스로에게 골천번 다그치며 다짐하건만 헛일이었다. 어쩌자고, 어쩌자고 나는 어이없게도 아내가 아닌 여자를, 그것도 소녀처럼 어린 여자를 그리워하느냐고, 죄악이라고, 나를 심하게 꾸짖곤 했다.

서울에 다녀와 더더욱 절실하게 느낀 것. 내가 그리워하는 사람은 아내 조금자가 아니고 하즈예, 너라는 것. 이것이 괴로웠다. 이 어처구니 없는 모순을 나는 외면하고 싶었다. 극복하고 싶었다. 그러나 밀어내면 밀어낼수록 다가오는 너. 사람은 짐승이 아니고 생각할 줄 알고 자제할 줄 아는 동물이기에 자신의 감정을 억제할 수 있어야 한다고, 도를 닦는 구도자의 심정으로 나는 너를 밀어내며 지내왔다. 아아 하즈예. 그러나 너는, 잠결에도 들려오는 저 밤바다의 파도였다.

"선생님, 여기는 식당 없어요? 혼자 아침 해 잡수세요?"

숙소로 같이 들어왔을 때, 하즈예는 식탁 위로 시선을 보내며 물었다.

식탁 위에 먹다 남은 토스트 조각이며 유리 컵, 커피 잔들이 지저분하게 널브러져 있었던 것이다.

"식당이 좀 멀어서."

"의족 달기 귀찮아 그러시는 거죠?"

그녀는 영수의 속마음을 족집게로 쏙 뽑아냈다.

"그러심, 절대 안 된다고 말씀드렸잖아요."

도대체 여긴 웬일이냐고 묻고 싶은데 말이 나오지 않았다.

"선생님, 저 여기로 왔어요."

"엉? 그게 무슨 말이오?"

"미군 병원이 옮겨졌잖아요. 그래서 자연히 따라오게 된 거예요."

"……."

그게 아니라는 것을 영수는 잘 안다. 병원이 옮긴 건 사실이지만 병원에서 일하는 대부분의 일본 사람들은 오키나와로 따라오지 않았다. 그들은 병원에서 월급을 올려준다 해도 오키나와는 시골이라 싫어했다.

"선생님, 많이많이 생각했어요. 선생님과 헤어진 후, 이제 선생님은 멀리 떠나가셨다고, 고국으로 돌아가셨다 생각하자고. 아무리 보고 싶어도 잊어버리자고. 혼자 살아갈 수 있다고 자신했어요. 혼자 살아가는 데 익숙해진 저니까요. 하지만 그건 제가 저를 속이는 짓이었어요. 선생님. 고국으로 돌아가시기 전까지만이라도 제가 곁에 있겠어요."

"그게 무슨 말이오?"

"선생님, 저는 제 자신을 속이면서 살고 싶진 않습니다. 제가 선생님을 영원히 붙잡겠다는 것도 아니고 선생님이 여기, 오키나와에 계신 동안만 곁에 있겠다는 건데, 그게 잘못된 생각일까요? 그게 나쁜 걸까요?"

방금 하즈에가 한 말을 못 알아들은 사람처럼 영수는 아무 말도 할 수 없었다.

"제가 선생님 곁에 있겠다고요."

또박또박 다시 한번 하즈예가 그 말을 했다.

"말도 안 되는 소리."

"왜 말이 안 돼요?"

다소곳하기만 하던 하즈예가 따지듯 눈을 똑바로 뜨고 물었다. 보고 싶었다. 아아. 보고 싶었다. 동경 숙소에 불쑥 나타나주었던 그날처럼, 이렇게 나타나주기를, 가능성 없는 기대인 줄 알면서도, 염치없고 뻔뻔한 기대인 줄 알면서도, 그런 공상을 수백 번, 수천 번 하곤 했었다.

"어쩌자고."

"선생님, 저 스물여섯이에요. 어린애가 아니에요."

"여긴 너무 쓸쓸한 곳이오. 젊은 사람들이 살기 답답한 곳이야."

"저는 선생님이 계신 곳이면 돼요."

그녀는 아주 당돌하게 말했다.

"여긴 막막한 들판과 바다밖에 아무것도 없어."

"그런 게 무슨 상관이에요?"

"하즈예. 내 말 잘 듣소."

"소용없어요. 아무 말씀 마세요. 선생님이 등을 떼미셔도 저는, 안 가요."

"하즈예. 내 말을 잘 들어주오."

영수가 타이르듯 말을 꺼냈다.

"나는, 하즈예도 알다시피 다리 병신이오."

"그래서요?"

"나는, 하즈예 아버지뻘 되는 사람이야."

손끝까지 타 들어오는 담배를 비벼 끄고 또 한 개비를 붙여 물었다.

"좋은 남자 만나 시집가 행복하게 살아야 한다. 지금 네가 하는 행동은 감상이다, 동정이다, 나중에 후회한다, 이런 말씀, 하시려는 거죠?"

하즈예가 차근차근 영수가 하고 싶은 말을 모조리 다 해버렸다.

"제가 여기 병원에 오기로 결심하기까지 많은 생각을 해봤습니다. 저는 스물여섯입니다. 어린애가 아닙니다. 아무 말씀 말아주세요. 선생님에게 제가 필요하듯, 아니 어쩌면 선생님이 저를 필요로 하는 그 이상으로, 저에게 선생님이 필요합니다. 서로가 이걸 부인한다는 건 얼마나 어리석은 짓일까요? 네? 도덕, 그것인가요? 인간이 지켜야 할 도의? 이것인가요? 그래서 가장 솔직하고 가장 순수한 감정을 죽여야 하는 건가요? 그게 도덕인가요? 우리 인간들은 이런 도덕을 지키지 않아도 얼마나 많은 죄악을 저지르며 살아가는 가요? 알게 모르게. 그런 건 다 괜찮고 이런 진실하고 순수한 감정은 억제해야 하는 건가요? 그래야 저 세상에 갈 때 천국에 들어가나요? 그렇담, 저는 지옥을 택하렵니다. 아예 지옥을 택하렵니다. 선생님? 저는 선생님이 고국에 돌아가시기 전까지만 곁에 있겠습니다. 저는 그 이상 아무것도 바라지 않습니다. 저는 감상에 젖어 있는 소녀가 아닙니다."

하즈예의 눈에 방울방울 눈물이 맺혔다.

"나를 괴롭히지 말아주오."

"선생님."

"돌아가 주오. 돌아가야 해. 사람이 어떻게 감정대로 살겠소. 감정 내키는 대로 살 순 없는 거야."

"선생님. 사랑해요. 사랑해요. 선생님을 사랑해요."

하즈예의 그 말이 떨어지는 순간, 지팡이가 벽으로 날아갔다. 영수는 온몸의 피가 거꾸로 올라오는 것 같았다.

사랑? 그런 말, 하는 거 아니다. 네가 세상을, 인생을 뭘 안다고, 사랑이라는 말을 그리 함부로 한단 말이냐. 진실로 사랑한다면 정신적인 사랑만으로도 충분하다고? 그건 소설가들이 만들어내는 말짱 거짓말이다. 사랑한다면 뜨거운 피를 느껴야 한다. 살아 있음의 환희는, 사랑의 환희는, 남과 남인 두 몸이 하나가 되는 것이다. 육신만의 접촉이 사랑이 아니듯, 영혼만의 접촉도 사랑이 아니다. 두 사람이 진실로 사랑한다면, 육체와 정신이 합쳐져야 하는 거다. 사랑과 사랑하는 것은 다르다. 사랑이 물고기라면 사랑한다는 것은 물고기를 잡아 올리는 낚시질이다. 사랑은 상상으로 느낌으로 가능하다. 느낌으로 얼마든지 미화시킬 수 있는 도취 상태다. 하지만 사랑한다는 것은 행동이다. 혼자 할 수 없는 두 사람의 주고받음이다. 서로를 위해 끊임없이 노력을 하면서 발전시켜 나가는, 꺼지지 않도록 온 정성을 다해 지극하게 보살피는, 행동이다.

하즈예. 너는 지금 사랑과 사랑한다는 것을 혼돈하고 있다. 아니, 아니 사랑과 동정을 혼돈하고 있다. 나를 더 괴롭히지 말아다오. 사랑이라는 말, 그렇게 함부로 하지 마라.

"선생님. 고국으로 돌아가시기 전까지만, 그때까지만. 제발, 가라고 하지 마세요. 가라고 하지 마세요."

하즈예가 영수 무릎에 얼굴을 묻으며 울음을 터뜨렸다.

사랑아, 사랑아.

"언니, 정말 무용발표회 국립극장에서 하는 거야?"

"응."

"언니."

"왜 그래? 나, 빨리 춘향 대사 외워야 해."

"아, 참 연극도 있구나. 아유, 언닌 정말 너무 바쁘다."

나미는 이화여고 창립기념 연극, 춘향전에 춘향 역을 맡았다.

"왜, 무슨 말 할 거 있니? 나, 졸려 죽겠어."

"춘향 대사 외워야 한다며?"

"아유, 지금 못하겠다. 너무 졸려."

"아무래도 말야. 아버지 나오시라고 연락해야겠어."

어려서부터 엉뚱한 소리도, 엉뚱한 짓도 잘 하는 아이라 또 무슨 말을 하려는 건가 의아해 나미는 동생을 바라보았다.
"아무래도 아버지가 나오셔야 해."
"갑자기 무슨 말이니?"
"이 집이 위험해."
"뭐라고?"
"아무래도 이 집이 위험하다니깐."
"도대체 무슨 말이야? 나 지금 졸려 죽겠다니까."
"언닌 몰라. 언닌 맨 날 늦게 들어오니까 뭐가 어떻게 돌아가고 있는지 아무것도 몰라. 외삼촌하고 엄마가 같이 사업하는 거 몰라?"
"사업? 외삼촌하고 엄마가?"
"거 봐. 언닌 아무것도 모르지."
"엄마가 사업을 한다고? 너 또 꿈꾼 거야?"
"꿈이 아니라니까. 내 말 좀 잘 들어봐. 정말이라고."
"넌 하여튼 간에 어디서 그런 아이디어가 생기니?"
"글쎄, 내가 지어내는 말이 아니라니까. 외삼촌하고 엄마하고 이야기하는 걸 내가 똑똑히 들었어."
"그래서?"
"삼촌 집하고 이모 집이 은행에 들어갔대."
"갑자기 그게 무슨 말야?"
"잘은 모르지만, 아마 은행에서 돈을 꾸려면 집을 맡겨야 하는 건가 봐."
"그래서?"
"아주 심각해."
"난 네가 무슨 말 하는 건지 통 모르겠다. 어쨌거나 말 시키지 마. 나 정말 자야 해."
"언닌 지금 잠이 문제야? 걱정도 안 돼? 우리 집이 위험하다는데. 우리 집이 없어지면 우리가 어디서 살아?"

며칠 전 외삼촌이 집에 오셨을 때다. 안방에서 엄마와 이야기하는 소리가 건넌방에 간간 들려왔다. 이야기 내용을 자세히 알 순 없지만, 굉장히 심각한 의논인 듯 싶었다.

"이 집은 안 된다. 자형한테 의논도 하지 않고 어떻게 내 맘대로 손을 대냐."

"누이, 잘 생각해 봐요. 자형 돌아와도 펜 하나로 이 애들을 어떻게 다 공부시켜요? 몸도 성하지 않은 사람이니, 누이가 뒷바라질 좀 해야지, 안 그래요? 누이 잘 아는 그 구 시인이나, 조 시인 같은 사람들 보세요. 부인들이 다 의사잖아요? 문인들 궁상티 내지 않고 다니는 사람은 다들 부인이 벌이하는 사람들 아뇨? 안 그래요? 자형이 돌아와 맘턱 놓고 쓰고 싶은 글만 쓰며 살 수 있도록 해주면 좀 좋겠어요?"

"글쎄, 나도 그랬음 오죽 좋겠니. 하지만 집은 안 돼. 그러다 집이 날아가기라도 하면, 아유, 생각만 해도 끔찍하다."

"길게 잡아 일 년이에요. 딱 일 년. 실은 자형이 알 필요도 없다고요. 일 년 안에 다 해결될 테니까요. 누이 집을 그냥 담보로 내놓으라는 게 아니고, 누이가 정식으로 동업자가 되는 거예요."

"내가 뭘 안다고 사업을 해. 그건 괜한 소리고, 사업은 가망이 있는 거니?"

"가망 정도가 아니라, 다 된 거나 마찬가집니다. 계급장을 찍어내기만 하면 눈 깜짝할 사이에, 부자 되는 겁니다."

"나는, 부자도 싫다. 그저 네 자형, 매일 밤 원고 쓰지 않고 살 수만 있다면."

얼마나 지긋지긋할까. 금자는 글 쓰고 있는 남편을 보면 저절로 그런 생각이 들곤 한다. 아무리 직업이 작가고, 또 쓰는 걸 즐긴다 해도, 하루이틀도 아니고, 하고많은 날, 원고지 빈칸을 하나둘씩 메워나간다는 게 얼마나 중노동인가. 쓰고 싶은 거, 쓰고 싶을 때, 그게 1년에 하나든 2년에 하나든 또는 10년에 하나든, 오직 쓰고 싶다는 욕구가 일어날 때 써야 진짜 작품이 나올 게 아닌가. 금자는 지난 달 ≪신 태양≫에 실린 여류 소설가의 인터뷰를 읽고 더더욱 그런 생각을 했었다.

그녀는 때로 원고지 칸 메우는 일 말고, 다른 일거리 없을까, 지금도 골똘히 그걸 생각한다고 고백했다. 원고지를 바라만 봐도 소화가 안 될 때가 있다고. 원고를 다 써놓고 매수를 셀 때는 자신이 날품팔이같이 여겨진다고.

그래. 그런 막막한 심정일 때, 원고지가 지긋지긋하겠지. 그래도 뭔가를 쓰고, 쓰고 또 써야 한다는 건 그야말로 고문 아니겠는가.

금자는 남편의 그 짐을 좀 덜어주고 싶었다. 할 수만 있다면 전적으로 생활비를 책임지는 능력 있는 아내가 되고 싶었다.

바람 쐬러 나가자는 친구들을 마다하고 방에 들어앉아 있다가, 슬그머니 외출 준비를 하고 나오는 그를 여러 번 본 적이 있다.

"아니, 왜 아까 박 선생이 나가자 할 때 같이 나가지 않고?"

"슬슬 혼자 나가는 게 편해서."

"거 참, 성격도 괴팍하구려. 그렇게 친구를 따돌리고."

"내가 말이오. 내가 저 언덕을 올라가자면 30분도 더 걸려."

물끄러미 아내 얼굴을 바라보다가 그 말을 우물거리며 돌아선 남편의 뒤에 서서 금자는 가슴이 아리아리해 입술을 깨물었다.

한 번쯤은, 한 번만이라도 남편의 이불 속으로 들어갔어야 하는 건데, 어찌어찌 하다가 그만 그 기회를 놓치고 말았다.

"앞으로는 내 방에 들어올 때 노크하고 들어왔으면 하오."

그때, 그 말이 그렇게 서운했다.

'세상에, 남편 방에 노크하고 들어오라니, 그게 말이나 되는 소리요?'
그렇게 소리라도 질렀어야 할 것을, 그때는 우리 사이가 무엇이었나, 무엇이었나, 해가며 밤을 뒤척였다. 그는 어쩌면 겁이 났었는지 모른다. 워낙 겁이 많은 사람이니까. 아내가 그 다리를 보고 놀라면 어쩌나, 징그러워하면 어쩌나, 그래서 노크를 하라고 했던 것이리라. 필경은.
'다리를 어디까지 자른 거유? 지금도 매일같이 소독하고 약 발라야 하는 거예요? 그럼 내가 할게요. 당신이 집에 있는 동안만이라도 내가 할게요. 어디 좀 보자고요.'
이제 그가 돌아오면 노크고 뭐고 싹 무시하리라. 그리고 그가 맘 편히 글만 쓸 수 있도록 문호 말대로 돈을 버는 아내가 되리라.

"그래서? 그래서 삼촌이 우리 집을 은행에 잡혔단 말야?"
나미가 발딱 일어나 앉았다.
"그건 잘 모르겠어."
"잘 모르면서 그런 말을 왜 해?"
"언니도 참, 잘 생각해 봐. 엄마가 삼촌 말, 안 들을 거 같아? 삼촌이 엄마 반 생명인 거 몰라?
"반 생명?"
"그래, 그 반쪽 생명은 언니고."
나미가 깔깔 웃었다. 반 생명은 외삼촌, 그리고 그 반은 언니라는 말이 그렇게 우스울 수가 없었다.
"언니는 토슈즈 때문에 아버지가 항상 일본에 사셨으면 좋겠지? 그지?"
토슈즈? 나미는 어의가 없어 웃어버렸지만 유미 말을 듣고 보니 그것도 보통 일이 아니구나 싶었다. 아버지가 일본에서 분홍 토슈즈, 레이스 달린 발레복, 타이즈 같은 것을 항상 보내주신다. 만약 아버지가 서울로 아주 돌아오신다면 그런 걸 서울에서 구한다는 건 거의 불가능하다.

"물론 그것도 중요하지만 당장 급한 건 우리들 학비야. 그래서 아버지가 거기 계시는 거야."

"돈은 여기서 버시면 되잖아?"

"여기는 작가가 아무리 많이 써도 원고료가 아주 적대."

"가난해도 아버지 엄마 다 같이 살았음 좋겠어."

아버지.

이 편지 받고도 우리들 곁으로 돌아오시지 않는다면, 저는 이제부터 아버지가 없다고 생각하렵니다.

아버지. 우리에게는 아버지가 필요합니다. 고급 교복감, 가죽 책가방, 이름이 박혀 있는 자주색 연필…… 그런 것도 좋지만, 그런 것보다 우리에게는 아버지가 필요합니다.

이보다 더 강경하게, 더 절실하게 아버지 맘을 움직일 말은 없을까. 유미는 머릿속으로 편지를 쓰고 지우고, 쓰고 지우고 하다 잠이 들었다.

"아버지, 이 편지 받아보시고도 집으로 돌아오시지 않으면 이제부터는 아예 아버지가 없다고 생각하렵니다."

유미는 아버지에게 편지를 보냈다.

"푸치니의 오페라 「나비부인」이 나오기 30여 년 전부터 '쓰루'는 나가사키의 외국인들 사이에 '나비부인'이란 별명으로 통했다고 합니다."

배를 타고 아흔아홉 개 섬을 돌 때부터 하즈에는 「나비부인」 이야기를 시작했다.

"이 '구십구도'가 바로 '쓰루'가 임신한 몸으로 불타는 도시를 탈출해 나가사키 '글로버' 저택 이곳으로 피난 오는 루트예요."

하즈에는 나가사키 항구 전체가 내려다보이는 언덕 위의 양옥집 정원에 앉아 『또 하나의 나비 부인』 이야기를 계속했다.

벼르고 벼르던 나가사키 여행이었다. 『또 하나의 나비부인』 책을 읽은 후부터 막연하게 언제든 그녀와 영국인 남편이 살았던 언덕 위의 양옥집에 가보고 싶었다. 지금도 외국인과의 결혼을 쉽게 받아들이지 않는 일본 사회인데 오래전 이미 그때 영국인과, 그것도 열 살이나 차이가 나는 남자와 결혼을 했다는 여자는 호기심 많은 하즈에에게 기막힌 낭만의 존재였다.

"언젠가 꼭 여기 한번 와보고 싶었어요. 여기 그녀가 살았던 곳에서 항구를 내려다보고 싶었어요."

책이란 것이, 사람에게 이토록 영향을 미치기도 하는구나, 하는 것을 영수는 새삼스레 느끼며 하즈에 어깨를 톡톡 쳐주었다

"'쓰루'는 항상 일본 옷 '키모노'를 입었는데 그 옷소매에는 반드시 나비가 수놓여져 있었대요. 하얀 배추꽃나비. 언제나 그 배추꽃나비가 수놓인 옷만 입어서 별명이 '나비부인'이 되어버렸대요. 그녀의 옷에 흰 나비 무늬를 수놓은 것은 그녀의 본가의 가문(家紋)이 나비였기 때문이지요. 일본에는 무사들 집안이나 영주 집안은 그 가문을 상징하는 무늬가 있어요. 도쿠가와 이에야스 집안의 가문은 오동잎 무늬지요."

"오동잎?"

"네. 지금도 수많은 가문이 남아 있어요. 한국에도 가문이 있나요?"

"아니. 그런 거 없어요."

"중국, 한국 그리고 일본. 지리상으로 참 가까운 나라이고 또 멀리 거슬러 올라가면 문화도 많이 섞이고 사람도 섞인 것 같은데."

"하즈에는 역사에 관심이 많은가 보지?"

"네. 여학교 때, 역사 시간을 제일 좋아했어요. 역사책을 열심히 읽다 보면, 내가 100년 전으로 1000년 전으로 돌아가 있는 듯한 느낌이 들곤 했어요. 그래서 지금도 소설 배경에 역사가 많이 들어가 있는 책을 좋아해요."

"난 '쓰루' 이야기는 처음이지만, 푸치니 「나비부인」이 나오기 전, 처음 나온 「나비부인」은 단편소설이라는 건 알지."

"어머? 그거 아세요? 맞아요. 그 소설을 쓴 사람은 미국인 작가인데 그 누나가 나가사키에 와서 살았던 선교사 부인으로 '쓰루'와 아주 친한 사이였대요. 이 선교사 부인이 미국에 돌아갔을 때 그 동생에게 나가사키에서의 여러 생활담을 들려주면서 '쓰루'의 이야기도 해줬고, 곁들여 나가사키 여자들이 외국인 선원이나 군인들의 현지처로 지내며 수많은 비극들이 일어나고 있음을 들려줬대요. 이런 이야기를 들은 미국 작가는 단편을 써서 미국 잡지에 기고했는데 그 작품이 인기를 끌자 단행본 소설로 만들어졌고 또 다른 극작가가 이를 희곡으로 냈대요. 그리고 이 희곡을 바탕으로 푸치니가 오페라를 만든 거래요."

"그 책에 그렇게 상세하게 나와 있어요?"

"네. 「나비부인」의 실제 모델은 분명 '쓰루'라는 주장을 이 책의 작가는 결론짓고 있어요."

"그런데 내가 알고 싶은 건, 왜 그 책이 하즈예를 그렇게 감동시켰지?"

"……."

하즈예는 잠시 생각하는 듯하다가,

"사랑."

짧게 딱 한마디 한 다음 멀리 바다로 시선을 돌렸다.

"사랑을 꿈꿨어요. 불멸의 사랑을. 불가능한 것을 간절하게 바라는 것, 아마 그것이 어쩌면 삶을 지탱해 주는 힘이 아닐까 싶어요. 불멸의 사랑이란, 사실 불가능 아니겠어요. 하지만 선생님. 전 내세를 믿어요. 다음 세상을 믿어요. 여기서 이루지 못한 꿈은 반드시 다음 세상에서 이룰 수 있다고. 그러기 때문에 이승에서 아주 착하게 살아야 한다고. 그래야 다음 세상에 가서 소원이 이루어지거든요."

영수는 말없이 그녀의 어깨를 감싸 안았다.

"그녀와 영국인 남편 '글로버'는 열 살 차이였어요. 참, 그녀는 이혼녀였어요."

"그래? 열 살씩이나?"

"열 살이 뭐 많은가요?"

하즈예가 살포시 웃으며 영수 손 위에 손을 포갰다.

'나이 차이가 무슨 상관인가. 서로 정말 좋아한다면, 정말 그 사람 아니고는 이 세상 살고 싶지 않을 정도로 그만큼 사랑한다면, 열 살이든 스무 살이든 그게 무슨 상관이랴. 같이 살 수만 있다면, 영영 헤어짐 없이 목숨 다 하는 날까지 같이 살 수만 있다면…… 따스한 체온을 느끼며 함께 잠들 수 있고, 이른 아침에 눈을 떠 서로의 존재를 확인할 수 있다면, 그럴 수만 있다면 세상에 그 무엇이 문제랴.'

"왜?"

하즈예가 한숨을 푸우, 내쉬었다.

"아니, 그냥, 너무 꿈같아서 그래요. 여기 늘 한번은 오고 싶던 이 '나비부인' 집에 선생님과 같이 왔다는 게 꿈만 같아서요."

하즈예가 잡고 있는 손에 힘을 주면서 말했다.

"선생님, 꿈만 같아요. 깨어나지 않고 싶어요."

"그래. 내가 하고 싶은 말이야."

"하늘에도 별이 있고 바다에도 별이 있는 거 같아요."

바다에 떠있는 선박들이 하늘에 박혀 있는 별만큼 많았다.

"아름다워요."

창 앞에 서서 밤바다를 내려다보고 있는 하즈예를 영수가 뒤에서 꼭 끌어안았다. 심장이 쿵쿵쿵 소리가 나도록 급히 뛰었다.

"하즈예."

하즈예가 몸을 돌려 영수 가슴에 얼굴을 묻었다

방금 목욕을 하고 나온 하즈예 몸에서 풋사과 향기가 났다. 살랑살랑 불어오는 바람에 한 송이 또 한 송이 소리도 없이 꽃잎이 떨어지듯 하즈예가 입고 있는 옷이 하나씩 바닥에 떨어졌다.

잔잔하던 밤바다에 태풍이 몰려왔다. 무시무시한 소리를 내며 파도는 당장이라도 모든 것을 삼켜버릴 것처럼 으르렁거렸다. 부서지고 부서져도 또 무섭게 밀려오는 파도. 파도가 거세질수록 하즈예는 몸을 부르르, 부르르 떨었다.

'선생님 손이 내 몸에 닿기만 해도 내 몸은 젖어온다. 아니 선생님을 가만히 바라보고만 있어도 나는 몸이 저릿저릿해 온다. 이 느낌, 이것이 사랑이 아니고 무엇이랴.' 김영수 선생님을 사랑한 게 아니라고, 그저 연민이었을 뿐이라고 하즈예는 골백번 골천번 자신에게 이 말을 강조해 왔었다. 그러나 소용없는 일이었다.

"선생님."

"응?"

"선생님."

"응?"

"행복해요."

"내가 하고 싶은 말을 하즈예는 늘 먼저 하는군."

영수는 땀에 축축한 하즈예의 등을 어루만졌다.

하즈예. 그건 내가 하고 싶은 말이다. 너는 내 구원. 막막한 하루 또 하루, 어찌 살까, 어찌 살아갈까 외로움에 차라리 바다에 뛰어들고 싶은

충동을 느낄 때도 있었다.

아내. 끝까지 남남처럼 지내다 떠나왔다. 왜 그토록 그리워한 아내를 껴안아보지도 않았는지, 자존심? 두려움? 아니 어쩌면 이미 그때 내 가슴속에 하즈예가 들어와 있었던 걸까? 다리가 잘려나간 후, 일어나 걸을 수 있기 전까지 목욕을 시켜주고, 소독해 주고 약을 발라준 사람이 하즈예였다. 휠체어를 밀고 다닌 사람도 하즈예였다. 산책도 같이 가고 영화 구경, 야구 구경도 같이 다니며 하즈예는 언제부터인가 영수에게 없어서는 안 될 존재가 되었다. 하즈예는 마치 나를 위해 이 세상에 태어난 사람처럼 헌신적이다. 거무튀튀하게 문드러진 살이 징그럽지도 않은지 잘려진 다리 부분을 정성껏 주물러가며 마사지 해준다. 그녀의 손길은 마사지라기보다 애무다. 쓰다듬고 또 쓰다듬고 문지르고 비비고 하는 그 손놀림에 영수는 잠이 사르르 든다. 그렇게 마사지를 하면 저릿저릿하던 다리가 그렇게 시원할 수가 없다. 영수는 어머니에게도 아내에게도 그 누구에게도 이런 살가운 대우를 받아보지 못했다.

"선생님 몸에 도장을 찍을 거예요."

"도장?"

"네. 하즈예 도장을 선생님 온몸에 찍을 거라구요. 지워지지 않도록, 절대 지워지지 않도록."

하즈예의 입술이 영수의 몸 구석구석을 헤집고 다녔다. 아아, 나는 지금 이 순간에 죽고 싶다.

잔잔해진 바다가 다시 출렁이기 시작했다. 하즈예가 영수의 몸 위에서 춤을 추기 시작했다. 하즈예의 몸이 앞으로 뒤로 젖혀지고 휘어지면서 하즈예는 풍랑을 만난 배 같았다.

'아버지가 필요합니다. 아버지가 필요합니다. 이 편지 받고도 오시지 않으면 이제 아버지가 없다고 생각하겠습니다.'

나가사키 여행에서 돌아왔을 때, 유미 편지가 기다리고 있었다. 1958년 늦가을이었다.

"선생님. 자라나는 아이들에게 주식(主食)이 뭔 줄 아세요? 아기들에게는 우유가 주식이라고요? 아닙니다. 아이들에게 주식은 부모의 사랑입니다. 사랑을 먹고 자라야 정상적인 아이로 클 수 있습니다. 어린 아기 때도 사랑, 사춘기 때도 사랑, 아이들은, 사랑을 먹고 자라야 맑고 밝게 자랄 수 있습니다.

저는 늘 사랑에 배가 고팠습니다. 고아원에 있을 때, 밥을 빨리 먹지 못한다고 늘 야단맞았습니다. 다른 애들이 한 그릇 후딱 다 먹어치울 때, 저는 반도 제대로 먹지 못하곤 했습니다. 식사시간 끝났다는 종이 울리면 그릇을 다 걷어갔습니다. 그래서 늘 배가 고팠습니다. 빨리 먹으려고 다른 애들처럼 나도 빨리 먹으려고 숟가락에 밥을 듬뿍 퍼서 미처 다 씹기도 전에 삼키고, 삼키고 하다가 목이 메어 칵칵거리다 벌을 받았습니다. 다락 같은 방이었습니다. 기어 들어가야 할 정도로 천장이 아주 낮았습니다. 물론 창도 없었습니다. 불도 없었습니다. 깜깜했습니다. 그 안에 갇혀 울다울다 잠이 들고 또 깨어 울고……."

"그만, 그만해."

영수는 와락 하즈예를 품에 안았다. 더 들을 수가 없었다. 하즈예는 남의 이야기를 하듯 차근차근 말하고 있었지만 영수는 가슴이 저려와 더 들을 수가 없었다.

"난 절대, 절대로 아이를 낳지 않겠다고. 결혼을 하더라도 절대 아이를 갖지 않겠다고. 철이 들면서 결심했습니다. 명랑하게, 행복하게 키울 자신이 없으면서 생명을 이 세상에 탄생시킨다는 건 살인보다 더 심한 죄라고 생각했습니다. 인간이 저지를 수 있는 죄악 중에 제일 극악한 죄라고. 어찌 장담할 수 있겠어요. 제가 병이 들어 자식보다 먼저 죽지 않는다고 어찌 장담할 수 있겠어요. 사람은, 사랑을 먹고 살아요. 사랑을 먹고 살아야 건강하게 자랄 수 있고, 행복할 수 있어요. 돈? 명예? 지위? 그런 게 행복의 조건이 되지 못해요. 행복을 도와줄 순 있을지 몰라도 행복, 그 자체는 주지 못해요. 오직 사랑만이 사람을 행복하게 만들어줄 수 있어요. 저는 선생님을 사랑하고부터 드디어 행복을 알게 되었어요."

"그건, 그건…… 내가 하고 싶은 말이오."

"선생님을 사랑하고부터 제 마음 속에 묵직하게 들어 있던 설움의 덩이, 노여움의 덩이, 세상은 불공평하다는 원망의 덩이가 눈 녹아버리듯 없어졌어요. 선생님을 사랑하고부터, 저는 비로소 감사함을 배웠어요. 세상이 모두가 감사한 것 천지예요. 하늘이 파라면 파란대로 감사하고 검으면 검은 대로 감사하고, 파도가 거세도, 잔잔해도 다 감사했습니다. 그저 모두가 아름다웠습니다. 제 눈에 보이는 모든 것, 느끼는 모든 것이 그렇게 아름다울 수가 없어요. 이게 사랑의 힘인가 봐요."

"내가 하고 싶은 말이야. 지금 하즈에. 당신이 하는 말이 바로 내 심정이오. 나는 당신을 알고 나서, 산다는 거, 살아 있다는 것 자체가 황홀한 기쁨이라는 걸 비로소 알게 된 거요."

사랑한다는 것은 받는 것이 아니라 주는 것이라는 말은, 성경책에 나오는 구절일 뿐이라 여겨왔다. 인간과 인간 사이의 사랑은, 요구하고, 기대하고, 강요한다. 내 방식대로 길들이려 고집한다. 기대하는 만큼 주지 않는다고 불만한다. 내가 너를 얼마나 사랑하는데 나를 이렇게 속썩히는가고 원망한다. 사랑이라는 이름으로 부부 사이, 부모와 자식 사이, 친구 사이, 친척 사이에 얼마나 많은 희비극이 일어나는가. 사랑이라는 이름으로 얼마나 자기 행동을 정당화하는가.

"선생님이 저에게는 구원이었습니다. 선생님은 저에게 아버지고 어머니였습니다. 고향이었습니다. 선생님은 저에게 사랑이 얼마나 위대한 힘인가를 가르쳐주셨습니다. 선생님. 일생 동안, 40년을, 50년을 함께 살아가면서 서로의 존재를 지긋지긋해하는 부부들, 많이 보았습니다. 마지못해 의무적으로 살아가면서, 세상에 제일 싫어하는 사람이 바로 남편이고 아내인 부부들. 그들은 자신들을 위해 살아가는 게 아니라 남의 눈, 세상 체면 때문에 살아가고 있습니다. 정말 행복한 게 아니라 남들에게 행복해 보이려고 안간힘 쓰면서, 그렇게 살아가는 불쌍한 사람들이 의외로 많습니다. 정신 병동에서 근무할 때, 그런 사람들을 참 많이 보았습니다. 저는 2년 동안 선생님과의 삶을 20년, 30년, 50년이라 생각하고 싶습니다. 저는 그만큼 충만한 사랑을 받았기 때문에, 절대로 외로움 느끼지 않고 살아갈 겁니다. 돌아가세요. 이제는 돌아가셔야 합니다. 자녀들 곁으로 가셔야 합니다. 자녀분들이 아버지를 필요로 합니다. 아버지가 필요하다고 외치고 있는 자식을 외면할 선생님이 아니시고, 또 만약 그 외침을 외면하신다면 제가 그런 선생님을 더 이상 사랑할 수 없을 겁니다. 떠나셔야 합니다."

하즈예, 아아, 하즈예. 내가 너 없이 살아갈 수 있을까. 내가 너 없는 세상을 과연, 살아갈 수 있을까. 너는 나의 손과 발. 나의 모든 것이었다. 나의 손금, 발금이 몇 개인지조차 알고 있는 너. 내 몸 구석구석 점 하나까지 알고 있는 너. 나로 하여금, 내가 아직 멀쩡하게 살아 있는 남자라는 걸 일깨워준 너. 너는 나에게 부활 그 자체였다.

숨이 넘어갈 듯, 그렇게 완전히 몰입 상태에 빠져드는 여성을 나는 일찍이 본 적이 없다. 너의 혀끝이 내 살을 더듬기 시작하면 나는 이 세상 사람이 아니었다. 너는 흐느끼고 나는 경련하는 희열의 파도. 너는 천사. 너는 마녀. 너를 두고 내가 어찌 떠날 수 있단 말이냐. 집으로 돌아가야 한다는 마음도 진실이고, 하즈예 곁을 떠날 수 없다는 마음 또한 진실이었다.

여보. 어쩌면 좋소. 여보, 금자, 난 어쩌면 좋소. 고통 속에서 지옥 같은 나날을 보낼 때, 오직 단 한 사람인 그녀였소. 그녀가 있었기에 내가 견딜 수 있었던 거요. 그렇게 시작된 사이였소. 어쩌면 좋소? 나는 하즈에와 나 사이를, 어쩌면 좋은가고 당신에게 의논을 하고싶구려. 당신은 내가 어려운 일을 당할 때마다 의논의 상대가 되어주던 가장 친한 친구가 아니었소.

"저, 선생님 기대에 어긋나지 않게 열심히 잘 살겠어요. 저는 처음부터 각오하고 있었습니다. 언제고 선생님은 가족에게 돌아가셔야 할 분이라는 것을. 그동안 모시고 살았다는 것 하나만으로 저는 행복합니다. 선생님과의 추억을 영원히 간직하는 것으로 저는 행복합니다."

"하즈에. 너는 아직 모르는구나. 사람은 추억을 간직하는 것으로 행복할 수 없단다. 그런 말은 다 거짓이란다. 사랑한다면 추억으로 살 수 없단다. 차라리 잊어버려라. 고약한 사람 만나 몇 년 동안 세월 낭비했다고 잊어버려라."

"선생님. 사랑해요. 저는 이것밖에 아무것도 몰라요. 저는 선생님을 사랑하고 선생님도 저를 사랑하세요. 저는 알아요. 저는 선생님이 저를 사랑해 주신다는 걸 알아요. 저는 선생님과 지낸 하루하루가 보석 같은 시간이었어요. 저는 그 추억만으로 살 수 있어요."

사랑. 과연 어떤 감정, 어떤 상태를 진정한 사랑이라 말할 수 있을까. 영수에게 있어서 사랑이란 소유였다. 어떤 대상이 마음을 사로잡으면 그때부터 장작에 불이 붙듯, 몸이 뜨겁게 닳아 올랐다. 그리하여 물불 가리지 않고 덤벼드는 정열, 그런 감정을 영수는 사랑이라 여겨왔다.

하즈에의 사랑은, 상대를 위한 사랑이다. 자신을 위한 사랑이 아니다. 베푸는 사랑. 아무런 요구나 기대 없이 그저 무조건 상대방을 위해 존재하는 사랑. 인간과 인간 사이에 그런 차원의 감정이 존재할 수 있다는 자체가 영수에게는 경이로움이었다. 영수가 알고 있는 인간과 인간 사이의 사랑이란, 독점욕 때문에 질투하고 질투하기 때문에 마찰한다. 마찰하면서 괴로움에 시달린다. 그래서 사랑이 짙으면 짙을수록 고통 또한 짙어진다.

나는, 사랑한다는 감정에 취해 사랑의 시는 쓸 줄 알았지만, 사랑할 줄은 몰랐다. 사람은 이 세상에 단 한 사람의 사랑에 확신을 갖고 있을 때, 그때 비로소 자신의 존재 가치를 느끼게 된다. 산다는 게 의무가 아닌, 존재 자체의 기쁨일 수 있는 것. 그게 바로 사랑이 가져다주는 신비로움이다.

왜 하필이면 나인가. 내가 이 세상에서 무슨 나쁜 짓을, 무슨 못된 짓을 했다고 살이 썩어 들어오는 저주를 받아야 한단 말인가. 하느님이 정말 계시다면, 그는 얼마나 잔인한 분인가. 이런 원망과 분노가 영수 가슴에 지글거릴 때, 살아 있다는 자체가 고통이었다. 목숨을 스스로 끊지 못하는 나약함이 혐오스러웠다.

하즈예. 그녀는 영수의 그 무시무시한 분노와 증오를 따스함으로 모조리 녹여버렸다. 하즈예는 영수를 다시 원고지 앞에 앉게 했다. 의무적으로 써야 하는 드라마 외에는 손을 놓고 지내다시피 해왔는데, 쓰고 싶다는 욕구가 다시 일었다.

단편 「외로운 사람들」, 「철뚝이 있는 곳」을 써서 한국으로 보냈다. 그리고 곧 이어 평화신문에 연재소설 「화려한 성좌」를 쓰기 시작했다. 서울을 떠나올 때 문화부장 이봉구와 단단히 약속한 것이었다.

서울로 떠나기 전날, 영수와 하즈예는 바다로 나갔다. 해가 뉘엿뉘엿지고 있었다. 노을이 부서지며 길게 해면에 드리운 주홍색이 어지러울 정도로 흔들리고 있었다.

"선생님. 눈물이 참 따뜻해요."

하즈예가 영수 볼에 손을 댔다. 그리고 영수 손을 자기 볼에다 갖다

댔다.

'따스한 눈물. 선생님, 선생님 눈물도 따뜻하고 제 눈물도 따뜻해요. 차갑지 않고 따뜻해요. 그래요. 슬퍼서 나오는 눈물이 이렇게 따스해요. 따스한 눈물. 그건 희망이에요. 희망. 희망. 우리 이 세상에서는 인연을 다했지만, 다시 곧 태어나 꼭 만난다는 희망. 그때는 절대, 절대 선생님 보내지 않고, 찰거머리처럼 선생님한테 딱 달라붙어 살 거예요. 그때 다시 만날 수 있기 위해서, 전 아주 착하게, 착하게 이 세상을 살아갈 거예요. 그래야 하늘이 상으로 선생님과 다시 만나게 해주실 테니까요.'

하늘도 눈물을 흘리는지 가는비가 내리고 있었다.

남편의 애인

"결정을 내라고요. 이러고 어떻게 살아요? 이게 사람 사는 거예요?"

유미가 학교에서 집에 들어온 것은 오후 3시쯤이었다. 버스를 타지 않고 이화여대 뒷산을 넘어오느라 콧등에 땀방울이 송송 맺혀 있었다.

초가을 하늘이 어찌나 맑은지, 버스 정류장으로 향하다 말고 유미는 발길을 돌려 꼬불꼬불 산길을 따라 걷다가 무엇에 홀린 사람처럼 약수터까지 갔다가 막 들어오는 길이었다. 대문을 열면 중문, 중문을 넘으면 아버지가 쓰시는 사랑방이다. 한데 그 방에서 어머니 음성이 들려왔다.

'엄마가 아버지 방에? 별일이네.'

유미는 픽 웃었다.

'엄마가 아버지 방엘 다 들어가시다니. 여간해서는 아버지 방에 얼씬도 안하는 엄마가 오늘은 웬일일까.'

어머니와 아버지가 한 방을 쓰시는 건 고사하고, 한 방에 계시는 걸 보기조차 힘들다. 두 사람은 서로가 서로에게 방해가 되지 않으려고 피해 가면서 사는 사람들 같다.

"며칠 동안 게호네에 가 있다 올 테니 그때까지 결정을 하기 바라요."

어머니의 음성은 나지막했지만 찬바람이 휙 끼칠 정도였다. 지금 엄마가 무슨 말을 하시는 걸까? 아버지보고 뭘 결정하라는 걸까? 왜 엄마 목소리가 저럴까? 외할머니는 삼촌 집에서 가셨고, 낭기는 시장에 갔는지, 집에는 엄마와 아버지 두 분 외에 아무도 없었다. 무슨 일일까. 엄마가 며칠 동안 나갔다 오겠다고? 유미는 소리나지 않게 조심해 가며 툇마루에 가 앉았다. 도둑질을 하러 남의 집에 들어온 사람처럼 가슴이 콩당콩당 뛰어 손바닥으로 가슴을 살살 쓸어내렸다. 속이 답답하거나 놀란 일이 있으면 손바닥으로 가슴을 싹싹 문질러대는 게 엄마의 습관인데, 언제부터인지 유미도 그런다. 도대체 지금 저 방에서 무슨 일이 일어나고 있는 걸까.

"나는 당신이 그 일본 여자를 서울에 데리고 나와 함께 살아도 좋아요."

일본 여자?

"괜한 소리 하는 거 아니에요. 진심이라고요. 데리고 나와 살아도 좋다고요."

데리고 나와 살라고? 아버지보고 일본 여자를 데리고 나와 살라고? 맙소사! 일본 여자라니, 이게 무슨 말인가.

"이렇게 방구석에서 그 여자 편지나 읽고 사진이나 들여다보면서 어떻게 살아요? 이게 사람 사는 거예요? 귀신 꼴이지."

유미는 두 손바닥으로 입을 꽉 막았다. 하마터면 소리가 나올 뻔했다. 세상에! 귀신 꼴이라니! 어머니가 아버지에게 그런 식으로, 그런 목소리로 이야기하는 것을 이 세상에 태어나 여태껏 한 번도 들어본 적이 없다.

"이 커튼, 이게 뭐예요? 뭐라고요? 정신 집중 때문이라고요? 작품 때문이라고요? 내가 모를 줄 알아요? 그냥 기다려봤다고요. 언제까지 가나. 집에 돌아왔을 땐 각오를 단단히 하고 왔을 테니 그러다 말겠지 했다고요. 한데, 언제까지 이렇게 살 작정이에요? 언제까지 이렇게 정신병자처럼."

정신병자? 엄마가 어쩜 아버지에게 저런 식으로 말을 하신담. 편지? 사진? 무슨 소리지? 아버지에게 일본 여자? 그럼 아버지에게 애인이 있단 말인가? 애인? 아버지가 지금 몇이시지? 마흔여덟? 마흔아홉? 맙소사. 그렇게 늙은 사람에게도 애인이 있을 수 있는 건가? 더군다나 한쪽 다리도 없는 사람이? 아무래도 엄마가 무엇인가 단단히 오해를 하고 계신 모양이다. 엄마가 오해를 하지 않고서는 있을 수 없는 일이다.

유미는 살금살금 다가가 문틈으로 방 안을 들여다보았다. 여느 때 같으면 미닫이도 커튼에 가려져 있어 안이 전혀 보이지 않지만 어머니가 들어가시면서 반쯤 걷어놓으신 모양이다. 아버지는 책상 앞에 앉으셔서 담배만 태우고 계셨다.

아버지와 일본 여자? 아버지의 애인? 설마하니 애인은 아니겠지. 엄마가 뭔가 오해를 하고 계신 걸 거다. 하지만? 엄마는 굉장히 신중한 사람이다. 실수라든가 허튼소리라든가 그런 거와는 거리가 아주 먼 사람이다. 엄마는 지금 남편에게 애인이 있다고 말하고 있다. 분명, 그래서 이성을 잃은 상태 같다. 질투? 엄마가 질투를 하는 건가? 서로 남남처럼 무관심하게 살아가면서 질투? 참으로 어른들 세계는 이해하지 못하겠다.

"김 선생님 지금 외출 중이신데 누구라고 전할까요?"

"조 선생님 지금 안 계십니다."

어머니와 아버지는 남들에게 서로를 호칭할 때 꼭 '선생님'이라고 부른다. 아버지가 어머니를 '집사람'이라 부르는 것을 들어본 적이 없고 또 어머니가 아버지를 '바깥양반'이라 부르는 것을 들어본 적이 없다. 그렇게 서로에게 깍듯한 사람들이, 지금은 유리가 쨍 소리를 내며 깨질 것처럼 위태위태한 수준까지 가 있는 것 같다.

"대낮에도 커튼을 둘러놓고 유령처럼 살고 있으니 보는 사람 속이 어떤지 아세요? 내가 질투를 하는 게 아니라고요."

그건 맞는 말이다. 어머니는 아버지 방에 벽마다 여배우 사진이 더덕더덕 붙어 있어도 본체만체하신다. 어떤 때는 한 여자 사진이 열 장쯤 붙어 있을 때도 있다. 옛날에는 최승희, 김복자, 한은진 같은 여자들이었단다. 최근에는 황정순이 조미령으로, 또 조미령이 최은희로 변했다가 문정숙으로, 문정숙이 어떤 때는 이미자, 최숙자로 변하기도 했다.

그렇게 실제 인물을 벽에 붙여놔야 뭐가 떠오르신단다. 옛날부터 그러셨어. 작중인물을 설정할 때, 누구든 주변에서 인물을 구하신대요. 그러니까 아마 그 비슷한 형을 만들어내시는가 보다. 내가 아니? 창작 세계라는 게 그런가 보지."

어머니는 벽에 붙어 있는 미인들 사진 따위 신경도 쓰지 않았다.

"기분 전환할 겸, 밖에 나가 바람 좀 쏘이고 오지 그래요? 예쁜 배우들, 성우들, 문학 지망생들 좀 많아요? 젊은 여자들하고 근사한 찻집에 가서 차라도 한 잔 마시고 그러면 작품 쓸 때도 뭔가 좀 달라지지 않겠어요? 하고많은 날 그렇게 방에만 틀어박혀 있으면 무슨 생각이 떠오르겠어요."

오히려 이렇게 부추기는 어머니다.

"이제 와 질투고 뭐고 그런 거 없어요. 당신 건강을 위해 하는 소리예요. 당신, 서울에 돌아와 입원한 것만 몇 번인 줄 알아요? 하고많은 날, 정신병자처럼 어떻게 이러고 살아요? 이게 사람 사는 거예요? 난 더 보지 못하겠어요. 당신, 이렇게 살려면 차라리 돌아오지 말았어야 해요. 그 여자를 데리고 나와 살든지 현실로 돌아와 살든지, 이젠 정해요.

둘 중에 하나를 택해요. 내가 며칠 나가 있을 테니 그동안 결정하기 바라요."

남편의 다른 여자 이야기를, 착 가라앉은 목소리로 조용조용 침착하게 말하는 여자. 두 사람은 서로 사랑은 하는 걸까. 아니면 그저 자식들 때문에 마지못해 살아가는 걸까. 결혼식을 보름달 밤 자정에 한 두 사람이다. 그것도 교회 뜰에서. 밤 열두시에 결혼식을 올리는 데도 손님들이 교회 정원을 꽉 메웠단다. 그렇게 로맨틱했던 두 사람이, 저토록 냉랭한 사이가 되다니. 모든 것이 순간이고 찰나이듯 사랑 또한 순간이고 찰나인가. 유미는 입안이 바작바작 타 들어오는 것 같았다.

영수는 대낮에도 방 안을 깜깜하게 해놓고 지낸다. 사방 벽에 두터운 쥐색 커튼이 둘러져 있다. 사랑방은 두 방을 합친 것이라 꽤 넓고 창도 많다. 하지만 창은 물론이고 하다못해 미닫이까지 완전히 커튼으로 둘러져 있다. 그 방에 들어가려면 그 커튼을 젖히고 들어가야 한다.

영수는 서울에 돌아온 후 자주 앓았다. 그냥 몸살 감기 정도가 아니라 한번 병이 났다 하면 입원을 해야 할 정도로 심했다. 과로한 탓이라고, 의사는 늘 그렇게 말했다. 별 특별한 병이 있는 게 아니고 과로한 탓이라고. 그저 좀 쉬면 괜찮아진다고.

"엄마, 왜 아버지는 방에 그렇게 침침한 색깔 커튼을 해 달았어?"

"내가 아니. 아버지가 직접 사람을 불러다 단 거란다."

"예쁜 벽지도 다 가려버렸잖아."

"글쎄 말이다. 집중하기 위해 그러시는 거란다. 햇빛이 들어오면 산만해서."

"하지만, 창문 하나 열 수 없고, 숨막히잖아."

"옛날, 신춘문예 응모 작품 쓰실 때에도 그러셨다. 그때는 방 안에 병풍을 둘러 또 하나의 방을 만드셨지."

"방 속에 또 하나의 방?"

"그래. 그래야 집중이 되신다니 어떡하니."

금자는 아이들이 물어올 때마다 변명하듯 길게 설명을 하곤 했다. 금자 자신도 그 어두운 색깔의 커튼이 싫었지만, 그가 하는 일에 간섭하지 않았다. 때로 이해되지 않는 게 있어도 '창작하는 사람'이니까 하고 생각해 버렸다. 하지만, 그게 다 핑계일 줄이야. 그게 다 그 여자와 단둘만의 세계를 만들어 그 속에 파묻히는 도피일 줄이야.

사진? 편지? 그럼 그동안 아버지는 계속 그 일본 여자와 연락을 하며 살아오셨단 말인가. 이게 소설도 아니고 가능한 이야기일까. 소설가의 소설 같은 이야기? 어머니가 사랑방에서 나오시는 소리가 나서 유미는 후닥닥 방으로 들어와 버렸다.

남편의 비밀. 아버지의 비밀. 만약 그게 모두 사실이라면, 도대체 그 비밀을 어머니가 어떻게 아셨을까. 유미는 아버지의 일본 여자도 기막히게 궁금했지만 어머니가 어떻게 그 비밀을 아셨는지가 너무나도 궁금했다. 사랑방을 제일 자주 드나드는 사람은 유미다. 이 집 사람들 중에 그 방을 수시로 드나들 수 있는 사람은 오직 유미 한 사람뿐이다. 유미는 벨 소리가 나지 않아도 아무 때고 드나드니까. 사랑방에서 벨이 한 번 나면 유미, 두 번 나면 낭기, 그리고 세 번 나면 어머니다. 그러나 그 벨이 세 번씩 울릴 때는 거의 없다.

영수가 일본에서 나오자마자 나미는 미국에 갔다. 발레리나 학교에 간 것이다. 떠나기 전, 명동에 있는 국립극장에서 '김나미 무용 발표회'를 하고 떠났다. 나미가 떠난 후, 유미와 다미가 단짝 친구처럼 가깝게 지내지만, 다미는 농구 선수라 집에 붙어 있는 날이 거의 없다. 연습 아니면 시합, 시합 아니면 합숙이다.

나미는 무용연구소 때문에 늘 늦었고, 이제 다미는 농구 때문에 늦고, 그 밑에 학중이와 은미는 너무 어리고, 그래서도 영수는 더더욱 유미에게 온 정을 쏟는다. 잡지사에서 사진을 찍으러 오든가 방송국에서 인터뷰를 하자고 할 때면 영수는 으레 유미를 앞세웠다. 그래서 어떤 사람들은 유미가 외동딸인 줄 알 정도다.

1959년 가을. 영수가 서울에 돌아왔을 때, 한국에는 바야흐로 본격적인 방송극 시대가 활짝 열렸다. 특히 방송극이 무서운 속도로 안방을 차지했다. 1956년부터 시작된 일요연속극에 이어 1957년 중반에 가서는 일일연속극도 시작되었다. KBS는 'KBS무대'를 신설하여 문학성 짙은 작품만 엄선하여 방송극으로 내보냈다. 뿐 아니라 방송극 시간의 확대와 질적 향상을 위해 한국 전쟁 이후 처음으로 방송 극본 현상 공모를 통해 신인 작가를 발굴해 내기 시작했다.

방송극 붐에 이어 우리나라 최초의 텔레비전 방송국도 생겨났다. DBS, 대한방송은 HLKZ-TV 채널 9로 개국하여 화재가 발생할 때까지 운영했고, 곧이어 KBS TV도 문을 열었다. 방송극이 청취자들을 불러모으는 핵심 프로가 되자, 방송국들의 경쟁은 그야말로 불꽃이 튀길 정도였다. 인기가 높은 연속방송극에 영화계가 관심을 가지기 시작했다. 인기 연속방송극은 흥행 성공을 사전에 보장받는 것이나 다름없기에 방송극 1회가 나가기 무섭게 영화 계약이 되곤 했다. 물론 원작료도 파격적인 것이었다. 방송극이 이처럼 방송국 프로그램 중에 중요한 위치를 차지하게 되면서 방송작가들의 위상도 상대적으로 높아져갔다.

방송국은 방송극의 열기를 더욱 확산시키기 위해 1958년에는 KBS가 '방송극 예술제'를 마련하여 중견 작가들의 작품을 차례로 방송하고, 또 신년특집극을 기획하여 다양한 형태의 드라마를 선보이기 시작했다.

1958년 초겨울, 정동의 서울중앙방송국은 남산으로 이전하여 바야흐로 남산 시대를 개막했다. 이렇게 방송극 전성기를 미리 알기라도 한 듯, 바로 때를 맞춰 김영수가 귀국한 것이다.

방송국은 미군정 시절, 아니 그 이전, 동경학생드라마그룹 시절부터도 영수의 텃밭이나 다름없었고, 또 유엔방송국 심리전과실에서 8년 동안 해온 일이 「자유의 소리」 드라마 쓰는 일이었기에, 물고기가 제 물을 만난 것이나 다름없었다. 일요일 아침마다 5분간씩 방송되는 「웃음동산」으로 인기를 끌고 있는 조풍연, 그리고 열심히 쓰고 있는 이서구, 한운사, 조남사, 김희창, 유호, 최요안 같은 작가들의 대열에 영수도 합세했다.

「박 서방」은 영수가 서울에 돌아와 쓴 첫번째 연속방송극으로 청취율 제1위를 차지했다. 물론 드라마가 끝나기도 전에 한양영화사와 영화계약이 되었다.

"사람이 죽으라는 법은 없군."

영수는 영화사에서 돈을 받으면 그걸 고스란히 아내를 주었다. 그는 돈이 얼마가 들어오고, 얼마가 나가고 하는 데에 별로 관심이 없었다. 주머니는 항상 빈 주머니였고, 외출할 때면 차비 정도 타 가는 게 고작이었다.

아내가 빚을 잔뜩 지고 있었다. 처남 사업을 돕는다고 여기저기서 끌어댄 것인데, 처남 사업은 빚만 남기고 문을 닫았다. 결국은 남편이 없었기 때문에 벌어진 일이기에 영수는 두말 않고 아내가 진 빚을 떠맡았다. 영수는 아내가 진 빚이 얼마 정도인지 정확하게 알지도 못한다. 하지만 그동안 이래저래 고생만 해온 아내이기에 그저 돈 봉투 들어오면 고스란히 건네주는 것으로 미안함을 달랬다.

'어떻게 그동안의 공백기를 메울 것인가.'

서울에 돌아오기 전부터 막연히 두려운 게 바로 이것이었다. 손바닥만 한 한국 땅, 그것도 북과 남으로 갈라져 있는 남쪽 땅. 그 안에서도 서울파, 지방파로 갈라져 서로가 서로를 깎아내린다. 지방도 또 갈라진다. 부산파, 대구파, 대전파 등등. 그보다 더 작은 지방에 살고 있는 사람이 쓰는 글은 아예 문학으로 간주하지도 않을 정도다. 도대체 문학이라는 것이 어째서 도시에서 하는 것만이 문학인지, 어째서 지방 여하에 따라 문학의 질이 좌지우지되는 건지, 참으로 이해할 수 없는 요상한 사고 방식이다. 뉴욕이면 어떻고 시드니면 어떻고 강원도 두메 산골이나 멕시코 사막이면 어떤가. 작가가 어디에 머물며 글을 쓴다는 게 문학성과 무슨 관계가 있단 말인가. 하지만 그게 한국 문단을 지배하고 있는 사고관이었다.

명동에 나가도 전 같지 않았다. 자유당과 정부, 즉 권력에 밀착되어 있는 문인 그룹이 있는가 하면, 반자유당인 장면계 문인들도 꽤 있었다. 그들은 겉으로는 정치 같은 건 관심도 없다는 식이었다. 우리는 오직 순수문학에만 전념할 뿐이라고. 그러나 보이지만 않을 뿐, 그들 사이에 깊은 골이 패어 있었다. 한쪽에서는 다른 편을 가리켜 어용 문인들, 양심을 버린 문인들이라 비난하고, 그들은 다른 편을 반민족 세력이라 몰아붙였다.

"다 함께 잘 사는 길, 민족의 앞날을 위하는 길은 현 정권에 손을 들어주는 길이다."라는 게 문단을 쥐고 흔드는 사람들의 한결같은 주장이었다.

민족 세력, 반민족 세력. 해방 이전부터 유행처럼 나도는 흑백 논리가 여전히 판을 치고 있었다. 흑과 백이 아닌 중간색은 설자리가 없었다. 중간색은 그야말로 산비탈에 뒹구는 돌멩이처럼 제각기 따로따로 이 구석 저 구석에서 뒹굴고 있었다. 현 정권이 무슨 짓을 하든 지지해야 한다는 축이 민족 세력, 거기에 반기를 들면 반민족 세력이라는 단순 논리가 얼마나 위험한가. 그런 주장에서 김일성이 나오고 히틀러가 나오는 게 아닌가. 어쨌거나, 영수는 현 정권을 옹호하는 문인들과 한 자리에 오래 앉아 있으면 그들의 자기 정당화 이론에 숨이 탁탁 막혀왔다.

'차라리 입이나 다물고 있을 것이지.'

입안이 깔깔해 오도록 담배만 몇 대 피워대다가 다방을 나서면 쓸쓸함이 늦가을 냉기처럼 살 속으로 스며들었다. 결국은 이런 이유 때문에,

옛날에는 막걸리 한 잔도 나눠 마시면서 숭굴숭굴 지내던 문우들이, 하나씩 둘씩 서로 멀리 떨어져 사는 사람들이 되어가고 있었다.

무식꾼도 빤히 알 수 있는 정부의 횡포. 2·4 파동을 일으키고, 장면을 죽이려 하고, 경향신문을 폐간시키고, 이제는 또 다가오는 선거에 민심이 흉흉한 것에 대비하고자 조봉암을 북한의 간첩과 연루, 내통했다는 혐의로 감옥에 처넣기까지 했다.

북진통일은 애국이고 평화통일은 반역이다. 서로 다른 의견을 내세울 수 있는 자유. 자본주의에 허점이 많다 하여도 민주주의를 택하는 이유가 바로 이 자유다. 언론의 자유, 집회의 자유. 선택할 수 있는 자유. 그 무엇보다 반대할 수 있는 자유. 이걸 누구보다 잘 알고 있는 문인들이 권력 유지를 위한 집권당의 온갖 부정을 어찌 평화, 안정이라는 이름으로 두둔할 수 있단 말인가. 영수는 부정부패를 안정이라는 이름으로 미화시키는 일부 아부형 문인들의 그 너절함에 구역질이 났다. 그러나 으레 어느 분야나 그러기 마련이듯, 문학계도 정부 지지파가 단연 한국 문단의 중추 역할을 하고 있었다.

영수는 이쪽 파든 저쪽 파든 자연 문학계와 점점 멀어져 갔고, 대신 전성기를 맞고 있는 방송극에 전념했다. 다행히 영수가 쓰는 방송극마다 히트를 치고 곧 영화가 되곤 해 아내가 진 빚과 병원 비용 등등을 갚아나갈 수 있었다. 쓰고 또 썼다. 손가락에 피가 맺히도록 방송극을 썼다.

「박 서방」, 「사랑이 문을 두드릴 때」, 「굴비」, 「새댁」, 「새엄마」…… 나중에는 시사통신에 방송국에서 기획하는 다음 연속극을 쓸 작가, 그리고 제목과 간단한 줄거리가 나가기만 해도 영화사들이 앞다투어 북아현동으로 찾아올 정도였다.

금자는 안방으로 들어와 벽에 기대앉았다. 눈물도 나오지 않았다. 그저 뒷골이 띵하고 속이 잡아당기는 듯 쓰렸다.

'내가 왜 서랍을 열어보았던가. 끝까지 모른 체했어야 했나.'

젊었을 때부터 그의 양복 주머니, 그의 책상 서랍, 그에게 속한 모든 것에 절대 손을 대지 않았다. 남편 양복 주머니를 뒤지는 여자야말로 몰상식한 여자. 천박하기 짝 없는 여자라고 경멸해 왔다. 아무리 부부라 해도 지켜야 할 것은 지켜야 한다는 게 금자의 생각이었다. 왜 서랍을 열어보았던가.

그가 방송국에 연출하러 나갔을 때였다. 연출은 주로 이상만이 맡아서 하지만, 김 선생님 작품은 긴장이 된다며 가능한 한 직접 하시라 했다. 그는 "자네가 하게. 자네가 해. 아 귀찮게 왜 나보고 나오라는 거야?" 하면서 거절하다가 못 이기는 척하고 나가지만 내심으로는 이상만이 그렇게 불러주는 게 너무 기쁜 모양으로, 연출하러 나가는 날에는 얼굴에 혈색이 다 돌 정도였다. 이상만도 김영수의 그 마음을 들여다보듯 잘 알기에 선생님 작품은 선생님이 직접 하셔야 한다며 우기는 것이다.

금자는 우선 커튼을 확 걷어 젖혀놓고 청소를 시작했다. 방 안 냄새가 아주 고약했다. 담배 냄새, 땀 냄새, 약 냄새가 범벅이 된 냄새는 역겨울 정도였다. 글 쓸 때는 방 청소고 뭐고 방해받는 걸 싫어하는 사람이다. 먹는 것도 싫다는 사람이다. 뭔가 불이 붙으면 밤도 낮도 없다. 며칠씩이고 잠도 안 잔다. 그렇게 해서 작품을 완성시킨다. 그가 방에 있을 때는 부르기 전에 들어가지 않았다. 그가 외출하면 그제야 들어가 청소를 한다. 여느 때는 주로 낭기가 청소를 했지만 그날 따라 낭기는 장에 가고 없었다.

책상의 물건들을 조심조심 옮겨 놔가며 먼지를 털 때였다. 빠끔하게 열려져 있는 서랍 안에 항공봉투가 눈에 들어왔다. 외출할 때는 꼭 걸어 잠그고 나가는 서랍인데 아마 깜박한 모양이다.

항공봉투? 이 사람 좀 봐. 꼼꼼하게 나미한테서 오는 편지를 모두 모아두나 보네. 나미 편지려니 하고 그저 무심코 서랍을 열었던 것이다.

그래. 내가 왜 서랍을 열었던가. 모르고 살았다면, 죽는 날까지 모르고 살았다면. 얼음덩이로 가슴팍을 문질러대는 듯 저릿저릿 저려왔다. 이 사람을…… 그토록…… 기다려왔던가. 이번에 돌아오면 오는 날부터 한 이불 속에서 살아가리라. 그저 살이라도 대고 살아가리라. 결심했었다. 부부가 늙어갈수록 살이라도 대고 살아가야 한다. 그게 사는 거다. 그게 서로 의지하고 살아가는 거다. 더 이상 성 관계는 하지 않는다 해도, 손이라도 잡고 잠들어야 한다.

그는 변죽이 아주 좋은 사람 같지만 실은 그렇지 못하다. 오히려 수줍은 편이고 내성적이다. 성격이 그런 데다가 다리마저 절단한 몸으로 오랜만에 아내 앞에 나타났으니 아무리 부부라 해도 서먹서먹했을 것이다. 그래저래 사랑방에 칩거하다시피 들어앉아 있었을 텐데, 마치 자존심 대결이라도 하는 듯, 안방에서 버티고 있었으니, 맹해도 한참 맹했다는 후회가 그가 떠난 후에야 가슴을 쳤다.

종종 외로움이 스멀스멀 몰려와 새벽까지 잠을 설칠 때가 있었다. 짜르르, 짜르르, 그 외로움은 손끝에서 시작해 가슴으로, 가슴에서 아랫배로 내려가 나중에는 두 다리를 지나 발목까지 새큰거리게 했다. 그런 밤이면 공연히 쿨쿨 잠들어 있는 아이들 얼굴을 가만가만 쓰다듬기도 하면서 멀리 혼자 지내고 있는 사람이 더 외롭겠지. 더 막막하겠지. 얼마나 고적할까. 나야 아이들과 함께 있으니 그의 적적함에 비할 수 없지, 해가며 스스로를 위로하곤 했다.

남편만 돌아오면 자연스레 없어지려니 했던 외로움. 다섯 아이들을 데리고 혼자 살아가는 여자의 그 외로움은 남편이 돌아와 곁에 살고 있어도 여전했다. 남편만 돌아오면 가슴 한가운데 뻥 뚫려 있는 구멍이 채워지려니 했건만 그게 전혀 아니었다. 더 막막했다.

수술할 때 무엇인가가 잘못되어 완전히 불구가 되었나. 성 불구자?

그러면 어때요. 당신이 나와 아이들 곁에 돌아왔다는 것이 중요하지. 나는 당신 없이 이렇게 십 년이 다 돼가도록 살아왔잖아요? 우리 부부 사이에 육체 관계는 이미 예전에 끝난 것이라 생각하면 그만 아니겠어요? 사실, 우리가 처음부터 섹스를 그렇게 밝히는 사람들도 아니었잖아요. 실은 신혼 초만 빼놓고, 그저 관행적인 섹스를 유지해 온 사이 아니었던가요. 손만 잡고 잠들어도 좋아요. 이제는 다시 헤어지지 말고 검은 머리 파뿌리 될 때까지 살아가자고요.

두 사람 사이에 뿌연 안개가 낀 것처럼 어색하고 서먹서먹한 것. 이 또한 너무 오래 떨어져 있다 만나 그렇겠거니, 세월이 지나가면 괜찮아지겠거니, 여겼었다. 때로 왜 저 사람은 나를 저리 피할까? 하는 생각이 불쑥불쑥 들기도 했지만 금자는 스스로에게 이런 식으로 답을 찾곤 했었다.

기다리자. 초조해하지 말고 느긋하게 기다리자. 시간이 흐르면 어색한 분위기가 점차 나아지겠지. 어색한 분위기만 좀 누그러지면 내가 먼저 다가가리라.

눈물도 나오지 않았다. 그냥 목구멍이 쓰라렸다. 그 여자. 일본 여자. 은인이나 다름없는 여자라 했다. 병원에서도 그 여자가 있었기에 견뎌낼 수 있었단다. 퇴원 후에도 그 여자가 음식에서부터 잔심부름까지 도맡아 해주었단다. 그녀가 자신의 팔이 되어주고 다리가 되어주었단다. 그는 마치 어머니에게, 누이에게, 또는 친한 친구에게 자신의 그 여자 이야기를 하듯, 자초지종을 다 털어놓았다.

"어쩔 수 없었소. 변명 같지만, 정말이지 어쩔 수 없었소."

그는 "어쩔 수 없었다"라는 말을 신음처럼 되풀이했다. 어쩔 수 없었겠지. 객지에서 다리를 자르고 거의 일 년씩이나 병원에 누워 있을 때, 몸보다 마음이 더 아파 미칠 것만 같을 때, 몸종처럼 일일이 보살펴주고 말동무가 되어준 사람. 그 여자를 질투할 생각은 없다. 질투라니 얼마나 고마운 여자인가. 그 여자가 있었기에 어쩌면 김영수가 미치지 않고 제정신으로 살아남고 가족 곁으로 돌아올 수 있었는지 모른다. 그 여자가 아니었다면, 신경이 남달리 예민하고 감정적인 사람이 무슨 일을 저질렀을지도 모른다. 하지만, 이제 집으로 돌아온 이상, 이제는 현실에 살아가야지, 어쩔 것인가. 나를 위해서가 아니다. 우리 두 사람 사이는 그가 일본으로 떠날 때 끝났다 하자. 이제는 아이들을 위해서라도 현실에 살아야 하지 않는가. 아니 아이들도 실은 둘째다. 우선은 본인 자신을 위해서, 자신의 건강한 삶을 위해서 현실로 돌아와야 하지 않는가. 십대, 이십대 청년도 아닌데 어떻게 하고많은 날, 사진이나 들여다보고 편지나 읽어가면서, 상사병에 반미치광이가 되어 살아간단 말인가. 사랑했던 사람이라 해도, 지금도 뼈마디 마디가 저리도록 사랑하고 있다 해도, 추억 속에서 몽유병자처럼 살아간다는 건, 얼마나 자신을 학대하는 짓인가.

책상 서랍에서 그녀의 사진과 편지를 본 순간부터 두 달을 꼬박 기다렸다. 아는 체해야 하나, 끝까지 모르는 체해야 하나. 결정이 나지 않았다. 모르는 체하고 묻어두고 싶었다. 그가 스스로 마음을 정리하고 가라앉을 때까지, 기다리고 싶었다. 하지만 그는 점점 비정상적인 사람이 되어갔다. 매사에 흥미를 잃어 가는 듯싶었다.

싫다는데 왜 불러내는지 모르겠다고 투덜거리면서도, 이상만이 선생님이 꼭 나오셔야 한다고 하면, 어린애처럼 들떠서 수선을 떨며 나가더니 이제는 아예 전화기를 내팽개쳐 가며 거절을 했다. 뭔가 이상했다. 때로 남편의 눈빛이 섬뜩하게 느껴질 때도 있었다. 그는 세상만사가 다 싫은 모양이었다.

누가 찾아오는 것도 귀찮아했다. 예전이나 지금이나 꾸준하게 박영준 씨는 자주 들렀다. 하루이틀만 안 보여도 이 친구 어디 아픈가, 이 친구 왜 소식 없어? 해가며 나중에는 유미를 박 선생님 집에 보낼 정도였다.

하지만 이제는 그 아무것에도, 그 아무에게도 관심이 없는 듯했다.

집중을 해야 글을 쓸 수 있다며 사방 벽에 두꺼운 커튼을 둘러놓고, 음악을 틀어놓고 방 속의 방에서 혼자 지낸다. 안방으로 건너와 식사하는 것조차 귀찮다며 방에서 혼자 식사를 한다. 그 또한 금자는 이해를 했다. 사랑방에서 안방까지 오자면 의족을 달고 마당을 건너와야 하니까 이해할 수 있었다.

하지만, 그 모든 것이 핑계였단 말인가. 세상과 차단하고 오직 그녀. 오직 그녀와의 추억 속에 묻혀 살아간다는 게 얼마나 자신의 살을 깎는 아픔일까.

'그런 생활은 당신 건강에도 안 좋습니다. 이제는 현실로 돌아와 살아야 할 게 아닙니까. 질투하는 게 아닙니다. 정말입니다. 진심으로 그 여자에게 고맙습니다. 당신과 나 사이는, 당신이 동경에 들어갈 때, 끝난 것이라 여기면 되는 것…… 그래요. 우리 사이는 그때 이미 끝난 것. 누구를 탓하겠어요? 굳이 탓하자면 전쟁을 탓하는 수밖에. 당신이 드라마를 쓸 줄 몰랐다면, 당신이 영어를 할 줄 몰랐다면, 유엔군 방송국으로 파견은 되지 않았겠지요. 그러니 누구를 탓합니까. 전쟁을 탓할 수밖에.

어찌합니까. 우리에게는 다섯 아이들이 있습니다. 다섯 아이들을 위해 정상적인 부부는 아니라 해도 정상적인 부모로 살아가야 하지 않습니까. 그게 이제는 우리가 해야 할 의무 아닙니까. 대낮에도 불을 켜놓아야 하는 굴속 같은 방안에서 그 여자 사진이나 들여다보고 편지나 읽으며 산다면, 그게 어디 사는 겁니까.

의사가 하는 말, 정신적인 타격, 심한 타격 때문에 자꾸 체내 호르몬 밸런스에 이상이 오는 거라고. 그거였군요. 그 일본 여자. 그 헤어짐이 그토록 큰 타격이었군요.

과거는 과거로 묻어두세요. 당신을 위해서 하는 말입니다. 진정입니다. 당신의 정신 건강을 염려해 하는 말입니다.

사랑을 간직하세요. 사랑을 간직하면서 살아가는 법을 배우세요. 당신은 천재입니다. 다른 사람은 몰라도 나는 당신을 천재라고 생각합니다. 머리가 무섭게 좋은 사람입니다. 그 좋은 머리로 잘 생각해 보세요. 사랑했다면, 그 여자와의 사랑이 진정 그토록 절절한 거였다면, 그 사랑의 힘으로 살아가세요. 그 사랑이 당신을 무너뜨리지 않고 당신을 지탱해 주는 연료로 승화시키세요. 당신을 위해 하는 말입니다. 진정 당신을 위해서.'

'용서해라, 하즈예.'

영수는 아내가 집을 나간 후 처제를 불러 하즈예의 편지와 사진을 태웠다.

편지를 태운다고, 사진을 없앤다고 네가 사라지겠니.

골천번 읽어본 너의 편지는 구절구절 다 외우고 있고, 너의 모습은 내 눈 속 깊이 넣어두었다.

아. 사랑아, 사랑아.

안경 밑으로 하염없이 흘러내리는 형부의 눈물을 보면서 형부가 불쌍하고 언니가 불쌍해서 계호도 울었다.

아, 4·19!

'드디어 올 것이 왔구나. 그래도 우리나라 학생들은 살아 있구나.'

1960년 4월 19일. 영수는 가슴이 쿵쿵거려 도저히 방에 가만 앉아 있을 수가 없어 마당으로 나왔다. 아직도 아침저녁으론 으스스했지만 나뭇가지에 물이 오른 걸 보면 봄은 봄이었다. 세월처럼 정직한 게 없다. 세월은 틀림없이 하루, 또 하루 24시간을 채워가며 어제를 역사 저편으로 밀어놓는다.

바로 어제저녁, 고대생 피습 사건이 있었다. 그 사건의 전모가 보도된 신문을 보고, 영수는 드디어 산불이 났구나, 생각했다. 산불은 한번 붙기 시작하면 끄기 어렵다. 아무리 작은 불이라 해도 일단 바지직 바지직 타 들어가기 시작하면 산 하나를 다 집어삼키도록 무섭게 번진다.

동아일보에 '고대생 1명 피살?'이라는 4단 크기의 기사가 보도되었다.

물음표가 붙어 있는 것으로 보아 아직 확인된 기사는 아닌 모양이지만, 귀교하던 학생들 수십 명이 청계천 4가쯤에서 정치 깡패들이 휘두르는 흉기에 피투성이가 되었단다.

학생들이 국회의사당 앞에서 대통령이나 내무장관이 직접 나와 '부정선거에 대해 설명하라'고 요구하다가, 앞서 경찰에 연행되어 갔던 학생들이 석방되자 다 함께 학교로 돌아가던 중, '반공청년단원'들의 습격을 당한 것이다. 이 사실이 보도되자, 분노하는 건 학생들뿐이 아니었다. 전국 각지에서 경악과 개탄의 소리가 울려나왔다.

'젊은 피가 이래서 무서운 거다. 그들은 생계 문제 때문에 권력에 아부하거나 굴복하지 않아도 된다. 그렇기 때문에 그들은 국가의 정치 권력 행사를 보다 객관적이고 이상적인 시각에서 바라볼 수 있다.'

영수는 가슴이 벌떡거려 문 밖까지 나갔다 들어왔다 해가며 혹시 누군가가 바깥소식을 가지고 오지 않나 기다렸다. 대학에 다니고 있는 조카들이 가끔 학원 분위기 같은 걸 들려주곤 했다.

이제는 아침부터 밤까지 책상 앞에 꼬박 붙어 있어도 제시간에 글을 써주지 못할 정도로 원고가 밀린다. 연속방송극을 쓰면서 특집극도 쓰고, 그러면서 조선일보에 장편소설 「빙하」를 연재한다. 단편 「혼돈」도 ≪문학예술≫지에 발표했다.

서울에 돌아와 보니, 동년배 문인들이 가장 활발하게 활동을 하고 있었다. 각 신문의 신춘문예 심사는 물론, 각 문학잡지를 통한 신인 추천 등등, 문단의 핵심 역할을 하고 있었다. 더러는 대선배 행렬에 끼어 이미 거목이 되어 있기도 했다. 뿐만 아니라 한국일보 현상 소설로 등장한 홍성유를 비롯해 신인들이 태어나 신선한 필치를 과시하고 있었다. 너무 오래 떠나 있었다는 생각이 늦가을 바람처럼 쓸쓸하게 영수의 가슴 바닥을 훑었다.

"당신, 지금 한참 쓸 나이에 한국을 떠나면…… 문단의 고아가 되면 어쩌려고."

동경, 유엔사령부로 떠날 때 아내가 혼잣말처럼 중얼거렸던 말이다. 1952년에서 1959년 말. 한참 왕성하게 활동할 사십대를 몽땅 밖에서 보냈다. 바다 건너 남의 땅에서. 원인이야 어쨌든 간에 한국 문단을 떠나 있었다. 문단의 이방인이라는 타이틀이 절로 붙을 수밖에 없다. 국내에서도 차별이 무섭게 심한 문단이니 바다 건너에서 살다 온 사람에게 가해지는 차별이야 각오하는 수밖에.

문단 고아면 어떤가. 실상 문단에 처음 등단할 때부터 고아나 다름없는 존재 아니었던가. 고등학교도 제대로 졸업하지 못한 작가가 대학까지 한 사람보다 훨씬 많은 문단에, 그것도 서울에서도 아니고 동경 유학까지 다녀온 사람이니 이방인일 수밖에 없다. 이방인일 뿐 아니라 미움과 시기의 대상일 수밖에 없다. 뿐인가. 대학 시절에 희곡으로 신춘문예를 휩쓸고 나자마자 간덩이가 부은 놈처럼 평론가부터 조지기 시작했으니 더더욱 정상적인 궤도에서 이탈한 이방인일 수밖에.

영수는 동경에서 돌아와 처음에는 비교적 명동 살롱에 자주 나갔다. 서울 문단 분위기를 파악하고 싶어서였다. 그러다 슬그머니 발길이 멈춰졌다. 어느 한 곳에도 마음이 가지 않아서였다.

일본인들은 문학의 영역을 무서울 정도로 빠른 속도로 세계 무대로 확장하고 있건만, 한국은 명동 바닥만큼 좁은 마당에서, 말도 많고 탈도 많은 게 우울했다. 그런 와중에 방송계가 새 시대를 맞았다는 게 영수에게는 천만다행이었다. 지면 하나 얻기 위해 여기저기 비위 맞추고, 눈치 보고 하지 않아도 된다는 게 그나마 숨통을 트이게 했다. 만약 방송극이 아니었다면 별 수 있나. 어쩌는 수 없이 치열한 경쟁 대열에 머리를 들이박는 수밖에.

방송극이 주말은 물론 매일 아침저녁으로 나가게 되자 방송 작가들이 모자랄 정도였다.

'방송극 예술제', '방송소설 현상공모', '방송문화상 제정' 등등, 새록새록 탄생하는 다양한 제도와 프로그램은 방송극 열기를 더욱더 확산시켰다.

서울에 돌아오자마자 조선일보에서 연재를 쓰게 된 게 영수는 가슴이 찡하도록 고마웠다. 곽하신 문화부장이 몇 회든 상관없다며 쓰라고 할 때, 목젖이 뜨끔해 오고 가슴이 뻐근했었다.

'역시, 내가 몸담았던 신문사라 다르구나.'

비록 폐간당하기 전, 겨우 일 년여 정도였지만 그때도 학예부장이 이제 막 등단한 신인에게 중편 연재까지 지면을 내주는 등, 놀랍도록 파격적인 기회를 주었던 것이다.

"원고 다 끝났어요?"

장독으로 가며 금자가 조심스레 물었다. 오후 4시에 우한수가 원고를 가지러 오기로 되어 있다. '특집극 릴레이'에 내보낼 단막극이다. 그런데 그는 아까부터 문 밖에 나갔나 하면 어느새 들어와 있고, 들어와 있나 하면 또 나가 있고 했다. 어제 우한수가 다녀갔다. 원고 가지러 왔다가 그냥 갔다. 내일 오후에는 틀림없이 써놓는다고 약속하는 걸 금자도 들었기에 걱정스러웠다.

"다 썼어요?"

"아니, 아직."

"아유, 좀 후딱후딱 제때 써줄 것이지, 사람을 몇 번씩 오게 해요. 민망하게."

"아, 내가 대서방이야? 후딱후딱 써주게. 그렇게 후딱후딱 쓸 수 있으면 당신이 쓰구려. 당신이 써."

'어머, 저 사람이 왜 저렇게 소릴 지른담.'

금자는 망연히 그를 바라보기만 했다. 절대 음성을 높이지 않는 사람이다. 웬만해서는 절대로 화를 내는 법도 없다. 아이들에게는 물론이고, 아내에게도 소리 지르는 걸 모르는 사람이다. 그런데 최근에 와서, 가끔 저렇게 이상해진다. '이상해진다'라고밖에 생각할 수 없도록, 그런 순간, 그는 그답지 않았다.

"냉동에서 뭔 소리 못 들었소?"

"무슨?"

"윤배가 고대 다니잖아. 어제 고대생들 많이 다쳤대. 럭비 선수니 앞장 서지 않았겠어."

"어머, 그래요? 알아봐야겠네."

"유미는 오늘 오전 수업밖에 없는 날이잖아?"

"그럴 거예요."

"일찍 들어오겠지."

"왜 뭐 시킬 일, 있어요?"

"아니, 밖이 뒤숭숭해서."

"정말, 학생들이 들고 일어난 거 같아요?"

"물론이지. 어제 그런 불상사가 있었으니 잠잠할 리 있겠어? 풀어주고 나서 폭력배들 시켜서 습격하다니, 치사한 놈들. 그러니 벌집을 쑤셔놓은 거지."

"꼭 그렇게 단정 지을 순 없잖아요? 왜 학생들 습격한 깡패들이 당국에서 시킨 거라 생각해요? 난 그렇게 생각하고 싶지 않은데. 설마 정부에서 그랬겠어요?"

"모르는 소리. 반공청년단원들이 고대생들 시위 계획을 미리 알고 반공회관에 집결돼 있었대요. 종로구 반공청년단장이 누구냐 하면 임화수라고 깡패 두목이야."

"이화여대도 데모에 나갔대요?"

금자는 부쩍 유미가 걱정되기 시작했다. 이화여대가 만약 시위에 참

가한다면, 보나마나 나갈 아이다. 호기심이 대단한 아이니 무섭다고 빼소니쳐 올 리가 없다.

"이대도 나갔겠지. 고등학교 애들도 시위하는 판에 안 나갈 리 있겠어?"

"아유, 이게 뭔 짓들인지, 학생들은 공부나 할 것이지."

금자가 혼잣말처럼 중얼거리며 방으로 들어갔다.

"참 다미는 모레 올라오나?"

다미는 농구 시합 때문에 전주에 가 있는 중이었다. 화약고가 터지도록 방심했다 할까, 너무 자신만만했다 할까. 이승만과 자유당 정권은 경향신문을 폐간시키고, 조봉암을 사형에 처했다. 북진통일을 주장하는 대북 강경파 이승만 정부와 대조적으로 반제 반독재 평화통일을 구호로 내세웠던 진보당이다. 진보당의 평화통일 주장이 상상외로 국민의 지지를 받은 것에 이승만과 자유당은 적잖게 당황한 것 같다. 조봉암의 죄명은 말할 것도 없이 공산당과의 내통이었다.

"공산당이었잖아요. 전향했다지만, 그 사람 원래 공산당이었으니까, 국가 전복을 꾀했다니 얼마나 무시무시한 사람이에요?"

금자는 하나부터 열까지 정부의 모든 발표, 주장을 곧이곧대로 믿는다. 소란을 싫어하고 안정을 원하는 전형적인 타입이다. 영수는 그런 아내를 보면서, 어째서 집권당이 오랫동안 독재를 해올 수 있는지, 이해가 갔다. 조금자만 해도 여성 중에서도 인텔리 여성이다. 공부도 많이 했을 뿐 아니라 전문직을 가지고 있는 여성이다. 집안 살림만 해온 여자가 그런 말을 한다면, 바깥 세상을 몰라 그런다 치지만, 신문 읽을 거 다 읽고, 밖에 나가 들을 거 다 듣는 여자가 정부가 하는 발표는 덮어놓고 믿는다.

학생들의 시위는 이미 산발적으로 지방에서 일어나고 있었다. 대구에서 마산에서 부산에서. 영수는 학생들 시위에 대한 기사가 신문에 나올 때마다 오려서 스크랩을 했다. 작품 쓰는 데 재료로 사용하기 위해서였지만, 기사 자체가 영수를 몹시 흥분시켰다. 부글부글 화산이 터지기 전 산이 들썩이는 것 같았다.

1960년 2월, 대구에서는 일요일에 있을 장면의 선거 유세에 학생들이 참석하지 못하도록, 정부는 각 학교에 등교 지시를 내렸다. 이에 반발한 학생들은, '학생들의 인권을 옹호하라', '학원의 자유를 달라', '민주주의를 살리자'라는 구호를 외치며 행진했고, 경북고교의 뒤를 이어 대구고 학생들도, 경북여고 학생들도 합세했다.

대구 학생들의 시위에 자극을 받아 서울에서도 학생들이 일어났다. 3월 1일 서울운동장에서 기념식이 끝나자마자 학생들은 '부정선거를 묵인하는 자는 자유로운 조국에서 삶을 포기한 자'라는 전단을 뿌리며 거리로 나갔다.

곳곳에서 학생들이 들썩들썩하고 있는 마당에 마산에서 그만 일이 터지고 말았다. 3월 15일, 선거날. 경찰이 시위 군중에게 발포를 한 것이다. 민주당 참관인들의 투표장 출입이 자유당원과 청년단원 방해로 저지당해 마산 시내 47개 투표소 가운데 세 군데만 참관인이 들어갈 수 있었단다. 한 투표장에서는 4할 사전투표가 확인되었단다. 이런 부정투표가 발각되자 1만여 명의 시민이 거리로 쏟아져 나와 '협잡 선거 물리치자'며 길을 메우기 시작했다. 시위 행렬이 수습할 수 없을 정도로 불어나자, 경찰은 시위대에 총격을 가하기 시작해 14명이나 희생당한 것이다.

"1만 명, 2만 명 시민이 다 들고 일어나도, 좌익 폭동이라 할 것인가. 도대체 이놈의 좌익, 우익 타령은 언제까지 갈 것인가."

영수는 신문 기사를 읽다 말고 벽에다 신문을 냅다 팽개치며 소리를 질렀다. 지긋지긋한 소리. 도대체 언제쯤 가야 이놈의 좌우익 소리가 없어질 것인가. 경찰은 학생들이 뿌린 삐라에 '인민공화국 만세'라는 문구를 써넣어 희생된 학생들의 호주머니에 집어넣었단다. 그런데 이게 그만 발각되어 버린 것이다. 국내외 언론 기관의 사실 보도가 큰 몫을 했다. 그 보도를 바탕으로 대한변호사협회가 조사 활동을 벌이자 결국 부산 지검은 시위 희생자들이 좌익이 아니라는 판결을 내렸다. 이 공산당 조작 사태로 치안국장은 물론, 내무장관까지 해임되었다.

써야 할 글은 자꾸 밀리는데 매일같이 일어나는 전국 각지에서의 뉴스가 글을 쓰게 만들지 않았다. 글을 쓰는 순간이 구원이었다. 어깨는 떨어져 나가는 것처럼 욱시근욱시근 쑤시고, 손가락은 아예 움푹 파여 있는 상태지만 쓰는 순간 모든 것을 잊고 몰입될 수 있다는 게 구원이었다. 커튼을 둘러놓은 굴 속 같은 방 안에서 영수는 원고지와 만년필, 그리고 하즈예와 살았다.

'지금은 새벽 1시다. 하즈예, 이 시간쯤이면 따끈한 우동을 끓여주던 너. 그렇게 급하게 잡수시면 입안 데요. 좀 식혀 드세요. 하며 후후 웃던 너. 지금도 야간 근무를 하는 건 아니겠지. 정상적인 시간에 근무하고 정상적인 시간에 잠자도록 해요.

'난 지금 커피가 마시고 싶구나. 하지만 커피를 타다 주는 사람이 없다. 아무도 없다. 내가 타 마시고 싶지만 더운물이 없다. 나는 지금, 아마 지금 이 순간 당장 쓰러져 죽어도 날이 샐 때까지 아무도 모를 것이다.'

'하즈예. 너는 외롭게 살지 말아라. 외롭게 살면 안 된다. 결혼해 아이 많이 낳고 재밌게 살아야 한다. 나를 사랑한다면, 나를 정말, 정말로 사랑한다면, 나를 위해서도 넌 외롭게 살면 안 된다. 외로움은 내가 다 가지마. 네 몫까지 내가 다 가지마.'

그렇게 쓰면서 영수는 울었다. 속으로 우는 게 아니라 눈물을 줄줄 흘리며 헉헉 거리며 울었다.

'외로움은 내가 가지마. 내가 다 가지마. 제발 넌 외롭게 살지 마라.'

'하즈예. 너를 잊는다는 건, 내가 내 목숨을 포기하는 거다. 넌 내 곁에 있다. 보이지만 않을 뿐, 만질 수만 없을 뿐, 나는 너를 느낀다. 너의 입술을, 너의 숨결을, 너의 살결을 느낀다. 너는 여기, 이 방에 있다. 어디에도 있고 어디에도 없다.'

영수는 때로 오래오래 벽을 향해 중얼중얼 거리기도 한다. 그렇게 벽을 향해 중얼거리는 시간이 점점 더 늘어갔다.

1. 행정부는 대학의 자유를 보장하라.

2. 행정부는 이 이상 민족의 체면을 망치지 말고 무능정치·부패정치·야만정치·독재정치·몽둥이정치·살인정치를 집어치워라.

3. 행정부는 명실상부한 민주정치를 실현하라.

4. 행정부는 이 이상 우리나라를 세계적 후진국으로 만들지 말라.

고대생들이 발표한 4개 항 대정부 건의문이다. 독재의 근원이 행정부라는 의미에서 학생들은 건의문에 행정부를 못 박은 모양이다.

"여기 대학의 양심을 증언한다. 우리는 보다 안타까이 조국을 사랑하기에 보다 조국의 운명을 염려한다. 우리는 공산당과의 투쟁에서 피를 흘려온 것처럼 사이비 민주주의 독재를 배격한다."

이건 서울대생들의 격문이다. 영수는 학생들의 이런 글을 읽으면서 감동의 눈물을 흘렸다. 그 눈물은 희망의 눈물이었다. 젊은이들의 정의감과 열정이 살아 있는 한, 우리에게 희망이 있다는 안도의 눈물이었다.

'선생님, 눈물이 따뜻해요. 따뜻한 눈물은 희망이에요.'

울면서, 웃으면서 말하던 하즈예. 눈물은 희망. 따스하기 때문에 희망.

이승만도, 김일성도 그 누구도 민족의 이름으로 독재를 정당화할 수는 없다. 국민을 저당잡혀 권력을 유지하고자 하는 사람은, 그 누구를 막론하고 민족의 반역자다.

민주당, 자유당, 진보당, 무슨 당 무슨 당. 그 어느 편에 서느냐가 문제가 아니다. 이름만 다를 뿐, 목적이 정권 장악이라면 이름만 다를 뿐, 그놈이 다 그놈이다. 서울대 학생들의 결의문처럼, '사이비 민주주의 독재'는 배격해야 한다.

이승만이 독재를 한다면, 설사 그가 대한민국에 세운 공이 크다 해도, 배격해야 한다. 그 다음, 또 그 다음에 오는 정부가 독재를 한다면 그 또한 배격해야 한다. 이런 과정을 통해 이 땅에 민주주의가 성장할 것이다. 우리가 공산주의를 배격하는 이유가 바로 이 자유, 이 인간의 기본 자유 아닌가.

오후 2시가 좀 지나서였다. 원작이가 헐레벌떡 뛰어들어왔다. 얼굴과 셔츠에, 그리고 두 손에 피가 엉겨붙은 자국이 있었다.

"아저씨. 경찰이 총을 쏴요. 경무대 앞에서 진짜 쏴대요."

"아니, 아니, 어디 다쳤니? 낭기야, 어서 의사 선생님."

문호의 큰아들인 원작이는 아내가 끔찍이 사랑하는 조카다.

"아니, 전 다치지 않았어요. 조금 긁혔을 뿐이에요. 다친 친구 지금 병원에 데려다놓고 도망 오는 길이에요. 나쁜 새끼들. 도망가는 학생들을 쫓아와 사정없이 때리면서 끌고 가요. 나쁜 새끼들."

"어떻게 된 건지 이야기 좀 해봐라."

"전쟁이 난 거 같아요. 구경하던 사람들이 다 합세했어요. 지금 시청, 광화문 일대가 말도 못할 지경이에요."

"이대생들도 참가한 거냐?"

"아마 단과대별로 다들 몰려나온 거 같아요."

"아유, 총을 쏜다고? 진짜 총을? 학생들에게 진짜 총알을? 아이고,

이 일을 어쩌나."

금자는 콧등에 송송 돋아난 땀을 손바닥으로 문질러가며 안절부절못했다.

"총을 쏜다고? 학생들에게? 반란군도 아닌 학생들에게 총질을? 대한민국 경찰이, 대한민국 학생들에게 공포도 아니고, '진짜 총알이 들어있는 총을 쏜다고? 이럴 순 없다. 이럴 순 없어."

영수는 주먹으로 벽을 쾅쾅 쳐댔다.

유미가 기진맥진해 들어온 건 오후 3시 서울 일원에 경비 계엄이 선포된 후였다.

"아니, 얘야, 아니 어쩌자고 어딜 쏘다니다 이제 들어오니."

"엄마, 학생들을 죽여. 막 총을 쏴."

유미는 말할 기운도 없는지 신발도 벗지 않은 채 마루에 벌렁 누워버렸다.

"도대체 어딜 쏘다니다 이제사 들어오니? 가슴이 콩알만 해졌다, 이것아."

"경무대 쪽에서 스리쿼터를 타고 학생들이 오면서 소리, 소리 질렀어. 경무대 앞에서 정말 경찰이 총을 쏜다고. 축 늘어진 애들을 보았어. 아마 병원에 데리고 가나 봐. 피투성이야. 피투성이."

유미는 피투성이라는 말을 연거푸 하면서 울먹였다.

"시청 앞까지 갔었어. 갑자기 총소리가 들려오겠지."

잘못하다간 발길에 채여 죽을 정도로 사람들이 많았다. 시청 앞, 소공동 골목이었다. 조선호텔 건너편 이층 건물에서 갑자기 총알이 날아왔다. 총알이 날아오자 사람들은 땅바닥을 기다시피 해가며 좁은 골목으로 몰려들었다. 유미도 사람들에게 밀려 얼떨결에 골목으로 들어갔다. 조금 전까지 같이 있었던 인숙이도 은희도 보이지 않았다.

"어? 야, 유미 아냐?"

갑자기 이름을 부르는 소리가 들려 뒤를 돌아보니 피난국민학교 동창, 용이었다. 대학에 들어가 동창회를 할 때 만났던 애였다.

"너, 여기서 뭐하고 있어. 빨리 집에 가."

"위험하다. 어두워지면 사태가 어떻게 될지 몰라. 지금도 총질하는데 밤에 무슨 짓을 할지 알게 뭐야? 빨리 들어가, 빨리. 골목길로 가. 큰길로 가지 말고."

"넌?"

"너나 빨리 가."

다시 따따따 총소리가 났다. 조선호텔 앞 3층 건물이 무슨 건물인지 분명 그 안에서 총알이 날아오는 것 같았다. 눈 깜박할 사이, 용이도 보이지 않았다. 불쑥 겁이 났다. 용이 말처럼 지금 이렇게 훤한 대낮에도 총을 쏴대니 밤이 되면 아예 기관총을 쏴대지 않을까. 생각이 거기에 미치자 다리가 후들후들 떨렸다. 집에까지 갈 일이 깜깜했다. 북창동으로 해서 남대문 시장, 서울역 쪽으로 나가 서소문으로 미동국민학교 벽을 끼고 죽첨동 골목으로, 그리고 드디어 북아현동까지. 언덕을 내려오며 집이 보이기 시작하자, 갑자기 나무며 전봇대며 골목 안 모든 것들이 뱅글뱅글 돌기 시작했다.

4·19 사태는 계엄군에 의해 가라앉았지만 그 불똥이 여기저기서 팍팍 소리를 내며 터지고 있었다. 4월 24일 계엄사령관 송요찬은 "데모대는 폭도가 아니다."라고 공식으로 발표하면서 이승만 대통령에게 사태가 수습할 수 없는 단계에 이르렀음을 알렸다. 장면 부통령은 사임서를 제출하고 이승만의 하야를 요구하는 구국 성명을 발표하였다. 이승만 대통령은 자유당 총재직을 사임하겠다는 수준에서 사건을 무마하고자 했지만 분노한 시민의 열기는 그 정도로 식지 않았다.

결국 다음날 대학교수들이 '학생들의 피에 보답하라'는 플래카드를 앞세우고 거리로 나섰고, 드디어 4월 26일 아침에 이승만의 하야 성명이 발표되었다.

영수는 원고지 넉 장을 테이프로 붙여 큼직한 종이를 만들었다. 연속극이나 장편을 쓸 때 하는 버릇이다. 그렇게 큼직한 종이를 만들어 작품의 주요 인물, 친척 관계 그리고 연대 등을 자세하게 적어 벽에 붙여 놓는 것이다.

'학생들은 위대하다.'

'1948년 8월 15일에 수립된 제1공화국이 막을 내리다.'

영수는 굵직한 펜으로 두 장을 써서 책상머리에 붙였다.

「사랑이 문을 두드릴 때」

한밤중이었다. 유미는 갑자기 쿠당탕 하는 소리에 잠이 깼다. 미닫이 하나 사이로 붙어 있는 아버지 방에서 난 소리였다. 뭔 소릴까? 이상도 해라. 도둑놈이 또 들었나? 지난 한 달 새에 도둑놈이 두 번이나 담을 넘어왔었다. 살기가 점점 힘들어지기 때문이라고, 그래서 온통 세상에 뒤숭숭하다고 외할머니가 혀를 끌끌 차며 한 말씀이다. 유미는 숨을 죽이고 아버지 방에 귀를 기울였다. 자정이 다 되도록 유미는 아버지 방에 있다 왔다. 아버지와 이야기를 하고 있으면 시간이 어찌 빨리 가는지 모른다.

"죽일까?"

"누구?"

영수는 지금 연속극 「사랑이 문을 두드릴 때」를 쓰고 있는 중이었다.

"동우, 차 사고로 죽여버릴까?"
"왜? 왜 죽여?"
"연기를 너무 못한단 말야. 안 그러냐? 네가 보기에?"
"그래, 사실 연기는 내가 봐도 못해."
"아무래도 없애버려야겠다."
"그럼 아버지, 유학 보내버리면 어때?"
"유학?"
"응, 요즘 유학 가는 게 유행이잖아."
"그럴까?"
아버지와 딸이 이런 이야기를 하며 낄낄, 깔깔 웃다 보면 자정이 금방 된다. 「박 서방」이 나갈 때, 어떤 청년은 편지까지 보내왔다. 자기가 곧 군대에 나간다고, 군에 가면 방송극을 들을 수 없으니 자기한테만 끝이 어떻게 끝나는지 가르쳐달라고. 사람들의 방송극 열기는 대단했다.
"유미야, 우리 뭐 좀 먹을까?"
"아버지, 왜 오늘은 '메밀묵 사려' 소리도 안 들릴까."
"일찌감치 다 팔았나 보지."
"그럼 어떡하지?"
"밥 남은 거 있겠지?"
"물론 찬밥은 항상 있죠."
"그럼 말이다. 김치밥 해먹자."
"김치밥? 김치밥 어떻게 만드는 건데?"
"말이다. 밥에 김치 송송 썰어 넣고 참기름하고 간장 좀 부어 볶으면 된다."
"그렇게 간단해?"
"그럼 간단하지."
"그럼 만들어볼게요."

유미가 세상에 태어나 처음 만들어본 김치밥은 눈 깜짝할 사이에 밥알 하나 남기지 않고 싹 없어졌다.

한 달 전에 있었던 일이다.

"휘익, 휘익."

밤중에 사랑방에서 이상야릇한 소리가 났다. 그 소리는 멀리서 들려오는 호루라기 소리 같기도 하고, 휘파람을 부는 소리 같기도 했다. 도둑이 들었던 것이다. 영수는 도둑이 마루에 올라온 걸 알고, 그렇게 두 손가락을 입에 넣어 휘파람 소리를 냈던 것이다.

"도둑이야, 소리라도 질러야지, 당신도 참."

무슨 겁이 그리도 많은가고 아내가 어이없어하자,

"어유. 무서워."

영수는 어린애처럼 진저리치는 흉내를 냈다.

"도둑은 도망가게 하는 게 좋아. 서로 얼굴을 보지 않는 게 좋다고."

그때 아버지의 말을 들으며 유미는 그게 참 현명한 방법이라고 생각했다. 집에 들어온 도둑이 행여 얼굴을 아는 사이면 얼마나 서로 곤란한가. 아카시아가 앞산을 뒤덮고 있을 때, 산에 올라가면 납작한 판잣집들이 다닥다닥 붙어 있다. 멀리서 바라볼 때는 그렇게나 아름답던 산은 지저분하고 시궁창 냄새가 코를 찌른다.

'모든 건 멀리서 바라볼 때가 항상 더 아름다운 법인가 봐.' 이런 생각을 하며 산을 내려오다가 한 사람이 겨우 지나갈 수 있는 좁은 길에서 남학생을 만난 적도 있었다. 그애는 일요일이면 집에 와 구두를 닦는 애였다. 구두닦이를 하며 야간에 다닌다는 걸 알고 아버지는 그 학생한테 일요일이면 꼭 집안 식구들 구두를 모조리 닦도록 했다.

하지만 이번에는 그 독특한 휘파람 소리가 아니었다. 부스럭, 부스럭거리는 소리였다.

"아버지."

미닫이를 열고 유미는 아버지 방으로 들어갔다. 사랑방과 건넌방 사이 벽을 허물고 미닫이를 해, 마당으로 나가지 않고도 쉽게 다닐 수 있었다. 어둠 속에 아버지 모습이 어렴풋하게 보였다. 방바닥에 앉아 계신 것 같았다. 불도 켜지 않은 채 왜 방바닥에? 유미는 우선 촛불을 켰다.

"어머머. 피. 아버지."

왼쪽 눈썹 위, 이마에서 피가 흐르고 있었다.

"아버지."

유미는 아버지를 부축해 일으켰다.

"괜찮다."

영수는 의자에 앉으며 손바닥으로 이마를 문질렀다.

"지금도 가끔 이러는구나. 다리가 있는 줄 알고, 일어나다 그만 헛디뎠구나."

'다리가 있는 줄 알고, 다리가 있는 줄 알고.'

반창고를 찾으려고 서랍을 뒤지는 유미 볼에 눈물이 주르륵 흘러내렸다. '다리가 있는 줄 알고'라는 그 말 한마디가 얼마나 가슴을 아프게 후벼 파는지, 헉 소리를 내며 울음이 터질 것만 같았다.

"괜찮다. 반창고까지 필요 없다."

"아버지."

"울긴. 바보처럼. 아무렇지도 않다니까. 괜찮아."

"아버지, 이마가 찢어졌잖아."

"괜찮아. 이 정도는."

"아버지, 침대 모서리에도 벨을 달아야겠어. 주무시다가 필요하신 게 있으면 누를 수 있도록."

"괜찮다니까. 어서 가서 자라."

"아버지, 커피 타 올까?"

"아니다. 아까 마시던 거 여기 좀 남았다."
"식었잖아. 다시 타 올게."
"그만둬라. 물 데우려면 한참 걸릴 텐데, 어서 가자."
유미가 방에서 나간 후, 영수는 책상 앞에 앉아 담배를 물었다.

하즈예가 왔었다. 똑똑, 똑똑 뒷문을 노크하는 소리가 들려 열어보니 하즈예가 큼직한 가방을 들고 서 있었다. 동경에서 불쑥 숙소에 나타났던 그날 모습 그대로였다. 하늘색 원피스에 어깨까지 나풀거리는 머리. 비가 오고 있었다. 비가 주룩주룩 오는데 하즈예가 비를 맞고 서 있었다.
"들어와요. 어서 들어와."
하건만 하즈예는 그냥 비를 맞으며 서 있기만 했다.
"왜 그냥 서 있어? 어서 들어와."
그래도 그녀는 옴짝도 하지 않았다. 머리카락이 비에 젖어 흐트러졌다.
"아, 들어오라니깐. 자, 어서, 어서."
영수가 일어섰다. 하즈예 손을 잡으려고 벌떡 일어섰다.

하즈예에게 무슨 일이 일어났나? 왜 비를 맞으며 그냥 서 있었을까? 아아. 하즈예. 그리운 사람 가슴에 넣고 살아간다는 게 이렇게나 아픈 일일 줄이야!
가족이냐. 하즈예냐. 사랑이 가슴을 짓이겨 갈래갈래 찢어진다 해도, 가족을 택해야 했다.
"우리에게는 아버지가 필요해요."
유미의 그 호소는 보고 싶다는 말보다 더 절박한 외침이었다. 목소리라도 들을 수 있다면! 가끔 멀리서나마 하즈예가 살아가고 있는 모습을 보기라도 할 수 있다면! 네가 내 품에 있고 없고 그런 건 아무 상관 없다. 나는 진정으로 네가 좋은 사람 만나 행복하게 사는 걸 보고 싶다.

그저, 네가 이 세상에 존재해 있다는 거. 아주 건강하게, 잘 살고 있다는 거. 그것만 가끔 보고 살 수 있다면, 나는 아주 평화롭게, 편안하게 살아갈 수 있을 텐데. 너와 나, 우리는 살아 있으면서도 죽은 거나 다름없게, 이제는 서로 소식조차 모르고 살아가고 있구나.

그래. 편지를 당장 보내고 싶다. 별일 없는가고, 꿈에 보았다고. 하지만 아니다. 그건 이기심이다. 내 불안감을 충족시키기 위한 이기심밖에 아무것도 아니다. 진정 하즈예를 사랑한다면, 나는 죽은 듯, 이제는 완전히 죽어버린 듯, 아무 소식 없이 지내야 한다. 그래서 하즈예가 어서 나를 잊어버리고 새 삶을 행복하게 살아갈 수 있도록, 내가 죽은 듯 있어야 한다. 오직 그것만이, 그 길만이 내가 하즈예를 위하는 길이다. 왜 비를 맞고 그냥 서 있었을까. 무슨 사고가 났나. 어디가 아픈가.

방으로 돌아온 유미는 잠을 잘 수 없었다. 가슴이 아프다는 게 이런 거구나 싶을 정도로 가슴이 아팠다. 가슴살을 고무줄처럼 팽팽하게 누가 잡아당겼다 탁 놓아버리고, 놓아버리고 하는 것 같았다. 편도선이 아픈 것처럼 갑자기 목구멍도 쓰라렸다.

불쌍한 아버지. 그렇구나. 그래서 가끔 이마에도 어깨에도 이상하게 상처가 있었구나. 낮잠을 주무시다가도 그런 식으로 헛디디시는 모양이구나.

부부가 한 방을 쓰면 이런 일은 없으련만. 요즘뿐이 아니다. 유미의 어린 기억에도 아버지와 엄마가 한 방을 쓰는 장면이 없다. 아버지는 늘 다른 방 사람이었다. 자라면서 그걸 이상하게 생각하지 않았다. 글을 쓰는 사람은 혼자 있어야 하는가 보다 여겼을 뿐이다. 글을 쓴다는 건 혼자만의 작업이다. 글을 쓰고 있는 순간이든, 구상하는 순간이든, 책을 읽는 순간이든, 혼자서 하는 일이다. 글 쓴다는 게 혼자의 작업이라는 걸 이해하기 시작하면서부터 아버지가 다른 방 쓰시는 게 아주 자연스러운 일처럼 여겨졌다.

이제는 일본 여자 사진과 편지 사건이 일어났으니 어머니와 아버지는 한 방은커녕, 더더욱 어색해진 사이이다. 두 사람 사이에 꼭 해야 할 말들도 주로 유미가 왔다갔다하면서 전달한다.

"아버지가 그러시는데요, 엄마한테."

"엄마가 그러시는데요, 아빠한테."

이런 식이다. 그런 전달병 노릇은 비단 엄마와 아빠 사이뿐 아니라 동생들도 마찬가지다. 동생들조차 아빠한테 특별히 할 말이 있거나, 용돈을 타고 싶으면 유미에게 부탁했다.

'낮에 집에 아무도 없을 때, 굉장히 다치시면 어떡하지?'

유미는 그날 이후 늘 이게 걱정이다. 유미는 아버지를 생각할 때마다 코끝이 아리다. 일본 숙소에는 부엌도 화장실도 거실도 다 한 마루에 있었단다. 신발을 신고 마당으로 나갈 필요가 없단다. 전깃불은 24시간 계속 들어오고 물은 수도꼭지만 틀면 언제라도 찬물, 더운물이 콸콸 쏟아진단다. 다리 수술을 한 다음부터는 아예 출퇴근 때 자동차가 숙소 앞까지 오곤 했단다.

서울은 초저녁이면 벌써 불이 나간다. 찬물, 더운물이 콸콸 쏟아져 나오기는커녕, 물도 제대로 나오지 않아 물장수들이 물을 길어 나른다. 목욕이 제일 큰 문제다. 대야에 물을 떠 방에서 대충 씻으시지만 그때마다 방 안이 물 바닥이 된다.

'내가 아들이었으면 얼마나 좋을까. 그럼 아버지를 모시고 다닐 텐데.'

목욕탕 생각을 할 때마다 유미는 이런 생각에 절로 한숨이 새어나온다.

"아버지, 이왕이면 몸이나 성한 성우를 데리고 다니시지, 왜 하필이면 우한수예요?"

유미는 벌써 여러 차례 이렇게 물었다. 본인 자신도 몸이 불편한데 왜 소아마비로 한쪽 팔을 쓰지 못하는 우한수를 데리고 다니는지 도무지 이해가 가지 않았다. 한 사람은 지팡이를 짚고 걸어다니고, 또 한 사람은 한쪽 팔이 축 처져 흔들거리며 다니는 게 영 보기 안 좋았다.

"주상현이다, 남일우다, 아버지 좋아하는 성우들이 좀 많아요?"

유미 물음에 아버지는 그저 빙긋 웃기만 할 뿐 아무 소리 안했지만 차차 유미는 아버지의 속마음을 알 수 있을 것 같았다. 성한 사람과 달리 신체 어느 부분이 자유롭지 못한 사람은 공중탕에 가기를 꺼릴 것이고, 이제 막 시작한 신인 성우라 주머니도 궁할 것이고, 그런 외롭고 가난한 처지를 이해하기에, 작품마다 단역이라도 그에게 꼭 역을 주고 데리고 다니시는 모양이었다.

아버지는 설움 받는 소외층에 대한 애정이 남다른 분이다. 떡을 시루째 사서 지게꾼을 앞세워 들어오기도 하고, 한밤중에 '메밀묵 사려'를 외치는 고학생을 불러 목판째 살 때도 있다. 구두닦이 소년이 산동네에 살고 있는 고학생이라는 걸 안 후부터는 일주일 내내 한 번도 신지 않은 구두조차 말짱 다 내놓고 닦도록 한다.

학교에서도, 거리에서도, 빵집에서도, 아버지 생각이 나면 '다리가 있는 줄 알고.' 넘어져 이마에서 피가 흐르던 그 장면이 떠올라 코끝이 저려왔다.

조 여사는 다시 중앙여전에 나간다. '보육학' 한 과목만 맡았지만, 강의가 90분이라 내내 서 있다 들어오면 다리가 팅팅 붓는다. 하지만 조 여사는 학교에 나가는 게 집에 있는 것보다 훨씬 좋았다. 우선 맘이 가벼워져 좋았다. 집에 있으면, 특히 남편이 사랑방에 있으면, 그가 방해하는 것도 아닌데 그렇게 신경이 피곤하다. 가슴이 답답해 온다. 식사도 꼬박꼬박, 제때 방으로 들여보내고 과일도 차도 들여보내지만, 날이 갈수록 돈 버는 기계처럼 글만 쓰고 있는 그가 측은하다는 생각에 신경이 더 피곤하다.

'아니 내가 보내준 돈은 다 어따 쓰고 빚을 졌단 말이오?'

그가 서울에 돌아와 이렇게 따지기라도 했다면 그에게 덜 미안할 것 같았다. 그러나 그는 따지기는커녕 구체적으로 얼마를 누구에게, 그런 것조차 묻지 않았다. 그저, '내가 오래 집을 비운 탓'이라며, 다 갚아줄 테니 걱정 말라 했다. 더군다나 일본 여자 사건이 터진 후부터는, 아예 시어머니 눈치 보듯 어찌나 조심하는지 그 또한 연민이 갔다. 그 처지에서 어쩔 수 없었겠지. 그 누구인들 그런 여자에게 정이 안 갈 리 있겠으랴. 신이 아닌 다음에야.

속았다, 억울하다는 감정이 가라앉으면서, 오히려 그 누구보다 남편의 입장을 이해할 수 있는, 이해하고 싶은 그런 심정이 되어갔다. 같은 땅 안에 살고 있는 여자라면, 아니 일본 여자라 해도 두 나라가 국교 정상화가 되어 있어 양 켠 사람들이 정식으로 오가며 지낼 수 있는 처지라면, 그녀를 서울로 오게 해 그와 살도록 해주고 싶은 마음조차 들었다. 남들이 들으면 거짓말이다, 위선이다 할지 모르지만 이게 조 여사의 진심이었다.

불같이 뜨거운 사람이다. 어린애처럼 좋으면 어쩌지를 못하는 그런 사람이다. 그 사람이 그토록 사랑하는 여자를 작별하고 돌아왔으니 얼마나 가슴이 무너질까. 마음으로는 이렇게 남편의 처지를 동정하면서도 조 여사 역시 성격이 두루뭉실하지 못해 표현을 하지 못하고 지낼 뿐이었다.

연속극은 물론, 김영수가 쓰는 건, 단막극도 다 영화가 될 정도다. 하건만 돈이 들어오는 즉시 나간다. 문호가 하던 계급장 사업에 이어 데브콘 사업도 또다시 실패로 끝났다. 조 여사는 동생과 동업을 한 건 아니지만, 여기저기서 사채를 얻어주었고 그 빚의 이자가 눈덩이처럼 불어나 남편이 일본에서 나왔을 때는 집이 날아갈 아슬아슬한 벼랑에 처해 있었던 것이다.

하고많은 날, 방 안에 앉아 있는 남편. 도대체 별로 만나는 사람도 없고, 새로운 것도 없는, 그날이 그날 같은 생활 속에서 무슨 스토리가 나올까? 아무리 작가는 상상력 하나로 먹고사는 직업이라 하지만, 상상력에도 한계가 있는 게 아닐까? 보고 듣고 그리고 느끼자면 새록새록 새사람들, 새 분위기가 필요한 게 아닐까? 조 여사는 방 속에 혼자 우두커니 앉아 새로운 이야기를 짜내고 또 짜내고 하는 남편이 측은하기조차 했다.

방송극 붐이 불기 시작한 후부터 그는 더더욱 방 안에 들어앉아 있다. 그 굴속 같은 방은 창살만 없을 뿐 감옥이나 다름없다. 편지 소동이 있던 날, 조 여사가 커튼을 떼어버렸지만 얼마 가지 않아 그 커튼이 다시 둘러졌다. 두어 주일쯤 지난 후, 영수가 처제를 불러 다시 달았을 때, 더 이상 조 여사는 커튼에 대해 아랑곳하지 않았다.

때마다 방에 밥상이 들어가고 나온다. 밥상이 아니라 쟁반이다. 그 쟁반을 책상 위에 올려놓고 혼자 먹는다. 외출했다가도 일만 보고 곧장 들어온다. 밖에서 저녁을 먹고 들어오는 날이 거의 없을 정도다.

"왜 좀 사람들과 어울리다 오지, 그렇게 급히 들어와요?" 하고 물으면, "아, 할 일이 쌔고 쌨는데 싱겁게 왜 공연히 시간 낭비해?" 늘 똑같은 답이다. 작가들, 특히 방송작가들은 한가하게 다방이나 선술집에 앉아 잡담할 시간은커녕 잠도 제대로 잘 시간이 없을 정도로 글을 써대야 하는 게 현실이다. 방송극 시간이 서너 곱절로 늘어나면서, 방송작가들이 모자라 소설가, 시인들조차 방송극을 쓴다.

'식사할 때만이라도 누군가가 곁에 있어주었으면.'

때로 말상대가 몹시 그리울 때도 있지만, 이제 영수는 혼자 먹는 밥에 익숙해졌다. 영수에게 한 가지 낙이 있다면, 그건 유미를 데리고 나가 사진 찍는 일이다. 덕수궁으로, 비원으로 다니며 필름을 서너 통씩

찍다 보면 유미가 하즈에로 보일 때도 있다. '아버지, 아버지' 해가며 살갑고 다정스럽게 구는 게 하즈에를 떠올리게 한다. 하루종일 밖에서 지낸 일을 낱낱이 보고하는 것 또한 하즈에와 너무 똑같다. 광화문 미진우동 집에 가느라고 이헌구 선생님 강의 시간도 빼먹었다는 이야기도 서슴없이 하는 유미는 아버지에게 뭐 하나 숨기는 게 없다.

'엄마도 참, 너무 차갑다. 가끔이라도 아버지와 같이 식사를 하실 것이지.'

책상 위에 쟁반을 올려놓고 혼자 식사하는 아버지 모습을 보면 유미는, 그 순간 엄마가 미워지기까지 한다. 그러나 엄마도 불쌍한 여자. 아아, 엄마도 불쌍한 여자. 아이들 다섯을 데리고 피난 다니며 살다가 남편이 돌아왔을 때는, 불구자에 마음조차 골병이 든 사람. 엄마를 내 엄마라 생각하지 않고 객관적으로 생각해 보면 그 처지 또한 불쌍하기 짝이 없다.

남편과 아내. 분명 남편과 아내 사이지만, 남편은 의족을 끼고 빼고 할 때 절대 아내를 부르지 않는다. 도와달라고 부르지 않는 정도가 아니라 행여 아내가 방에 들어올까 봐, 아예 문을 잠가버린다.

유미는 자꾸 눈물이 나와 이불을 머리끝까지 뒤집어썼다. 피가 흐르는 아버지 이마를 물수건으로 닦고 반창고를 붙여드리고 왔다. 유미는 사실 좀더 아버지 곁에 있고 싶었지만, 웬일인지 아버지가 혼자 있었으면 하는 눈치라 빨리 방으로 돌아왔다. 졸업하면 나도 언니처럼 미국에 유학 가고 싶다. 그런데…… 그러면…… 아버지는 어떡하나.

내가 없으면 다미가 시중 들까? 다미가 하겠지. 농구는 어떡하고? 다미가 설마 직업 농구 선수가 되려는 건 아니겠지. 하지만? 만약, 만약에 직업 농구 선수가 되겠다 한다면? 아버지는 어떡하지? 낭기가 하겠지. 그래. 낭기가 할 것이다. 낭기는 딸 못지않게, 아니 딸들 이상으로 아버지에게 정성을 다 하니까.

유학은 그만두고, 그냥 시집이나 가버릴까? 중매쟁이들이 갖고 오는 사진 중에 하나 골라서? 결혼이라는 거. 엄마와 아버지를 보면 무지무지하게 연애를 해서 결혼했든 중매해서 했든 다 그렇고 그런 거 아닌가. 그러니 그저 사진 중에 제일 괜찮아 보이는 거 하나 찍을까? 좋은 자리라는 곳에서 중매가 들어오면 조 여사 얼굴빛이 다 달라진다.

"여자 팔자는 남편 만나는 데 달렸다."

딸애 눈치를 살펴가며 조 여사는 이런 투로 말을 꺼낸다.

"뭐니뭐니해도 여자는 있는 집으로 가야 한다."

조 여사가 그런 말을 할 때마다 유미는 아예 못 들은 척해 버린다. 어쩜, 고고하고 고상하고 교양 있는 엄마 입에서 저런 천박한 말이 나올까. 그게 유미는 이상하고 속이 상한다. 그럴까. 그냥 그래 버릴까. 딱히 좋아하는 남자애가 있는 것도 아니니 그냥 그래버릴까. 설사, 지금 내가 좋아하는 애가 있다 해도 그애와 결혼한다는 건 거의 불가능한 이야기 아닌가. 내가 졸업할 때 그애도 졸업하고, 그러고 나서 군대에 가고, 그러자면 나는 노처녀 될 것이고.

엄마와 아버지처럼, 달밤에 로맨틱하게 결혼한 사람들도 저렇게 식은 죽처럼 밍밍하게 살아가지 않는가. 그러니 사랑이고 나발이고 따지지 말고 그냥 엄마가 좋다는 자리면 해버릴까.

"이것아. 가난한 집 아들이나 부잣집 아들이나 사랑에 빠지는 건 똑같지. 가난한 사람이 더 근사하다는 법 있니? 부자라고 다 못된 사람들도 아니고."

부잣집 아들이나 가난한 집 아들이나 매한가지일까. 하지만 부잣집 아이들은 어딘가 한참 모자란다는 인상을 준다. 한두 시간 대화를 하다 보면 머릿속이 텅텅 빈 게 금방 드러난다. 뿐인가. 왜 그리 잘난 척하는지, 그런 꼴을 봐줄 수 없어 유미는 남자애를 다방에 앉혀놓고 집으로 와버린 적도 서너 번 있었다. 그때마다 '그러다 임자 만나면 뺨 맞는다.'며 학중이가 펄쩍펄쩍 뛰곤 했다.

"이 집은 돈도 있고, 가문도 좋고, 아유, 이런 자리 쉽지 않다. 이런 데 네가 가면 아버지가 얼마나 좋아하시겠니. 고생도 덜 하실 테고."

어느 대학 이사장 집에서 말이 들어왔을 때였다.

"아직 졸업도 안했는데, 엄마는 참."

"네가 좋다고만 한다면 기다리겠단다."

"글쎄, 어떻게 좋다 나쁘다 말해요? 그 사람이 어떤 사람인지도 모르면서."

"그러니까 자연스럽게 좀 만나보라는 게 아니냐."

"부잣집 아들이니까 만나본다? 아유, 치사해. 얼마나 치사해? 우연히 알게 되어 교제하다 보니까 부잣집 아들이다, 그러면 몰라도 부잣집 아들이기 때문에 만난다는 게 얼마나 저속해?"

"어째 넌 그리 헛똑똑이냐. 이것아."

그럴까. 차라리 유학 포기하고 부잣집으로 시집가서 아버지 편하게 사실 수 있도록 할까.

아버지 방에서 똑똑똑 펜 소리가 들려왔다. 벽을 허물고 미닫이를 단 다음부터는 펜 소리는 물론, 파지 구겨버리는 소리까지 다 들렸다.

"글쎄, 빌딩 하나를 아예 아버지 명의로 해주겠대요. 그 집이 겉으로 알려지지만 않았을 뿐 알짜 부자란다. 그 학교가 그 집 거란다."

어머니 목소리와 아버지 펜 소리가 겹쳐 들려왔다.

'그럴까. 그냥 그래버릴까.'

'미국 유학이고 뭐고 다 집어치우고, 아버지를 위해 그럴까.'

똑똑, 똑똑똑. 일정한 리듬으로 들려오는 펜 소리.

'내가 부잣집에 시집가면 아버지가, 저렇게 매일 밤 원고를 쓰시지

않아도 되겠지.'

요즈음 아버지가 쓰는 글의 주제는 거의 다 정의로운 청년 이야기다. 순수하고 정의감에 불타는, 그러니까 4·19 이후, 아버지에게 가장 관심이 되는 청년이 그런 타입이다.

똑똑, 똑똑똑. 심청이는 아버지를 위해 바다에도 뛰어들었다. 부잣집에 시집가면 아버지가 자가용 타고 다니실 수 있겠지. 더 이상 택시를 잡으려고 서대문 사거리까지 걸어가시지 않겠지. 그러면 무릎 살이 까져 덧나고 진물 나고, 그럴 리 없겠지.

그럴까 봐. 그럴까 봐.

똑똑, 똑…… 똑…… 똑…… 펜 소리가 점점 멀어져갔다. 가는 잠 속에 이따금 빗방울 떨어지는 소리가 들려오는 것 같았다.

독불장군

"아저씨, 아저씨보고 성우들이 뭐라는 줄 아세요?"

남산방송국에서 나와 천천히 길을 걸어내려 올 때였다. 앙상한 나뭇가지들로 우중충하기만 하던 남산이 5월이 되자 연녹색으로 싱그러웠다. 한여름 짙은 초록색보다 영수는 연녹색 숲을 좋아한다. 죽었다고 생각했던 가지마다 물이 오르면 잎새마다 야들야들 윤기가 도는 게 언제 보아도 신기하고 신선하다. 영수는 마음 같아서는 충무로 쪽으로 내려가지 않고 남산 쪽으로 걸어 올라가고 싶었다. 산 속으로 들어가 풋풋한 풀 냄새를 만끽하면서 오늘 하루만이라도 글 쓰기를 잊어버리고 싶었다. 하루만이라도 그저 아무것도 할 일 없는 사람이 되고 싶었다.

옛날, 아주 먼 옛날. 자전거에 명태, 콩나물, 두부 같은 것을 싣고 배달을 다닐 때, 단 하루만이라도 아무 일도 하지 않고 마음대로 실컷 쏘

다녀봤으면, 그것이 그렇게 소원이었다. 딱히 갈 곳이 있는 것도 아니고, 꼭 가고 싶은 곳이 있는 것도 아니건만, 그저 무작정 온종일 하릴없이 쏘다녀보고 싶었다.

'나는 뭐 그리 대단한 것을 바라는 것도 아니다. 단지 단 하루만이라도, 아니 그저 서너 시간만이라도 나만의 시간을 가질 수 있었으면' 이런 생각에 식식거리며 더 빨리, 더 빨리 페달을 밟곤 했었다. 마치 자전거에게 분풀이를 하는 듯.

지금은 시간이 자유스러워도 몸이 자유스럽지 않다. 마음대로 가고 싶은 곳 아무 데고 걸어다닐 수 있다는 게 얼마나 큰 복인지, 사지가 멀쩡한 사람들은 그 고마움을 알 리 없다. 외출 한번 하자면 여간 난리가 아니다. 혼자 나가려면 단단한 마음의 각오를 하고 걷다 쉬다 걷다 쉬다 해가며 언덕을 올라가야 한다. 다행히 성우든 조카든 도와주는 사람이 있으면 그가 서대문 사거리까지 나가 택시를 잡아타고 와야 한다. 그리고 집으로 돌아갈 때도 또 누군가 택시를 잡아줘야 한다. 지팡이를 짚고 서 있는 사람 앞에는 택시가 잘 서질 않는다.

자연은 참 솔직하다. 솔직하고 정직하다. 겨우내 모진 추위 속에서 완전히 죽어버린 듯 시커멓던 나무들이 봄 기운이 돌면 영락없이 살아난다. 자연보다 더 정확하고 솔직한 건 이 세상에 그 아무것도 없다. 아무리 거룩하고 훌륭한 인격자라 해도, 그가 목사든 신부든 스님이든 교수든 작가든 그 누구든 옷을 걸치고 사는 인간인 한, 옷 부피만큼의, 옷 두께만큼의 위선은 있게 마련이다. 하지만 자연은 거짓이 없다. 때가 되면 틀림없이 나, 여기 살아 있다고 소리치며 깨어난다.

다리가 성성하다면 산꼭대기까지 올라가 서울 시내를 내려다보고 싶다. 한강을 내려다볼 수 있는 데까지 올라가 탁 트인 한강을 보고 싶다. 하즈예에게 『또 하나의 나비 부인』 이야기를 들어가며 나가사키 항구를 내려다보던 때처럼. 하즈예. 아아, 하즈예. 잘 있겠지, 잘 살겠지. 암, 잘 살겠지. 천사처럼 착한 여자니까. 영수는 후, 숨을 뱉어내며 하늘을 올려다보았다.

“힘드세요?”

“아니다. 좀더 걷자.”

의족이 잘 맞지 않아 걷기가 여간 거북한 게 아니다. 살이 또 빠져 아무리 헝겊을 여러 겹 둘러도 금세 헐렁해진다.

우울해하지 말자. 제대로 걸을 수 없는 사람이 이 세상에 어디 나 하나뿐이겠는가. 우울해하지 말자. 오늘을 우울하게 사는 건 오늘을 낭비하는 거다. 오늘, 또 오늘이 이어지는 게 인생 아닌가.

상이 군인들 중에 더러 그런 사람들이 있다. 신체 장애자가 된 것이 무슨 특권이기나 한 듯, 안하무인격으로 거친 태도. 영수는 그런 상이 군인들을 보면 비애를 느끼곤 한다.

용기를 내서, 사는 날까지, 살아 있는 날까지, 후회 없이 사는 것만이 내가 이 세상에 태어난 몫을 하는 것이리라. 그것만이 하즈예의 사랑에 보답하는 길이리라. 아니다. 아니다. 사랑에 보상이라는 말 자체가 모순이다. 내가 열심히 숨 끊어지는 날까지 열심히 살아가는 것, 그것만이 하즈예를 진정으로 사랑하는 길이리라.

“그냥 건강하시다는 것만 안다면, 그것만 알고 지낼 수 있다면…… 아무것도 바라지 않습니다. 오직 건강하게 잘 계시다는 것만 알고 싶습니다.”

그녀에게서 날아온 편지, 그 편지에도 영수는 끝내 침묵했다. 하즈예. 너는 알겠지. 아름다운 것을 보는 순간, 그 속에 네가 있다는 것을. 내가 가장 나일 수 있는 순수한 순간에 거기 항상 네가 있다. 한밤중 마당에 나가 별을 바라볼 때, 이른 새벽 뜰에 활짝 핀 백장미를 바라볼 때, 나는 느낀다. 네가 거기 있음을. 눈을 감고 심호흡을 하면 너의 살냄새가 바람결에 묻어 온다. 손을 뻗어 허공을 저어보면 네가 느껴진다.

너의 살결이, 그 부드럽고 따스하고 촉촉한 속살까지 다 느껴진다. 하즈예. 이 기적 같은 느낌을 너만은 정신병자라 하지 않겠지. 너만은. 내가 너를 사랑하는 이유 중에 딱 하나, 오직 하나만을 지적하라면, 그건 내가 너를 사랑할 때, 그 순간의 나 자신을 가장 사랑하기 때문이다. 그때 내가 가장 순수한 내가 되기 때문이다. 이걸 알겠지, 너는. 이렇게 눈이 부시도록 화창한 날이면, 빨리 산책 나가자고 어린애 보채듯 보채곤 하던 너. 하즈예.

여느 때 같으면 윤배나 한수나 누군가가 먼저 나가 택시를 잡아와야 했지만, 오늘은 걷다가 쉬고 걷다가 쉬고 하면서 마냥 걷고 싶었다.

"그래, 성우들이 뭐라고 한다고?"

영수가 잠시 걸음을 멈추며 물었다. 윤배가 신통했다. 조카 자식이지만, 자주 찾아와 곁에 붙어 다니며 시중 들어주는 게 참 고마웠다.

"독불장군이래요."

"독불장군?"

그때, 앞을 휙 지나 달려가던 차가 끼익 소리를 내며 급정거를 했다.

"선생님, 선생님."

엄앵란이었다. 해방 전부터 연극을 하던 노재신의 딸이다. 노재신의 딸이 일본에서 돌아와 보니 아주 촉망받는 스타가 되어 있었다.

박진, 서월형, 복혜숙, 노재신, 황정순, 송미남, 김복자, 최은희, 김양춘, 이해랑, 박경주, 김동원, 강계식…… 함께 한 배를 타고 청춘을 아낌없이 발휘하던 우리들. 찢어지게 가난하지만, 용광로처럼 부글부글거리는 정열이 있었다. 낭만이 있었다. 보고 싶다. 그때 그 얼굴들이 보고 싶다. 몸만 성하다면 일부러라도 찾아보고 싶을 정도로 그 얼굴들이 그립다.

"선생님, 모셔다 드릴게요."

"생큐. 한데 오늘은 내가 좀 걷고 싶어서. 어여 가봐. 생큐."

신통도 하군. 싹싹하고 상냥하다. 한참 날리는 여배우가 됐다고 우쭐해하지 않는다. 어른들이나 선배들을 만나면, 그렇게 깍듯할 수가 없다. 노재신이 딸 하나 참 잘 키웠다.

"뭐라 했지?"

차가 떠난 후, 영수는 윤배에게 다시 물었다.

"독불장군요. 아저씨가 혼자 다 해먹는대요."

윤배는 '혼자 다 해먹는다'는 말을 해놓고 머쓱한지 히히 웃었다.

"그래? 거, 뭐, 듣기 나쁜 소리 아니구나."

'혼자 다 해먹는다'는 소리는 처음 듣는 말이 아니다. 해방 직후에도 그런 소리를 많이 들었다. 미군정 시절, 방송국 일을 혼자 뛰다시피 했으니까. 그때는 아예 고문관이라는 소리를 듣기조차 했었다. 영어를 하는 사람이 거의 없던 시절, 미군들과 어울려 맥주도 마시고, 지프차를 타고 놀러 다니기도 했었다. 그래서 그때도 질투하는 사람들이 꽤 많았다.

북아현동 집에 놀러 왔다 잠을 자고 가기도 하던 유호는 대놓고 무슨 욕심이 그렇게 많은가고, '혼자 다 해먹기요. 혼자 다?' 말하곤 했었다. 그 특유의 킁킁거리는 웃음을 웃어가면서. 하지만 그가 그보다 더 심한 말을 한다 해도 영수는 정 깊은 맘에서 나오는 소리임을 알기에 그저 히죽 웃음으로 대꾸하곤 했다. 그는 그러니까, 그런 식으로 영수 뒷전에서 수군거리는 소리들을 전해 주는 셈이었다.

유호는 방송국이 붐을 타자, 경향신문 문화부장 자리를 박차고 방송국으로 돌아왔다. 신문사를 그만두고 방송국으로 돌아온 건 한운사도 마찬가지다. 그 역시 한국일보 문화부장 자리를 내놓고 방송극을 쓴다. 한운사는 한국전쟁이 발발하자 대통령인 이승만이 서울 시민을 버리고 남하하는 대목을 일일방송극에 묘사한 게 그만 반공법 위반이 되어 갇혀 있다가, 4·19 덕으로 서대문 형무소에서 풀려나와 유호, 조남사와 더불어 인기 연속극을 속속 써내고 있다.

유호는 김영수와 가까이 지내며 그의 정력에 놀랄 때가 한두 번이 아니었다. 도대체 저 무궁무신한 스태미나는 어디서 나오는 걸까. 늘 이게 궁금했다. 퍼내어도 마르지 않는 샘 같다 할까. 쓸 이야깃거리가 너무 많아 어쩌지를 못하는 사람 같다. 분주하다. 잠시를 가만있지 못한다. 방송국에 나타났다 하면 사람들 정신을 쏙 빼놓는다.

해방되자마자, 방송국 시절 이야기다. 한번은 북아현동 김영수 집에서 밤늦도록 술을 마시다 둘 다 곯아떨어졌다. 그런데 새벽에 깨어보니 시나리오 한 편이 완성돼 있었다. 더 놀라운 일은 그 다음이다. 영화사에서 몇 군데 수정을 요구해 오자, 그는 그 자리에서 미련 없이 밤새 쓴 그 원고를 북북 찢어버렸다.

"아니, 밤새 쓴 걸, 다 찢어버리면 어떡해요?"

유호가 어이없어하자, "다시 써주면 그만이지." 한다. 대수롭지 않은 일이라는 듯, 그는 히죽 웃어가며 쓰레기통에 원고지를 휙 던져버렸다.

대부분의 작가들은 영화사든 방송국이든 신문사든 잡지사든, 자기 글에 단 한 글자라도 손을 대거나, 몇 줄이라도 수정해 줄 것을 요구하면 굉장히 기분 나빠한다. '네깟 놈이 뭘 안다고 고쳐라 어째라 하는 거야?' 겉으로 말은 안하지만, 이런 자만심이 대단한 게 작가들이다. 더러는 아주 노골적으로 못마땅해하며 고칠 수 없다고 고집을 부리기도 한다. 한데 김 영수는 아니다. 그저 히죽히죽 웃어가며 아예 밤새 쓴 원고를 북북 다 찢어버린다. 마음이 착한 건지, 속이 없는 건지, 허물없이 지내는 유호조차도 그의 그런 속을 이해하기 힘들었다.

그는 항상 무엇인가 목말라 있는 사람이다. 일에 대한 욕심이 대단하다. 지글지글 끓는 용광로 같다 할까, 살아 있는 활화산이라 할까. 성격이 호탕해서 친구들이 참 많을 것 같지만 의외로 친구들이 별로 없다. 사람을 싫어하지는 않는데 그렇다고 남에게 먼저 접근하지도 않는다. 누구에게 아부하거나 굽히거나 그런 것도 모른다. 그래서 제멋대로라는 소리를 듣기도 한다. 그는 나이를 상관하지 않고 사람을 대한다. 10년 후배든 20년 후배든 동등하게 대우한다. 성우들, 탤런트들에게도 연습장에서만 호랑이일 뿐, 밖에서는 그렇게 순할 수가 없다. 다재다능하고 다정다감한 사람. 그러나 때로는 너무 감상적이고 감정적이라 이성이 없는 사람으로 보일 때도 있다.

원고 쓰는 버릇 또한 아주 특이하다. 원고를 쓰기 시작할 때면 페이지마다 색이 다른 넘버링으로 미리 넘버를 탁탁탁 다 찍어놓는다. 연필통에는 색색가지 연필을 준비해 놓는 등, 아주 수선스럽다. 새 글을 시작하려면 방 안은 물론이고, 재떨이도 새로 사온 것처럼 깨끗해야 한다. 원고 마감 전날까지 단 한 장 쓰지 못하고 끙끙대다가도 일단 펜을 댔다 하면 단숨에 내려쓴다.

그에게는 공백기라는 게 없다. 한국을 떠나 오래 일본에 살다 온 사람이 오자마자 방송극을 무섭게 쓰고, 신문 연재, 시나리오까지 써댄다. 그러니 '혼자 다 해먹는다'는 소리를 들을 만도 하다. 다리가 불편한데도 그 정도니, 아마 다리를 절단하지 않았다면 서울 바닥이 좁아라 활동했을 것이다.

"작가는 잘 먹고 기운이 있어야 한다."

김영수가 늘 하는 말이다. 그래서인지, 그의 먹성은 방송가에서도 문단에서도 따라갈 사람이 거의 없을 정도다.

"유호겠지. 나보고 독불장군이라고 말하는 게."

"아뇨. 유호 선생님은 아저씨 편인데요."

"내 편? 임마, 편이 어딨어?"

"아녜요. 방송국 사람들이 그래요. 유호 선생님, 조흔파 선생님도, 그리고 이상만 선생님도 다 아저씨 편이라고요."

"그럼 누가 내 반대편이라던?"

"잘은 모르지만 다른 선생님들은 다 반대파 같아요. 다 아저씨 시기하는 것 같아요."

"임마, 그딴 소리 입 밖에도 내지 마라. 편이 어딨어."

"성우들이 그런 말들을 잘 해요. 누구누구는 단짝이고 누구는 누구를 싫어하고, 아주 훤히 꿰뚫고 있다고요. 그런데 성우들은 아저씨를 참 좋아해요. 무섭지만 화끈해서 좋대요."

"화끈해? 화끈하다?"

"야, 윤배야. 너도 내가 무섭냐?"

"저야, 아저씨니까 무섭지 않지만, 아저씨가 스튜디오에 나타나기만 하면 무시무시하대요."

"내가 뭘 어떻게 하기에?"

"우선 아저씨는 모습부터 무섭대요. 히히히."

"내 모습이?"

"그럼요. 체구도 크고, 어쨌든 간에 아저씨만 나타나면 그냥 주눅이 든대요."

김영수가 스튜디오에 들어가는 순간에, 벌떡 일어나 부동자세를 취하는 신인들도 있었다. 항상 검은 선글라스를 쓰고 다니는 것부터 여느 작가들과 다르고, 연출할 때 사람들 정신을 쏙 빼놓을 정도로 극 속에 완전히 취해 버리는 것 또한 여느 사람들과 많이 달랐다.

"거 참, 내가 왜 무서울까."

"아저씨, 이혜경 씨가 후배들한테 성우 초년생 시절 이야기를 가끔 들려준대요. 아저씨가 너무너무 무서워 박현숙 씨하고 부둥켜안고 울기까지 했었대요."

"그랬었나?"

이상만의 처 이혜경이야말로 해방 직후부터 지금까지, 김영수 방송극에 제일 많이 출연하는 성우다. 어떤 역을 맡겨도 소화를 기막히게 해

내기 때문에 영수가 특히 아낀다.

"뭐든지 이왕 할 바에야 잘해야지. 깡패를 해도 왕초가 돼야지. 안 그러냐?"

윤배는 식 웃기만 했다. 아저씨한테 들어도 골천번 들은 말이다. '깡패 노릇을 해도 왕초가 되어야 한다'고.

"좀 쉬었다 가자."

영수는 가로수에 기대섰다. 넓적다리가 빼근하다. 나올 때 윤배보고 힘주어 단단히 붙잡아 매라 했는데도 이젠 걷기가 불편할 정도로 헐렁거린다.

좀 가벼운 다리 없을까. 이렇게 나무로 만든 의족 말고, 플라스틱 같은 것으로 만들 수는 없을까. 나무에 쇠가 박혀 있는 의족은 럭비 선수였던 윤배가 들어도 무거울 정도다. 그 다리를 허벅지에 달고 걷자니, 왼쪽 허벅지는 그 무게에 못 이겨 오른쪽에 비해 영양실조에 걸린 아이 다리처럼 가늘다.

아아. 불평을 말자. 세상 사람들 사연을 들어보면 불쌍하지 않은 사람이 몇이나 되겠는가. 그러니 불평을 말자. 이까짓, 다리 하나 없는 것쯤이야. 나는 얼마나 행복한 사람이냐. 나에게는 무궁무진한 이야깃거리가 있다. 지금 죽는다면 억울해 죽을 수 없을 정도로 쓰고 싶은 소재들이 많다.

이혜경을 비롯해 정은숙, 고은정, 김소원, 남해연, 정애란, 이향자, 이승옥, 김영림…… 김동원, 최무룡, 윤일봉, 장민호, 주상현, 이춘사, 이승룡, 남일우, 우한수……. 역을 맡기면 척척 소화해 내는 성우들이 있다는 게 얼마나 기쁜 일인가.

그래. 나보고 호랑이라 한다지만, 나는 그들을 사랑한다. 무지무지하게 사랑한다. 내가 무섭게 구는 건, 좀더 잘했으면 하는 욕심 때문이라는 것을 알 만한 사람들은 다 알 것이다.

동양극장 시절부터 그렇게 진땀을 흘리고 때로는 눈물을 흘려가며 훈련을 했기에 오늘의 황성순도 최은희도 김승호도 모두 내가들이 되어 있는 게 아닌가. 무엇이든 최선을 다 해야 한다. 무엇을 하든. 하면 된다는 신념으로 얼음벽이라도 뚫고 나가겠다는 강한 의지가 있어야 한다. 연기인이든 작가든 누구든 예술을 한다는 사람은 더더욱 미쳤다는 소리를 들을 정도로 자기 일에 빠져들어야 한다. 그 정열 없이는 절대 성공하지 못한다.

"윤배야, 나 걸음걸이 말이다. 그냥 언뜻 보기에도 다리 병신 같으냐?"

다시 걷기 시작하면서 아저씨가 불쑥 물었다.

"너, 뒤로 좀 처져서, 나 걷는 거 좀 봐라."

다리 병신? 윤배는 '다리 병신'이라는 말에 조금 당황했다. 셔츠를 입으시면서, '나 멋있니?' 선글라스를 쓰시면서 '어떠냐? 근사하냐?' 하고 물을 때는 있었지만, '다리 병신' 같은가고 물은 적은 없었다. 아저씨는 가끔 다방에서, 식당에서 행패를 부리는 상이 군인들을 보면 굉장히 불쾌해하신다.

"나는 다리 하나로도 잘만 산다. 왜들 그러냐? 그 상이 군인들, 병신이면 병신이지, 그걸 밑천 삼아 어쩌겠다는 거냐. 나는 병신이니 너희들은 나를 불쌍하게 여기고 동정해라, 이거냐? 아니면 나는 나라를 위해서 병신이 되었으니 모셔 받들어라, 이거냐. 치사한 놈들. 그 정신 상태야말로 진짜 병신이다."

그런 말을 하시기도 했다. 그런데 오늘 따라 아저씨가 참 이상하다. 그냥 충무로까지 걸어가자고 하시지 않나. 다리 병신 같으냐고 물으시지 않나, 아저씨도 봄을 타시나?

"아녜요. 정말 다리 이상하신 거 같지 않아요."

"임마. 아니긴 뭐가 아냐."

"정말이에요. 김수용 감독 있죠? 그 감독님은 아저씨 다리 하나 없는 거 정말 모르셨대요. 그냥 멋으로 지팡이 짚고 다니시는 줄 알았대요."

"멋으로? 정말?"

"정말이라니까요. 생각나세요? 몇 달 전에 명동목욕탕에서 만났었잖아요."

"아, 그래, 만났었지."

대낮이었다. 윤배보고 먼저 공중탕에 들어가 보라 했다. 사람이 없다 해서 후딱 하고 나오려고 들어갔는데, 얼마 안 가 들어온 사람이 김수용 감독이었던 것이다.

"그만, 타자꾸나. 택시 잡아라."

이제 더 걷지 못할 정도로 무릎이 쓰라렸다. 아마 살이 까진 모양이었다. 아아. 걷고 싶지만 어찌하랴 . 이제는 마음대로 걸을 수 없는걸.

"스톱. 윤배야. 우리 남대문 시장 가자."

시장 앞을 지날 때, 아저씨가 갑자기 택시를 세웠다.

"뭐 사시게요?"

"그냥 가보자."

영수는 이상하게도, 오늘은 왠지, 아무리 다리가 아파도 집에 들어가고 싶지 않았다.

"윤배야. 최창봉 집 알아봤니?"

"네. 알아놨어요."

"오케이. 그럼 내일 아침에는 거기 가보는 거다."

"네?"

"임마, 뭘 그렇게 놀래? 전화가 없다니 집으로 찾아가야지."

영수는 드라마 「신입사원 미스터 리」를 구상할 때부터 연출을 최창봉에게 맡기고 싶었다. 그를 직접 만나본 적은 없지만 그가 연출한 「인스팩터 콜」을 보고 난 후, 영수는 흥분했다. 우리나라에도 원형 무대를 할 수 있는 사람이 있다는 데에 감격했다. 비록 대학생들 그룹이었지만 연출 솜씨가 색달랐다. 박력감이 넘쳐흘렀다. 템포가 빠르고 센스가 있는 연출이었다. 한마디로 촌티를 확 벗은 멋쟁이 연극이었다.

"내가 여기 와 있다고 좀 나오라고 해라."

다음날 아침, 영수는 윤배를 최창봉 집으로 들여보내고 다방 한구석에 앉아 기다렸다. 성미가 급해 주소 하나 들고 윤배를 앞세우고 아예 이문동까지 찾아온 것이다.

"일찍 학교에 나가셨대요. 내일은 강의가 없지만 오늘은 오전부터 있으시대요."

"그럼, 다시 가서 말을 전해 놓고 와라. 내일 오전에 산길다방에서 내가 보잔다고."

이문동까지 왔다가 허탕을 쳤지만 후회되지는 않았다. 어서 그를 만나보고 싶었다. 그의 연출만 보고서도 그가 좋았다. 왠지 무척 호흡이 맞을 사람 같았다. 멋진 연극을 올릴 수 있는 사람이면 틀림없이 사람도 멋진 사람일 것 같았다.

좋아할 수 있는 사람을 만난다는 것. 살아가면서 이것처럼 신나는 일이 또 어디 있을까. 사람은 많다. 백사장의 모래알만큼이나 사람들은 많다. 하지만 정말 좋아할 수 있는 사람은 일평생 살아가면서 몇 되지 않는다. 이런저런 목적과 이해 관계가 있어 만나는 게 아니라 그냥 좋아서 만나는 사람, 무작정 좋아서 만나고 싶은 사람, 만나면 만날수록 또 만나고 싶은 사람. 그런 사람을 단 한두 명이라도 갖고 있다면 그 삶은 결코 쓸쓸하지 않다고, 허무하지 않다고, 말할 수 있으리라.

사람들은 대부분 그렇고 그렇게 살아간다. 뾰족하게 신나는 일도, 화나는 일도 없이 어제가 오늘 같고 내일이 꼭 오늘 같은 나날을 살아간다. 글쟁이든 그림쟁이든 그 누구든, 열정이 별로 없다. 마지못해 밥벌이하고 있다는 우거지상이다. 신나게 살고 싶다. 내가 하는 일에 내 온 정열을 태우며 살고 싶다. 글을 쓰면 글에 미치고, 사람이 좋으면 사람에게 미치고 싶다.

그래, 그래. 하즈예가 결혼을 했다면 나는 하즈예 남편도 사랑할 수 있을 것 같다. 하즈예 남편도 진정으로, 진정으로 사랑할 수 있을 것 같다.

"아저씨, 그 사람은 연출가가 아니잖아요?"

윤배는 왜 아저씨가 한번도 만나본 적이 없는 최창봉이라는 사람에게 이렇게 후끈 달아 있는지 도저히 이해할 수 없었다. 아저씨는 사실, 도도할 정도로 자존심이 강한 사람이다. 보통사람들 같으면 국회의원, 장관이라면 머리를 숙이고 쩔쩔매는 시늉이라도 할 텐데, 아저씨는 그러지 않는다.

'야, 임마. 너, 국회의원이야? 그래서, 그게 뭐 그리 잘났어? 나는 작가란 말야.'

아저씨는 권력이나 돈이 있는 사람 앞에서는 더 당당하다. 오히려 가난한 사람들, 못 배운 사람들, 밑바닥 생활을 하는 사람들에게는, 공손하고 따스하다.

성우들에게 배역 주는 것도 그렇다. 그래서 괴짜 소리를 들을 정도다. 자타가 인정하는 1급 성우에게는 오히려 까다로운 편이다. 하지만 신인들에게는 지나칠 정도로 관대하다. 소아마비로 팔 하나를 제대로 쓰지 못하는 우한수에게는 무슨 역이든 무조건 준다. 그래서 많은 성우들이 은근히 우한수를 미워하고 질투할 정도다. 반권위주의적인 태도로 사회에 반항하며 일반적인 인식의 한계성에 도전하는 용사와도 같다 할까?

이게 윤배가 느끼는 아저씨다. 윤배는 아저씨와 생활을 함께하다시피 하면서 예술가의 기질, 예술가의 세계를 조금씩 이해해 가기 시작했다.

아스토리아 호텔에 신봉승과 같이 투숙해 시나리오를 집필할 때였다. 하루는 불쑥 탤런트 임현식에게 밖에 나가 풀빵을 사오라 하셨다.

"네? 풀빵요?"

임현식이 '내가 잘못 알아들었나' 싶은지 되물었다.
인기 작가 김영수 선생님이다. 무서워 그 앞에서는 저절로 긴장이 될 정도다. 그런데 갑자기, 웬 풀빵?
"풀빵 좀 사오라니까."
임현식이 신봉승과 윤배 얼굴을 번갈아가며 쳐다보았다. 정말 나가서 사와야 하는 건지 어리둥절한 모양이었다.
"풀빵."
신봉승이 흐흐 웃어가며 어서 나갔다 오라는 듯 말하자, 그제야 임현식이 부리나케 뛰어나갔다.
"하여튼 대단하셔. 그 급한 성격이며 불같은 정열이며, 유아독존에 독불장군이셔. 안 그래? 그 무서운 정열 따라갈 사람 없지, 없어. 쓰시는 것마다 히트를 치니 다른 사람들이 은근히 질투를 많이 한다고."
하루는 신봉승이 윤배에게 한 말이다. 호텔에서 보름 동안 같이 생활하고 나서 느낀 점이 활활 타오르고 있는 불길 같단다.

"저는 방송극은 해본 적 없습니다."
남산 방송국 앞에 있는 산길다방에서였다. 「신입사원 미스터 리」 연출을 맡아달라는 김영수 선생에게 최창봉이 정중하게 사양을 했다.
"저는 그저 연극을 좋아해서 학생들 데리고 몇 작품 해봤을 뿐입니다."
연극을 좋아해서 오래전부터 작품을 통해 김영수라는 이름은 알고 있었다. 그가 얼마 전 '방송문화상'을 탔다는 것도 알고 있었다. 하지만 직접 만나본 적은 없었고 또 만날 기회도, 만나야 할 이유도 없었다. 한데, 자신의 작품을 맡기겠다니, 잘 알지도 못하는 사람에게, 그것도 드라마 연출을 해본 적 없는 신인에게 자신의 작품을 맡기겠다고 이문동까지 찾아왔었다니, 최창봉은 얼떨떨하기만 했다.

"누군 처음부터 연출가가 되는 건가? 자네 실력 내가 익히 알고 있네. 이 사람아, 나 좀 도와줘. 난, 이 작품은 꼭 자네에게 맡기고 싶소."

"정말 못합니다. 방송극은 해본 적이 없습니다. 경험도 없고 학교에 매달려 시간도 없습니다."

최창봉은 계속 사양했다. 김영수는 작품을 쓸 뿐 아니라 직접 연출도 하는 사람이다. 연출가들이 김영수 작품은 겁이 난다고 피할 정도다. 그런데 왜 나 같은 사람에게 굳이 맡기겠다는 건가. 연출가들이 수두룩하다. 이런 찬스가 오기를 애타게 기다리고 있는 조연출가들 또한 수두룩하다. 한데 왜 하필 난가.

"나하고 일합시다. 이 작품을 맡아주오. 나를 좀 도와줘. 자네가 딱 적임자야."

그는 「인스팩터 콜」 이야기를 꺼냈다. 템포가 빨라 좋았다, 박력이 있어 좋았다. 등등…… 놀랍게도 그는 단 한 장면도 빠짐없이 환히 기억하고 있었다. 그는 집요했다. 최창봉이 아무리 사양을 해도 아랑곳하지 않았다.

"재밌을 작품이오. 신입사원 이야기를 코믹하게 다루려 하네. 정의감에 찬 사회 초년병인 무뚝뚝하고 순진한 청년이 사회악과 맞서는 이야기요. 젊은이 이야기는 젊은이가 맡아야 해요. 자네 도움이 필요하니 나를 좀 도와주오."

"저, 연출…… 잘 못합니다."

최창봉이 결국 겸연쩍게 웃어가며 손을 들고 말았다.

"틀림없어요. 틀림없이 작품을 살릴 거요. 내가 매일 연습장에 나갈 테니 걱정 말고, 자신감 가지고 하라고요."

"방송국에서 뭐라 할 텐데요. 경험 없는 사람이라고."

"아, 그거야 나한테 맡겨요."

한참 날리는 작가다. 방송국장도 그 누구도, 김영수가 지정하는 연출가나 탤런트를 감히 반대하지 못한다. 김영수는 연기자든 감독이든 문단에 갓 등단한 신인이든 재주가 있어 보인다 싶으면 우선 흥분부터 한다. 남의 일에 어떻게 저리 흥분할 수 있을까 의아할 정도로 그는 마치 잡초가 우거진 황량한 들판에서 소담스러운 꽃 한 송이를 발견한 것처럼 감동한다.

"대단해."

"천재적이야."

"틀림없이 대가가 될 거야."

그는 신인들에게, 이런 찬사를 아끼지 않는다. 누구는 태어날 때부터 대가가 되는가, 신인들에게 자꾸 기회를 주어야 커질 게 아닌가, 이것이 영수의 한결같은 생각이고, 주장이었다.

그가 이문동 집으로 찾아왔다는 소식을 들었을 때부터 참 이상한 사람, 특별한 사람이라 생각은 했지만, 최창봉은 그가 매일같이 「신입사원 미스터 리」 연습 장소에 나타나는 데 감복했다. 매일 나오겠다고 말은 했지만, 그저 한두 번 들르겠거니, 생각했는데 그게 아니었다. 불편한 몸으로 자가용도 없는 사람이 매일같이 북아현동에서 방송국까지 나온다는 게 쉬운 일이 아니련만, 그는 연기자들보다 더 열심이었다.

멀찌감치 뒷자리에 앉아 있다가 때로, "어, 어, 바로 그거야. 그래, 맞았어. 굿, 원더풀. 원더풀." 신이 나서 소리소리 질러댔다.

'어쩜, 사람이 저리 순진할까.'

대체적으로 작가들은 표정이 없다. 유명 작가일수록 더 그렇다. 작품은 뜨거울지 몰라도 사람은 밍밍하다. 뿐인가, 거기에 거만까지 겸한 사람들이 수두룩하다. 써주고 돌아서면 그만이다. 연습장에 나타나는 작가들이 극히 드물다. 한데 김영수는 마치 신인 작가처럼, 생전 처음 자신의 작품이 드라마가 되는 것처럼 그렇게 흥분할 수가 없었다.

'어쩜 저토록 좋아할까.'

최창봉은 그렇게 천진난만한 아이처럼 소리소리 질러가며 자신의 감정을 노출하는 작가를 일찍이 본 적이 없었다. 마치 생전 처음 새 옷을 입은 어린애가 너무 좋아 어쩌지를 못하는 모습 같다고 할까. 그 순간 그는 작가도 연출가도 아니었다. 선생님도 선배도 아니었다. 다만 자신의 감정을 있는 그대로 폭발하는 티 없이 순진한 어린애였다.

예술가의 정렬이 저런 건가. 도취와 흥분의 세계. 저렇게 빠져들 수 있기에 창작을 하는 건가. 우리나라에도 저런 기질을 가진 작가가 있었던가. 최창봉은 우리 한국 사람 체질에 이런 사람도 있다는 게 신기했다. 그의 그 순수함이 너무, 너무 좋았다.

「신입사원 미스터 리」는 줄곧 청취율 1위를 달리며 대성공을 했다.

발작

이상한 소리에 유미는 잠이 깼다. 밖이 희붐한 걸 보니 아마 새벽인 듯싶었다. 아버지가 다리가 있는 줄 알고 일어나다 헛디뎌 이마를 다치신 후부터 유미는 깊은 잠을 자지 못한다. 자꾸 그 모습이 떠올라 옆방에서 바스락 소리만 나도 눈이 떠지곤 한다. 그 소리는 분명 아버지 방에서 들려오고 있었다.

"가져, 가십, 시오."

신음처럼 들려오는 나직한 목소리. 아버지 목소리 같지 않았다. 아주 깊은 동굴 속에서 사람 살려달라고 소리치다, 소리치다 지쳐서 정신이 가물가물한 상태에서 흐느끼는 듯한, 그런 괴상한 목소리였다.

간신히, 있는 기운을 다 해 토해 내는 듯한 저 이상한 목소리. 등골이 오싹해질 정도로 으스스했다.

'자동차 운전자가 분명 뒷좌석에 앉아 있는 손님과 대화를 했는데, 백미러로 보면 뒷좌석에 아무도 없다. 다시 뒤에서 흐흐, 웃는 소리가 나서 돌아다보니 분명 거기 사람이 있다. 백미러로 또 본다. 아무도 없다.'

유미는 이런 식으로 시작하는 외국 추리소설을 읽은 적 있다. 그 책 앞머리 두 쪽을 읽어보시더니, 아버지가 책을 읽지 말라 하셨다. 하지만 너무 호기심이 나 유미는 아버지 몰래 그 책을 다 읽었었다.

귀신. 지금 내 귀에 귀신 울음소리가 들리는 걸까? 어떤 사람은 여느 사람과 달리 초인간적인 능력을 가지고 있다지 않은가. 남들이 듣지 못하는 것, 남들이 알지 못하는 것을 미리 아는 신비한 힘. 그런 사람은 점쟁이가 된다고 하던데, 나에게 그런 힘이 있는 건가. 그래서 지금 이상한 소리가 들리는 건가?

"이 다리, 하나도 마저, 마저, 가져, 가십시오."

뭐라고? 유미는 부스스 일어나 앉았다.

"왼팔도 가져가십시오."

유미는 내가 지금 꿈을 꾸는 건가 싶어 방 안을 둘러보았다. 분명 꿈은 아니었다. 어스름 배경에 문살 속에 들어 있는 잎새가 보였다. 지난 가을에 창호지를 새로 바를 때 잎새를 몇 개 넣었던 것이다.

"이 오른팔은 안 됩니다. 이 오른팔은 있어야 합니다. 이 팔은 안 됩니다."

아버지는 가끔 글을 쓰실 때 변사처럼 소리를 내가며 글을 쓰신다. 어떤 때는 흑흑, 감정이 치받쳐 올라오는 울음, 그런 울음소리를 내가며 쓰실 때도 있다. '흐흑' 하며 울음을 삼키실 때는 만년필 소리도 뚝 멈춘다. 그렇게 글 속에 빠지면, 방에 누가 들어오는지, 들어왔다 나가는지조차 모르신다. 유미는 커피나 과일을 들고 방에 들어갔다가 아버지의 그런 모습이 민망해 살그머니 발돋움을 해 뒷걸음질을 쳐 나온 게 한두 번이 아니다.

지금 뭐를 쓰시는 중이더라? 「사랑은 영원히」? 아닌데, 거기 그런 대사가 나올 리 없는데. 유미는 아버지가 쓰시는 드라마, 소설, 무엇이든 대강의 줄거리를 다 알고 있다. 툭하면 아버지 방에 들어가 조용히 책상 모서리에 앉아 한 장 쓰시면 받아서 읽고 또 한 장 쓰시면 받아서 읽곤 하기 때문이다.

어느 잡지에 새로 연재를 시작하셨나? 그럴 린 없다. 일일연속극 외에도 단막극에, 특집극에 방송국 원고도 제때 써주시지 못할 정도로 밀리고 또 밀린다. 요즈음은 장편소설은 고사하고 단편 하나도 쓰실 시간이 통 없다.

"너희 다섯 다 대학 보내고 유학까지 보내자면 소설만 써서는 어림도 없다. 소설만 써서는 밥도 제대로 먹을 수 없는 게 우리 문단 현실이다."

아버지가 드라마를 쓰시는 이유다. 도대체 무슨 말일까. 내가 뭘 잘못 들었나. 다리도 마저 가져가고, 팔도 가져가라니, 도대체 그게 무슨 소릴까. 유미는 손등을 꼬집어보았다. 아팠다. 분명 꿈은 아니었다. 소리를 내지 않으려고 살살 기어 아버지 방 가까이 다가갔다. 사랑방과 건넌방은 보이지만 않을 뿐, 소리로 다른 방에서 일어나고 있는 일들을 다 알 수 있다. 그러니까 미닫이는 그저 정신적인 문에 불과하다. 들을 거 다 들으면서도 못 들은 척하기에 아주 편리한 미닫이. 그게 한국식 집 구조의 멋진 점인지도 모른다. 서양식처럼 육중한 도어로 완전 차단이 아니라는 게 무척 정겹다.

똑똑, 똑똑똑, 펜 소리가 뚝 멈추면, 잠깐 담뱃불을 당기시는구나, 지금은 커피를 한 모금 마시시는구나, 보고 있지 않아도 아버지의 일거일동을 유미는 다 알 수 있다.

'작가가 펑펑 울면서 써도 읽는 사람은 눈시울이 뜨끈해질까 말까

하다.'

아버지가 늘 하시는 말씀이다.

'문학작품은 논문이 아니다. 될 수 있는 한, 쉬운 말로 써야 한다. 누구든지 다 읽을 수 있도록. 한글을 깨우친 사람은 다 읽을 수 있도록 써야 한다. 예를 든다면, 소설 속에 '인영(人影)'이란 말 대신 '사람의 그림자'라고 풀이해 쓰는 게 훨씬 좋다.'

'작품의 소재를 멀리서 찾지 말고 자기 주변에서 찾아보라. 남이 건드린 소재는 거들떠보지도 말아라.'

'작가는 건강해야 한다. 힘이 있어야 한다. 며칠 밤을 새우고도 끄떡없어야 한다.'

'작가란 절대 특권층이 아니다. 작가가 특권층 의식을 가지면, 그 오만한 정신에서 사람의 마음을 감동시키는 글이 나올 수 없다. 가짜 인간애, 가짜 겸손, 이런 가짜 행세야말로, 작가의 말로다.'

어쩌다 한두 마디 하시는 아버지 말씀이 강의실에서 듣는 문학 강의보다 훨씬 더 소중했다.

'정말 글을 쓰고 싶으면, 지금은 그저 읽어라. 많이많이 읽어라. 글은 죽기 전에 하나만 써도 된다는 각오로 공부해라. 너무 일찍 문단에 나가면 오히려 파탄에 이르기 쉽다. 정말 문학에 뜻이 있다면 지금은 그저 읽어라.'

때로 신문이나 잡지사의 심사 원고를 보실 때면, 빨간 펜으로 철자법 틀린 것을 일일이 고치시면서, 글을 쓰겠다는 사람이 철자법도 제대로 모르면서 어떻게 작품을 제출하는가고, 글을 잘 쓰고 못 쓰고를 떠나 성실성이 부족한 자세를 탓하시곤 했다. 아버지는 성실성을 사람의 가장 중요한 덕목으로 꼽으셨다.

도대체 지금 무엇을 쓰시는 중일까. 그렇지 않아도 요즈음 아버지가 좀 이상하다. 전혀 다른 사람처럼 행동하실 때가 있다. 용달을 타고 집에 들어오신 적이 있다. 아무리 택시를 잡으려 해도 잡을 수가 없어 아예 용달에 전화를 걸으셨단다.

"아니, 세상에, 어유, 세상에."

어머니는 너무 어의가 없어 말을 제대로 잇지도 못하셨다.

"실을 물건이 뭐냐고 묻기에 '인간'이라 했지."

"인간?"

"그래. 인간. 내가 뭐 틀린 말 했소? 허허허."

그뿐인가, 하루는 국전 최우수 작품을 사 용달에 싣고 오신 적도 있다. 그날, 차 소리에 제일 먼저 대문 밖으로 나간 낭기가 흥분한 목소리로 다급하게 어머니를 불러댔다.

"어머니, 어머니, 빨리, 빨리 어머니, 좀 나와보세요."

"아니, 왜 이렇게 수선이냐 수선이. 왜 그래?"

무슨 일인가 싶어 조 여사는 안방에서 마루로 나왔지만 낭기는 보이지 않고 대신 대문이 활짝 열려 있었다.

"낭기야."

신발을 신고 마당으로 나와 막 서너 걸음 떼다 말고 조 여사는 그만 그 자리에 우뚝 멈춰 서고 말았다. 남편과 웬 남자가 대문짝보다 더 큰 상자 같은 것을 대문 안으로 들여오려고 똑바로 세웠다 옆으로 눕혔다 해가며 쩔쩔매고 있었다.

"도대체 뭐예요? 그게?"

용달 운전사가 돌아가고 난 후 조 여사가 물었지만 그는 대답 대신 그저 흐흐 웃기만 했다. 뭔가 아주 기분 좋을 때 웃는 그런 미소였다.

"아, 땀이나 좀 닦구려."

연출하러 나가는 날에는 셔츠를 두 개 따로 준비해 나가야 할 정도로 그는 땀을 많이 흘린다.

"어, 기막힌 거야. 기막힌 거. 저만큼 가 서봐요. 저만큼."

그는 땀을 닦으면서 아내에게 장독대 앞으로 가라고 손짓을 했다.
"도대체 뭐요?"
"글쎄, 저만치 가 서보라니까."
"왜요?"
"아, 금방 알게 될 테니까 자꾸 묻지 말고, 저만큼 뒤로 가서 서라고."
"낭기야, 가위 가져와라."
그는 상자에 둘둘 감겨 있는 줄을 끊고 종이를 북북 찢었다. 의자에 비스듬히 앉아 있는 여인은 빨간색 드레스를 입고 있었다.
"걸작이야, 걸작. 얼굴이 살아 있는 사람 같잖아?"
그는 지팡이를 짚고 왔다갔다하며 흥분해 어쩌지를 못해했다.
"도대체, 이게 뭐예요?"
"아, 보면 몰라요? 그림이지. 국전에서 일등 한 작품이라고."
"국전?"
"그래. 국전 최우수작이오."
"이걸 어떻게?"
"어떻게라니, 산 거지. 내가 사왔지."
"세상에……."
조 여사는 그 소리를 듣는 순간, 그냥 마당 한구석에 쪼그리고 앉았다. 국전 최우수작? 저 사람이 제정신인가? 지금 우리가 국전 작품을 살 형편인가. 구멍가게 빚도 밀려 있는데…… 국전 작품이라니!
"도대체 당신이 제정신이유?"
"왜? 뭐가 어때서 그래?"
"지금 우리가 그림 살 형편이유?"
"아니, 우리 형편이 어때서?"
"구멍가게 빚도 석 달이나 밀려 있는데, 그림이라니."

"아, 그까짓 거 문제없어. 내가 다시 건강해졌으니 그깐 게 문제요? 벌어서 다 갚을 테니 당신은 아무 걱정 말라고."

"세상에, 그나저나 그 큰 그림을 이 집 어디다 건데요?"

그림이 어찌나 큰지 어느 방에도 걸어놓을 수가 없을 정도다. 걸어놓는 건 고사하고 세워놓을 데도 마땅치 않다. 그림은 벽 하나를 다 차지하고도 남을 정도였다.

"걸 수 없으면 그냥 놓고 보면 되지 뭘."

"어디요?"

"마루."

"마루에?"

"아, 아무 데면 어때? 아무 곳이고 놓고 보는 게 목적이지, 잘 모셔 놓는 게 목적이야?"

"그런 작품은, 더군다나 국전 최우수작품이면 부잣집 벽에 걸려야 제 빛을 보는 게 아니겠소? 도대체 이 집에, 저 그림이 어울리기나 해요? 마루에 놓는다니, 창을 완전히 다 가려버릴 텐데."

"부잣집? 아, 부자들, 그놈들이 그림을 사? 돈 있는 놈들은 그림 같은 거 사지 않는다고."

그가 버럭 소리를 질러대며 흥분했다.

"돈 있다고 그림을 사? 천만에, 그놈들은 백만금이 있어도 저런 그림 안 사. 그림은커녕 책 한 권도 안 사는 게 그 무식하고 무지한 부자 놈들이라고. 그러니까 예술가가 예술가 작품을 사줘야지, 안 그래? 내가 오늘 「서울로 가는 길」 각본료 받았잖아. 연아영화사에서 기분좋게 한꺼번에 전액 다 주더라고. 그래서 그 길로 국전에 갔지."

"……."

"이병일 감독이 내가 요구하는 배우들 고대로 쓰겠다고 합디다. 주연에 김진규, 김지미, 김승호, 그러니 보나마나 히트지. 그럼 또 계속 시나리오 청탁 들어올 테고. 그까짓 구멍가게 빚이 문제야? 내가 건강만 하면 얼마든지 써낼 수 있다고, 스토리가 무궁무진해. 그러니 당신은 아무 걱정 말아요."

"당신, 그러다 또 쓰러지면 어쩌려고."

"아, 그딴 소리 마. 내가 왜 또 쓰러져? 이문호 박사가 이제 아주 좋아졌다고 했잖아. 이 박사가 그럽디다. 난 위가 튼튼해 웬만한 병은 거뜬하게 이겨낸다고. 자, 그러니 아무 걱정 말라고요. 이 박사님이 괜찮다면 괜찮은 거 아니겠어? 그나저나 얼마나 기막힌 그림이요? 그냥 가져온 거나 마찬가지야. '이거 시나리오 한 편 고료 다요' 하고 봉투째 주니까 아무 말 안하고 내줍디다."

'고료를 봉투째? 아무래도 제정신 아니지, 제정신 아니야.'

조 여사는 더 이상 아무 말도 할 수 없어 그냥 멍청하니 땅바닥만 내려다보고 있었다. 합승 종점에 있는 대흥 상회, 골목 입구에 있는 구멍가게 등, 갚아야 할 게 많다. 고료가 들어오면 한꺼번에 갚기 때문에 몇 달씩 밀려도 단 한 번도 독촉하는 법이 없는 고마운 사람들이다. 하지만 독촉하지 않는다고 조 여사 맘이 편한 게 아니다. 남에게 한 푼이라도 빚을 지고는 맘이 편치 못해 소화불량이 될 정도인데 그림이라니, 그것도 국전에서 최우수상을 탄 그림이라니, 조 여사는 너무 어의가 없어 말도 나오지 않았다.

'아무래도 요즘 과로가 겹치더니 또 이상해진 거야. 분명해. 그렇지 않고서야 놀 곳도 마땅찮은 그림을 사올 리가 있담. 좀 쉬도록 해야 할 텐데 큰일이다. 드라마도 제때 원고를 써주지 못해 계속 밀리는데 시나리오까지 쓰니, 사람이 기계가 아닌 한 어찌 견뎌낸담. 이미 이봉래 감독하고 「새댁」도 영화화하기로 약속한 모양인데, 하여튼 예삿일이 아니네.'

조 여사는 마음 같아서는 "당신 돌았소? 돌았어? 당장 그림 갖다주고 고료 봉투 찾아와요." 하고 싶었지만, 차마 그렇게까진 할 수 없어 입을 다물고 말았다. 그러지 않아도 돈, 돈…… 한다고 "내가 어디 은행이라도 뚫어오리까?" 하는 사람이다. "조금자가 어떻게 그리 돈밖에 모르는 속물인간이 되었느냐." 말만 하지 않을 뿐, 그의 시선에서 때로 그런 말을 읽을 수 있다. 허나 어쩔 것인가. 돈에 대해 전혀 관심이 없는 사람이니 어쩔 것인가. 관심도 없지만 때로는 돈의 가치, 돈의 위력조차 전혀 모르는 사람 같다.

"예술가가 예술가 작품을 사줘야지, 누가 사?"

그래. 아버지는 그런 사람이다. 무엇에 도취하면 완전히 그 세계 속에 빠져들어가는 그런 사람이다. 그러니까 지금 분명, 어떤 스토리에 완전히 파묻힌 상태이리라. 유미는 문틈 사이로 아버지 방을 들여다보았다. 사랑방과 건넌방 사이에 걸려 있는 커튼은 늘 한쪽으로 걷혀 있다. 유미가 수시로 드나들 수 있기 위한 특별 조치였다. 책상 앞에 앉아 계신 아버지의 옆모습이 보였다.

"이 팔 하나는 있어야 합니다. 나는 글을 써야 합니다. 왼팔을 가져가십시오. 왼팔을. 다리도 마저 가져가십시오. 하지만 이 팔은 안 됩니다. 이 팔은 정말 안 됩니다."

아버지는 글을 쓰고 있는 게 아니었다. 주먹으로 오른쪽 어깨를 탕탕 치면서 누구에겐가 애원하고 계셨다.

오른쪽 팔? 오른쪽 팔이 이상한가? 어깨를 주먹으로 쾅쾅 치며 몸부림치고 계신 아버지. 마치 미친 사람의 발작을 훔쳐보고 있는 듯싶었다. 아버지의 목소리는 꺼억, 꺼…… 꺼…… 꺼억…… 금방 숨이 끊어지는 듯한 그런 처절한 소리였다.

아버지는 무엇이든 다 아는 만물박사. 아버지는 사달라는 것, 해달라는 것, 무엇이든 다 해주는 절대적인 존재. 아버지는 세상 그 어떤 어려움에도 좌절하지 않는 존재. 아버지란 사람은 이런 사람 아닌가. 우리

아버지가 바로 그런 사람 아닌가.

일본에 계실 때는 가을마다 교복감을 보내주셨다. 작년에 입은 교복이 아직도 새 옷처럼 그대로라 해도 매년 다시 해 입으라며 보내주셨다. 가죽가방에도 연필에도 김나미, 김유미, 김다미, 이런 식으로 이름까지 박아서 보내주셨다. 대한민국에서 제일 갑부 아버지를 갖고 있는 친구라 해도 책가방에, 연필에 자기만의 이름이 박혀 있지는 않았다.

아버지는 원고료가 들어와도 돈에 별로 관심이 없다. 세어보지도 않고 고스란히 어머니에게 내줄 정도다. 때로는 자식들을 죽 불러 한 줄로 세워놓고 용돈을 줄 때도 있다. 주는 그 순간의 기쁨, 그러고는 그만이다. 주머니는 늘 텅텅 비어 있다. 외출할 때는 차비를 달라 할 정도로 늘 돈이 없다. 그러면서도 자식들에게는 무엇이든 최고를 늘 고집한다. 무용이든 피아노든 승마든 다이빙이든 무엇이든 자식들에게 다 가르치려 한다. 본인이 싫다면야 할 수 없지만, 소개할 수 있는 건 다 소개해야 한다는 게 그의 주장이다. 여름이면 대천으로 경포대로 만리포로 휴가를 가는 것은 물론, 한 달에 한 번씩 외교구락부에 가서 외식하는 것도 행사 중에 하나였다.

"외교구락부 가는 건 그만둡시다. 아이들이 그런 데 드나드는 거, 별로 보기 좋지 않아요."

어머니는 외교구락부에 가서 외식하는 걸 달갑게 여기지 않으셨지만 아버지는 생각이 달랐다.

"아이들 매너는 아주 어렸을 때 자연스럽게 몸에 익혀지는 겁니다. 하루아침에 되는 게 아니라고요. 이 아이들이 어른이 되어 자기들 세상이 되었을 때는 세계가 하나가 되는 세상이라고요. 우주 시대가 되는 거지. 그때 가서 한식, 중국식 말고 양식도 척척 정식으로 먹을 줄 알자면 지금부터 교육해야 한다고요."

"하지만, 그 돈이 얼마요? 그 돈이면 고기 사다가 며칠이고 먹을 텐데."

"내가 해보지 못한 거 다 해주고, 다 가르치고 싶소. 아이들이 양식 먹는 법도 제대로 알아야 해요. 국제적 수준의 매너는 하루아침에 되는 게 아니라고요. 수프를 먹을 때 소리 내지 않고 먹는 게 하루아침에 되겠어? 한식도 정식으로 먹어보고, 양식도 정식으로 먹어보고 해야지."

'내가 해보지 못한 거, 내 자식들에게는 다 해주겠다'는 게 아버지 삶의 목표 같았다. 영화배우, 최은희가 멋쟁이 가죽으로 된 반코트를 입고 집에 왔던 날이다. 아버지는 그 가죽 코트를 어디서 구했느냐고 그녀에게 물으셨다. 특별히 주문해서 구한 것이라고 그녀는 대답했다. 아마 미제인 듯싶었다. 그런데 석 주일쯤인가, 아버지는 색깔마저 똑같은 가죽 반코트를 구해 오셨다. 한 달 생활비가 훨씬 넘는 어마어마한 액수의 가죽코트였다.

"맙소사. 대한민국의 최고 인기 여배우 최은희 씨가 입는 가죽코트를 대학생에게 입히다니, 이병철 씨 딸도 그런 코트 입지 못할 텐데, 아이들을 그렇게 키워 어쩌려고 그래요? 그러니까 애들이 눈만 하늘같이 높아 웬만한 건 쳐다볼 생각도 안하지. 남들이 욕해요, 욕한다고요."

어머니는 자식들을 너무 사치하게 키운다고 아버지에게 계속 제동을 걸었지만, 아버지는 딴 건 다 어머니에게 수그러들면서도, 그것 하나만은 절대 어머니에게 굽히지 않았다.

"내가 어디 가 훔쳐오는 것도 아니고, 땡전 한푼 공짜로 생기는 것도 아니고, 순전히 내가 이 펜 하나로 벌어 내 자식들 호강시키자는 건데 누가 뭐래? 어느 놈이 뭐래?"

그런 아버지다. 그런 아버지이기에 아버지에게는 불가능이란 있을 수 없는, 절대자처럼 여겨졌다. 한데, 지금 그 절대자가 저렇게 비통하게 절규하고 있다. 자식에게는 강해 보이지만 자신에게는 한없이 나약한, 그런 이율배반적인 아버지의 모습을 훔쳐본다는 것은 공포였다.

아아. 아버지. 유미는 당장 문을 확 열고 아버지 방으로 들어가고 싶었다. 그러나 몸이 움직여주지 않았다. 손가락 하나 꼼짝할 수 없을 정도로 온몸이 얼어붙었다.

"이 팔은 안 됩니다. 이 팔은 있어야 합니다."

다리처럼, 썩어 들어와 푸석푸석 문드러지는 그 무서운 병. 그 무서운 병이 오른쪽 팔에 온 건가? 오른팔에?

유미는 이불자락으로 입을 틀어막으며 방바닥에 엎어졌다. 몸이 떨려왔다. 이빨이 드득 드드득 맞부딪치도록 떨려왔다. 상상만 해도 끔찍했다. 왼쪽 다리가 없고 오른쪽 팔이 없는 아버지. 속이 메슥메슥 토할 것만 같았다.

글을 중단하셔야 한다. 팔을 쉬도록 해야 한다. 쓰시면 안 된다. 방송극이 중단되고 신문 연재가 중단되는 한이 있어도, 당장 중단하셔야 한다.

아아. 아버지가 글을 쓰시지 않고 살 수 없을까. 원고료 없이 우리 식구가 살아갈 길은 없을까. 모든 걸 중단하면 가능한 얘기 아닌가. 외교구락부에 양식 먹으러 가는 일, 여름이면 대천해수욕장에 가는 일, 무용소도 피아노도 다이빙도 모든 것을 다 중단하면.

사실, 우리는 너무 호화스럽게 살고 있다. 부모님은 한 푼을 아끼시는 데 다섯 자식들은 최고 최대 갑부집 자식들모양 지낸다.

'너무 호화스럽다'는 말을 아버지는 싫어하신다. 아버지 자식들에게는 너무 호화스럽다, 너무 사치하다는 말이 적용될 수 없다는 것이다.

"아버지가 하도 가난하게 자라서, 그래서 그러신 거다."

어머니가 간간 그런 설명을 하셨다.

"교복을 얻어 입으셨단다. 한 해는 하복에 검정 물감을 들여 입고 가기도 하셨단다."

'나는 자랄 때 굉장히 고생했다. 너희들 이 정도는 고생도 아니다.'

본인이 고생을 하며 자란 사람일수록, 자식들에게 이런 식으로 윽박지르기 쉬운데 아버지는 정반대였다.

너무 무리하신 탓이다. 하루도 쉬시지 않고 아침부터 밤까지, 아니 밤을 새워가면서도 글을 쓰시니 그 팔이 견뎌낼 수가 있으랴. 기계인들 견뎌낼 수 있으랴. 아버지가 저 고생 안하시고 편안하게 사실 수 있는 방법은 없을까. 없을까. 없을까…….

퍼뜩 유미 눈앞에 떠오르는 얼굴이 있었다. 그래. 그 남자. 아직도 결혼 안했을까. 아직도 나에게 관심이 있을까. 얼마 전, 어머니 친구분, 미지 어머니가 사진을 갖고 왔었다. 무슨 광산이라든가, 그런 집 아들이란다. 그 집 큰아들이 막 미국 유학에서 돌아왔단다. 유미보다 아홉 살이 위니까 서른도 넘은 사람이었다.

"아이고, 이게 다 네 복이다, 네 사진을 보고 홀딱 반했단다. 글쎄, 이대 앞에 가서 이미 너를 보기까지 했다는구나."

어머니는 그 집안이 신흥 부자라는 데 흥분하셨다. 말이 들어왔던 대학 이사장 집과는 비교도 안 될 정도로 부자고 정계와도 가까운 집안이란다.

"아유. 징그러워. 나보고 서른 살도 넘은 아저씨한테 시집가라고?"

"남자가 나이가 지긋하면 사랑받고 좋단다. 봐라, 좀 의젓하게 생겼니?"

이모도 옆에서 한마디 거들었다.

효자동에 벚꽃 나무가 스무 그루도 넘는, 그런 궁전 같은 주택에서 살다, 이모부가 6·25 때 납치돼 가는 바람에 아이 셋을 데리고 마당도 없는 자그마한 집에서 고생하며 살고 있는 이모다. 이모는 전쟁 전에 살던 그 벚꽃나무 흐드러진 효자동 집 근처에 갈 일이 있으면 일부러 그 집 앞은 피해 가신단다. 그 집을 보면, 내가 한때 저 집 주인이었다는 게 도무지 실감이 나지 않을 정도라 했다.

"싫다, 싫다 하지만 말고 사진을 좀 잘 들여다보렴. 여자는 뭐니뭐니 해도 돈이 있어야 호강한다. 너 지금처럼 호강하고 살려면 이런 집에 가야 해."

엄마 대신 이모가 바짝 다가앉아 유미 코밑에 사진을 디밀었다.

"이모, 징그러워. 이 얼굴, 아이고, 능글맞아 보이잖아."

"자세히 봐라. 귀티가 나지 않니? 그나저나 고스란히 그 집 재산을 물려받을 사람이란다. 그 집 사업체가 한둘이 아니래요. 이게 다 네 복이지."

"엄마, 엄마는 어쩜 그런 말을 해요? 내 복이라니, 뭐가 복이란 말야. 부잣집 아들이라는 게 그렇게나 대단해? 엄마는 돈이면 다야?"

"아니, 얘가, 그게 무슨 말버릇이냐?"

"엄마가 자꾸 내 복이라니깐 그렇지, 복은 무슨 복이야? 엄마, 그 남자에 대해 자세히 알기나 해? 미국에서 정말 공부를 하다 왔는지, 경자 오빠처럼 학점을 따지 못해 쫓겨온 건지, 엄마가 알기나 해? 엄마는 재벌 아들이라니까 무조건 좋다는 거 아냐? 어쩜 엄마가 그런 천한 생각을 할 수 있어? 내 감정 따위는 상관없다 이거 아냐."

"감정?"

"그래. 내 감정 말야. 결혼한다는 건, 일생을 함께 산다는 건데, 어떻게 조건만 보고 가? 뭔가 서로 끌리는 게 있어야 하는 거 아냐? 어쨌든 간에 우선 호감이 가야 하는 게 아니냐고요. 개, 돼지도 아닌데 조건만 좋으면 짝 맞추어 그냥 사는 거야?"

"세상에, 이게 무슨 말버릇이냐."

유미가 파르르 떨어가며 엄마에게 폭폭 대들자, 이모가 옆구리를 꾹꾹 찔렀다.

"세상 모르는 소리. 까무러치게 좋은 사람도 결혼하고 나면 다 그게 그거란다. 좋다는 건 순간뿐이고 그 다음은 그저 돈이 있어야 해. 특히 여자는 돈이 없으면, 일생 초라하게 살다가는 거야. 엄마 봐라. 정림 아줌마, 미지 아줌마, 다들 떵떵거리고 살잖니? 그 아주머니들 학교 때는 엄마보다 훨씬 공부도 못하고 별 볼일 없었다고. 하지만 있는 집으로 시집을 갔기 때문에 지금은 엄마와 사는 게 영 다른 차원 아니냐? 나도 돈 같은 걸 우습게 보았지. 나도 꼭 너 같았다. 돈은 아주 천한 것인 줄 알았다고. 하지만 그게 아니다. 이 철부지야. 돈 있는 남자는 천박하고 돈 없는 남자는 고상하고…… 그런 게 아니라고. 그거야말로 철부지 생각이다."

"엄마. 난, 김유미로 살고 싶어요. 돈 많은 남자, 누구누구의 사모님. 그런 식으로 기생충처럼, 누군가에 의해 대우받고 누군가에 의해 내 행 불행이 좌지우지되는 그런 삶을 살고 싶지 않다고요. 나는 김유미로 살고 싶다고요. 잘 났든, 못 났든, 김유미로요."

"에그, 저게 어쩜 저리 헛똑똑일까."

'엄마는 아버지와 결혼한 걸 후회하세요?'

유미는 이렇게 묻고 싶었지만, '그래.' 소리가 나올까 봐 묻지 않았다.

"결혼을 하면 당장에 아버지 별장을 지어드리겠단다. 팔당인가 어디에 땅이 수천 평 있단다. 거기에 큼직하게 아버지 별장을 지어드리겠대요."

엄마는 유미의 약한 구석, '아버지'를 건드렸다. 별장? 강이 내려다보이는 언덕에 아버지 별장을? 넓은 뜰에서 산책도 하실 수 있겠지. 서재는 아주 넓은 방이겠지. 물론 수세식 변소에 목욕탕도 달렸겠고.

'너 아니면 안 된다'고 목매다는 사람도, 목매달 사람도 없는데, 그래 버릴까. 아직도 나하고 결혼하기를 원한다면 눈 딱 감고 가버릴까.

다음날도 또 다음날도 유미는 틈만 있으면 아버지 방에 들어가 어깨며 팔을 주물러드렸다. 오른팔이 확실히 가늘었다. 그리고 색깔도 눈에 띄게 거무스름했다.

어쩌나. 유미는 아버지 얼굴을 똑바로 바라볼 수 없었다. 아버지와 눈만 마주쳐도 죄진 사람처럼 가슴이 쿵쿵거렸다. 어머니한테 알려야 한다. 빨리 병원에 모시고 가야 한다. 아니, 그보다 더 급한 것은 연속물을 중단하는 거다. 하지만 유미는 너무너무 무서워 어머니에게 말을 할 수 없었다. 병원에 모시고 가면 당장 다리처럼 팔도 절단할 것 같았다.

어디 가서 아주 몹쓸 짓을 하고 그것이 발각될까 봐 가슴이 콩알만 해져 지내는 사람처럼, 유미는 밥도 제대로 먹을 수 없었다. 학교에도 가고 싶지 않았다. 극장으로 다방으로 신바람나게 친구들과 어울려 다니는 것도 다 싫었다. 밤이면 진땀을 흘려가며 악몽에 시달렸다. 다리 하나가 없고 팔이 하나 없는 아버지 모습에 소스라치게 놀라 깨어나면 베개가 흠씬 젖어 있군 했다.

"너, 요즘 무슨 고민거리 있냐?"

학교에서 돌아온 딸애가 사랑방으로 들어왔을 때 영수가 물었다. 영수는 유미 학교 시간표를 아예 책상 앞에 붙여놓고 있다. 그래서 어느 날은 몇 시쯤 집에 들어온다는 걸 환히 알고 있고, 그 시간만 되면 기다리곤 한다. 유미는 어김없이 제시간에 집에 돌아왔다. 행여 어디 들렀다 오는 날은 반드시 미리 전화를 했다.

"고민? 아버지도, 내가 고민 같은 게 어딨어?"

얼굴이 눈에 띌 정도로 해쓱해졌다. 머리도 아무렇게나 고무줄에 묶여 있다. 미장원도 동네 미장원은 거들떠보지도 않고 명동에 있는 '벨 미장원'만 다니는 애가 갑자기 세상 만사가 귀찮아진 듯, 표정도 심드렁했다.

"아빠 속이지 못한다. 네 얼굴에 그렇게 씌어 있는데?"

"에이, 괜히 넘겨짚지 마세요."

"남자 친구 생겼니?"

"남자 친구? 그런 거 없어. 남자 친구 생기면 제일 먼저 아버지한테 데리고 올게요."

"아버지, 여기 아파?"

유미는 아버지 어깨를 주무르면서 지나가는 말처럼 대수롭지 않게 물었다.

"아니."

"정말?"

"정말."

"근데 왜 색깔이 거무스름해?"

"글쎄, 네 눈에 그래 보이니? 아마 원고를 너무 많이 써서 그런가보지."

"아버지, 글을 좀 덜 쓰시면 안 돼?"

"써야지. 아, 써달랄 때 많이 써야지. 그래야 너희들 유학도 보내고 시집도 보내고 하지."

"나, 유학도 안 가고 시집도 안 갈 거야. 아버지하고 살 거야. 일생 동안."

유미는 아버지 등에 얼굴을 비비며 입술을 깨물었다.

병원에 가셔야 한다. 하지만 병원에 가면, 다리처럼 잘라버릴지도 모른다. 어쩌나. 갱그린은 잘라내는 방법밖에 치료가 없다지 않은가.

두 주일이 지나가도록 유미는 아무에게 말도 못하고 혼자 고민했다. 먹는 것마다 얹혀서 활명수로 살다시피 하면서, 밤이면 밤마다 무시무시한 악몽에 시달렸다.

영수는 주로 밤에 집필을 했다. 낮에는 급한 경우가 아닌 한 책을 읽고 구상하고, 그리고 간간 잠을 잤다. 한밤중에 글을 쓰고 있노라면 유미가 잘 들어왔다. 커피를 들고 들어올 때도 있고 과일을 들고 들어올 때도 있었다. 어떤 날은 그냥 살그머니 들어와 한 장을 쓰면 받아서 읽고 또 한 장을 쓰면 받아서 읽곤 했다.

유미가 문학을 하겠단다. 저도 아버지처럼 소설을 쓰고 싶단다. 그 소리를 들었을 때, 가슴이 뭉클했다. 문필가가 되겠다는 자식이 있다는 게 우선 흐뭇했다. 그러나 그 흐뭇함은 잠깐이고, 시간이 지날수록, 유미의 그 소설가 꿈은 문학 소녀들이 한때 가져보는 감상이었으면 싶었다.

엄마 노릇에, 아내 노릇에, 작가 노릇이란 그리 쉬운 일이 아니다. 특히 남녀 차별 의식이 아직도 뿌리 박혀 있는 우리나라에서 여성들이 문학을 한다는 건 그야말로 고통과 고난의 길이다. 영수는 사랑하는 딸아이에게 그런 고통스러운 길을 걷게 하고 싶지 않았다. 그저, 평범한 가정주부가 되었으면 싶었다. 성실한 남자 만나 무난하게 굴곡 없는 삶을 살아주기 원했다.

하즈예도 그렇게 옆에 앉아 시중을 들곤 했었다. 원고를 읽을 수는 없지만, 차 시중을 들고 밤참을 만들고 과일을 깎아주곤 했다. 유미가 꼭 하즈예처럼 군다. 쭈글쭈글 쭈그러든 살덩이가 징그럽지도 않은지, 대야에 물을 떠와 씻겨주고 약을 발라준다. 하루 온종일 밖에서 일어났던 이야기를 미주알고주알 하나도 빠짐없이 종알종알 댄다. 어찌나 구체적으로 이야기를 하는지 몇 시에 학생관에서 강당으로 갔는지, 몇 시에 점심을, 누구와 무엇을 먹었는지, 마치 영화를 보는 것 같을 정도다.

"아버지, 아버지."

유미는 대문에 들어서면서부터 하고 싶은 이야기가 너무 많아 참을 수 없다는 듯 숨넘어가게 아버지부터 불러댄다.

"아버지. 글쎄 말야. 버스를 탔는데 연대생이 자꾸 내 책을 뺏어 제 무릎에 놓겠지."

"그래서?"

"서대문에서 내리려니깐 책을 안 주는 거야. 다방에 가서 차를 한 잔 마시면 주겠다는 거야."

"그래서?"

"그래서, 설마 내 책을 가져가랴 싶어 그냥 내려버렸지 뭐."

"책은 어떡하고?"

"그랬더니 부랴부랴 쫓아 내리더라고."

"그래서?"

"그래서 요기까지 왔다 갔어."

"어디?"

"집 앞까지. 여기 와서야 책을 주겠지."

"왜, 차 한 잔 얻어먹지 그랬니?"

"그런 애들, 별로야. 50점도 안 돼."

영수는 유미 때문에 산다 할 정도로 유미에게 온 정을 쏟았다. 나미는 일본에서 나오는 해에 미국으로 떠났기 때문에 오순도순 정을 나눌 새가 없었다. 다미는 여학교 때는 농구하느라 늘 집에 없었고, 지금은 서울여대 기숙사에 들어가 있어 주말이나 얼굴을 본다. 학중이는 고등학교에 올라가더니 집에 붙어 있는 날이 없고 막내둥이, 은미는 아직 어리다.

"이거, 이걸 나보고 먹으라는 거야?"

쟁반이 쟁그랑, 방바닥에 내팽개쳐 졌다.

"어머, 아버지."

깜짝 놀란 낭기가 한 발자국 뒤로 물러섰다. 밥에 돌이 들어 있었던 모양이다. 하지만 머리카락이 들어 있을 때도 화를 내시지 않았다. 하다못해 지푸라기가 들어 있다 해도 화를 내실 분이 아니다. 낭기는 여태 아버지가 그 누구에게도 그렇게 화를 내는 걸 본 적이 없다.

"새로 차려 올게요, 아버지."

낭기는 주섬주섬 그릇들을 챙겨 가지고 방에서 나왔다.

'이상도 해라. 아버지가 다른 사람 같다. 눈빛이 이상하다. 눈에서 번득번득 퍼런 빛이 나는 것 같다.'

부랴부랴 상을 다시 차려 가지고 방으로 들어갔을 때 아버지는 방바닥에서 웅크린 채 코를 골며 주무시고 계셨다. 침대 위도 아닌 맨바닥이었다.

"아버지."

상을 가지고 나오다 방금 중문 안으로 들어서는 유미와 마주쳤다.

"쉬."

낭기가 손을 입에다 댔다.

"주무시니?"

"응. 언니, 그런데 말야."

낭기가 상을 땅바닥에 내려놓고 유미 소매를 잡아끌었다.

"왜?"

"아버지가 말이지, 아버지가 쟁반을 내던지셨어."

"뭐? 뭐라고?"

"아마 밥에 돌이 있었나 봐."

"그런데?"

"벨을 누르셔서 갔거든. 내가 방에 들어가자마자 쟁반을 확 방바닥에 팽개치시겠지."

"설마."

유미가 믿을 수 없다는 듯 눈을 동그랗게 떴다. 아버지가 쟁반을 내팽개친다는 건 상상도 못할 일이었다. 인자하고 다정한 아버지다. 아내와 자식들에게 큰소리 한번 치지 않는 아버지다.

"진짜라니까. 나도 얼마나 놀랐는지 몰라. 아버지가 말이지, 아버지가 다른 사람 같았어."

"다른 사람? 그게 무슨 말이야?"

"아버지 눈빛이 아주 이상했어. 시퍼런 색깔인 것도 같고, 눈알이 금방 튀어나올 것같이 무시무시했어."

"지금 주무신다고?"

"엉, 5분, 아니 5분이 뭐야. 아마 3분도 채 안 됐을 거야. 내가 상 다시 차려가지고 들어가니까 쿨쿨 주무시겠지. 방바닥에서."

"방바닥?"

"응, 방바닥에, 그냥 아무것도 깔지 않은 맨바닥에서 코를 골며 주무셔."

유미는 살금살금 조심스럽게 사랑방으로 들어가 담요를 아버지에게 덮어드렸다. 아버지는 아주 깊은 잠에 빠진 사람처럼 곤히 주무시고 계셨다. 쟁반을? 쟁반을 내던진다? 아버지가 쟁반을? 소리 한번 지르시지 않는 아버지가 쟁반을 내던진다?

왜 방 안이 이리 난장판일까. 잠에서 깨어난 영수는 일어나 벽에 기대앉으면서 우선 담배를 물었다. 방 안이 어수선하다. 원고지도 방바닥에 마구 널브러져 있다. 낭기나 유미를 부르려다가 그만두고 담배를 깊이 빨아들였다.

머리로 뜨거운 피가 콱 솟구치는 것처럼 흥분될 때가 있다. 그 순간, 눈에 보이는 게 없다. 모두 다 부숴버리고 침대 모서리에 머리를 칵 들이박고 죽어버리고만 싶다. 쓴다는 것도 지긋지긋하다. 조금 전까지 도취돼 쓰던 스토리가 다 거지발싸개처럼 지지하게 여겨진다.

원고지가 무섭다. 원고지가 밉다. 원고지가 원수 같다. 오른팔이 이따금 쿡쿡 쑤신다. 그냥 적당히 쑤시는 정도가 아니다. 아주 예리한 칼끝으로 콕 후비는 것 같다. 재떨이를 벽에 내동댕이친다. 원고 쓴 것을 모조리 찢어 없앤다. 지팡이를 내동댕이친다. 의족을 내동댕이친다. 그러다 눈을 뜨면 생각이 헛갈린다.

'아니, 이 원고, 이걸 누가 찢었지?'

차츰차츰 기억이 난다. 아주 오래전에 보았던 영화 장면이 한 장면 두 장면 흐릿하게 떠오르는 것처럼, 스토리는 이어지지 않으면서 장면만 몇 개 떠오른다.

'내가, 내가…… 미쳐가고 있는 걸까.'

영수의 발작 같은 증세는 더 잦아졌다. 이제는 집필을 못할 정도로 심해졌다. 연속물 「새댁」이 펑크 나기 일보 직전이었다.

군사 정권의 「찬란한 아침」

전혀 다른 두 인간이 하나의 몸 속에 살고 있다. 인간 자체의 양면성——선함과 악함, 진실과 가식——그 정도가 아니다. 완전히 다른 인간이다. 아이들에게 언성을 높여본 적이 없다. 아이들이든 그 누구든, 절대 인격을 무시해서는 안 된다는 게 영수의 평소 생각이다. 그래서, 아이들을 호되게 야단쳐야 할 때도 도통 야단치지 않는다고, 아내가 불평을 할 정도다.

야단칠 게 별로 없는 아이들이다. 사실, 아이들을 야단치는 경우, 냉정하게 따지고 보면 어른들의 잘못이 훨씬 더 많다. 어른들, 특히 부모들은 자기 자신의 잣대로 미리 어떤 기준, 절대 기대치를 마련해 놓고 아이들이 거기 미치지 못하면 야단을 친다. 마치 아이들이 의도적으로 그러는 것처럼. 하지만, 아이들 개개인이 다 다르다. 성격도 다르고 생김새도 다르고 취미도 다르고 생각하는 것도 다르다. 아이큐가 다르기 때문에 어떤 사물을 이해하는 속도, 수준도 제각기 다 다르다. 이렇게 다른 아이들을 하나의 기대치로 잰다는 자체가 엄청난 모순이다.

나미는 나미대로, 유미는 유미대로, 다미는 다미대로, 은미는 은미대로 또 학중이는 학중이대로 각기 독특한 개성이 있다. 한 아이는 운동을 잘해 운동 선수인가 하면 다른 아이는 운동 시간을 제일 싫어한다. 수영을 잘하는 애가 있는가 하면 물가에도 가기 싫어하는 애가 있다. 책을 끼고 사는 아이가 있는가 하면, 책을 펼치면 졸음이 온다는 애가 있다. 어떤 애는 학교 성적이 좋은가 하면 어떤 애는 성적이 별로다. 성적이 떨어지는 애한테 '네 언니는, 네 동생은' 해가면서 야단을 친다면, 그건 그야말로 부모가 무지하고 불공평한 거다. 어떻게 다른 아이와 비교해 가며 거기 미치지 못한다고 야단을 친단 말인가. 명랑하고 밝게 커주는 아이들에게 영수는 정말이지 야단칠 건덕지가 한 가지도 없었다. 더군다나 유미는 누가 시킨 것도 아니건만 어떻게 그런 생각을 했는지, 용돈 쓰임새조차 일일이 적어온다.

어느 날 얼마는 친구들하고 미진 우동 집에 가서 메밀국수를 사 먹었고, 어느 날에는 학교 앞 파리다방에서 팥빙수를 사 먹고 어느 극장엘 갔었고, 자그마한 노트북인 그 장부를 들여다보면 온종일 같이 행동한 것 같은 착각이 들 정도다.

한 식구나 다름없는 낭기는 착하고 바지런하고 음식 만드는 것도 눈썰미가 있어 외할머니에게 재빨리 배웠다. 한글도 몰랐지만, 영수가 짬짬이 가르쳐주어 이제는 책도 읽고 편지도 곧잘 쓴다.

외조카, 윤배는 고대를 졸업하고, 아직 직장을 구하지 못한 상태이기 때문에 몸이 불편한 아저씨를 도와주고 있다. 원고 전달도 하고 원고료도 타 오고, 급히 전달할 용건이 있으면 배우나 탤런트 집으로도 쫓아다니고, 목욕탕에도 같이 다닌다.

우한수는 탤런트다. 소아마비로 팔 하나를 제대로 쓰지 못하는 신인이다. 그래서 영수는 그에게 특별히 신경을 쓴다. 무엇이든 한 가지는 잘해야 먹고 살 게 아닌가. 그가 택한 길이 탤런트니까, 이왕이면 그 길로 성공했으면 싶었다.

낭기, 한수, 윤배는 식구 이상으로 너무나도 고마운 사람들이다. 없어서는 안 될 그런 사람들이다. 그런데 이상하게도 가끔 그들에게조차 아주 고약한 인간으로 돌변해 버린다. 그럴 때는 자신이 자신을 컨트롤할 수가 없다. 몸속에 괴상망측한 짐승 한 마리가 들어 있는 듯싶다.

머리로 분수가 솟구치듯, 핏줄기가 쑥 뻗쳐오르는 듯한 느낌이 들 때가 있다. 그런 느낌이 들면 몸속으로 귀신이 들어오는가 보다. 세상만사에 부정적인, 그리고 지독히 고약한 그 귀신이 몸속에 들어오면, 죽어버리고 싶어진다. 산다는 게 지긋지긋하다. 쓴다는 것도 지겹다. 조금 전까지 도취돼 쓰던 스토리가 다 너절구레한 넋두리로 여겨진다.

'이따위, 이따위도 글이랍시고.' 순식간에 원고지가 북북 찢어진다. 밤새 쓴 글들이 방바닥에 뒹군다. 인간의 모순을 파헤치고, 인간의 진실을 추구하고, 인간의 참모습을 그려보고 싶었다. 소설이든 희곡이든 드라마든 어떤 방식을 통해서든 그런 찡한 글, 감동적인 글을 쓰고 싶었다.

더 크고 더 넓은 세계. 큰 세상으로 비약하고 싶었다. 몸은 날아갈 수 없다 해도 생각만이라도 자유스럽게 더 크고 더 넓은 세상으로 비약하고 싶었다. 그런 문학을 하고 싶었다. 사람 또한 큰그릇이 되고 싶었다. 자질구레한 일에 투정을 부리고 욕심을 내는 그런 좀스러운 사람이 아닌, 대범한 그릇. 그런 사람이 되고 싶었다. 그래서 실은, 남이 시기를 하든 중상모략을 하든, 한 귀로 듣고 한 귀로 흘려보내며 지내왔다. 작은 그릇들의 복작복작대는 입방아가 도토리 키재기만큼 부질없게 여겨졌기에 화낼 줄도 모르는, 속없는 사람이라는 소리까지 들어가며 살아왔다.

그런데, 고작 이것인가. 고작! 원고지가 밉다. 원고지가 원수 같다. 이런 시시껍절한 검부래기 같은 생활부터 정리해야 한다. 그러지 않고선 글다운 글을 단 한 편도 쓰지 못하리라.

탈출. 탈출이다. 이 구속의 틀을 부숴버리고 탈출해야 한다. 더 늦기 전에. 내가 돈을 찍어내는 기계냐. 돈을 벌기 위해 글을 쓴다는 건, 내가 나에 대한 모독이다. 이건 사는 게 아니다. 이건 벌레만도 못한 삶이다. 이러면서 작가라고? 여태껏 단 한 편의 소설다운 소설도 쓰지 못한 주제에 소설가라고?

소설다운 소설. 그 누구의 평이 아니라 자신의 평에 흡족한 소설. 자신의 문을 통과하는 소설. 그런 소설이 없다. 하나가 끝나고 나면 항상 불만족하다. 부끄럽다. 이 정도밖에 쓰지 못하는가 하는 회의가 가슴을 서늘하게 한다. 하면서도, 희망, 희망이라는 기대 때문에, 늘 긍정적으로 내일을 바라보며 살 수 있었다. 한데, 아니다. 죽고 싶다. 너절너절한 글이나 쓰고 있는 자신이 경멸스럽다.

오른팔이 이상하다. 분명 이상하다. 마냥 모른 체하고 있을 수는 없다. 분명 이 팔도 서서히 썩어 들어가는 거다. 예리한 통증. 채 10초도 안 되는 번개 같은 순간이지만, 통증이 오는 순간 찔끔 오줌이 나올 정도다.

결국, 결국에는 이 팔도 잘라야 하는 건가. 동경에서 다리에 통증이 오던 꼭 그 증세니까, 이제 그 증세가 팔로 온 거다. 다리 하나 없고 팔 하나 없는 사람. 아아, 이 무슨 저주인가.

"아버지."

침대 모서리에 유미가 앉아 있었다.

"아버지."

유미는 영수 가슴에 얼굴을 묻었다.

"미안하다."

들릴락 말락 영수는 중얼거렸다. 정신이 들면 그저 미안할 뿐이다. 아내에게도 아이들에게도 낭기에게도, 한수에게도, 윤배에게도, 주변의 모든 사람들에게 그저 미안할 뿐이다.

"아버지. 커피 타다 드릴까요?"

"괜찮다."

"아버지, 의사를……."

유미가 조심스레 말했다.

"괜찮다. 너무 과로해서 그럴 게다. 좀 쉬면 될 거다. 미안하다."

영수는 유미 손을 꼭 잡고 눈을 감았다.

'유미야. 아빠가 화낸 것. 누가 미워서가 아니었단다. 아빠도 모르겠구나. 아빠도 그런 순간의 나를 이해하지 못하겠구나. 아빠도 실은 무섭다. 내가 왜 이러는지, 무섭다. 나도 참 무섭다.'

영수의 발작 같은 증세는 더 잦아졌다. 이제는 집필을 못할 정도로 심해졌다. 「문」에 이어 「그리움은 영원히」도 또 펑크 나게 생겼다.

심장 노이로제. 처음에는 그렇게 진단이 나왔다. 심장 노이로제에 신경쇠약이라고. 동네 병원 의사는 안정이 절대라며 집필을 당장 중단하라고 했다. 날이 갈수록 증세는 악화되었다. 이제는 심장 노이로제에 신경쇠약에 관상동맥 질환까지 겹쳤다.

민주당 정권을 뒤엎고 등장한 5·16은 사회 전반에 많은 변화를 가져왔다. 4·19 학생 혁명은 민주주의 혁명임이 분명하지만 미완의 혁명이었다. 주도 세력이 학생이었으므로, 그들이 정권을 장악하고 새로운 정부를 구성할 수는 없었던 것이다. 혁명은 이루어졌으나 혁명의 주체 세력인 학생들과 혁명에 참여했던 시민들은 다 제자리로 돌아가고 새로운 정부, 과도적 정부가 들어서서 혁명이 몰고 온 정국을 수습해야 했다.

과도기 정부가 해야 할 일은 기존 지배 세력 일소, 부정 축재자에 대한 처벌이었지만, 이승만 정권의 수석국무위원이었던 허정 외무장관을 수반으로 하는 내각이 이 혁명적 과제를 단행한다는 건 처음부터 무리였다.

그후 등장한 민주당 역시 정치 사회 체제의 혁명적 개편을 실시하지 못하였다. 그들 역시 구태의연한 파벌 싸움을 되풀이했다. 민주당의 구파가 갈라져 나와 신민당을 만들어 분쟁을 되풀이하는 동안 국가 행정력도 경제력도 약화되어 사회는 극심한 혼돈과 불안 속에 빠져 있었다.

사람들의 불만이 극에 달해 있을 무렵, 이런 혼돈 속에서 쿠데타가 일어났다. 민주당 정권은 불과 3, 4천여 명밖에 안 되는 소수 군인들에 의해 엎어진 것이다.

16일 오전 중에 이미, 서울의 주요 공공 기관은 쿠데타 군에 의해 완전 장악되었다. 혁명위원회는 국회 및 지방 의회를 해산하고 모든 정당 사회 단체의 활동을 금지했다. 금융 기관도 일제히 폐쇄하고, 신문이나 잡지 등 출판물의 사전 검열제도 실시했다.

쿠데타 즉시 용공 분자를 검거한다는 명목으로 2천여 명에 달하는 사람들이 연행되었다. 일부 중앙 및 지방의 신문, 통신사 등 출판 기관에 폐쇄령이 내려졌다.

쿠데타 세력은 순탄하게, 행정·입법·사법의 3권을 완전 장악한 것이다.

"군부가 궐기한 것은 부패하고 무능한 현정권과 기성정치인에게 더 이상 국가와 민족의 운명을 맡겨둘 수 없다고 단정하고 백척간두에서 방황하는 조국의 위기를 극복하기 위한 것이다."

군사혁명위원회는 '국가재건 최고회의'로 개칭하고 쿠데타의 정당성을 선포하고 6개 항에 달하는 혁명공약을 내놓았다.

1. 반공을 국시의 제일의(第一義)로 삼고 지금까지 형식적이고 구호에만 그친 반공태세를 재정비 강화한다.

2. 유엔 헌장을 준수하고 국제 협약을 충실히 이행할 것이며 미국을 위시한 자유 우방과의 유대를 더욱 공고히 한다.

3. 이 나라 사회의 모든 부패와 구악을 일소하고 퇴폐한 국민 도의와 민족 정기를 바로잡기 위해 청신한 기풍을 진작시킨다.

4. 절망과 기아에 허덕이는 민생고를 시급히 해결하고 국가 자주 경제 재건에 총력을 경주한다.

5. 민족의 숙원인 국토통일을 위해 공산주의와 대결할 수 있는 실력 배양에 전력을 집중한다.

6. 이와 같은 우리의 사업이 성취되면 양심적인 정치인들에게 언제든지 정권을 이양하고 우리들은 본연의 임무에 복귀할 준비를 갖춘다.

"윤배야, 네 생각은 어떠냐? 젊은이들 반응이 궁금하구나."

"드디어 올 게 온 거 같아요. 4·19가 무참할 정도로 정치판이 엉망이잖아요. 허정, 장면 모두 무능하기 짝이 없고, 이승만 때 사람들이 정당 이름만 바꾸고 다 등장하지 않았어요?"

"허정이나 장면 정권을 한마디로 무능하다고 매도할 순 없다. 그들에게는 그럴 수밖에 없는 한계가 있었을 게다. 어쨌든 군이 정치에 개입한다는 건, 위험한 거다. 아주 위험해. 누구든 힘센 놈이 정권을 쥘 수 있다는 건, 원시 사회에나 있을 수 있는 얘기 아니냐. 사냥을 해서 먹고 살던 시절에는 힘이 제일 센 놈이 대장이듯 말이다."

"그렇지만 아저씨, 군인들이 약속하잖아요? 정권을 장악할 뜻은 추호도 없다고. 곧 정국이 안정되는 대로 민간인들에게 정권은 이양하고 군으로 돌아간다고요."

윤배는 쿠데타가 일어난 게 천만다행이라는 듯 흥분했다.

"그래. 그랬음 좋으련만."

"아저씬 군인들 말 믿지 않으세요?"

"믿고 싶다. 믿어야겠지, 한데 정권이란 한번 맛을 들이면 아편 같은 것이라는 말이 있다. 그래서 그토록 대갈통이 터지도록 싸움질들 하잖니. 하여튼 불안하다. 언론인들을 잡아가고 신문을 폐쇄시키고 하는 게 어째 으스스하다. 보통 일이 아니다."

국민들의 반응은 크게 둘로 갈라졌다. 민주당에 기대를 가졌다가 그들의 무능함에 실망을 한 사람들은 드디어 '올 것이 왔다'며 환영하는 편이고, 또 한편에서는 그들이 표명한 주장들, '민간 정부의 능력에 대한 불신과 혐오' 및 '사회 윤리의 퇴락' 등, 그 명분이 아무리 옳다 해도 군의 정치 개입은 정당화될 수 없다는 반대 입장이었다.

물론 국민들이 한가하게 찬반 논쟁을 펼치거나, 자유롭게 의견을 발표할 상황이 아니었다. 쿠데타 반대 세력은 반국가범으로 또는 용공으로 몰리는 판이니 사람들은 고양이 앞에 쥐처럼 조용히 엎드려 있었다.

5 · 16은 방송문화 전반에도 많은 변화를 가져왔다. 언론을 비롯한 학계 문화계도 다 마찬가지지만, 군부는 문필가들을 민심 수습과 계몽에 앞장 세웠다.

'글이 총칼보다 더 무서운 무기다.'

아마 혁명 주체 세력 안에 이런 확신을 가지고 있는 사람이 있는 모양이었다. 5 · 16 다음날부터 정보부 요원들은 개별적으로 문인들 접촉에 나섰다. 작가들, 학자들에게 신문 지상에 쿠데타 지지 칼럼을 쓰게 하고, 방송작가들에게 계몽극을 쓰게 했다. 폭발적으로 붐을 일기 시작한 방송극은 가장 빨리 대중에게 다가가는 지름길이었던 것이다. KBS에서 활동하고 있는 작가들 전원에게 개인 접촉이 시작되었다.

"도와주십시오. 국가 재건 사업에 앞장서 주십시오. 저희들은 선생님의 협조와 지지가 필요합니다."

군복을 입은 40대 초반의 두 남자가 북아현동으로 찾아왔다. 군복은 입었지만 계급장은 없었다. 그들은 정보부에서 나왔다고 자신들을 소개했다.

"국가와 민족의 수난을 피하기 위하여 취한 구국 행위라는 걸 국민들에게 이해시켜 주십시오."

그들은 아주 정중했다. 이미 여러 신문이 폐쇄당하고 언론인들이 투옥되고, 수많은 사람들이 용공으로 잡혀들어 간 판국이었다.

"나는 지금 보시다시피 병중이라 글을 쓰지 못합니다."

"새로운 작품을 써주십사 하는 게 아닙니다. 얼마 전에 쓰신 그 연속극, 「신입사원 미스터 리」 후속편이라 여기시고 써주시면 됩니다. 그 정직하고 정의로운 사나이처럼. 한 이틀이면 가능하지 않을까요?"

'무식한 놈. 내가 대서방이냐. 방송극을 이틀 내로 끄적여? 쓰는 거야 하루라도 되지만, 작품 하나가 완성되려면 구상하는 시간이 필요한 거다. 그게 한 달 걸릴 수도 있고 석 달 걸릴 수도 있는 거라고. 무식한 놈.'

이런 말이 울컥 올라왔지만 영수는 끝까지 침착하게 좋은 말로 거절을 했다. 군사 정권은 KBS에 「찬란한 아침」이란 대규모 특집을 마련하고 현재 활동 중인 작가들을 총동원시키고 있는 중이었다. 최요안이 이미 「그날의 작별」로 첫 테이프를 끊었다.

"내일 다시 찾아뵙겠습니다."

그들은 아주 깍듯했다. 전혀 강압적이지 않았다. 그러나 다시 오겠다는 뜻만은 분명히 하고 일어났다. 다음날 비슷한 시간에 그들이 나타났다.

"의사 진단서가 여기 있습니다. 병원에 들어갔다 막 나온 길입니다.

지금 정말 아무것도 쓸 수 없는 상태입니다. 절대 안정이 필요하다고 해서, 쉬고 있는 중입니다. 나중에 쓰지요. 나중에 건강이 회복되면."

"그러십시오. 그러셔도 좋습니다."

"그런데 잠깐 모시고 갈 데가 있습니다."

두 사람 중에 조금 더 나이가 들어 보이는 군인이 한 말이다.

"나를? 어디를?"

"잠깐이면 됩니다. 저희들과 같이 외출해 주셨으면 합니다."

"네?"

"잠깐이면 됩니다. 차로 모시겠습니다. 옷을 갈아입으실 필요도 없습니다. 그냥 입고 계신 대로 잠깐만 다녀오시면 됩니다. 아주 잠깐입니다."

"어디를? 어디를 가시는 겁니까? 선생님은 지금 병중이십니다."

아내가 마루에서 마당으로 내려서며 당황해했다. 아내는 어제 군복 입은 사람들이 나타나는 순간부터 무서워 잔뜩 긴장돼 있었다.

"아, 인민군이 나타난 것도 아니고, 우리 군인데 뭘 그리 떨어?"

아내는 영수가 농담처럼 한 말에 망연한 표정이 되어 중얼거렸다.

"난, 군복 입은 사람은 다 무섭더라. 무조건."

"무슨 소리야. 벌써 잊어버렸어? 피난갈 때, 그 군인, 그 은인을 설마 잊어버린 건 아니겠지."

"그 사람을, 어떻게 잊어요."

"그러니까 군인을 무서워하지 말라고. 우릴 살려준 그 사람도 군인이었잖아. 그 사람 아니었으면 어떻게 대구까지 기차를 타고 갔겠어. 믿어야지. 우리가 우리 군을 믿지 못하면 어떡하겠소."

피난가라고 돈뭉치를 주고 간 정훈국 장교. 이름도 모르는 사람. 바람처럼 나타나 돈만 주고 또 바람처럼 가버린 사람. 나중에 영수는 정훈 장교이면서 시인인 이용상에게, 또 포 대령, 이기련에게 당신이 보낸 사람이냐고 물어보았지만 그들은 모르는 일이라고 일축했다. 그러나 영수는 알 것 같았다. 필경 기인(奇人) 포 대령이었으리라는 것을.

그가 어느 겨울날 얼음판에 쓰러져 객사했다는 소식을 일본에 있을 때 들었다. 이제 다시는 그의 입버릇 "이 답답한 동물들아! 이 불쌍한 동물들아! 이 철학이 없는 동물들아!" 하는 말을 들을 수 없게 된 게 영수는 가슴 아팠다.

엄동추위에 늘 밖에서 기다리고 있는 사람이 입어야 한다며 선물받은 미제 점퍼와 운전병 점퍼를 바꿔 입은 괴짜. 눈이 펑펑 내리는 날, 오래전에 망우리에 매장된 친구를 찾아가 눈보라 속에 오죽 술 생각이 나겠느냐며 술을 뿌려주던 그 광기. 남하하는 피난민 행렬에 적 게릴라가 끼어 있으니 포격하라는 미군 고문의 명령에, 그 행렬 속에 우리 형제자매들이 있어 포격할 수 없다고 불복종한 배짱. 인간적인, 너무나도 인간적인 사람. 그도 분명 대한민국 군인이었다. 그러니 어찌 군인을 무서워만 할 것인가.

"작품 쓰실 때 혹시 도움이 될까 해서 모셨습니다."

그들이 영수를 데리고 간 곳은 남산 근처에 있는 건물이었다. 1층은 그저 평범한 회사 사무실 같았다. 군복을 입은 사람들은 한 명도 보이지 않았다. 문을 열고 안으로 세 사람이 저벅저벅 걸어 들어갔지만 그 아무도 시선을 돌리지 않았다. 약속이라도 한 듯, 아니면 전혀 보이지 않는 듯, 자기 할 일들만 하고 있었다.

사무실을 지나 뒷문으로 나가 지하로 내려갔다. 그리고 다시 지하 2층에서 3층으로 내려갔다. 2층과 3층이 전혀 달랐다. 육중한 철문을 지나 3층으로 내려가자 방문이 닫혀 있는 자그마한 문들이 다닥다닥 붙어 있고, 그 안에서 당장 숨넘어가는 듯한 사람들의 비명이 들려왔다.

다리가 후들후들 떨렸다. 심장이 뚝 멈춰버릴 것만 같았다. 서울 한복판에 더군다나 남산 방송국과 아주 가까운 거리에 겉보기에는 여느 사무실 빌딩처럼 평범해 보이는 건물 안에, 이렇게 무시무시한 세계가 있다는 게, 실감이 나지 않을 정도였다.

불현듯 일본 경찰에게 당했던 고문이 떠올랐다. 가죽 채찍이 등을 내리칠 때마다 나중에는 똥오줌이 한꺼번에 쏟아져 내렸었다. 6·25때 정치보위부에 잡혀가 당했던 고문도 떠올랐다. 관처럼 생긴 나무궤짝에 처박히는 순간, 숨이 딱 끊어질 것 같은 공포. 그 공포에서 살아나온 영수는, '내가 심장 하나는 아주 튼튼하구나' 하고 생각했었다. 그러나 그때는 조선 학생이 일본 경찰에게 당한 것이고, 대한민국 작가가 공산당한테 당한 것이다.

지금은 민주공화국, 대한민국이다. 그리고 나는 대한민국 법으로 보호를 받을 수 있는 국민이다. 그뿐인가? 나는 이날 이때까지 그 누구에게 사기친 적도 없고, 해코지한 적도 없다. 오직 글만 써왔을 뿐이다. 하지만, 이런 원리 원칙이 하등 무슨 소용 있는가. 때리고 지지고 주리를 틀면 당하는 수밖에.

지금 저 안에서 개돼지만도 못한 취급을 받아가며 고문을 당하고 있는 사람은, 어쩌면 며칠 전 쿠데타를 폭동이라고, 반란이라고 보도한 신문기자일지도 모른다.

이 비극. 우리는 언제나 이 비극의 소용돌이에서 헤어난단 말인가. 환도하고 폐허 속에서 먹고 살기에 급급해 모두들 기진맥진해 있는 상태에, 정치인들은 정권 다툼에 혈안이 되어 있다가, 드디어 쿠데타다. 그래. 윤배 말처럼 오히려 잘된 일인지 모른다. 시원한 일인지 모른다. 민주주의를 할 자격이 없는 백성. 우리는 그런 무지몽매한 백성인지 모른다. 인정하기 싫지만, 우리는 그런 지지리 못난 종족인지 모른다. 하지 않고서야, 어떻게 남북한, 동족 살인극을 벌이고 나서도 정신을 차리지 못하고 지금 이 지경에까지 이르렀단 말인가. 누구를 탓할 것도 없다. 내 자신, 내 스스로가 다 죄인이다. 우리 모두에게 책임이 있다.

군인들이 말하는 것처럼 너무 썩어버린 정치판이기에, 이렇게 확 엎어버리고 참신한 새 사람을 찾는 게 보다 현실적인지 모른다. 군인들은 빠른 시일 내에 민간인에게 정권을 이양한다고 약속하니까, 그걸 믿어야겠지. 속고 또 속아도 믿어보는 수밖에.

믿었다 실망하고 또 속는 한이 있어도 인간이 인간을 믿지 못한다면 그 세상은 말세 아닌가. 학생들이 희생해 가며 이루어낸 민주주의가 싹이 제대로 크기도 전에 짓밟히는 게 미안했다.

절대 권력. 절대 권력이란 독재일 수밖에 없다. 아무리 목적이 거룩하다해도 절대 권력이란 독재가 될 수밖에 없다. 이게 무섭다. 이게 섬뜩하다. 그러나 어쩔 것인가. 계몽극을 쓰는 수밖에. 나에게는 '죽이려면 죽여라' 할 배짱도 없고 기운도 없다. 솔직히 남산에 다녀온 후부터 악몽에 시달린다.

영수는 알몸이 되어 개새끼처럼 새끼줄에 꽁꽁 묶여 천장에 매달려 있다. 조금 떨어진 곳에서 두 명의 남자가 이야기를 주고받으며 설렁탕을 먹고 있다. 그들은 아이들 이야기를 정답게 주고받는다. 첫째 놈이 고등학교에 진학했다는 한 남자의 이야기에, 다른 남자는 자기 딸도 합격되었다며 구수하게 웃는다. 조금 전까지 사람을 때려죽이겠다는 듯, 패대던 악마의 모습이 아니다. 어느 동네에서나 찾아볼 수 있는 맘씨 좋은 평범한 아저씨들이다.

진저리를 치다 눈이 떠진다.

영수는 「어느 골목 안 풍경」을 쓰고 다시 쓰러졌다.

5·16 정권의 구상인 계몽드라마, KBS의 「찬란한 아침」은 최요안, 이서구, 주태익, 김영수를 비롯해 조남사, 임희재, 김자림 등등 가장 활발하게 활동하는 작가들이 대거 참여한 특별 계획이었다.

박쥐 사냥

"박쥐를 잡아오라는구나."

미아리 고개 넘어 한의원에 다녀온 조 여사가 한숨을 푹 내쉬며 말했다. 박쥐, 살아 있는 박쥐. 그 생 박쥐가 들어간 약을 써야 한단다. 팔이 거무죽죽해져 가고 있다는 소리를 듣고는 걱정 말라고, 자기가 말짱하게 고쳐놓을 수 있다고 장담했다. 그저 생 박쥐만 가져오라고.

한의가 박쥐 구하는 곳을 잘 알 것 같은데 왜 굳이 구해 오라 하는지 의아했지만 조 여사는 묻지 않았다. 구해 오라 할 때는 그만한 이유가 있을 성싶었다. 생 박쥐 아니라 그 무엇이든 구해 봐야지 어쩔 것인가. 남편은 하루가 다르게 말라가고 있다. 뼈만 앙상하게 남아 이제 제대로 걷지도 못하고 앉지도 못한다. 헛것이 보이는지 가끔 비명을 질러대기도 한다. 벌써 다섯 달이 넘도록 영수는 서울대학 병원에 입원해 있다. 주치의인 이문호 박사는 남은 건 수술하는 길밖에 없다고 했다. 물론 성공 확률이 희박하단다.

"하지만, 김 선생님은 남달리 의지가 강하신 분이니까, 이번에도 일어나실 겁니다. 김 선생님은 집념이 참 대단하신 분입니다. 작가들의 작품에 대한 집념이, 그렇게 무서운지 몰랐습니다. 작품에 대한 그 불같은 열정이 다시 김 선생님을 회복시켜 드릴 겁니다."

이 박사의 침착한 목소리가 진지했다.

그는 일찍이 작가를 환자로 대해 본 적은 없지만, 김영수를 통해 작가의 세계를 어렴풋하게나마 이해할 것 같았다. 여느 작가들도 그런지 모르겠지만, 김영수는 확실히 보통 환자들과 다르다. 의사의 말이라면 하느님 말처럼 절대적으로 믿는다. 꼬치꼬치 캐묻는다든지, 미심쩍어 반문한다든지, 그런 게 전혀 없다. 무슨 말을 해도 무조건 믿고 따른다. 흔히 지식인이라는 사람들이 그렇듯, 자신이 의학에 대해서도 뭔가 아는 척, 절대 그런 티를 내지 않는다. 그저 선생님 말씀이라면 무엇이든 복종하겠다는 그 순진함이 아주 특이하다.

"나는 아직 죽을 수 없습니다. 나는 꼭 써야 할 글이 있습니다. 꼭 써야 할 게 있습니다."

꼭 써야 할 그것이 무엇인지, 김영수 자신 외에는 아무도 모르겠지만 그는 의식이 가물가물한 상태에서도 잠꼬대처럼 그 말을 되풀이하곤 했다.

"박쥐?"

"그래. 박쥐가 있어야 한다는구나. 산 박쥐 말이다. 세상에, 어디가 산 박쥐를 구하나."

"엄마, 지금 아버지 병원에서 치료받고 계신데 왜 한의사한테 갔어?"

"하도 답답해서 그런다. 굉장히 용하다고 해서 가봤다. 아버지 증상을 말했더니 자기가 틀림없이 고쳐놓을 수 있다고 장담하더구나."

"이문호 선생님이 아시면 안 좋아하실 텐데."

"그러지 않아도 환자를 직접 보러 오겠다는 걸 내가 말렸다. 하지만 어떡하니. 좋다는 건 다 써봐야지."

유미는 그동안 아버지를 치료해 온 의사들 중에 이문호 선생님을 제일 신뢰했다. 이 박사님이 반드시 아버지를 구해 주실 것 같았다.

"의사 선생님한테는 말씀드리지 말아야지. 어떡하니. 지금은 그저 지푸라기 하나라도 잡고 싶은 심정인걸. 아버지가 일어나셔야지, 저러다 못 일어나시면 어쩌니."

요즈음 조 여사는 툭하면 구들장이 가라앉을 듯 한숨을 내쉬는 버릇이 생겼다. 이제 완쾌되었는가 싶으면 다시 쓰러지고, 또 쓰러지고 하는 남편. 그러면서도 글을 계속 써야 하는 그가 안쓰럽고 불쌍했다.

'그 여자를 데려올 길은 없을까.'

의식이 있는 건지, 없는 건지, 송장처럼 누워 있는 남편을 바라보며 조 여사는 툭하면 이런 생각을 했다.

호르몬 불균형. 감당하기 힘든 충격이나 슬픔, 그런 감정의 극치가 큰 원인이 될 수 있다는 '그레이브스 병'. 그 병마에서 벗어나는 길이 오직 그 여자뿐이라면 어쩌겠는가. 이제는 남편에 대한 실망이나 분노 같은 감정도 다 사라졌다. 그저 그에 대한 측은함이 눅눅하게 가슴을 적실뿐이다.

조 여사는 그 일본 여자가 천사보다 더 귀하고 고마운 존재, 절대적인 존재였다는 남편의 고백을 이해할 수 있었다. 아내이기 전, 한 인간으로서, 그의 절박함, 그리고 사랑에 빠져들 수밖에 없었던 그 당시 그의 입장을 진심으로 이해할 수 있었다. 그래서 이제라도 그럴 수만 있다면 그가 다시 유엔방송국으로 돌아갔으면 싶었다. 정말 그럴 수만 있다면 그를 놓아주고 싶었다. 그리하여 반복되는 병마에서 벗어나게 해 주고 싶었다. 그런 길만 있다면.

안수길, 황순원, 박영준, 김광주, 윤석중, 김동리, 구상, 유주현, 장덕조, 최정희, 손소희, 박현숙…… 많은 문인들이 문병을 오고, 신상옥, 김수용 감독 등, 이해랑, 김동원, 황정순, 최은희 같은 배우들, 그리고 방송국 임원들, 탤런트들도 줄줄이 찾아왔다. 그들이 들고 온 꽃들이 창가를 가득 메워 이제는 바닥에까지 발디딜 틈이 없을 정도로 놓여 있다.

"저 꽃이 다 약값이라면……."

어느 날 잠들어 있는 김영수를 물끄러미 쳐다보고 있던 윤석중이 혼잣말처럼 중얼거렸다.

"네?"

금자는 방금 윤석중이 뭐라 말했나 잘 듣질 못했기에 되물었다.

"아, 아닙니다. 그저 공상해 본 겁니다. 저 꽃값이 다 약값이라면 하고 말입니다."

윤석중이 입가에 잔잔한 미소를 띤 채 말했다.

"아, 네."

약값, 그래 꽃이 다 약값으로 둔갑한다면 얼마나 좋을까. 이제는 어디가 돈을 빌릴 곳도 없다. 집을 파는 길밖에.

"이 친구 어서 일어나야지, 한두 달도 아니고 병원비가 엄청날 텐데요."

그는 시선을 조 여사에게 돌리며 나직이 말했다. 어린 시절 친구. 다알리아 음악회에 같이 다니며 노래를 배우던 친구. 장안에서 조금자를 모르면 간첩이라는 소리를 들을 만큼 날리던 여자. 예쁘고 똑똑하고 자존심 강하던 그 여자가 지금은 바싹 말라버린 가을 잎새처럼 앙상한 모습인 게 안쓰러웠다.

김성진 의사에게 발가락 절단 수술을 할 때부터 푸석푸석 살이 썩어 문드러지는 갱그린으로 고생하더니, 끝내는 동경에서 다리 절단까지 하고 지팡이를 짚고 돌아온 영수. 폭발 직전의 화산처럼 정열이 넘쳐 어쩌지를 못하는 성격이다. 그 불같은 성격이 저렇게 송장처럼 누워 있자니 오죽 답답할까. 언젠가 북아현동에 갔을 때다.

"어서 일어나. 바깥 구경도 좀 하면서 글을 써야지, 원 사람도."

했을 때, 그가 나직한 목소리로 말했었다.

"사람 곁에 가기가 미안해 그래. 내 다리에서 냄새가 나."

늘 쓸 게 많아서라고 핑계를 대더니 그날 따라 착 가라앉은 음성으로 조용히 말했다.

"냄새?"

"아무리 향기 나는 파우더를 뿌려도 소독약 냄새, 고름 냄새, 연고 냄새가 범벅이 되어 고약해."

"냄새는 무슨 놈의 냄새."

면박 주듯 말을 받으면서 윤석중은 코끝이 아려왔었다. 유난히, 수선스러울 정도로 청결에 신경을 쓰는 영수다. 구질구질하고 후줄그레한 걸 딱 질색하는 그는, 동경 유학을 끝내고 돌아온 학생 시절부터, 우리나라 사람들이 일본 사람들에게 무시당하는 큰 이유 중에 하나가 청결하지 못한 점이라고 누누이 지적했었다.

'그래. 그러자. 저 꽃값을 모두 약값으로 바꾸도록 하자.'

방 안 가득 차 있는 꽃을 보면서 그날 윤석중은 아이디어를 떠올렸다.

'사후의 조화보다 생전의 약값을.'

그날 이후 당장, 윤석중은 이 구호를 내걸고 전국적으로 김영수 구원 운동에 나섰다.

"김영수가 병석에서 일어나지 못하고 죽는다면 꽃다발이 많이 들어올 것 아닙니까. 사실, 해방 직후부터 이 땅의 연극인이든 탤런트들이든, 김영수 덕을 보지 않은 사람들이 거의 없을 정도 아닙니까."

"그건 옳은 말입니다. 이 땅의 연극인들 치고 김영수 선생 혜택 받지 않은 사람 드물지요."

"그래요. 모두가 가난하던 시절, 그저 단역이라도 주려고 애쓴 분이 바로 김영수 선생이시죠. 요즘 연기인들은 그 당시 그 궁핍상을 도저히 상상도 못할 겁니다. 그 당시, 역 하나 딴다는 건 끼니를 해결하는 문제였지요."

이해랑도 김동원도 황정순, 김승호 모두 열심히 연극계 모금 운동에 나섰다. 문학계에서는 박영준, 김동리, 김광주, 황순원이 앞장서 뛰고, 서정주, 박목월을 비롯한 시인들도 적극 참여했다. 방송계는 말할 것도 없고 음악, 미술을 총망라한 예술계가 모금 운동에 열성을 보였다.

'사후의 조화보다 생전의 약값을.'

서울은 물론 전국 각 지방지까지 이 구호가 기사화되어 나가기 시작하자, 구원 운동을 편지 열흘 만에 1만 1900환이나 걷혔다. 이화여자대학 국문과 학생들을 비롯해 대구의 경북여자고등학교 2학년 학급 전원까지, 반응은 놀라울 정도였다. 멀리 제주에서는 한약을 한 보따리 들고 직접 찾아온 사람도 있었다.

"그저 송구스러울 따름이오. 이거, 문단의 대선배이신 염상섭 형에게 전해 주오."

모금 봉투를 받고 감격에 찬 영수는 그 자리에서 한 뭉치를 꺼내 중풍으로 고생하고 있는 염상섭에게 전해 달라며 울먹였다.

"박쥐. 박쥐를 어디 가 잡아오지."

조 여사가 또 땅이 꺼져라 한숨을 내쉬며 혼잣말하듯 중얼거렸다. 유미가 아빠를 위해 산동 광산 집으로 시집을 가주었으면, 하는 바람이 이제는 딸애가 원망스러운 마음으로까지 변해 갔다. 제 아빠가 저렇게 해골처럼 돼 사경을 헤매고 있는데, 아빠를 위해 효도하는 심정으로 시집을 가주면 얼마나 좋을까 싶었다.

"박쥐, 파는 곳 없어요?"

조 여사는 대답 대신 유미를 찬찬히 뜯어보듯 바라보았다. 이제 대학 4학년생. 새벽 이슬을 듬뿍 받은 한 송이 장미꽃 같은 아이. 영화사 감독들이 김 선생님 따님을 영화에 출연시키고 싶다고 졸라대는 것도 이해가 간다. 동아영화사에서 「사랑이 문을 두드릴 때」를 만들 때, 이성구 감독이 딸 역으로 유미가 적격이라며 그토록 문턱이 닳도록 드나들며 졸랐었다. 하지만 유미는 막무가내였다. 아버지처럼 시나리오를 쓰는 사람은 될망정, 배우는 싫단다.

'에그, 저것이 그저 아버지 위해 그 광산 집으로 시집을 가주었으면 오죽 좋을까.'

"엄마, 박쥐 파는 곳 없냐고요."

"응?"

"엄마, 뭐 생각해? 박쥐 파는 곳."

"응, 그래. 박쥐…… 박쥐."

"한의사가 산 박쥐 구하는 길을 모른대요?"

"글쎄 말이다. 모르니까 나보고 구해 오라겠지."

"무슨 한의사가 그래? 정말 유명하긴 유명하대?"

"그렇단다. 그 집 약을 먹고 암 환자도 멀쩡하게 일어났대요."

"정말?"

"그렇다니까."

"누가 그래요?"

"미지 아주머니가 그러시더라. 미지 외할머니도 그 집 약 잡수시고 중풍도 고치셨단다."

"박쥐. 박쥐를 어디가 구하나."

유미는 미지 외할머니가 중풍도 고치셨다는 말에 솔깃해졌다.

"글쎄 말이다."

박쥐가 필요하다는 말을 들은 날부터 유미는 학교고 뭐고 다 집어치고 박쥐를 찾아 나섰다. 홍제동 너머 화장터 근처에 박쥐가 있다면 그곳으로 달려가고, 광나루 건너 봉은사 근처에서 박쥐를 본 사람이 있다면 그곳으로 달려갔다. 박쥐만 골똘히 생각하다 무심히 공중에 날아다니는 새를 바라보면 순간적으로 그 앙증스럽고 귀여운 새들이 시커먼 박쥐로 둔갑해 있기도 했다.

"우리 오빠가 그러는데 수원 북문에 박쥐가 있대."

하루는 순희가 가져온 소식이다.

"정말? 그거 정말이니?"

"우리 오빠가 그러니까 정말일 거야."

군대 다녀와 서울대 농대에 다니고 있는 순희 오빠는 수원 근처에서 하숙을 한다고 했다.

"네 오빠가 박쥐를 직접 봤대?"

"직접 봤는지 어쨌는지는 모르겠지만 하여튼 거기가 박쥐 소굴이래. 우리 오빠가 안내해 주겠단다."

순희가 웃어가며 말했다.

"고맙지만 친척 오빠들하고 갈래."

다음날로 유미는 여창이, 종수와 함께 수원으로 박쥐 사냥을 떠났다.

"언니, 나도 같이 갈까?"

아침 일찍 수원으로 떠날 차비를 하는 언니에게 다미가 물었다.

"너 오늘 시합 있잖아?"

"하지만 박쥐가 더 급하잖아."

"너는 그냥 시합 가. 내가 잡아올게. 오빠들하고 가니깐 걱정 마. 근데 오늘은 내가 머리 땋아주지 못해 어쩌니?"

"괜찮아. 언니도 참, 지금 내 머리 걱정할 때야?"

다미가 픽 웃었다. 두 살 차이인 유미와 다미는 단짝 친구처럼 아주 가깝다. 다미 농구 시합이 있는 날이면 청량리든 노량진이든 어디든 유미가 머리를 땋아주러 간다. 버스를 세 번씩 갈아타면서도 지루한지 모르고 간다. 마치 그것이 자신의 임무처럼, 그날은 그보다 더 중요한 일이 없을 정도로 유미는 동생 시합 전에 머리 땋아주는 일을 절대 거르지 않는다. 머리는 시합하기 바로 전에 긴 머리를 단단하게 잡아당겨서 땋아야 시합이 끝날 때까지 흐트러지지 않는다.

"지금 땋아줄까?"

"그만둬. 시합은 오후에 있는데 뭘."

"내가 지금 단단하게 땋아줄게."

"괜찮다니까."

"어디 땋아보자. 오후까지 가나 안 가나 보자. 느슨해지면 할 수 없고, 하여튼 지금 땋아보자."

유미는 싫다는 다미를 돌려 앉혀놓고 허리까지 오는 긴 머리를 윤기가 자르르 흐르도록 빗고 또 빗은 후, 한 줄 한 줄, 새끼를 꼬듯 잡아당겨서 땋기 시작했다.

"언니. 수원에 정말 박쥐 있대?"

"응. 북문이 박쥐 소굴이래."

"또 헛걸음치는 거 아냐?"

"순희 오빠가 하는 말이니까 틀림없겠지."

"순희 언니 오빠 말야?"

"응, 서울대 농대 캠퍼스가 수원에 있잖아."

"그래? 서울대 농대가 수원에 있어?"

"실은 나도 몰랐어. 순희가 말해 알았지."

"어떤 사람들이 농과대학에 다닐까?"

"순희 오빠는 꽃가꾸기가 취미래. 걔네 집에 가보면 이름도 모를 꽃들이 많아. 마치 꽃 장사하는 집처럼 비닐하우스까지 있어. 집이 정릉에 있는데 산 하나가 다 그 집이야."

"그 오빠가 언니 좋아하지?"

"몰라. 왜?"

"전에 영화 구경시켜 주겠다고 집으로 전화까지 했잖아? 그런데 언닌 왜 그 오빠 싫어해?"

"얘는, 싫고 좋고가 어디 있니? 그저 친구 오빠일 뿐이지."

"그러니까 끌리는 타입이 아니다 이거야?"

"아이고, 움직이지 말고 가만히 좀 앉아 있어."

이상한 일이었다. 유미 일행이 수원 북문에 도착했을 때, 그곳에는 박쥐 사냥을 나온 팀이 둘이나 더 있었다.

"오빠, 참말로 이상하지? 어쩌면 박쥐를 찾는 사람들이 또 있을까."

"어떡하지? 저 사람들이 박쥐 다 잡아가면 어떡하지?"

유미는 박쥐를 잡으러 나온 사람들이 한 팀도 아니고 둘씩이라 조바심부터 났다.

"다 잡아가긴, 뭘 다 잡아가겠어?"

"만약, 박쥐가 딱 하나만 있으면 어떡하지? 그럼 우리 사정을 말해볼까? 우리가 정말 급하다고."

"저 사람들도 다 나름대로 이유가 있어 박쥐를 구하러 왔을 텐데."

"어떡하지?"

유미는 속이 타는지 입술을 자근자근 씹었다 손톱을 물어뜯었다 해가며 안절부절못했다. 하지만 박쥐가 없었다. 수원 북문에 틀림없이 박쥐가 있다고 했다. 한두 마리도 아니고 박쥐들이 우글거린다고 했다. 한데 우글거리기는커녕 단 한 마리도 보이지 않았다.

"순희 오빠 순 엉터리네."

"엉터리긴. 저 사람들도 여기 박쥐 있다는 소리를 듣고 온 거 아니겠어."

"아이고 하여튼 어쩌지 오빠."

"저, 박쥐를 구하러 오신 것 같은데요."

난감한지 돌층계에 앉아 줄담배를 피우고 있는 남자에게 여창이가 먼저 말을 걸었다.

"아, 네. 그런데 박쥐가 없으니, 이것 참 큰일났습니다."

"그러게 말입니다. 저희들도 박쥐 사냥 왔거든요. 저는 윤여창이라 합니다."

여창이 그에게 악수를 청하며 물었다.

"그런데 박쥐는 어디 쓰시려고?"

"아, 네 저는 KBS에서 나온 황구연이라 합니다. 방송극 쓰시는 김영수 선생님이 몹시 편찮으시다고 이상만 선생님이 박쥐 잡아오라는 명령이 떨어졌습니다. 아마 한약에 필요한가 봅니다."

"어머머, KBS에서 나오신 거예요? 이상만 아저씨가 박쥐 잡아오라 하신 거예요? 세상에, 세상에."

"네?"

저만치 층계에 주저앉아 있던 유미가 발딱 일어나 그들 가까이 다가오자 그 남자도 얼떨결에 일어나며 머쓱한지 손바닥을 비벼가며 유미를 찬찬히 바라보았다.

"이거 참, 우리도 아저씨 박쥐 잡으러 온 겁니다. 저는 조카고 여기 유미는 둘째 딸입니다."

"김영수 선생님 따님이시라고요?"

유미는 생긋 웃어가며 그렇다고 고개로 인사를 했다.

"전 말입니다. 선생님이 의족을 하고 다니신다는 걸 여태 모르고 있었습니다. 지팡이는 멋으로 짚고 다니시는 줄 알았죠. 늘 시커먼 선글라스 쓰시는 것처럼 말입니다."

담배를 피우던 남자 곁에 있는 앳돼 보이는 청년이 한 말이었다.

'세상에, 아무려면 멋으로 지팡이를 짚고 다닌담. 지팡이가 얼마나 불편한데.'

유미는 속으로 이런 말을 톡 내뱉었다.

수원 북문으로 박쥐 사냥을 하러 나온 팀들은 유미네 일행 외 KBS에서 나온 황구연 일행, 그리고 또 한 팀은 기독교 방송국에 서민구 씨가 보낸 사람들이었다.

"박쥐 잡기 전에는 돌아오지 말라는 명령입니다. 이거, 큰일났습니다."

아버지 김영수를 위해, 중앙방송국에서도 기독교방송국에서도 사람들이 박쥐 사냥을 나왔다는 게 유미의 가슴을 찡 울렸다. 가족들 외에 누군가 아버지를 끔찍이 생각해 주는 사람들이 있다는 게 너무나도 고맙고 감격스러웠다.

'그렇구나. 알게 모르게 많은 사람들에게 아버지는 사랑을 받으시는구나. 늘 혼자 지내시는 것 같아, 아버지는 외톨인가 생각했었는데……. 어머니가 걱정하시는 것도 그거다. 사람을 별로 가까이 하지 않으니, 아마 장례식에 올 사람도 없을 거라고.'

"그렇게 사람들과 담을 쌓고 지내다간, 장례식에 올 사람 한 명도 없겠소." 어머니가 이런 말을 하면, "아, 장례식에 사람 많이 오는 게 뭐 그리 중요해? 번거롭기만 하지." 그렇게 대꾸하면서도 아버지는 "상만이는 오겠지. 유호와 상만이는 올 거야." 하셨다.

"밤까지 기다려보는 수밖에 없을 것 같습니다."

"글쎄 말입니다."

"우린 어디 가 밥부터 먹을까 하는데 같이 가실까요?"

그들 중에 제일 나이가 많아 보이는 사람이 물었다.

"아, 아닙니다. 먼저들 가십시오."

그들이 층계를 내려간 후, 북문을 한번 더 자세히 훑어보고 유미 일행도 내려와 길 건너편 식당으로 들어갔다.

"에이, 여기 박쥐가 어디 있어. 옛말이지."

한구석에서 나물을 다듬고 있던 여자가 말참견을 했다.

"북문에 있다는 소리를 듣고 왔어요."

"그게 언젯적 얘긴데. 근데 박쥐는 왜 찾소?"

"한의사가 꼭 박쥐가 필요하다고 해서요."

"박쥐가 한약에 쓰인다는 소릴 들어보긴 했지."

"아주머니. 혹시 이 근처 박쥐 있는 데 없어요?"

할머니라 부를까, 아주머니라 부를까, 잠시 망설이다가 유미는 아주머니라 불렀다. 머리카락은 하얗지만 얼굴은 잔주름도 없고 팽팽했다. 뭐라 할까? 얼굴에 비해 머리카락만 먼저 색깔이 바래버린 듯 싶었다.

"박쥐 잡으려면 동신네 창고에 가봐. 그 창고에 박쥐가 득실거린다는 말을 들었거든. 내 눈으로 본 건 아니라 장담은 못하겠지만."

그녀는 시래기나물을 한 접시 듬뿍 담아주며 말했다.

"어디라고요?"

유미가 너무 급히 말을 하는 바람에 밥알이 종수 얼굴에 튀었다.

"아이고 오빠, 미안."

한 손으로 종수 얼굴에 붙어 있는 밥알을 떼내면서 유미는 히히 웃었다. 박쥐가 있다는 말에, 웃음이 절로 나왔다.

"아주머니, 거기가 어디예요?"

"예서 좀 가야 하지만, 그리 멀지는 않아."

그녀는 아주 편한 사람 대하듯 말을 탁 놓았다. 남은 밥을 냉큼 먹어치우고 일행은 일어났다. 식당 여자가 가르쳐준 대로 신작로를 따라 걷다가 시골길로 접어들었을 때, 해가 꼴깍 넘어가 어둠이 스멀스멀 깔리기 시작했다. 가을도 겨울도 아닌 중간. 모든 것이 쓸쓸해 보이고 스산해 보이는 계절. 해도 짧아져 저녁도 밤도 아닌 중간 시간이었다.

"가을도 겨울도 아닌 계절이 난 싫더라."

유미가 중얼거렸다.

"뭐?"

"겨울은 아직 좀더 있어야 하고, 가을은 이미 지나갔고. 모든 것이 슬퍼 보인다 할까? 이런 계절에는 사람들이 자살을 많이 할 것 같아."

"자살? 거 하필이면 그런 생각을 하지?"

종수가 어이없다는 듯 웃어가며 유미 말을 받았다. 음악과 문학을 좋아하는 유미다. 귀염만 듬뿍 받으며 자라 그런지, 어두운 구석이라곤 없다. 하다못해 누가 거짓말을 해도 거짓말인지 모를 정도로 순진하다. 세상만사를 아름답게만 생각하고 세상 모든 사람들이 다 착한 줄만 안다. 그런 애 입에서 자살이라는 말이 나온다는 게 마음 아팠다. 아마도 요즈음 아버지 때문에 신경이 몹시 예민해져 있는 듯싶었다.

"오빠는 판사? 검사? 뭐가 될 거야?"

유미가 화제를 돌리며 장난스러운 목소리로 물었다.

"판검사 다 되는 거겠지."

"아유, 판검사 되면, 되게 거만해지겠네."

"왜? 판검사는 거만한가?"

"으레 그렇잖아."

"편견과 선입관은 아주 무서운 거다. 판검사라고 다 거만한 건 아니지."

"그럼, 오빠는 거만해지지 않을 거라, 이 말이야?"

"두고 봐야지."

"가난한 사람들, 너무 가난해서 억울한 일을 당하고도 그냥 당하기만 하는, 그런 사람들 도와주는 법관. 오빤 그런 법관이 될 거야, 그지?"

유미는 추운지 목을 움츠려가며 말했다.

"종수 오빠. 이 다음에 아주 유명한 법관이 되어도 지금 내 말 잊지 마. 난 오빠는 정말 그렇게 훌륭한 법관이 되리라고 믿어."

"우선 유명한 법관부터 되고 보자꾸나."

종수가 큰소리를 내가며 웃었다.

"오빠. 오빠는 정말 시골에 들어가 농사 지을 거야?"

"그래. 그게 내 꿈이니깐."

"좋겠다. 시골에서 살면. 얼마나 아름다울까. 나, 놀러 갈 데 생겨 좋겠다."

"시골이 아름답다고 말하면 안 된다."

"왜? 시골 풍경이 얼마나 아름다워? 꼭 그림 같잖아."

"우리나라 시골 형편은, 지금 비참할 정도다. 서울과 시골은 한 세기쯤 차이가 날 정도다. 가난하기 이루 말할 수 없어. 아직도 풀떼기로 연명하는 사람들이 허다한 현실이라고. 물론 문화 시설 같은 건 꿈도 꾸지 못해. 그러니까 시골이 아름답다고 말하면 그건 잔인한 거야."

'잔인'이라는 단어에 그만 무색해져서 유미는 입을 다물었다. 여창 오빠는 늘 너무 심각하다. 농담도 잘 못한다. 시골 풍경이 그림처럼 아름답다고 말한 것뿐이다. 봄이면 진달래, 철쭉이 눈이 부시게 산을 뒤덮고, 가을이면 또 가을대로 불이 타는 듯 단풍이 절경을 이루고, 그리고 아직도 가재를 잡을 수 있는 도랑이 곳곳에 있고, 그런 시골의 아름다움을 이야기했을 뿐인데, 갑자기 생활고니, 풀떼기니, 잔인하다는 심한 말까지 해가며 사람을 머쓱하게 만든다. 심드렁해진 유미는 입을 꾹 다물고 터덜터덜 걷기만 했다.

하나밖에 없는 길이었다. 신작로에서 바른쪽으로 굽어진 길을 죽 따라가면 틀림없이 커다란 창고가 보인다 했다. 하지만 아무리 걸어도 창고는커녕 농가 하나 보이지 않았다.

"오빠. 우리가 길 잘못 든 거 아닐까?"

"큰 길이 이 길밖에 없잖아. 좀더 가보자."

때마침 달구지 하나가 덜컹덜컹 지나가, 그들은 양해를 구하고 냉큼 꽁무니에 올라앉았다. 수원만 해도 시골인지 사람들이 구수하고 유했다.

"오빠. 미친 사람 말야. 미친 사람이 어느 한순간에 확 미치는 걸까. 아니면 조금씩, 아주 조금씩 남이 알지 못하게, 그리고 자신도 알지 못하게, 서서히 미쳐가는 걸까?"

"어느 한순간, 쌩 돌아버리는 걸까, 아니면 조금씩, 조금씩. 아무도 알지 못하게, 자신도 알지 못하게……."

유미가 기어들어가는 목소리로 똑같은 말을 되풀이했다.

"너 지금, 엉뚱한 생각하고 있구나."

여창이가 팔꿈치로 유미를 쿡 찔렀다.

"오빠는 몰라. 아무래도 아버지가 이상해. 사람이 그렇게 밤과 낮처럼 달라질 수가 없어."

"박쥐 약 잡수시면 좋아지실 거다. 공연히 이상한 생각하지 마."

"동맥경화증하고 정신질환하고 무슨 관계가 있을까."

"정신질환이라니! 그게 무슨 말이냐. 행여 그딴 소리 입에 담지도 마라. 넌, 하여간에 그 엉뚱한 상상력 때문에 큰일이라니까. 사람이 말이다. 피로가 쌓이면 신경쇠약이 되는 거라고."

"아냐. 오빠는 몰라. 아무도 몰라. 모두들 그런 식으로 말해. 모두들. 의사까지. 하지만 아버지는 분명 이상해. 난 알아. 난 아버지를 알아."

유미가 무릎 사이로 얼굴을 묻었다.

아버지는 분명 이상해졌다. 어떤 때는 정말 미친 사람 같다. 소리소리 지르고, 쟁반을 내팽개쳐 버리기도 한다. 지팡이도 의족도 내동댕이친다. 그럴 때는 추운 날인데도 땀을 뻘뻘 흘린다. 그러다 지쳐 잠을 자고 깨어나면, '미안하다, 미안하다' 오직 그 말만 되풀이하며 방에서 나오지도 않는다. 그런데 이즈음에 와서는 자신이 무슨 행동을 했는지 그 것조차 잘 모른다.

어머니는 행여, 그런 이상한 순간의 아버지 모습을 누가 볼까 봐 집에 사람 찾아오는 것도 꺼린다. 누가 오겠다 하면 질겁해 '김 선생님 지금 집에 계시지 않다'고 거짓말을 할 정도다. 좀 쉬면 좋아질 거라고, 누구든 그렇게 말한다. 아주 간단하게, 아주 쉽게 별스럽지 않은 일처럼 말한다. 하지만 아버지는 분명 이상하다. 다른 사람은 몰라도 유미는 안다. 미닫이 하나 사이로 제일 가깝게 살고 있는 유미는 아버지가 이상해지고 있다는 걸 안다.

소리를 지르고 물건을 던지고 할 때는 눈에 초점이 없다. 초점 없는 눈알이 마치 샹들리에가 빙글빙글 돌아가듯, 계속 돌아가며 번득거린다. 아버지의 병은 조금씩 미쳐가는, 정신병 아닐까.

꿈과 현실의 괴리. 꿈은 아득한 저 세상. 그래서 미치기도 하는 걸까. 도저히 현실에서는 이루어질 수 없는 꿈 때문에, 그리움 때문에 멀쩡하던 사람이 미치기도 하는 걸까. 도대체 사람이 자기 자신이 아닌 다른 사람을 그 지경까지 좋아한다는 게 가능한 일일까.

'심한 정신적 타격' 또는 '감당할 수 없는 슬픔' 같은 게 그레이브스병의 원인이라니! 그 여자, 그 일본 여자와의 이별이 아버지에게 감당할 수 없는 슬픔 아니겠는가. 그렇다면 그 여자가 아닌 한 아버지의 병을 고칠 가망이 없단 말 아닌가.

내가 '아버지가 필요하다'고 편지를 써 보낸 게 잘못이었다. 그때 그 편지를 보내지 않았다면, 아버지는 지금도 일본에 사실 거고, 그럼 아프지도 않으실 게 아닌가. 그때 내가 편지를 보낸 게 잘못이다. 다 내 탓이다. 아아, 어쩌나, 아버지가 오른팔마저 자르고, 미친 사람이 되어버리면 어쩌나. 아아. 어쩌면 좋단 말인가.

"무서워. 무서워."

유미가 진저리를 치듯 떨었다.

"뭐가?"

종수가 유미의 등에 손을 얹으며 물었다.

"아버지가 너무 불쌍해."

"쓸데없이, 아버지가 왜 불쌍해?"

"오빠는 몰라. 아버지, 참 불쌍해."

유미는 어깨를 들먹이며 울었다.

'사랑이라는 게, 그토록 무서운 걸까. 사랑이라는 게 사람을 미치게도 만드는 걸까. 사랑은 용기나 의지나 이성과도 관계없는 어떤 불가해한 힘일까.'

'견디기 힘든 슬픔이나 쇼크가 병의 원인이라면, 그 여자와의 이별이 결국 견디기 힘든 아버지의 슬픔인 거야.'

"괜찮아지실 거야. 쓸데없는 생각 말고, 자 이거나 걸쳐."

종수가 재킷을 벗어 유미의 어깨에 걸쳐주었다.

동신네 창고에는 과연 박쥐들이 우글거렸다.

박쥐 두 마리를 잡아 들고 서울역에 도착했을 때는 아슬아슬하게 자정이 다 된 시간이었다.

"통금 시간 다 됐으니 어쩐다?"

"골목길로 가면 괜찮겠지."

하지만 미처 골목길로 접어들기 전, 순경이 그들 앞을 가로막았다. 12시가 막 넘어서였다. 마치 어디선가 그들을 지켜보고 있다가 12시가 지나자마자 냉큼 나타난 것 같았다.

종수가 자초지종을 설명하며 검사시보증을 내보이자 순경은 거수경례까지 하며 길을 터주었다.

"야, 종수 오빠 대단하다. 아직 검사님도 아닌데 순경이 경례를 다 하네."

다행스럽게도 박쥐가 들어간 한약은 거무죽죽하던 팔에 빛을 돌게 했다. 하지만 발작 증세는 차도가 없었다.

"그 일본 여자, 데려다 살도록 해요. 괜한 말이 아니라고요. 진심이에요. 당신이 살아야지. 아이들을 위해서도 당신이 살고 봐야지요."

듣고 있는지 못 듣고 있는지 모르게 눈을 질끈 감고 송장처럼 누워 있는 침대 곁에서 조 여사는 침착하게 말했다. 남편의 병의 원인이 대단히 불행한 일, 견디기 힘든 슬픔 같은 상황에 봉착했을 때 생기는 감정 변화가 요인이라면, 일본 여자와 헤어진 것이 이유 아니겠는가. 그렇다면 그 여자와 다시 사는 수밖에 길이 없지 않은가.

"내가 하는 말, 진심이에요. 당신이 살고 봐야지요. 그래요. 그 여자 어떻게든, 서울로 데려오도록 해요. 진심이에요."

조 여사는 강조하듯 벌써 여러 차례 똑같은 말을 되풀이했다.

사진과 편지를 태워버린 후부터 그는 과거에서 서서히 헤어난 게 아니라 실은 무너져가고 있었구나. 조금씩, 조금씩 죽어가고 있었구나. 사랑 때문에 죽을 수 있다. 물론이다. 사랑 때문에 사람은 스스로 목숨을 끊을 수도 있고 살아 있으면서도 죽은 송장처럼, 모든 생활이 마비될 수도 있다.

'바보처럼, 그까짓 사랑 때문에' 사람들은 이렇게 쉽게 말한다. '어차피 이루어질 수 없는 사랑이라면 깨끗하게 잊어버려라.'라고 충고하기도 한다. '깨끗하게, 용감하게, 상대를 위해서, 자신을 위해서.' 하지만 남들은 모른다. 사랑이라는 감정이 그렇게 깨끗하게 용감하게 어느 순간 싹싹 지워버리자 결심한다고 흔적도 없이 지워지는 게 아니라는 것을.

'죽을 용기로 살 것이지, 죽기는 왜 죽어?' 이런 말도 아주 쉽게 한다. 사랑 때문에 자살한 사람들을 어리석다고 비웃기도 한다. 하지만 남에게는 하찮아 보이는 일이 그 순간 그 사람에게는 하늘이고 땅이고 우주일 수 있다.

그 막막한 느낌. 사랑을 잃었을 때 그 절망. 조 여사도 젊은 시절, 그런 느낌을 가져보았다. 첫사랑, 장우석과 헤어지고 나서. 죽음 가까이, 아슬아슬하게 가까이까지 갔었다. 그때, 아마 어머니와 두 동생의 생계를 책임지고 있는 가장 입장이 아니었다면, 목숨을 끊었을지도 모른다.

남편이 죽어가고 있다. 살아 있어도 살아 있는 게 아니다. 하즈예라는 여자 때문에, 서서히, 서서히 죽어가고 있다. 그는 아직 할 일이 많다. 쓰고 싶은 글이 많은 사람이다. 다른 욕심은 없어도 글에 대한 욕심은 대단한 사람이다. 아마 당장 식구들을 먹여 살려야 한다는 책임에서만 벗어날 수 있다면 벌써 장편 수십 편도 더 썼을 것이다. 살아야지, 그가 살기 위해서는 그 여자가 있어야지. 그 여자를 한국으로 데려오는 길은 정녕 없는 걸까.

우리 사이? 조 여사는 남편과 자신의 사이를 생각해 보면서 살살 두 손으로 가슴을 쓸어내렸다. 우리 사이는 이미 오래전에 끝났다. 아주 오래전, 그가 일본으로 떠날 때. 때로 궁금했다. 아무리 다리가 그렇다 해도 마흔아홉 살이면 아직 젊은 나이다. 젊은 남자가 아내 곁에 절대 가지 않고 살아갈 수 있는 걸까. 다리 수술을 하다가 뭔가가 잘못되어 개복 수술도 했단다. 뭔가가 잘못되었다는 게 뭔지 그가 구체적으로 설명을 하지 않아 조 여사는 모른다. 뭔가 잘못되었다는 게 성 불구자를 의미하는 건지 알지 못한다. 예민한 문제이기 때문에 그가 먼저 그 이야기를 꺼내지 않는 한, 묻지 않았다.

이제 나에게는 남편이 필요한 게 아니다. 다섯 아이들의 아버지가 필요할 뿐이다. 그러니 그가 정상인으로 살아갈 수 있는 길이 오직 그 길뿐이라면, 하즈예라는 여자뿐이라면, 어쩌겠는가, 정말 어쩌겠는가.

해골처럼 뼈만 남아 있는 남편. 서울대 병원에 입원한 지 여섯 달이 되어간다. 이제 그는 산송장처럼 누워 있을 뿐이다.

'원망하지 않습니다. 데려올 수 있는 길만 있다면, 그 여자를 데려다 사십시오. 당신의 병은 그래야 나을 것 같습니다. 약이 필요 없습니다. 그 여자가 약입니다. 당신도 그걸 알고 나도 그걸 압니다. 그래요. 당신을 원망하지 않으렵니다. 우리는, 시대를 잘못 만난 거지요. 그뿐입니다. 당신의 잘못이 아닙니다. 당신은 참 좋은 남편이었습니다. 6·25가 나지 않았다면, 당신이 영어를 할 줄 몰랐다면, 당신이 드라마를 쓸 줄 몰랐다면, 당신이 일본에 있는 VUNC에 파견되지 않았을 텐데! 그러나 '만약에, 만약에'라는 가정이 무슨 소용 있습니까. '만약에'라는 말처럼 이 세상에 슬픈 말이 없겠지요.'

"지금 김 선생님이 앓고 계시는 '그레이브스 병'은 정신질환과 별 차이가 없는 무서운 병입니다. 여느 환자 같으면 아예 정신병동에 입원을 시키고 정신과 의사와 함께 치료를 해야 하는 게 원칙입니다."

주치의 이문호 박사는 김영수를 차마 정신병동에 입원시킬 수 없어 일반 병동에 들게 했지만, 그의 상태는 아주 위독했다.

병원에서도 발작은 여전했다. 당장 책상을 갖고 와라. 병실에서 쓰겠다. 쓰다 죽으련다. 어떤 땐, 침대 모서리에 머리를 짓이겨 피가 이마를 덮기도 했다.

"김 선생님. 당분간 집필을 중단하셔야 합니다. 이건 의사의 명령입니다."

이문호 박사가 강경하게 말했다.

"글쟁이가…… 글을 안 쓰면 뭘 먹고 삽니까?"

퀭하니 들어간 눈으로 이 박사를 바라보며 영수가 중얼거린 말이다. 그는 진정이 되면 그렇게 착한 어린아이처럼 말을 잘 들을 수가 없었다.

하루하루 기능 저하 현상이 뚜렷하게 나타났다. 기억력이 없어져 가고 피부색도 다시 죽어갔다. 심장이 확대되고 변비가 계속되었다. 탈수 현상도 나타났다. 눈이 퀭하니 들어가고 뼈만 앙상하게 남은 몸은 꼭 귀신 같았다.

증세는 더욱더 악화돼 '갑상선 발증'으로 변했다. '갑상선 발증'은 응급 처치를 하지 않으면 생명이 위독하다. 이제 남은 길은 수술밖에 없다. 물론 위험이 따르는 수술이었다. 경동맥이 파열되어 사망할 가능성이 높은 수술이었다. 환자의 70퍼센트가 수술대에서 깨어나지 못하는 확률이었다. 그러나 수술밖에 다른 길이 없었다. 30퍼센트의 찬스. 그 길을 택하는 수밖에 없었다.

「거북이」

"선생님, 선생님이 이번에는 거절 마시고 꼭 참여해 주셔야겠습니다."

방송극작가협회 사무국장이 불광동 집으로 김영수를 찾아온 건 1967년 늦가을이었다. 그동안 이미 협회 상임위원들이 집으로 직접 찾아도 오고 전화도 여러 번 했었다.

"아, 거 참, 제발 좀 도와달라고요."

그들은 어떻게 사람이 자기 맘에 썩 내키는 일만 하느냐, 이런 기회에 나타나 적당히 누이 좋고 매부 좋다는 식으로 여러 사람들과 어울리는 게 좋지 않느냐 해가면서 종용했다. 하지만 몸이 안 좋다는 이유를 대고 분명하게 사양을 했는데도 불구하고 사무국장이 집으로까지 찾아온 것이다.

"고맙지만, 난 말재주가 없어요. 정말 말재주가 없다고. 그리고 알다시피 몸이 불편해 외출도 잘 하지 못하고 있는 중이오."

영수는 그동안도 벌써 두 차례나 입원을 했었다. 그 끔찍한 병마는 좀처럼 영수를 놓아주지 않았다. 몇 달 그렇게 시달리고 나면 6척이 넘는 거구가 뼈만 남아 사람들이 알아보지도 못할 정도가 되곤 했다. 살이 쪽 빠지면 의족이 맞지 않아 다시 살이 붙을 때까지 몇 달이고 외출도 할 수 없었다.

때로 서너 달씩 방 안에 들어앉아 있으려면 갑갑해 미칠 것 같았다. 체중이 달라질 때마다 그 비싼 의족을 새로 만들 수도 없는 노릇이고, 어쩔 것인가. 걷지 못하는 사람들이 세상에 어디 나 하나뿐이겠는가. 영수는 우울해지는 마음을 스스로 이렇게 위로해 가며 참고 또 참는다. 조금만, 조금만 더 참자 해가면서.

집에서도 주로 자그마한 방 안에서 혼자 지낸다. 쓰다, 자고, 자다 일어나 읽고, 다시 눕고 다시 일어나 쓰고. 아침이 되었나 하면 저녁이 되고, 창밖에 스멀스멀 어둠이 찾아들면 밤이 찾아온다. 밤이 되면 또 하루가 지나갔다는 표시로 영수는 달력에 줄을 그어놓는다. 끼니때가 되면 낭기가 쟁반에 식사를 차려온다. 그건 영수가 원한 것이다. 아내보다 낭기가 그런 시중을 들어주는 게 맘이 한결 편했다.

오래 살았던 북아현동 집에서 불광동으로 이사를 왔다. 자그마한 집이지만 이층, 아래층이 있고 뜰에는 온통 꽃나무 천지다. 한옥에 비해 개량식 건물이라 여러모로 생활하기 편리한 집이다. 하지만 택시를 잡으려면 한길까지 나가야 하는 불편함은 북아현동이나 마찬가지였다.

"선생님, 이제 완쾌되시지 않았습니까. 시나리오도 쓰시고, 저, 「소복」 영화 봤습니다."

"그래? 그건 내가 시나리오 쓰지 않았어. 내 작품을 김지헌이 각색한 거지."

"아, 네. 저는 으레 선생님이 시나리오도 쓰신 줄 알았습니다."

"김진규, 고은아가 연기를 기막히게 했지. 박노식도 열연하고. 모두 참 재주들 있어."

"선생님, 이번 행사는 협회 첫 세미나이기 때문에 선생님을 꼭 모시고 싶습니다. 후배들이 원하는 겁니다. 저희들을 위해서라도 참석해 주십시오."

"난, 글을 써달라면 쓰겠지만 말을 하라면 못해요. 사람들 앞에 나가서 말하는 거, 난 정말 못한다고."

"말씀을 못하셔도 좋습니다. 무조건 모시고 싶습니다. 그저 짧게라도 좋으니 해주시면 됩니다. 선생님을 좋아하는 후배들이 많습니다."

"고맙소. 정말 고맙소. 그런데 난 후배들한테 내가 배우면 배웠지 전해 줄 게 없어요. 김 국장을 비롯해 요즘 신인들 참 잘 씁디다. 아이디어도 다양하고 템포가 빠른 게 무엇보다 좋더라고."

"감사합니다."

"가서 이사장에게 전해요. 내가 고맙지만 사양하겠다고. 난, 겉으로 보기엔 멀쩡하지만, 언제 터질지 모르는 화약고 같다고. 아, 세미나, 나 말고 할 사람들 좀 많소? 김희창, 최요안, 한운사, 조남사, 유호…… 이서구 선배도 말씀 재밌게 하시는 분이고."

"그 선생님들은 다 간부십니다."

"아, 간부라고 강연하지 말라는 법 없잖아? 지금 방송계에 쟁쟁한 사람들이 바로 그 사람들이니 그들이야말로 세미나 적임자들이지. 안 그래요?"

영수는 끝내 사양해 사무국장도 돌려보냈다. 우선 영수는 체질적으로 사람들 앞에 나아가 연설이나 강연, 또는 강의 같은 걸 한다는 게 맞지 않았다. 몇몇 사람끼리 있을 때는 말수가 적다가도 일단 관중들 앞에 나아가면, 아예 음성조차 달라지면서 대단한 웅변가로 변하는 사람도 있다. 하지만 영수는 관중 앞에 나아가 말을 한다는 건 딱 질색이다. 그래서 실은 연세대, 이화여대에서 한 과목만 맡아달라고 여러 번 말이 들어왔지만 거절하곤 했다.

영수는 문인협회든 극작가협회든 어떤 조직이나 단체에 회원이 되어 함께 행사도 하고, 단체로 여행도 다니고, 음식점이나 술집 같은 곳에도 어울려 드나들고 하는 데 별로 흥미가 없다. 그래서 어쩌다 방송국에 나가 연출을 해도 일이 끝나기 무섭게 집으로 돌아오곤 한다. 시간이 아깝고, 또 몸이 불편하기 때문이기도 하지만, 영수는 신나게 어울리다 툭하면 벌어지는 행패, 다툼 같은 게 너무 싫었다.

왜 사람들은 즐겁게 마시고, 즐겁게 대화하다 헤어지지 못하고 꼭 추태를 벌여야 하는지 그런 행패가 마치 자유분방한 작가들의 객기이기라도 한 듯, 이제는 각종 행사에 전통이 되다시피 했다.

물론 영수는 그때도 참석하지 않아 나중에 사람들에게 들은 소리지만 '백제예술제'에 갔던 회원들 간에 싸움이 벌어져 회장이 다음날 서울로 올라와 아예 회장직을 사퇴해 버리는 일이 벌어지기도 했다.

방송극작가협회는 '백제예술제'에 초청을 받아 충남 도지사로부터 융숭한 대접도 받고, 또 군사 정권 실세인 한 독지가의 지원으로 전국 순회 시찰 및 취재 여행을 했던 것이다.

이번 1968년 1월에 워커힐 호텔에서 열릴 '제1회 방송작가 세미나'도 그 군사 정권 실세의 지원이라 한다.

"방송작가들뿐이 아니라고요. 각 방송사 드라마 담당 프로듀서들은 물론이고 경영진 간부들도 빠짐없이 참석하는 대규모 행삽니다. 김형이 꼭 참석했으면 좋겠다는 특별 주문이 들어왔다고요."

협회 부회장인 주태익이 여러 차례 이런 말을 했었다. 군사 정권의 실세인 독지가가 김종필이라는 건 누구나 다 아는 사실이다. 그는 문인들을 특히 좋아하는 사람이다. 그가 문인협회는 물론이고, 방송계의 꽃이라 불리우는 극작가들을 포섭하지 않을 리 없다. 혁명의 주체 세력,

날아가는 새도 떨어뜨린다는 무시무시한 중앙정보부 우두머리라는, 그런 사전 지식을 전혀 가지지 않고 그를 만난다면, 그는 인간미가 풀풀 풍기는 멋쟁이, 아주 세련된 영화감독 같은 인상을 주는 사람이다.

영수는 1962년 극작가협회가 발족했을 당시부터 참여하지 않았다. 그때는 서울대학 병원에 입원해 있었기 때문이기도 하지만 그 후에도 병을 핑계로 나가지 않았다. 극작가협회뿐 아니라 소설가협회든, 희곡작가협회든, 그 어떤 단체에도 얼굴을 내밀지 않았다.

"후배들을 전혀 키우지 않는 작가."

"자기만 아는 이기주의자."

이런 소리가 들려왔지만, 영수는 후배들을 키운답시고 편을 갈라 패거리를 만들어가고 있는 사람들이 오히려 한심하게 여겨졌다.

5·16이 나자마자 군인 두 명에게 연행되어 남산을 다녀온 후, 그들이 요구하는 「찬란한 아침」 릴레이 드라마를 여러 편 썼지만, 그 후부터 더더욱 어떤 단체에도 가입하지 않았다.

'차라리, 군인들이 확 엎어버린 게 잘 한 건지 모른다. 무능한 정치인들이 구태를 벗어나지 못하고 있는 현실에서, 쿠데타만이 돌파구였는지 모른다. 그들이 혁명 공약만 이행한다면, 그야말로 그들이 나라를 구한 영웅들일 수도 있다.'

군인이 정권을 총칼로 장악하는 게 원칙적으로 틀린 것이고, 또 반대를 하거나 비판적인 사람은 정치인이든 학자든 언론인이든 무조건 용공이라는 올가미로 잡아넣는 독재가 심히 못마땅했지만 차라리, 차라리 하면서 영수는 군인들에게 기대를 걸었었다. 권력 장악이 목표가 아니라 구국이 목표였다는 그 주장을 믿고 싶었던 것이다. 그러나 민간인에게 정권을 이양하겠다는 약속을 헌신짝처럼 버렸을 때, 영수는 배신감마저 느꼈다. 그들의 말을 믿고 그들에게 이상적인 정의의 사나이를 기대했던 자신이 혐오스러울 정도였다.

군사 정권은 1962년 6월, 우리나라 최초의 TV 연속극인 김석야의 「서울의 뒷골목」을 6회 만에 종결시켰다. 「서울의 뒷골목」은 도시 주변에서 일어나는 문제들에 시사성을 더하면서 시추에이션 형식으로 엮은 드라마인데 그게 군사 정권의 비위를 거슬린 것이다. 김석야가 남산, 그 무시무시한 곳에 다녀온 것은 말할 것도 없다.

"누구의 명령을 받고 쓴 거냐."

"누가 네 대신 쓴 거지? 누구냐? 이름을 대라."

하는 데는 그야말로 너무 억울해 그 자리에서 피를 토하고 죽고만 싶더라고 훗날 그가 한 말이다. 물론, 군사 정권이 잘 한 일들도 많다. 재건 사업에 박차를 가해 경제 부흥에 중점을 두고 도로 확장, 건물 신축 등등, 박수를 보내야 할 업적들이다. 방송계도 군사 정권이 들어서면서 눈부신 발전을 했다. 우선 KBS 기구를 확장했다. 그리고 중앙방송극 맞은편에 있는 교회 건물을 허물고 TV 스튜디오를 짓고, TV 수상기를 급속도로 확산시켰다. 5·16 전에 TV 수상기 보급이 8,000여 대에 불과하던 것이, 군사 정권이 들어서서 2만 대로 늘어나고, 1962년에는 국내 전자업체에서 수상기를 조립하여 보급하기에 이르렀다. 이로 인하여 우리나라는 듣는 시대에서, 선진국들처럼 단숨에 보는 시대로 도약한 것이다.

이 모든 긍정적인 업적에도 불구하고, 군사 정권은 민주주의의 생명이나 다름없는 비판의 자유에 재갈을 물린 독재 정권이었다.

"거, 그렇게 얼굴을 안 비춰도 되는 거요? 혼자 바빠요? 혼자?"

'대머리집'에서 막걸리 잔을 주고받고 하면서 유호가 시비조로 말했다. 목소리는 시비조였지만 여느 때나 다름없이 얼굴 가득 웃음을 띠고 있었다. 너무 오랜만이라 반갑다는 표시를 그런 식으로 하는 그 특유의 유머였다.

사직공원 건너편에 있는 '명월옥'은 허름한 기와집 앞에 분명 '명월옥'

이라 쓰인 간판이 떡 붙어 있건만 아무도 그 집을 '명월옥'이라 부르지 않았다. 그저 '대머리집'으로 통했다. 방송인들의 단골 막걸리집인 그곳에는 일행 없이, 혼자라도 찾아 가면 중앙방송국 사람들이건 문화방송국 사람들이건 으레 한두 그룹은 만나게 되어 있는 그런 장소였다.

"KBS 신춘 연속극 심사 좀 맡으라고요."

한참 동안 이런저런 이야기를 하다가 유호가 불쑥 한 말이다. 이서구와 한운사는 할 말을 유호에게 다 일임했다는 듯, 술잔만 주거니받거니 하고 있었다.

"지금 쫓기고 있어. 밀린 원고가 한둘이 아니야. 그동안 쓰지 못했잖아."

"혼자만 바빠요? 우리들 다 바쁘다고요."

유호가 여전히 웃어가면서 타박하듯 말했다.

"내가 심사는 무슨 심사. 난 좀 내버려둬. 내가 겉으로는 멀쩡하지만 언제 또 쓰러질지 모른다고. 그러니 그저 김영수는 환자다 하고 제쳐놓으라고."

"참, 팔은 이제 완전히 괜찮은 거요?"

줄담배를 즐기는 이서구가 담배 연기를 후 뿜어내며 물었다.

"아, 그거 벌써 오래전 이야기죠. 이렇게 멀쩡합니다."

김영수는 오른팔을 번쩍 들어보이며 환히 웃었다.

"박쥐 먹고 나았다는 게 정말이오?"

"글쎄 말입니다. 박쥐를 먹어 나았는지 뭘 먹고 나았는지도 모를 정도로 양약, 한약 숱하게 먹었으니까요."

동양극장 연극 초창기 시절부터 알고 지낸 오래된 사이다. 사극의 일인자 소리를 들을 만큼 「민며느리」를 비롯해 사극을 많이 쓰고 있는 선배다. 해방이 되고 미군정 시절, 방송국에서 영어를 하는 사람이 필요해 연예 담당 책임자를 이서구에서 김영수로 바꿨을 때, 잠시 좀 서먹서먹한 적도 있지만, 김영수는 이서구를 선배로, 이서구는 김영수를 후배로 여겨 서로에게 깍듯했다. 그들은 둘 다 순 서울 사람들이었다.

“가끔 협회에 얼굴도 디밀고 좀 그래요. 이젠 예전 같지 않아. 방송작가들이 어찌나 많아졌는지, 얼굴도 다 모르겠다고.”

“바야흐로 방송극 홍수 시대를 맞이했으니, 안 그렇겠어요? 시인, 소설가, 희곡 작가들까지 방송극을 쓰잖아요, 이제는.”

“드라마 원고료에 맛을 들이면 다시 소설로 돌아가지 못할걸.”

영수는 그날 집으로 돌아오며 이서구의 그 말을 곱씹어보았다. 드라마 원고료는 소설 원고료에 비해 적게는 세 배, 작가에 따라 열 배를 넘는 경우도 있다. ≪현대문학≫이나 ≪자유문학≫ 같은 곳에 단편 하나 발표하려면 일 년은 기다려야 한다. 작가는 많고 문학지는 몇 안 되는 현실이기 때문에, 쥐꼬리만 한 원고료를 받아도 그저 차례가 오는 걸 감지덕지해야 한다. 이게 대한민국 작가들의 현주소다. 소설가가 그러니 시인은 더 말할 것도 없다. 피난 시절이나 별반 다름없이 작가들의 생활은 말이 아니다. 하기 때문에 신문연재 경쟁이 치열하다. 그야말로 신문연재야말로 생계를 위한 방법이기 때문이다.

「박 서방」, 「굴비」, 「사랑이 문을 두드릴 때」, 「사랑은 영원히」, 「그리움은 영원히」, 「신입사원 미스터 리」, 「새댁」 등 이 모든 스토리가 전파를 타고 사라져버리는 게 아쉽다. 무척 아깝다. 욕심 같아서는 그 방송극들을 모두 소설로 써놓고 싶건만, 그건 불가능하다. 하나 끝나기가 무섭게 또 다른 방송극, 또 다른 시나리오를 써야 하는 실정이다.

일 년에 단 한 작품을 쓰고도 생활비 걱정을 안하고 살 수 있는 나라. 아마도 세상에 그런 나라가 있다면, 그곳이야말로 선진 문화국이리라. 불만을 말자. 불만을 말자. 일본에서 나오자마자, 우리나라가 방송극 홍수 시대를 맞이했다는 현실을 감사해해야 한다. 영수는 소설을 쓰고 싶다는 욕심이 불쑥불쑥 치밀어 오를 때면, 불만을 말자고, 현실에 감사하자고, 그래야 자식들을 다 대학까지 제대로 공부시키고 시집장가 보낼 게 아닌가고, 스스로에게 못 박아대곤 했다.

1969년 여름, TBC-TV 드라마 제작국 PD인 전세권은 불광동 산기슭에 있는 김영수의 집을 방문했다. 작품으로만 알고 있을 뿐, 김영수를 직접 만나는 건 처음이었다.

동양방송국은 개국한 지 얼마 되지 않아 열의가 대단했다. 다른 방송국에서 일주일에 30편 드라마를 편성하면 동양방송은 40편을 편성하는 등, 청취율을 확보하기 위해 시간대까지 신경을 써가며 프로그램을 작성하고, 작가 포섭에 총력을 기울였다.

수요 연속극 때문에 제작국에서 연거푸 회의를 하며 작가를 물색하던 중, 하루는 전세권이 동양라디오 드라마로 인기가 대단했던 김영수의 「사나이 한평생」을 떠올렸다.

"그래. 나도 그 드라마 기억해요. 참 좋았지. 구수하게 심금을 울리는 서민극이었지."

"그분은 서민층의 심정을 어찌 그리 잘 묘사할까. 대사 하나하나가 살아 있어. 아마 서민층 작품은 김영수 선생을 쫓아갈 사람이 없을걸."

"난, 「혈맥」을 세 번이나 봤어. 김승호, 황정순, 모두들 어쩜 그리 연기를 잘 하던지."

"그러니까 제1회 청룡상을 휩쓸었잖아요."

"그랬던가? 「혈맥」이?"

"아, 그럼요. 작품상에, 최우수 남녀 주연상까지 모두 「혈맥」이 먹었죠."

1963년 조선일보에서 주최한 제1회 영화상인 「청룡상」에 중요한 상은 「혈맥」이 모조리 차지했던 것이다.

"과연 김영수 선생님이군. 그 「혈맥」은 1949년 제1회 전국연극경연대회에서도 1등을 차지했던 작품이지."

"그래? 아, 조 차장이 그런 걸 어찌 그리 잘 알아?"

"내가 한때는 심각하게 희곡 공부 좀 했다고요."

"그래요? 그거 참 사람 겉만 보고는 모를 일이로군. 하하하. 그럼, 청룡상도 김영수 선생님이 타셨단 말이오?"

"한양영화사가 「혈맥」으로 작품상을 탄 거죠. 최우수 시나리오 작가상은 임희재가 타고. 각색을 임희재가 했거든요. 그날 시상식에 갔었는데 와, 정말 대단하더군. 조선일보사가 하는 일이라 그런지 정말 무대가 화려하고 멋들어지더라고. 황정순 씨가 대회 회장 방일영 씨가 주는 트로피를 받고 '오늘날, 황정순을 배우로 만들어주신 분이 김영수 선생님이십니다. 극단 연구생이던 시절, 황정순과 최은희를 그때, 이미 김 선생님은 배우로 인정해 주셨습니다.' 그렇게 인사를 하면서 눈물을 흘리더라고요."

"김영수 선생님이 배우로 인정해 주었다는 게 무슨 말이지?"

"아마 동양극장 시절, 황정순 씨와 최은희 씨가 연구생이었나 봐요. 그러니까 정식 배우가 아니고 배우가 되기 위해 입단한 밑바닥 신인들이겠지요."

"어쨌거나, 김 선생님 댁에 찾아가 꼭 승낙을 받아오도록 해요."

수박 한 통을 마루에 내려놓고 전세권은 김영수의 방으로 들어가 앉은뱅이 책상을 마주하고 앉았다.

"선생님, 「사나이 한평생」을 TV 드라마로 만들었으면 합니다."

그는 자신을 소개하고, 단도직입적으로 찾아온 뜻을 말했다.

"제작 회의에서 의견이 일치되었습니다."

김영수 선생을 만나보기는 처음이라 서먹서먹했다. 집필 도중 과로로 쓰러져 서울대학 병원에 여러 차례 입원했다는 소리를 들었지만 그는 체구도 큼직하고 혈색도 건강해 보였다.

"…… 자네, 연극 해봤나?"

아무 말도 하지 않고 한참 동안 그저 묵묵히 앉아 있기만 하더니 그가 이윽고 입을 열었다.

"네, 극단 신협에서 10년간 이해랑 선생 조연출을 했고, 국립극장에서 박진, 서항석, 이진순 선생 조연출도 했습니다."

"그럼, 희곡은 몇 편 읽어봤나?"

"한 100여 편 읽어봤습니다."

"그중에서 제일 마음에 드는 희곡은 어떤 작품이었나?"

"안톤 체호프의 「세 자매」, 「와냐 아저씨」, 「벚꽃동산」 등 체호프의 작품 세계를 좋아합니다."

대화는 거기서 끝났다. 그는 또 입을 꾹 다물고 가만있었다. 전세권도 아무 말 없이 방바닥만 내려다보고 있었다. 어색한 분위기를 깨기 위해 무슨 말이든 하고 싶었지만 그에게서 풍기는 묘한 무게라 할까? 그런 것에 눌려 가만히 앉아 있기만 했다.

"쾅."

갑자기 쾅, 하는 소리에 방바닥만 내려다보고 있던 전세권이 깜짝 놀라 머리를 들었다. 책상 위에 발이 떨어져 있었다. 양말까지 신은 발이었다. 정신을 차려보니 그건 의족이었다.

"나는 한쪽 다리가 없네. 골수암으로 잘라냈지."

그는 다리 절단 수술 직전에 찍은 사진 한 장을 보여주었다. 수척할 대로 수척한 모습으로 침대에 누워 있는 흑백 사진이었다. 전세권은 너무 놀라 가슴이 쿵쾅쿵쾅 방망이질을 해댔지만 태연한 척하면서 사진을 열심히 들여다보았다.

"사실, 난 지금 쓰고 있는 어린이 연속극이 끝나면 붓을 꺾을 작정이네."

이상하게 그 목소리에 비애 같은 것이 깔려 있는 것 같아 전세권은 목구멍이 뜨끔해지도록 연민을 느꼈다.

'세상 만사에 흥미를 잃었다는 소릴까. 무슨 의미일까. 작가가 붓을 꺾을 작정이라는 게 도대체 무엇을 의미하는 걸까. 글을 쓴다는 게 작가의 생명 아닌가. 붓을 꺾는다는 게 방송극을 뜻하는 걸까? 소설도 희곡도 아예 완전히 글에서 손을 떼겠다는 의미일까?'

"저는 선생님을 오늘 처음 뵙지만, 처음 뵙는 것 같지 않습니다."

"……."

원래 말이 적은 분인가? 말 한 마디를 아주 아껴가며 하는 사람 같다. 한두 마디 말을 한 다음 입을 굳게 다물어버린다.

"선생님의 작품, 「혈맥」도 「굴비」도 그리고 뮤지컬 「살짜기 옵서예」도 다 보았습니다. 「살짜기 옵서예」는 우리나라 최초의 뮤지컬이죠?"

"그렇지. 「똘똘이의 모험」 아나? 최초의 똘똘이는 구민이지, 복남이는 이낙훈이었고. 그게 어린이 극이지만, 연속극으로는 우리나라 최초의 일일 연속극이었어."

"「똘똘이의 모험」도 선생님 작품이었군요."

"음, 중앙방송국 시절이었지. 미고문관이 먼저 쓰기 시작하고, 그 다음 내가 쓰고, 다음에 김래성, 유호, 이렇게 바톤을 넘겨가며 썼지."

"저는 그 「똘똘이의 모험」을 한번도 빼놓지 않고 다 들었습니다."

"영화도 나왔지."

"영화도 화신백화점 영화관에서 봤습니다."

그는 원고지 두 장을 길게 붙이고 나서 매직펜으로 굵고 큼지막하게 '수번(首番)'이라고 썼다.

"어떤가. 수번."

'아 이제, 써주실 모양이다' 싶어 전세권은 마음이 한결 가벼워졌다.

"그런데, 수번이 무슨 뜻인가요?"

"수번은 상두도가에서 상여를 메는 상두꾼 중 으뜸가는 사람을 말하는 걸세."

"아, 네. 그렇지만 「사나이 한평생」보다는 어려운데요."

"「사나이 한평생」은 종로에 있는 중앙 장의사 주인을 최거복이란 이름으로 쓴 작품이네. 그러니까 수번이 좋을 걸세."

전세권은 거기 대해 더 이상 아무 말 하지 않았다. 우선 작품을 써주기로 승낙받았다는 데 만족했다.

"야, 이 글씨 한 번 멋들어지네."

PD들이 '首番'을 들여다보면서 한마디씩 했다.

"그런데 아무래도 너무 어려워. 연속극 제목으로는 아닌데."

"다시 찾아뵙고, 좀 쉬운 말로 해주십사고 해봐요."

"어유, 난 못해요. 다른 사람이 가봐요. 난, 작품 승낙 받아온 것만으로 내 임무 다 했잖아. 그 선생님, 왠지 어려워. 아주 어렵다고. 까다롭게 군다는 뜻이 아니라 왠지 모르게 사람을 주눅 들게 한다 할까? 그런 묵직한 위엄? 묘한 힘? 그런 게 느껴지더라고."

"아, 그래도 갔던 사람이 가야지, 누가 가겠어. 가서 사정 잘 말씀드리고 쉬운 제목 하나 받아오라고."

다음날, 전세권은 다시 불광동으로 갔다.

"저 왔습니다. 전세권입니다."

마루로 올라가 사모님에게 인사를 드리고 나서, 서재 앞에서 두어 번 기침을 하자 들어오라는 목소리가 들렸다. 방문을 열고 들어서는 순간, 전세권은 주춤 그 자리에 서버렸다. 방 안이 온통 시커멓게 그은 한가운데 김 선생이 우두커니 앉아 있었다.

"아니, 이게 어찌된 일입니까?"

"응, 간밤에 석유난로가 터졌어."

그는 별일 아니라는 듯 말했다.

사방이 온통 시커멓게 그을러 있는 방 안에 천연스럽게 혼자 앉아 있는 사람. 그렇게 태연할 수 있다는 게 참 이상하고 신기했다.

"어디 다치시기라도?"

"아닐세. 난 괜찮아."

난로가 터져 온 방이 시커멓게 변해 버린 상황에 질식하지 않은 게 천만다행이다 싶었다.

"선생님, 수번(首番)이라는 말이 드라마 제목으론 너무 어렵습니다."

"……."

"작품의 주인공이 거북이니 제목을 '거북이'로 하는 것이 어떨까요?"

전세권이 조심스럽게, 나지막한 목소리로 물었다.

"거북이? 그거 괜찮군."

그는 의외로 선선히 받아들였다. 그리고 이번에는 원고지 석 장을 세로로 붙여 매직펜으로 '거북이'라고 쓰고, "써놓고 보니 참 좋구먼, 거북이 됐어. 좋아." 하며 웃었다.

첫번째 원고를 받기 위해 전세권이 다시 불광동에 찾아갔을 때, 그는 하루종일 한 장도 쓰지 못하고 우두커니 앉아 있었다.

"첫 장면이 나오질 않아. 첫 장면만 나오면 풀릴 텐데."

"……."

'어쩌나, 내일 모레면 녹화 날인데 어떡하나.'

전세권은 입 안이 바작바작 타들어갈 정도로 초조했다. 김영수 선생의 「사나이 한평생」을 생각해 낸 사람이 바로 자신이었다. 물론 제작국 사람들이 모두 동의해 최종 결정을 본 거지만 그래도 책임감이 느껴져 가슴이 무거웠다.

"아, 자네가 오니까 좋은 생각이 떠오르는구먼. 자넨 거기서 자게. 내 밤새워 쓸 테니."

"네?"

"거기서 자고, 내일 아침에 원고 가지고 가라고. 공연히 시간 없애고 차비 없애고 왔다갔다할 거 뭐 있어."

'내일 아침? 그러면 밤새 원고를 탈고하시겠단 말인가? 젊은 사람도 하룻밤에 방송극 한 편을 끝내기 힘들 텐데…….'

그는 그 말을 한 후, 창가에 있는 책상으로 옮겨 글을 쓰기 시작했다. 방에 다른 사람이 앉아 있다는 것을 전혀 의식하지 못하는 듯, 화장실도 가지 않고 물 한 모금도 마시지 않고, 계속 몇 시간을 그 자세로 쓰고 있었다. 전세권은 벽에 기대앉은 채 책을 보다가 잠이 들었다.

시간이 얼마쯤 지났을까. 전세권은 소스라치게 놀라며 눈을 떴다. 칠흑같은 어둠 속에 양말 신은 목발이 쾅 소리를 내며 떨어졌다.

꿈이었다. 목발. 양말 신은 목발. 몸을 한번 부르르 떨어가며 모로 누웠던 몸을 일으키는 시야에 먼동이 트는 창가에 글을 쓰는 김 선생의 실루엣이 마치 성화같이 떠올랐다.

"다 됐네."

그는 머리도 돌리지 않은 채 말했다.

'그는 방금 내가 목발 꿈을 꾸었다는 것도 알까.'

아마도 그것까지 환히 알 것 같다는 묘한 생각이 들었다. 그는 전세권이 잠들기 전, 그 자세 그대로였다. 그러니까 밤을 꼬박 새워 원고지 백 장을 쓴 것이었다.

전세권은 「거북이」를 연출하다 "무식한 놈, 염 먹이는 게 뭐야? 염 잡수시고지." 지팡이로 김영수 선생에게 맞기도 했지만, 대학 2학년생인 조영남이 각설이 타령을 부르고, 김동원이 주역을 맡은 「거북이」는 장안의 화제작으로 32회, 8개월간이나 방송되었다.

「딸들은 기러기처럼」

「딸들은 기러기처럼」

영수는 원고지 넉 장을 세로로 붙여 매직펜으로 굵직하게 써서 벽에 붙였다. 방금 정한 방송극 제목이다.

딸들은 기러기처럼, 하나씩 하나씩 다 날아갔다. 아들도 짝을 만나 분가했다. 늘 복작거리던 집안이 절간이 된 것처럼 썰렁하다. 아내는 어디서 구해 오는지 연신 화초를 가져다 심어 자그마한 마당이 꽃과 나무 천지다. 그것도 모자라 현관에까지 화분들이 다닥다닥 놓여 있다.

영수는 가끔 의자를 마당 한복판에 놓고 하염없이 앉아 있곤 한다. 방 안에서 보면 뜰은 졸고 있는 노인처럼 한없이 한가해 보이지만, 막상 뜰 안에 앉아 있으면 그렇지가 않다. 온종일 아주 분주하다. 나비가 날아와 살짝살짝 꽃잎을 건드려가며 순례하는가 하면 또 새들도 분주하게 들락거린다. 새들이 날아왔다 후드득 날아가는 모습을 보며 영수는 「딸들은 기러기처럼」 제목을 떠올린 것이다.

자식들이 다 떠났다. 낭기도 떠났다. 낭기마저 떠나보낼 때 제일 힘들었다. 늘 곁에서 손발이 되어주던 아이였다. 정성 다해 세 끼 꼬박꼬박 챙겨주는 것 외에 나중에는 말친구가 되어주던 애였다. 옆집, 앞집은 물론 동네에서 돌아가는 일, 시장바닥에서 주워들은 루머들을 가지고 와 일일이 전달해 주는 애도 낭기였다. 병세가 돋아 정신병자처럼 신경질을 내도 싫은 내색 한번 하지 않고 받아주던 애였다. 저는 언니들처럼 아버지 혼자 놔두고 시집 가버리지 않겠다고 울며불며 우겨대는 아이를 마침 큰사위 고향인 광천에 좋은 신랑감이 나섰기에 등을 떼밀다시피 해 보냈다.

낭기야말로 효녀상을 받을 만큼 효성이 지극한 애였다. 병원에서 퇴원해 방에서 누워 지내고 있을 때 일이다. 하루는 불광동 시장에 나갔던 애가 삭발을 하고 들어왔다. 징그러울 정도로 허리께까지 치렁치렁 내려오던 머리카락이 싹 없어진 것이다.

"아니, 너……."

문안에 들어서는 낭기를 보고 조 여사가 깜짝 놀라 목소리가 다 커졌다.

"귀찮아서 잘라버렸어요."

"아니, 그렇게 잘라버리라고 성화를 해도 안 자르던 머리를, 웬일이냐."

"어유, 진즉 잘라버릴걸. 잘라버리고 나니 이렇게 시원하고 좋을 수가 없네요."

그러나 낭기는 귀찮아서 머리카락을 싹둑 잘라버린 게 아니었다. 시장바닥에서 약장수의 만병통치약 선전을 듣다가, 그 한약 한 재면 만병이 통치된다는 소리에 혹해서, 그길로 미장원에 들어가 머리를 잘라 약으로 바꾼 것이었다. 만병통치약이라는 말을 굳게 믿고 머리카락과 바꾼 그 한약이 아무런 효험이 없자, 낭기는 그 약장수를 잡아 파출소로 데리고 가겠다고 시장에 나갈 때마다 벼르고 별렀지만, 그가 불광동 시장바닥에 다시 나타날 리 없었다.

낭기는 다른 애들처럼 '엄마는 왜 아버지한테 그래?', '아버지는 왜 엄마한테 그래?' 하는 식으로 따져 묻지 않았다. 그저 엄마는 엄마대로 사랑하고, 아버지는 아버지대로 사랑했다. 그야말로 맹목적인, 무조건의 사랑이었다. 그 희생적인 사랑이 조 여사와 영수의 가슴을 울렸다.

낭기를 시집보낼 때 조 여사는 나미, 유미, 다미, 은미가 시집 갈 때에도 내놓지 않고 꼭 가지고 있던 재봉틀을 낭기에게 내주었다. 다른 애들은 재봉질을 할 줄 모르니까 주지 않았다고 생각할 수도 있고 또 그까짓 구닥다리 재봉틀을 가져가 뭐하냐고 주어도 싫다 할지 모르지만, 귀한 골동품처럼 아끼고 아끼던 것이었다.

영수는 하나, 또 하나 아이들이 떠날 때마다 눈물이 안경 밑으로 줄줄 흘러내렸지만, 그건 슬픈 눈물이 아니라 대견하고 뿌듯해서 나오는 눈물이었다. 아이들이 잘 자라준 것이 우선 대견하고 마음고생까지 겸해 모진 고생 다 겪으면서도 잘 참아준 아내도 대견하고 고맙고, 그리고 영수는 자신도 대견했다. 일본에서 돌아온 후, 툭하면 병원을 내 집처럼 들락거리면서 그래도 자식들을 다 공부시키고 짝 지어 떠나보냈다는 게 그렇게 가슴 뿌듯할 수 없었다.

허허벌판 오키나와에 하즈에를 두고 떠나온 이유. 가슴벽을 면도칼로 자그작, 자그작 긁어대는 것 같은 아픔에 울부짖어 가면서도, 그 사랑을 포기하고 떠나온 이유가 바로 자식들이었기에, 영수는 쓰다가, 쓰다가 쓰러지는 한이 있어도 아이들을 위해 최선을 다했다. 드라마든 시나리오든 연재소설이든 무엇이든 청탁이 들어오는 건 거절하지 않고 썼다. 아이들을 위해서, 잘 먹이고 잘 입히고 호강시키기 위해서. '남편으로서는 실패했지만, 그래도 아버지로서는 실패하지 않았다'는 자부심이 허전한 가슴을 채워주었다. 오로지 펜 하나로 해냈다. 원고지 칸칸을 메워가면서, 오직 펜 하나로 해냈다.

나미는 집안끼리 오랫동안 친분이 두터운 집 아들과 맺어졌다. 유치원 시절부터 친오빠처럼 오빠, 오빠 부르던 윤여경이가 남편이 된 것이다. 여경이가 유학 간 바람에 실은 나미도 따라 들어가 발레 학교에 다니다가 이제는 전공을 바꿔 도서관학을 공부하고 있다. 미국에 들어갈 때 꿈은 발레리나였지만 막상 미국 무용소에 들어가 보니 체격으로 도저히 견줄 수가 없어 일찌감치 포기하고 길을 바꾸었단다. 최승희를 만드는 게 꿈이었던 아내는 실망이 대단했지만 나미가 아기를 가졌다는 말을 듣고는 무용을 그만둔 게 오히려 잘된 일이라며 기뻐했다.

유미는 대학을 졸업하고 곧바로 언니 곁으로 들어갔다. 아내는 유미를 곁에 붙잡아두고 싶어했지만 영수가 우겨 유미도 떠나보냈다.

"다들 그렇게 멀리 보내버리면 적적해서 어찌 산담."

"아이들 사는 것도 가끔 들여다보고 손자 손녀 데리고 노는 재미도 보고 그게 사는 거지, 안 그래요?"

아내는 찾아가 볼 수도 없는 미국으로 보내는 것을 그렇게 서운해했지만, 영수 생각은 그게 아니었다. 자식들은 언제고 부모 품을 떠나게 마련이다. 자식들이 정신적으로든 물질적으로든 자립할 수 있도록 키우는 게 부모의 의무다. 교육이라는 게 그저 학교만 왔다갔다하게 하는 게 아니라 자신을 책임질 수 있는 사람이 되게끔 하는 거다. 그러고 나서는 떠나보내야 한다. 보다 더 크고 넓은 세상으로 나가 부모보다 풍요로운 삶을 살도록 풀어주어야 한다. 더군다나 눈만 뜨면 시위 행렬, 경찰과 학생들과의 충돌. 최루탄, 곤봉 사례. 이런 난장판 속에서 아이들이 무엇을 제대로 보고 배우며 꿈과 이상을 펼칠 것인가.

자식들을 곁에 두고 보고자 하는 건 부모 위안이다. 그건 어디까지나 부모 중심이다. 내가 이만큼 고생해 가며 키워놓았으니 이제 너희들은 가까이 살면서 효도해라 하는 건 부모의 이기심일 뿐이다.

"넓은 세상으로 내보냅시다. 우리 시절엔 외국 나가 산다는 거, 꿈도 꾸지 못했지만, 지금은 세상이 달라졌지 않소. 사람은 그저 많이 보고 많이 배워야 해. 더군다나 요즈음 나라 돌아가는 꼴을 좀 보라고. 여기서 뭐 제대로 보고 배울 게 있겠어."

"그래도 적적해서."

"적적하다고 자식 붙들어둘 순 없지 않소. 세상 구경도 많이 해야 그릇이 커지는 거요. 연못에서만 사는 물고기는 연못이 다인 줄 알지만 세상에는 강도 있고 바다도 있는 거 아니오. 아, 얼마나 좋소. 난 아이들에게 그런 기회를 주기 위해서, 그렇게 해주고 싶어서, 어깨가 걸리고 오른팔이 가늘어지도록 방송극을 쓴 거요. 좋은 소재들이 다 전파를 타고 날아가 버렸어. 그걸 다 소설로 썼다면 아마 지금쯤 책이 백 권도 넘었을 게요. 손에 남은 반듯한 책 한 권 없다는 게 때로 좀 허전하지만, 그래도 후회는 안하오. 아이들을 그렇게 키웠다는 데 자부심을 가지오. 그게 내 생의 기쁨이고 목적이었소."

영수의 그런 사고관은 이미 오래전 희곡 「혈맥」에 고스란히 반영돼 있다. '멀리, 멀리 될 수 있는 대로 멀리 도망가라. 다시는 이 방공호에 돌아오지 말라'고 외치는 깡통 영감의 절규가 바로 영수의 심정이었던 것이다. '나는 비록 이 방공호에서 헤어나지 못하지만 너희들만은 벗어나거라, 제발, 멀리 멀리 부모가 절대 찾을 수 없도록 멀리 도망가거라.'

'부모가 절대 찾을 수 없는 곳'으로 도망가고 싶었다. 숙명고녀 기숙사에 배달을 하고 돌아서 나오며, 어금니를 물고 자신에게 결심했었다. 도망가리라, 도망가리라. 도망가 꼭꼭 숨어버리리라. 그때 그 심정을 「혈맥」에서 자식이 아닌, 아버지의 외침, '도망가라'로 만든 것이다.

다미는 고등학교 농구 선수 시절부터, 농구하는 모습에 반해 쫓아다니던 청년과 맺어지고, 학중이도 은미도 본인들이 좋다는 사람과 짝지었다. 학중이는 서울여대생 길주가 '소피아 로렌'이라며 홀딱 빠져 있고, 또 은미는 워커힐에 승마 배우러 다니다가 승마 교관에 반해 결혼했다.

한평생 백 년도 채 살지 못하는 인생이다. 한 번밖에 살 수 없는 인생이다. 그러니 좋은 사람과 살아야지. 그 외에 그 무엇이 필요하겠는가. 이것이 영수의 한결같은 생각이다. 집안은 점잖은가, 그 집안 경제형편은 어떤가, 본인의 실력은? 능력은? 요것조것 따져봐야 한다는 게 아내의 주장이었지만 영수는 그저 본인들끼리 좋아한다면 냉큼 손을 들어주었다.

"밥 못 먹어 굶어죽는 사람 봤소? 요즘 세상엔 그런 사람 없잖소. 그러니 서로 좋으면 가난도 행복 아니겠소. 남자가 머릿속이 건강하고 육체가 건강하면 그 이상 볼 거 없어요. 집안은 무슨 놈의 집안. 양반, 상놈 찾는 버릇은 이제 고쳐야 해. 둘이 맘이 맞아 잘 살면 판잣집도 궁전이고 맘이 안 맞으면 궁전도 감옥이라고."

영수는 아내를 이렇게 설득시켰다. 좁아터진 한국 땅, 그 안에서 벌어지는 일이 무엇 하나 본받을 게 있단 말인가. 개헌안이 변칙으로 통과되는 나라. 걸핏하면 계엄령이 선포되는 나라. 무장 군인들이 학원에 동원되고 툭하면 휴교령이 내려지는 나라. 학생들이 공부는 제쳐놓고, 거리로 뛰쳐나와 시위, 화형식, 성토대회, 단식투쟁을 일삼는 나라. 화염병과 곤봉 세례가 생활화되다시피 된 나라. 이런 곳에서 젊은이들이 어떻게 자신감 있는 당당한 인간으로 자기 자신도 사랑하고 남도 사랑할 줄 아는 사람으로 살아갈 것인가.

영수가 아이들에게 바라는 것이 있다면, 유명한 사람, 대단한 사람이 되는 게 아니다. '부끄럼 없이 남에게 도움을 주면서 이 세상을 재미있게 사는 사람.' 오직 이뿐이다.

"사람은 언젠가 다 헤어지게 마련 아니오. 좋은 짝들 만나 잘산다는데 만족합시다. 난 이렇게 아이들 학생증이 있잖아."

영수는 주머니에서 지갑을 꺼냈다. 여러 겹으로 접혀 있는 플라스틱을 확 늘어뜨리자, 칸칸이 다섯 아이들 학생증이 좍 들어 있었다.

"세상에."

"그래. 다섯 아이들 학생증이오."

"아니, 그걸 다 언제 모아두었어요?"

영수 성격에 그런 데가 있었다. 성격이 급한 걸 보면 정돈 정리 같은 것하고는 거리가 먼 사람 같지만 실은 정반대다. 책상 서랍도 옷장 서랍도 놀랄 정도로 꼼꼼하게 정리돼 있다. 조 여사는 말이 나오지 않아 그저 멍하니 플라스틱 칸칸에 들어 있는 아이들 학생증을 바라보기만 했다.

'사위 하나쯤은 의사 사위를 봤으면' 하던 조 여사의 바람은 이루어지지 않았다. 물론 의사 사위는 남편 때문이었다. 언제 또 쓰러질지 모르는 사람이기에 늘 불안했던 것이다.

영수는 건강이 회복되어 가기 시작하자 곧 시나리오 「새엄마」를 쓰기 시작했다. 방송극으로 나갔던 것을 영화로 만들겠다고 동성영화사에서 강대진 감독이 찾아왔다. 「새엄마」뿐 아니라 「서울로 가는 길」, 「새댁」도 영화가 되고 「굴비」도 영화가 되어 반응이 좋았다.

「굴비」는 젊은 감독 김수용이 훌륭한 작품을 만들어냈다. 이름이 잘 알려진 노련한 감독들을 제쳐놓고, 신인이나 다름없는 김수용 감독을 영수가 원했을 때, 한양영화사에서는 굉장히 당황해했으나 영수가 고집했다.

'이름 있는 작가', '이름 있는 감독' 어쩌자고 우리나라는 수십 년이 흘러가도 늘 그 '이름 있는 사람' 에서 벗어나질 못하는가. '이름 있는 사람들'은, 그 '이름' 팔아먹기 바빠 진솔함, 참신성이 결여되는 예를 영수는 숱하게 보아왔다.

낡은 것은 자꾸 물러가야 한다. 아무리 한때 명성을 떨치던 대가라 해도 시대와 함께 물러갈 것은 물러가야 한다. 물러갈 때를 모르는 사람이야말로 비참한 사람이다. 자리를 내줘야 한다. 그게 선배가 할 일이다. 내가 이만큼 대가니까, 나 따라올 사람이 없다는 자만으로 자리를 지키고 있다면, 그 사회에는 획기적인 발전, 눈부신 변화가 불가능하다.

「신입사원 미스터 리」 연출을 최창봉에게 맡길 때도 방송국 측에서 뜨악해했지만 결과적으로 청취율 1위를 줄곧 달리며 그가 멋지게 해냈다. 김수용 역시 「굴비」를 훌륭하게 문학 차원으로까지 끌어올렸다. 그리고 「박 서방」의 명콤비 김승호와 황정순이 열연해 대만으로 수출까지 했다.

'신인을 두려워 말라.'

최창봉도 김수용도 영수의 이 말을 증명이라도 하는 듯, 번득이는 재질을 나타냈던 것이다.

"낭기마저 다 내보냈으니 미국에나 다녀옵시다. 이제 좀 그만 쓰면 안 되오? 그러다 또 병 도지면, 이제는 나이도 좀 생각해야지, 안 그러우?"

조 여사는 유미에게서 편지가 올 때마다 미국행에 솔깃했다.

"아버지, 어머니, 미국에 오세요. 여기는 정말 공기가 너무 좋아요. 여기 와 사시면 아버지가 절대 병이 나지 않으실 것 같아요."

'절대 병이 나지 않으실 것 같아요.'라고 쓰면서 유미는 스스로에게 고개를 까닥하곤 한다. 아버지의 병은 공기가 나빠서 생기는 게 아니다. 아버지의 그 고질병은 일본 여자. 그 여자가 원인 아닌가. 그 일본 여자. 왜 그때, 그 사진을 가지고 오지 않았던가. 유미는 아버지를 생각할 때마다 그 사진이 떠올라 후회가 막심했다. 아버지가 나한테 보관해 달라고, 무언중에 부탁하신 건데, 왜 그렇게 생각이 모자랐을까. 그러나 사진을 보는 그 순간에는 겁이 더럭 나 허겁지겁 다시 노트북 속에 집어넣었던 것이다.

미국으로 떠나오기 전날이었다. 짐은 이미 다 꾸렸다. 이제 남은 건 캐비닛 정리만 남았다. 캐비닛 속에는 일기장과 그동안 써 모아둔 글들이 들어 있다. 아버지 방에서 야금야금 원고지를 가져다 써본 시, 소설, 수필 같은 것들이었다. 유미는 그것이 마치 중요한 비밀 문서이기라도 한 듯, 외출할 때는 꼭 캐비닛에 넣어 잠그고 두 번 세 번 잠갔나 확인을 하곤 했다.

밤이 꽤 깊은 시간이었다. 안방에서 동생들과 노닥거리다 건넌방으로 건너온 유미는 캐비닛을 열고 그 안살림들을 큼직한 상자에 옮겨 담기 시작했다.

3년, 늦어도 3년이다. 3년 안에 돌아오련다. 돌아와 아버지 곁에서 살련다. 그동안 다미, 은미, 낭기가 아버지 시중을 들면 된다.

"아유, 언니만 아버지 딸인 줄 알아?"

"우리들은 의붓자식인가 뭐?"

다미도 은미도 이구동성으로 저녁 내내 그렇게 항의했다.

"자주 아버지 방에 들어가."

"아버지 방에 들어가 뭐해? 언니처럼 원고를 읽는 것도 아니고."

"그냥 들어가 앉아 있어."

"그냥 앉아 있으라고? 아유, 그럼 아버지가 오히려 불편하실 텐데?"

"아니야, 불편해하시지 않아. 누군가가 방에 와 있는 걸 참 좋아하신다. 아버지 글 쓰실 동안, 숙제 같은 거, 그 방에 들고 들어가 해. 그럼, 아버지가 얼마나 좋아하시는데."

"그건 아버지 방해하는 거잖아."

"아니야. 난 알아. 내 말 믿으라고. 아버지가 말을 안하셔서 그렇지, 얼마나 외로우시니. 생각해 봐. 식사도 혼자 하시지, 잠도 혼자 주무시지, 늘 혼자잖아. 과일도 깎아서 불쑥 디밀지만 말고 옆에 앉아서 같이 먹으라고, 알았어?"

울안에 갇혀 있는 짐승에게 때맞춰 먹이를 주듯, 시간이 되면 아버지 방에 쟁반이 들어가고, 나오고 한다. 안방에 오셔서 같이 드시자 해도 막무가내다. 그러다 보니 온 식구들에게 아버지는 늘 혼자 식사하고 혼자 생활하는 사람이 되어버렸다. 암암리에 정해진 그 규칙 같은 것을 완전히 무시해 버리는 사람은 오직 유미뿐이었다.

"건성으로 듣지 말고 내 말 꼭 들어, 알겠지? 아버지가 나가라, 나가봐라, 해도 그냥 있으라고. 집에 있을 때는 될 수 있는 대로 아버지 방에 들어가 있어."

"알았다니까. 걱정 마. 우리는 뭐 의붓자식인가."

"아버지가 싫다 해도, 다리 소독도 자주 해드려. 아버진 늘 싫다, 괜찮다 하시잖아. 그 말 곧이듣지 말라고. 헝겊도 자주 빨아드리도록 해. 고름이 묻어 있으면 냄새가 지독하거든."

다미는 제일은행 농구 선수를 일 년 하다가 그만두고, 이제 서울여대 학생이 되어 있다. 서울여대생들은 누구나 다 홍릉에서 기숙사 생활을 해야 하기 때문에 주말에만 집에 나온다.

주말에는 다미가 나오고 주중에는 은미와 낭기가 있으니 걱정 안 해도 되련만, 그래도 누가 옆에서 원고를 읽나, 실은 이게 유미는 제일 걱정이 된다.

아버지가 '그만 가서 자라' 해도 유미는 들은 척도 안하고 새벽까지 앉아 있을 때가 많다. 그러다 가끔은, "아버지, 여기 말야, 여기 이 부분 좀 이상하잖아? 아까 이 사람, 분명히 안녕히 계시라고 인사하고 돌아갔는데, 여태 방에 있으면 어떡해?" 하면서 지적하기도 한다.

자, 이제는 정말 마지막 정리다. 이 방을 다미가 쓸 거다. 캐비닛도 전축도 다 제자리에 고대로 있을 거다. 그러니 실은 정리할 것도 없지만 캐비닛 속 살림은 정리해야 한다. 일기장들이 있으니까. 상자에 넣어 테이프로 꼭꼭 봉해 다락 깊숙이 넣어두고 갔다 오자. 별 비밀도 없지만, 시 한 줄 쓴 것도 누구에게 보여주고 싶지 않다.

유미는 밤에 똑똑, 똑똑똑…… 아버지 방에서 펜 소리가 들려올 때, 일기장에 연필로 무엇이든 써보곤 했다. 행여 아버지 방에 펜 소리가 새어나가, 아버지를 방해할까 봐, 유미는 늘 연필로 썼다. 그렇게 써서 넣어두고 넣어두고 한 것이 노트로 열 권도 넘는다.

대학을 졸업하기 전, 문학 잡지나 신춘문예 같은 곳에 작품을 보내보고 싶었으나 아버지가 반대했다. '정말 앞으로 글을 쓸 맘이라면 지금은 그저 읽어라'는 게 아버지의 충고였다. 다섯 권째 일기장을 상자에 집어넣는 순간이었다. 노트 갈피에서 하얀 봉투 하나가 툭 방바닥에 떨어졌다.

'뭔가? 내가 여기에 무엇을 넣어두었지?'

전혀 기억이 나지 않았다. 일기장 갈피에 단풍을 넣어두고, 장미 꽃잎을 넣어두고 한 건 다 기억나지만 봉투를 넣어둔 기억은 전혀 나지 않았다.

우표도 붙어 있지 않고 겉장에 아무것도 적혀 있지 않은 봉투. 뭘까. 내가 여기에 넣어둘 만큼 중요한 편지가 있었던가? 그게 뭐지?

생각을 더듬어가며 유미는 한동안 봉투를 내려다보고만 있었다. 생각이 떠오를 때까지 기다리고 싶었다. 분명 일기장 갈피 속에 들어 있는 거니까 아주 중요한 것일 텐데 기억이 나지 않았다.

한참 후, 유미는 천천히 흰 봉투를 조심스럽게 집어들었다. 그리고 봉투가 찢어지지 않도록 살살 뜯었다.

하늘색 원피스를 입은 여자. 대학생처럼 보이는 젊은 여자. 생머리가 자연스럽게 어깨까지 내려와 있었다. 사진을 돌려 뒤를 보았다. 짤막한 몇 자. 읽을 수는 없지만 일본 말이었다. 아! 일본 여자. 사진을 들고 있는 손이 파르르 떨렸다. 유미는 안방 쪽을 바라보았다. 그리고 이번에는 아버지 방을 바라보았다.

일본 여자. 아버지 애인. 아버지 고질병의 원인인 그 여자. 어머니가 아버지에게 데려다 살라고 하던 그 여자. 틀림없이 그 여자일 것이다. 그런데 이 사진이 어떻게 내 캐비닛 속에 들어 있을까. 캐비닛 비밀번호는 아무도 모른다. 아무도.

쿵쿵, 쿵쿵, 심장이 어찌나 빨리 뛰는지 유미는 한 손으로는 사진을 꼭 잡은 채 다른 손으로 탁탁탁 가슴을 쳤다.

그러셨군요. 그때, 그러니까 사진을 다 태워버리지 못하셨군요. 아버지. 차마, 차마 사진을 말짱 없애버릴 순 없으셨군요. 아아, 아버지. 저보고 이 사진을 간직해 달라고 부탁하시는 건가요. 이 여자. 이 여자를 그렇게 사랑하셨어요? 그렇게나?

얼굴이 가느스름하고 목이 학처럼 길다. 입은 다물어져 있지만 얼굴에는 미소가 흐르고 있다. 따스하면서도 어딘지 모르게 조금은 슬픈 듯한 그런 미소다.

아버지의 사랑. 아버지의 사랑. 아버지는 이 여자 때문에 가끔 그렇게 앓으시는 건가요? 그렇게 미치광이처럼 이상해지시는 건가요? 바로 이 여자, 이 여자 때문에.

'감당할 수 없는 어떤 슬픔이나 쇼크, 어떤 절망 같은 것'이 원인이라는 그 병. 목숨을 잃을 수 있다는 그 무시무시한 병.

아버지는, 내가 어머니한테 이 사진을 보이지 않으리라고 믿으신 건가요? 아버지의 비밀. 아버지의 슬픈 비밀. 아내에게 다 태워버렸다 속이고 딱 한 장을 말도 없이, 아무 말도 없이, 딸의 방에, 그것도 딸의 캐비닛 속에, 딸의 일기장 갈피 속에 넣어둔, 넣어두어야 했던, 그 기막힌 심정. '유미야, 아버지의 비밀을 지켜다오.' 아버지는 저에게 그 말씀을 하시는 건가요?

목구멍이 자꾸 쓰라렸다. 사랑. 사랑이 무엇일까. 사랑은 아름다운 게 아니라 아픈 걸까. 사람이 다른 사람 때문에 신체적으로 병을 앓기까지 한다는 게 가능한 일일까. 그게 사랑이라면 사랑은 얼마나 무서운 걸까.

'도망가세요. 도망가세요. 아버지, 도망가 그 여자와 사세요. 우리들 이제 다 컸으니 우리들 걱정하지 마시고, 그 여자에게로 가세요. 아버지의 행복을 찾아가세요. 엄마? 엄마가 불쌍하지만 엄마와 아버지는 이제 그저 한 울타리 안에서 살아가는 사람들 아닌가요? 아버지. 그 여자한테 가세요. 지금이라도 늦지 않았다면 아버지 행복을 찾아가세요. 제발 도망가세요. 뒤돌아다 보지 말고, 절대 절대로 뒤돌아보지 말고 도망가세요. 아아. 아버지, 이해할게요. 원망하지 않을게요. 내가 아버지에게 나오시라고, 아버지가 필요하다고, 나오시지 않으면 아버지가 없다고 생각하겠다고 편지 보냈던 것, 죄송해요. 죄송해요. 용서해 주세요. 아버지, 도망가세요. 지금이라도 가세요. 그 여자한테 가세요.'

유미는 입술을 깨물어가며 울었다. 자꾸 울음소리가 새어나와 나중에는 베개로 입을 틀어막아 가며 울었다. 사랑이 무엇인지 알지는 못하지만, 사람을 미치광이처럼 앓게 하는 게 사랑이라면, 난 사랑을 안하리라. 절대로 사랑하지 않으리라. 절대, 절대로 사랑 병에 걸리지 않으리라.

그때, 그 사진 어찌 되었을까. 내가 가지고 와야 했다. 내가 간직하고 있어야 했다. 그게 아버지의 무언의 부탁이었다. 아버지는 나를 믿고 부탁하신 거다. 아버지의 간곡한 부탁. 그걸 내가 듣지 않은 거다. 그때, 왜 그리 맹했을까. 그저 무섭다는 생각밖에 없었다. 엄마가 아시게 되면 어쩌나, 그 생각에 몸이 떨렸다.

유미는 가끔 그 사진을 떠올리곤 한다. 그때마다 그 사진의 행방이 몹시 궁금하다. 집을 북아현동에서 불광동으로 옮길 때 아버지 침대 밑에 밀어넣고 온 그 상자가 어찌 되었을까.

"아버지, 이거 아무도 뜯지 못하게 아버지가 감시해 주세요. 아버지도 열어보면 안 돼. 내가 돌아올 때까지."

이튿날 유미는 다락에 넣어두려던 상자를 아버지 침대 밑에 밀어 넣으면서 아버지에게 이렇게 부탁을 했다. 언제고 아버지와 단 둘만의 시간을 갖게 될 때 유미는 묻고 싶었다. 그 사진을 어떻게 캐비닛에 넣으셨는가고, 그리고 지금 그 사진 어디에 있는가고.

"유미가 어린것들 떼어놓고 학교에 나가자면 얼마나 힘들겠어요. 그러니, 어린것들 돌봐주기도 하고, 좀 좋소? 공기가 그리 좋다니 당신 건강에도 좋을 거고."

"당신은 참 생각이 짧구려. 아, 유미가 정말 아이들 볼 사람이 필요해서 우리보고 오라는 거겠어? 우리 오게 하려고 일부러 그러는 거지."

영수 또한 미국 딸애 집에 마음이 쏠리지 않는 건 아니었다. 이제는 정말 좀 쉬고 싶었다. 드라마도 소설도 그 무엇도 쓰지 않고 지내고 싶었다.

가자. 미국 유미 집에 가보자. 거기 가서 마냥 눌러 살자는 건 아니다. 좀 쉬고 싶다. 머리를 식히고 싶다. 그리고 돌아와 그래도 기운이 남아 있다면 '하즈예'를 쓰자. 그것이 소설 형식이든, 드라마 형식이든, 자서전 형식이든. 죽는 순간까지 '하즈예'를 쓰다가 가자.

'하즈예.' 하즈예를 그리자. 손금 발금 하나까지 하즈예를 그리자.

아아. 그림을 그리듯 하즈예를 그려놓을 수 있다면 더 살아 무엇하리.

시카고 사슴 마을

사람은 그저 많은 곳에 다녀보고, 많은 것을 봐야 한다는 남편의 평소 주장이 얼마나 옳은 소리였는가 하는 것을 조 여사는 미국에 와서 새삼 실감한다. 유미네가 살고 있는 사슴 마을(Elk Grove)이라는 동네는 시카고에서 서북쪽으로 한 30마일쯤 떨어져 있는 교외다.

30마일 정도 거리면 시카고에서 그리 먼 교외가 아니란다. 많은 사람들이 도시에서 일하면서 집은 이 정도쯤 떨어져 있는 교외에 산단다. 유미가 그런 설명을 하면서 이 동네가 시골이 아니라고 하지만, 시골도 아주 한적한 시골처럼 거리에 나가도 사람 구경하기가 힘들다. 이 마을은 '사슴 마을'이라는 이름이 말해 주듯, 이 지대가 온통 울창한 숲이던 시절에는 뿔도 몸통도 큼직한 사슴들이 많이 살았단다.

"여기는 그저 어딜 가나 사방 천지가 피크닉 하는 곳 같구나."

길가에 잔디가 어찌나 곱게 잘 손질되어 있는지 조 여사 입에서 저절로 이런 소리가 나왔다.

"잔디, 꽃밭, 다 누가 일일이 손질하는 거냐?"

"시에서 하는 거죠."

"시?"

"그럼요. 우리들이 세금 내잖아요."

시민들이 세금 내는 것으로 길가 잔디도, 화단도 그리고 인근에 있는 공원도 그렇게 곱고 깨끗하게 가꾼다는 게 조 여사는 신기했다.

"당연한 거지. 시민들이 내는 돈으로 시민들 살기 편하게 이런저런 시설 만들어놓고 관리 잘 하는 게 바로 선진국인 거요."

"하지만, 어쩜 쓰레기 하나 나뒹굴지 않지요? 신기하게."

"그 또한 시민 의식 아니겠어."

"미국 사람은 단일 민족도 아니고 별의별 사람들이 다 모여 사는 건데, 어떻게 그런 시민 의식이 철두철미하게 박혔을까."

"그게 바로 국민 수준이라는 거지."

"하지만 여러 종족이 모여 사는 거니, 아무래도 질 좋은 사람, 나쁜 사람이 섞여 있지 않겠어요? 그런데 어떻게 길에 쓰레기 하나 볼 수 없는지, 그게 아주 신기하다고요."

"엄마, 이 동네니까 그래요. 미국도 험한 동네 가보면 형편없어. 거지도 많고요."

"그래? 거지도 있어?"

"그럼요. 대낮에도 술에 취해 쓰러져 자고 있는 알코올 중독자들, 마약 중독자들 많다고요."

"그렇구나. 미국이라고 다 이 동네처럼 깨끗하고 조용한 게 아니구나."

"그럼요. 동네 나름이에요. 그래서 엄마, 교포 사회에 아주 재미있는 말이 있어요. 비행장에 누가 마중 나왔는가에 따라 미국 인상이 달라지고 또 미국에서 먹고 살아가는 직업이 달라진다고요."

"그거 재미있는 말이구나. 미국 인상이 달라진다는 건 알겠는데 직업이 달라진다는 건 무슨 말이냐?"

"이제는 유학 온 사람들보다 이민 오는 사람들이 더 많거든요. 그러니까 세탁소 하는 사람이 새로 오는 사람을 마중 나왔으면 그 사람 직업이 세탁소가 되기 쉽고, 도너츠 가게 하는 사람이 나왔으면 십중팔구 도너츠 가게 하기 쉽고…… 그렇다는 말이에요."

"그거 참 말 되는구나."

조 여사뿐 아니라 영수 역시 새록새록 감탄되는 게 한둘이 아니었다. 유미가 두 아이를 데리고 도서관에 갈 때 따라갔을 때도 그저 신기하고 부러운 것 천지였다.

'이게 바로 선진 문화국이구나', '역시 선진 문화국에서는 책을 가까이 하는구나' 하는 것을 눈으로 보고 느끼면서 그저 부럽다는 생각뿐이었다. 동네에는 국민학교 아이들이 걸어다닐 수 있는 거리에 수영장, 야구장도 있고 도서관도 있다. 새로운 마을이 생길 때 이런 시설들은 기본이란다.

도서관에는 어린이들을 위한 각종 프로그램이 있었다. 초등학교, 중학교 아이들을 위한 시간은 물론이고 두 살부터 연령별로 프로그램이 있었다. 도대체 '두 살 시간'이라는 게 어떤 것인지 궁금해 영수는 그 방을 들여다보았다. 한 여자가 동화책을 읽어주고 있고 엄마들은 꼬마들을 데리고 앉아 듣고 있었다. 동화책을 읽는 여자가 얼굴 표정도 연방 바꾸고 목소리도 바꾸며 제스처 쓰는 게 꼭 일인극을 보고 있는 듯했다.

"여긴 아이들이 아주 어렸을 때부터 책과 가까이하는구나."

"그럼요. 초등학교에는 도서관 과목이 따로 있어요."

"초등학교에 도서관 과목이?"

"그럼요. 음악 시간 체육 시간처럼 도서관 시간이 있어요. 그래서 4학년이 되기 전에 도서관에 가서 책 찾는 법을 다 배워요. 그러니까 아이들이 방학 때는 부모 없이도 혼자 도서관에 가서 책 읽고 빌려오고 그래요.

"어린애가 혼자서도 책을 빌릴 수 있나?"

"초등학교 4학년 정도면 도서관 카드 있거든요."

"거, 참 부러운 나라다."

곳곳에 공원이 많고 공원마다 피크닉 시설, 화장실 시절이 잘 되어 있는 것도 부럽지만 무엇보다 아이들에게 어려서부터 책을 가까이 하도록 교육시키는 게 영수는 제일 부러웠다.

풍족한 나라. 축복받은 땅이라는 생각이 절로 들었다. 땅덩이가 클 뿐 아니라 그 큰 땅이 다 옥토니 얼마나 복인가. 그래서인지 사람들 또한 여유가 있어 보였다.

짜증난 얼굴이 아니다. 피곤에 지친 모습이 아니다. 서로가 서로를 의심하고 경계하는 모습이 아니다. 물론 이건 영수가 딸애를 따라 가본 상점이나 수퍼나 또는 공원이나 길가에서 받은 인상이다. 실제로 생존 경쟁을 하는 마당에 들어가 본 게 아니니 어디까지나 그저 일방적인 느낌일 뿐이다.

"굿모닝.", "굿 이브닝." 사람들은 서로 전혀 모르는 사람일지라도 지나가면서 이런 식의 인사말을 아주 자연스럽게 주고받는다. 영수는 매일 아침저녁으로 동네를 한 바퀴 산책하는데, 산책하면서 만나는 사람마다 입을 꾹 다물고 본 척 만 척하고 지나가는 사람이 없다. 꼭 한 마디라도 인사를 하며 지나간다. 그래서 영수도 이제는 자연스럽게 인사말을 한다.

"아름다운 저녁이지요?"

골목 끝 집에 살고 있는 톰 할아버지가 영수를 보고 환하게 웃으며 의자에서 일어났다.

"네, 참 시원하고 좋습니다."

"좀 앉았다 가시지요."

"아, 네. 감사합니다."

영수는 톰을 학교 건널목에서 보았다. 크리스틴과 엘리자벳이 학교에 갈 때였다. 영수는 슬슬 아이들을 따라가 보았다. 아주 가까운 거리에 아담한 단층 건물, 학교가 있었다. 건물보다 운동장이 훨씬 컸다. 그런데 건널목에서 웬 할아버지가 허리에 노란 띠를 두르고 아이들을 도와주고 있었다. 혼자 사는 노인인가. 저 일로 밥벌이가 될까. 영수는 그를 보면서 여러 가지 상상을 해보곤 했다.

"하이."

그날부터 그는 길 건너에서 손을 흔들며 큰 소리로 영수에게 인사를 보냈다. 영수도 인사치레로 손을 들어 보였다.

어느 날 저녁 때였다. 여느 때처럼 저녁 식사를 끝낸 영수는 아직 해도 남아 있고 해서 지팡이를 짚고 슬슬 산책을 나섰다. 이제는 동네를 어느 정도 익혔기 때문에 집을 끼고 한 바퀴 돌아올 셈으로 탱글우드(tanglewood) 길을 끼고 죽 걸었다.

새벽이고 오후고 저녁이고, 아무 때든 산책할 수 있다는, 이것 하나만으로도 여기는 천국 같다는 생각이 들었다. 우거진 나무들, 짹짹거리는 새들, 집집마다 깔끔하게 손질해 놓은 앞마당 잔디들. 그리고 마치 옆집과 경쟁이라도 하듯, 크게 또는 아주 작게 꾸며놓은 화단들이 사람 마음을 평화스럽게 해주었다.

손바닥만 한 마당일지라도 꽃을 가꾸는 마음. 실은 그 꽃 자체가 중요한 게 아니다. 꽃밭을 가꾸는 그 마음씨는 평화와 안정을 의미하기에 중요한 거다. 꽃 하나 가꾸는 데도 잔손이 간다. 잡풀을 뜯어주어야 하고, 물을 제때 주어야 하고…… 사람 마음에 여유가 없으면 그런 일을 할 수 없다.

"하이."

자기 몸체와 엇비슷한 크기의 개 두 마리를 끌고 지나가던 여자가 상냥하게 웃어가며 인사를 했다. 그녀는 한 손에 개 두 마리의 줄을 움켜쥐고 그리고 또 한 손에는 누런 봉지와 작은 삽을 쥐고 있었다. 그렇구나. 여기는 개를 산책시킬 때에도 저렇게 준비를 철저하게 하고 걷는구나. 삽과 봉지. 만약 개가 일을 보는 경우, 그러니까 그 뒤치다꺼리를 주인이 하는 모양이다. 하여튼 참 선진국이다. 이게 정상이지. 이게 바로 사람 사는 모습이지.

비스듬히 구부러지는 길을 돌았을 때였다. 하얀 단층집 앞마당에 긴 의자를 펴놓고 앉아 있던 노인이 영수를 먼저 알아보고 벌떡 일어나 환하게 웃었다. 바로 학교 앞에서 아이들을 도와주는 그 노인이었다.

"아, 반갑습니다."

영수도 이번에는 아주 반갑게 웃어가며 손을 내밀었다.

"이 동네, 어디 사십니까?"

"아, 네 저는 135 탱글우드에 삽니다. 딸애를 방문 중이지요. 한국에서 왔습니다."

"짐작은 했었죠. 크리스틴과 엘리자베스 할아버지시군요."

"아 네. 그런데 어떻게 우리 손녀들 이름까지?"

"하하, 저는 이 동네 할아버지 아닙니까? 동네 아이들, 아직 학교에 다니지 않는 꼬마들까지 이름 훤할 정돕니다. 참 저는 톰 할아버지라 합니다. 애들이 그렇게 부릅니다."

톰 할아버지는 의자 하나를 더 내와 영수에게 권했다. 그날 영수는 그를 통해 또 하나의 새로운 것을 배웠다. 그가 학교 건널목에서 아이들을 도와주는 것은, 돈을 벌기 위한 게 아니라 스스로가 좋아서 자진

해서 하고 있는 일이었다.

"이렇게 한가해 보이는 길이지만 때로는 급히 지나가는 차들이 있습니다. 마약을 하거나 술에 취한 사람은 정지 신호를 보지 못할 때가 있거든요. 바로 이 건널목에서 큰 사고가 난 적이 있습니다. 아이들 서너 명이 크게 다쳤지요. 그날부터 내가 이 일에 나섰습니다. 아이들도 좋고, 저도 동네 아이들과 친해지니 좋고 즐겁습니다. 크든 적든 제가 할 수 있는 일로 남에게 조금이라도 도움을 줄 수 있다면, 그게 행복 아니겠습니까."

크든 적든 자신이 할 수 있는 일로 남에게 도움을 줄 수 있다면 그게 행복이라는 그의 말이 영수 가슴에 찡하게 와 닿았다.

그날부터 영수는 톰과 친구가 되었고 톰을 통해 미국 사람들의 봉사 활동을 많이 알게 되었다. 미국에는 생활 수단과는 관계없이 그저 좋아서 무보수로 봉사를 하는 사람들이 많다고 했다. 동네 도서관에서 책 읽어주는 사람도 무보수 봉사자라 했다. 병원에도 양로원에도 그런 봉사자들이 굉장히 많단다.

아름다운 마음. 이런 마음가짐은 도대체 어디에서 나오는 것일까. 정년퇴직을 하고 나서, 자신이 봉사할 수 있는 일을 찾아 즐겁게 하는 사람들. 무엇인가 사회에 보탬이 되는 삶을 살다 떠나겠다는 사람들. 미국이 세계에서 제일 부자 나라라는 게 저절로 된 일이 아니구나 싶었다.

톰 할아버지는 7년 전에 아내를 먼저 보내고 혼자 살아가는 일흔이 넘은 사람이었다.

"자식들과 왜 같이 안 사느냐고요?"

그에게 딸이 둘, 아들이 세 명씩이나 있다는 소리를 듣고 영수가 의아해 물었더니 그는 껄껄 웃었다.

"그러지 않아도 애들이 같이 살자고 합니다. 하지만 저는 아이들과 같이 살 맘이 조금도 없습니다. 왜 내 자유를 구속당합니까? 난 이 집에서 내 맘대로 편하게 살다 가고 싶습니다. 아이들이 날 보고 싶으면 언제라도 찾아올 수 있고, 또 나도 가볼 수 있으니까요. 늙어서 자식들한테 뭉그적대는 그런 늙은이 되고 싶지 않습니다. 그건 서로 못할 짓이지요."

'자식들한테 뭉그적대는 늙은이, 그건 서로 못할 짓이지요.'

영수는 그날, 자리에 누워서 그 말을 곱씹어 보았다. 서양과 동양의 사고 방식이 이렇게 다르다. 늙으면 으레 자식들에게 의지해 살려고 하는 우리네 사고 방식에 비해 얼마나 현실적이고 합리적인가. 내가 너를 이만큼 키웠으니 이제 네가 나를 책임지고 모셔라 하는 건 사실 얼마나 자식에게 부담을 주는 짓인가.

밤이 깊도록 생각이 꼬리를 물었다. 보름이 다 되었는지 창밖이 훤했다. 윗몸을 일으켜 비스듬히 침대에 기대앉았다. 마치 뒤뜰에 가로등이 켜 있는 것처럼 환히 다 보였다. 나무 의자며 고기 구워 먹는 철판도 보이고, 버드나무에 매달려 있는 큼직한 타이어가 유난히 더 커 보였다. 두 아이가 올라타 놀 수 있도록 둘째 사위가 매달아놓은 것이다.

엔지니어인 둘째 사위 안영기는 틀림없는 사람이다. 어디 하나 허튼 구석이라곤 없다. 고등학교만 졸업하고 미국에서 대학 생활을 해서 그런지, 자기가 할 일을 남에게 시키지 않는다. 흔히 한국 남자들이 그러하듯, 아내에게 물 떠달라 뭐 해달라 하며 잔심부름을 시키지 않는다. 시키지 않는 건 고사하고, 솔선해 이것저것 집안일을 거둔다. 아마, 모르긴 해도 그가 그런 사람이기에 유미가 꼬맹이들을 키우며 대학원에 다닐 수 있었을 게다.

'자식들에게 뭉그적대는 늙은이. 그건 서로 못할 짓.' 밤은 깊어가건만 톰의 이 말 한 마디가 고장난 레코드판처럼 계속해 들려왔다. 자식들에게 부담을 주지 않고 살아가는 노인이 되려면, 두 사람 노후 대책이 철저해야 하는데 어떡한다? 모아둔 것이 아무것도 없다.

영수는 늘 펜 하나만을 믿고 살아왔다. 쓰면 되니까. 쓰기만 하면 아이들 학비가 마련되고 생활비가 나왔으니까. 그 이상 욕심을 내본 적 없었다. 저축이다 뭐다 하는 데 전혀 신경을 쓰지 않은 것도 사실이지만 실은 그동안의 삶이 저축을 생각할 만큼 여유 있었던 것도 아니다. 돈이 좀 들어오는가 싶으면 병원에 들어가고, 병원에 들어가 있는 동안 빚이 생기고, 병원에서 나와 벌면 빚을 갚고…… 그렇게 살아왔다.

1960년 「박 서방」에 이어 「장미의 곡」, 「이 순간을 위하여」, 「사랑이 문을 두드릴 때」, 「서울로 가는 길」, 「굴비」, 「귀국선」, 「새엄마」, 「새댁」, 「혈맥」, 「미스 김의 이중 생활」, 「단골손님」, 「소복」, 「신입사원 미스터리」, 「거북이」, 「오색 무지개」…… 라디오 연속극, TV 연속극 외 시나리오만도 참 숱하게 써왔다.

남들은 그 많은 돈을 다 어디에 쓰는가고 의아해할 정도였지만, 잊을 만하면 찾아오는 병마가 저축은 생각도 못하게 했다. 그렇게 병원에 들락거리면서도 다섯 아이들을 제대로 다 공부시키고 결혼시키고도 집이 날아가지 않은 게 그야말로 기적이라면 기적이었다.

몇 달씩 의족이 맞지 않아 외출도 하지 못하고 들어앉아 있을 때, 또 몇 달이고 글을 쓰지 못할 때, 황정순을 비롯해 몇몇 사람들은 잊지 않고 쌀가마를 보내주기도 했었다.

이제부터 무엇으로 두 사람이 늙어 죽을 때까지 자식 신세 지지 않고 살아간다? 딱히 그러겠다고 계획하고 있었던 건 아니지만 무의식중에라도 늙으면 으레 아들 집에 들어가 살겠거니 생각했었다. 한데 톰 이야기를 듣고 보니 생각이 영 달라졌다. '자식에게 왜 자유를 구속받고 삽니까?' 하는 말이 그야말로 충격적이었다. 부모가 자식의 자유를 구속한다는 게 아니라 정반대다. 부모가 자식에게 자유를 구속당하고 산다고.

그렇다. 늙을수록 얼마 남지 않은 생, 자기 맘대로 편하게 살다 가야 한다. 톰처럼 자식이 부모가 보고 싶으면 찾아오도록 해야 한다. 그게 실은 자식과 부모 사이를 원만하게 유지하는 길일 것이다. 한국에서 숱하게 일어나고 있는 고부 갈등이 결국은 사고의 차이에서 나오는 게 아니겠는가. 부모 세대는 자식에게 부모 모시기를 기대하고, 자식 세대는 그걸 짐스러워하고. 이제는 방송극은 그만 쓰겠다 생각했던 건 사치였구나. 이제부터는 정말 두 사람의 노후 대책을 생각해야겠구나. 미국에 와서 보고 느낀 여러 가지를 생생하게 쓰고 싶다. 한국인들이 억척스럽게 남의 땅에 와서 뿌리를 내리는 끈질긴 모습도 그리고 싶다. 우리가 툭하면 미국 놈, 미국 놈, 하는 그 미국 놈에게 배워야 할 여러 가지 점들도 글로 전하고 싶다. 영어를 배우기 전에, 영어권 문화를 이해해야 한다는 걸, 우리나라 젊은이들에게 알리고 싶다. '잠들기 전에 가야 할 몇 마일이 있다'고 한 프로스트의 시처럼 나도 잠들기 전에 해야 할 일이 있다.

하즈예. 오랫동안, 이 이름을 부르지 않고 지내왔다. 버릇처럼 입 밖으로 소리내어 가만가만 "하즈예, 나는 지금 「사랑은 영원히」를 쓰고 있단다.", "나는 「외로운 사람들」이라는 신문 연재를 시작했단다.", "오늘은 KBS에 가서 연출을 하고 왔단다. 땀이 어찌나 나는지, 연출하면서 셔츠를 두 개씩이나 바꿔 입었단다." 이런 식으로 일일이 하루 일과를 보고하듯 이야기하던 것을 의식적으로 피하며 지내왔다. 그리움이 병이 되어 다시 쓰러지지 않기 위해서였다.

툭하면 미친 사람 같은 상태가 되고 뼈만 앙상한 해골이 되고, 한다는 사실을 하즈예가 안다면 얼마나 기막혀 할까. 아마도 그 슬픔을 감당하지 못해 하즈예도 쓰러지고 말 거다. 그러면 안 된다. 그건 절대 안 된다. 그건 내가 그녀를 죽이는 거나 마찬가지다.

내가 건강하게 잘 살아가는 게 하즈예를 위하는 길, 진실로 하즈예를 사랑한다면, 나 때문에 슬프게 해서는 안 된다. 그게 내가 할 수 있는 유일의 길이다. 바람결에라도 서울에서 김영수가 죽었다는, 병마에 시달리다 죽었다는 소식을 듣는다면, 얼마나 기막히겠는가.

나는 하즈예와 지냈던 그 몇 년간을 글로 남기고 싶다. 그리고 하즈예와 헤어져 살아가는 나날 또한 글로 남기고 싶다. 마음을 고스란히 사진 찍듯 그것이 소설이든 수필이든 아니면 일기든 어떤 형식이든 상관없다. 세상에서 손가락질을 받고, 하다못해 매장이 된다 해도 상관없다. 나는 발가벗은 심정으로 고스란히 쓰고 싶다. 물론 욕심이다. 나 자신을 위한 욕심이다. 나는 그렇게라도 해서 눈감는 순간까지 하즈예와 지내다 가고 싶다.

아버지와 딸

“어? 하즈예. 하즈예.”

훤한 뒤뜰을 하염없이 내다보고 있는 시야에 어렴풋하게 하즈예가 보이기 시작했다. 보일 듯 말 듯 희미하던 윤곽이 차츰 또렷하게 드러나기 시작했다. 긴 머리를 틀어올려 빗은 게 이제는 부인 티가 났다.

“선생님. 선생님. 뵙고 싶었어요.”

“그래. 나도 네가 보고 싶었다. 때로는 너무너무 보고 싶어 쌩 돌아버릴 것만 같았다.”

“하지만 선생님, 슬퍼하시면 안 돼요. 슬픔 때문에 자꾸 앓으신다면 저는 너무너무 실망할 거예요. 진정한 사랑은 절대, 절대로 슬픔이 될 수 없으니까요. 저는 선생님을 사랑했다는 거. 선생님을 예전에도 사랑했고 지금도 사랑하고 또 먼훗날 다음 세상에 가서도 사랑하리라는 것.

그것이 저에게 굳세게 살아가는 힘이 되어주고 있습니다. 진정으로 사랑한다면, 사람은 슬플 수 없어요. 그 사랑이 세상을 헤쳐나가게 해주는 보약이니까요."

"그래. 그래. 하즈에. 그렇고말고. 무슨 말을 하려는지 알고말고. 나도 그렇다. 나도 슬프지 않다. 그냥 그리울 뿐이다. 만지고 싶고 느끼고 싶어 때로 미칠 것 같지만, 네 말이 다 옳다. 진정 사랑한다면 그 사랑의 힘으로 사는 날까지 잘 살아내야겠지."

"선생님. 제가 항상 선생님 곁에 있다는 거 아시지요? 눈을 뜨고 있어도 눈을 감고 있어도 전 선생님과 함께 있어요. 전 남편과 자식들을 사랑하는 것까지 선생님을 사랑하기 때문이라고 생각해요. 선생님에 대한 사랑이 남들에게도 한없이 베풀 수 있는 여유를 주는 거예요. 이런 말, 말도 안 되는 헛소리, 말장난이라고 남들은 비웃겠지만, 선생님은 아시지요. 선생님은 제 마음 아시지요."

"그래요. 알고말고. 아아. 하즈에."

"선생님, 잊지 마세요. 저는 선생님 곁에 늘 있어요. 항상, 항상. 저세상에서 다시 만날 때까지."

"저세상에서 다시 만날 때까지?"

하즈에. 하즈에⋯⋯ 하즈에가 보이지 않았다. 몸을 일으켜 드르륵 창문을 열고 머리를 쑥 내밀어 뒤뜰 구석구석을 살펴보았지만 휘영청 밝은 달빛 속에 하즈에 모습은 찾을 수 없었다. 영수는 갑자기 몹시 목이 타 엉덩이로 밀면서 부엌으로 나갔다.

'이 시간에 웬 불이?'

아이들이 자러 들어가면서 깜박 잊고 불을 끄지 않았나? 그럴 리가 없다. 식구들이 잠자리에 들 때면 둘째 사위가 마지막 뒤치다꺼리를 꼭 한다. 대문 앞 전등 끄는 것부터 앞문, 뒷문 철저하게 단속하고 들어가기 때문에 자정이 훨씬 넘은 이 시간에 부엌에 불이 켜져 있을 리가 없다.

"어머머, 아버지."

유미가 마치 부모 몰래 연애 편지를 쓰다가 들킨 여학생처럼 당황해하며 책상 위에 있는 종잇장들을 급하게 한쪽으로 밀어놓았다.

"아니, 이 시간에 뭐하고 있는 거냐?"

"여태 안 주무셨어요?"

유미는 부엌 바닥에 앉아 있는 아버지를 부축해 일으키며 물었다. 의족을 떼어놓고, 엉덩이로 밀면서 움직이시는 아버지. 서울을 떠나온 후 오랜만에 보는 그 모습에 유미는 그만 코끝이 아리아리해 왔다.

영수가 미국에 오자마자 유미가 제일 먼저 해준 것이 플라스틱 의족이다.

"이것도 한 지 얼마 안 된다. 공연히 돈 들이지 마라."

플라스틱 의족이 1,000불도 넘는다는 얘기에 놀라 영수는 극구 사양했다.

"아버지, 셀룰로이드로 만든 거래요. 아주 최신에 나온 기술이래요. 제가 아버지 오시기 전에 다 알아봤어요. 그 의족 하면 달리기 경주도 할 수 있대요."

"뜀박질을 해? 의족을 달고?"

뜀박질이라는 말에 조 여사가 후후 웃었다.

"그래. 엄마, 정말 그렇게 가볍대요. 아버지 의족 꼭 바꿔드릴 거예요. 꼭."

"이제 막 집을 샀으니 돈 들어갈 데가 좀 많겠니. 그러니 내 의족은 차차 하자꾸나."

그래도 유미는 막무가내였다. 셀룰로이드 플라스틱 의족은 정말 기막히게 가벼웠다. 나무 의족처럼 단단한 나일론 줄로 허벅지에 매달 필요도 없었다. 그냥 무릎에 쏙 끼기만 하면 마치 아교풀로 붙여놓은 것처럼 신기하게 딱 달라붙어 있었다.

"이 시간에 자지 않고 뭐하고 있는 거냐?"

영수는 식탁 한쪽에 아무렇게나 밀어놓은 종잇장들을 쳐다보며 물었다.

"아무것도 아니에요."

유미는 허둥대며 그 종잇장들을 엎어놓기에 바빴다.

"행여, 학위 같은 거 생각해 공부하는 거냐?"

유미는 미국에 와서 미국 공립학교 선생이 되었다.

"자기 아이 학점을 주는 선생님이면, 동양인을 싫어하는 사람이라 할지언정 겉으로 드러내놓고 차별하지 못할 거 아니겠어요?" 그래서 선생이 되기로 작심하고 교육학을 공부하고 문교부 시험에 합격해 교사 자격증을 따낸 유미다. 두 어린 딸의 어머니 노릇 하랴, 아내 노릇 하랴, 살림하랴, 학교에 나가랴, 눈코 뜰 새 없이 바쁜 애가 행여 학위에 맘을 두고 공부를 하는 건가 싶어 물었다.

"아유. 아버지, 공부는 무슨 공부. 지금 선생 노릇 하기도 쩔쩔매는 걸요."

"글쎄 말이다. 내가 보기엔 지금 학교에 나가는 것만도 무리 같은데 행여 학위에 욕심이 있어 공부 더 하는가, 하고 말이다."

"아녜요. 그런 욕심 벌써 버렸어요. 대학원도 교사 자격증 따기 위해 억지로 다녔는걸요."

"그래. 잘 생각했다. 지금도 무리지."

"요즘은 엄마가 살림 해주시니까 얼마나 좋은지 몰라요. 어유, 학교 갔다 오면 따끈따끈한 밥이 있고 보글보글 된장찌개가 있고, 제가 요새 얼마나 호강하는지 몰라요."

"그거야, 네 엄마가 그 정도도 못해 주겠니."

"그런데 아버지, 난 엄마는 말이죠. 된장찌개도 끓일 줄 모르는 줄 알았거든. 그런데 정말 참 기막히게 맛있게 끓이셔요. 애 아빠가 너무 좋아해요."

"네 엄마, 하지 않아 그렇지, 하면 잘 한다."

"글쎄, 내가 깜짝 놀랐다니까요."

"너희들이 어렸을 때부터 네 엄마도 학교 나가느라고 살림은 할머니가 도맡아 하셨지. 하지만 아무래도 할머니한테 보고 배운 게 있지 않겠니."

"그러니까 절 도와주시기 위해서도 여기 오래오래 계셔야 해요."

유미는 아버지가 은근슬쩍 어머니를 치켜올리는 게 너무 우스워 저절로 웃음이 나왔다. 그런 건가? 이제 딱 두 분만 사시니까 사이가 좋아지신 건가?

"아버지. 정말이라고요. 서울 나가실 생각 마시고 여기서 우리들하고 사세요. 네?"

"여기 아주?"

"네. 그러세요. 여기가 아버지한테는 모든 게 편리하잖아요. 공기도 좋고, 그러니까 서울 가실 생각 말고 여기 사세요."

"그건 안랑한테 못할 짓이지."

"어머 왜요? 아버지, 딸자식은 자식이 아닌가요? 꼭 아들만 부모님 모시라는 법 있나요? 그건 옛날옛적 이야기예요. 이제는 딸아들 구별 없잖아요."

"글쎄, 학중이네와 살겠다는 것도 아니다."

"그럼, 더군다나 가지 마세요."

"모르긴 해도 아마 네 엄마는 더 늙으면 학중이와 살려 할 거다."

"정말? 엄마가 그렇게 구식인가? 그럼 아들 없는 사람은 누구와 산담. 안 그래요? 딸도 아들도 똑같은 자식이지, 아들만 부모 모시라는 법이 어디 있어요. 아들만 공부시킨 것도 아니고 아들만 더 맛있는 거 먹인 것도 아닌데, 참 그 사고 방식이 얼마나 틀린 거예요? 엄마가 정 학중이와 살겠다 하신다면 일 년은 여기, 일 년은 거기, 이렇게 사시면 되잖아요."

냥기마저 시집갔으니 어머니와 아버지 딱 두 분이다. 두 사람이 보나마나 하루 온종일 몇 마디 말도 나누지 않고 너는 너, 나는 나처럼 지내시는 모습이 눈에 선하다.

"네 엄마야 모르겠지만, 나야 이제 건강도 많이 좋아졌으니 나가야 하지 않겠니. 아무래도 글은 서울에 가서 써야 할 것 같다."

"이제 글 좀 그만 쓰세요. 꼭 쓰고 싶은 것만 쓰세요. 여기서. 천천히 일 년이 걸리든 십 년이 걸리든 쓰시고 싶은 것만 쓰세요. 꼭 쓰시고 싶은 것만."

"쓰고 싶은 게 많다. 그동안 툭하면 병원 들락거리느라고 세월 낭비하지 않았니. 네 엄마가 고생이 심했지. 참 고생 많이 했다. 이제는, 소설을 쓰고 싶다. 얼마나 살지 모르겠다만 장편 몇 개 써놓고 죽고 싶다."

"그러니까 아버지 여기가 좀 좋아요. 여기서 쓰세요."

"그래. 당장 돌아가겠다는 건 아니니까, 두고 생각해 보자꾸나. 내 생각에는 나는 나가는 한이 있어도 네 엄마는 여기서 너와 당분간 살았으면 한다. 와보니 네가 정말 살림하랴 학교 가랴 너무 바삐 사는구나. 그나저나 도대체 넌 뭘 하느라고 이렇게 늦은 시간까지 앉아 있는 거냐? 내일 학교는 어쩌려고."

"아버지, 참 왜 나오셨어요?"

"응? 아, 커피 생각이 나서."

"제가 타드릴게요."

"그래. 그런데, 도대체 뭐하는 거냐?"

"아유, 아무것도 아니에요."

"공부하는 것도 아니라면서 이렇게 늦게까지 자지 않고."

도둑고양이처럼 아이들도 남편도 잠이 든 다음 살살 부엌으로 나와 어떤 땐 새벽까지 앉아 있는 게 한두 번이 아니다. 그렇게 새벽까지 앉아 있다 아침에 부랴부랴 출근하다 보면 어떤 날은 코피가 터질 때도 있었다. 한번 잠이 들면 아이들도 남편도 좀처럼 깨지 않기 때문에 비밀처럼 아무도 모르게 그러고 지낼 수 있었는데 그만 아버지에게 들키고 만 것이다.

"정말 아무것도 아니에요. 그냥 뭘 좀 써보는 거예요."

"뭘…… 쓴다고?"

"아무것도 아니에요."

"뭘, 뭘 쓴다고?"

딸애가 분명 '쓴다'는 말을 한 것 같은데 내가 잘못 들었나 싶어 영수는 다시 물었다.

"음…… 아무것도 아니에요. 그냥, 소설 하나 써보는 중이에요."

유미는 어색한지 어깨를 으쓱해 보이며 웃었다.

"아버지, 커피 대신 라면 끓여드릴까?"

"아니다. 생각 없다. 커피나 마시련다."

"아버진 커피를 너무 많이 마시세요. 그러니까 밤새 주무시지 못하지."

"대신 낮잠 자잖니."

"아버지, 중국 차 끓일까?"

"중국 차?"

"응, 비트래스가 대만 다녀오며 갖다 준 재스민 티가 있거든요."

"재스민 티, 그거 좋지. 그런데 너, 지금 소설을 써보는 중이라 했니?"

"아유, 정말 아무것도 아니에요. 소설인지 뭔지도 모르겠어요. 그냥 심심해서 써보는 거예요."

"심심하긴, 네가 심심할 짬이 어디 있냐."

"아버지, 낮에 아무도 집에 없으니까 심심하시죠? 엄마는 오히려 바빠지셨지만."

차를 마시면서 유미가 물었다. 글 쓰는 이야기는 하고 싶지 않은지 자꾸 딴청을 했다.

"공기가 좋으니까 건강도 훨씬 좋아지는 것 같구나. 그런데 여기는 사람들이 안 사는 동네처럼 낮에는 사람 구경하기 힘들다."

"여자들도 거의 다 일 나가기 때문이죠."

"아이들은 누가 보니?"

"탁아소에 보내기도 하고, 또 베이비 시터에게 맡기기도 하고, 그래요."

"참, 여기 와보니 모두가 부지런하다. 모두가. 하다못해 정년 퇴직한 사람들까지 일을 찾아 하더구나."

"그래요. 아버지. 저도 그런 사람들한테 배우는 게 많아요. 아, 이런 식으로 살아가는 사람들도 있구나 하고요. 학교에 자원봉사자 선생님들이 많거든요."

"자원봉사자 선생님이라니?"

"이미 정년 퇴직한 선생님들이죠. 그런 선생님들이 일부러 학교에 나와요. 얼마나 열성인지 몰라요."

"그 선생들이 학교에 와서 가르친다고? 그럼 은퇴한 게 아니잖아?"

"일반 교실을 가르치는 게 아니고요. 무보수로 봉사하는 거예요. 성적이 뒤떨어지는 애들 있잖아요. 그런 애들을 한 명씩, 복도 또는 강당에 데리고 앉아 가정교사처럼 도와준다고요."

"그래? 그거 참 정말 훌륭한 사람들이구나."

"그래요. 비가 오나 눈이 오나 꼭 나타나는 그런 선생님들 보면 저절로 머리가 숙여져요."

"그래. 정말 사람답게 살아가는 사람들이구나. 사람답게."

"일이 하고 싶으면 당당하게 보수받고 일할 곳도 얼마든지 있는데, 그렇게 봉사를 하니 참 대단하다 싶어요. 하루이틀도 아니고 아예 출근하다시피 하는 사람들도 있다고요."

"일을 하고 싶으면 일할 곳이 얼마든지 있다는 게, 남자든 여자든 말이다, 그게 얼마나 좋은 나라냐. 나도 톰처럼 아이들 건널목 도와주는 일이나 할까?"

"아버지, 심심하셔서 자꾸 서울 생각나시는 거죠?"

"심심하다기보다, 안랑에게 미안하잖니. 우리 두 늙은이만 아무것도 안하고 먹고 사니."

"아버지도 참. 그동안 너무 일을 많이 하셨으니까, 이제는 엄마도 아버지도 쉬실 만하세요."

'아버지, 미국에 오세요. 미국에 오셔서 우리와 같이 사세요. 제가 학교 선생이 되었어요. 아버지, 아무 걱정 마시고 여기 오셔서 푹 쉬세요. 오셨다가 여기가 싫으시면 언제든 서울로 돌아가시면 되잖아요. 그냥 여행한다 가볍게 생각하시고 떠나오세요.'

유미가 미국에 오라고 계속 편지를 보내올 때, 아내는 물론이고, 영수 또한 마음이 동요되었다. 그러지 않아도 어딘가 떠나고 싶다는 마음이 들 정도로 한국은 날이 갈수록 어수선했다.

'한국식 민주주의'라는 새로운 말이 생겨났다. 구체적으로 무엇을 가리켜 '한국식 민주주의'라 하는 건지 언뜻 납득이 가지 않았지만, 어쨌든 집권자들이 코에 걸면 코걸이요, 귀에 걸면 귀걸이가 되는 세상이었다.

군사 정권은 법이 무색할 정도로 점점 더 독재로 치달았다. 공화당이 박정희의 3선을 가능케 할 목적으로 드디어 제6차 개헌을 단행한 것이다. 대통령의 3기 연임 허용이 주 골자인 이 개헌안을 통과시키기 위해 정부 여당은 갖은 방법을 다 동원했다.

야당과 학생들의 치열한 개헌 반대 시위에도 불구하고 결국 개헌안은 통과되고, 박정희는 1971년 4월 제7대 대통령 선거에 다시 당선됨으로써 장기 집권의 길로 들어섰다. 그 와중에 국회의원들 간의 몸싸움, 연일 계속되는 학생들의 격렬한 시위, 학생들과 경찰의 충돌, 참담할 정도로 수라장이었다. 1972년 10월 17일을 기해 단행된 유신은 군부대를 동원, 헌법기능을 마비시키고 반대파의 정치 활동을 전면 봉쇄해 버렸다. 박정희는 '열강의 세력 균형의 변화와 남북한 간의 사태 진전에 따른 평화통일과 남북 대화를 추진할 주체가 필요한데, 현행 법령과 체제는 냉전 시대의 산물로서 오늘날의 상황에 적응할 수 없으며, 대의 기구는 파쟁과 정략의 희생이 되어 통일과 남북 대화를 뒷받침할 수 없으므로 부득이 비상 조치로써 체제 개혁을 단행한다'는 요지의 대통령 특별선언문을 발표하고 전국에 또 비상계엄령을 선포하여 국회를 해산하고 정당 및 정치 활동을 중지했다.

곧이어 박정희는 '조국의 평화통일을 지향하는 헌법 개정안'이라는 '유신 헌법'을 공고하고 대통령 선거에 단독 출마하여 제8대 대통령에 당선되었다. 유신 헌법에 의해 이제 박정희는 바야흐로 영구 집권을 보장받은 것이다.

박정희와 정부 여당은 아마도 1971년 대통령선거 결과에 굉장히 당황한 모양이었다. 1971년 선거에 여당이 예상 밖으로 고전했던 것이다. 정부 여당은 국회의원 선거 결과 야당세의 증가로 국회의 비판 기능이 활성화되어 정상적인 방법으로는 재집권이 불가능하다는 판단 아래, 유신을 생각해 낸 것 같았다.

유신 헌법은 대통령에게 긴급조치권, 국회해산권 등 초헌법적 권한을 부여하여 대통령 한 사람에게 모든 권력을 집중시키고 입법부와 사법부는 사실상 정권의 시녀로 전락시켰다. 유신 헌법 공고 이후, 잇달아 발표되는 긴급조치는 국민의 자유와 권리에 대해 무제한 제약을 가할 수 있는 초헌법적 권한이었다. 이 긴급조치는 말할 것도 없이 반유신 세력에 대한 탄압 도구로 악용되었다.

문인들, 언론인들, 학자들, 종교인들이 보다 맹렬하게 반독재 민주화 투쟁을 벌이기 시작하며 재야(在野)라는 특수한 범주를 형성했다. 물론 그들과 정반대편에서 정부의 온갖 특혜를 받아가며 살아가는 언론, 지식인층도 많았다. 그들이 정부에 협조하는 이유는 예나 지금이나 한결같이 '안전'이었다. 국가의 안전이 그 무엇보다 우선이라는 주장으로 '한국식 민주주의'를 찬성했다.

물론 문단도 둘로 짝 갈려 순수문학파는 무조건 정부 지지파, 참여문학파는 또 무조건 정부 반대파로 규탄받으며 서로가 서로를 매도했다. 이것도 저것도 아닌 중간파는 이쪽 저쪽에서 다 회색분자라는 비난의 소리를 들어가며 따돌림을 받아야 했다.

현실을 신랄하게 비판하는 문학이 존재할 수 없는 현실에서 때로 용감하게 풍자적으로 시대를 묘사하는 작가도 있었다. 극작가 이근삼은 「거룩한 직업」에서 도둑을 통해 사회 전체의 부정과 비리를 조소했다. 어느 교수 집에 들어온 도둑은 가져갈 물건이 아무것도 없는 가난함에 놀란다. 도둑은 왜 배울 만큼 배운 사람이 관변에 빌붙지 못하고 이 모양으로 못 살고 있느냐고 교수에게 오히려 야유를 퍼붓는다는 내용으로 시대를 이처럼 아프게 꼬집을 수가 없었다. 영수는 「거룩한 직업」을 읽으며 눈시울이 뜨끈해 몇 번씩 책을 내려놓아야 했었다.

그러나 유신 이후 조심스럽게나마 정치 사회의 비리가 이야기의 골격을 이루는 작품은 사라졌다. 작품뿐 아니라 사람도 사라졌다.

시인들은 '껍데기는 가라 / 껍데기는 가라 / 사월도 알맹이만 남고 / 껍데기는 가라 / 동학년 곰나루의, 그 아우성만 살고 / 껍데기는 가라'고 절규하다 끌려갔다.

문인, 언론인, 학자들 중에는 정부 요인들과 어울려 골프를 치러 다니고 무슨 회의와, 세미나다, 해외여행이다 하는 태평성대를 즐기는 사람들이 있는가 하면 반체제범으로 옥살이를 하는 사람들도 있었다. 안보와 산업화를 빌미 삼은 유신 체제. 영수는 한국을 떠날 수만 있다면 떠나고 싶었다.

5·16이 일어났을 때, 쿠데타가 원칙적으로는 분명히 반란이라고 생각하면서도, 차라리 잘된 일이 아닐까. 썩은 건 이렇게 과감하게 도려내는 길밖에 없지 않은가. 대수술을 하려면 피를 흘려야 하지 않은가. 이 용맹한 군인들만이 우리의 희망일지 모른다 하고 은근히 기대를 걸었던, 자신이 한없이 부끄럽고 세상 돌아가는 꼴이 너무 막막하기만 했다.

"아버지, 어머니 오세요. 오세요." 하는 유미 편지를 읽을 때마다 마음이 동요되는 건 비단 조 여사뿐이 아니었다. 그래서 결국 두 사람은 짐을 꾸리고 미국으로 들어온 것이다.

그날 밤, 영수는 방에 들어와서 새벽이 되도록 잠을 자지 못했다.

'저세상에서 만날 때까지……' 하즈예의 그 말이 계속 귓가에 윙윙 울렸다. 필경 무슨 일이 일어난 모양이다. 그래서 나보고 슬퍼하지 말고 잘 살아야 한다고 그렇게 신신당부하러 왔나 보다. 떠나기 전에, 영영 저세상으로 떠나기 전에 나를 찾아 구만리를 헤매다가 여기까지 찾아온 건가. 그 말을 하기 위해서. 진정 사랑한다면 그 사랑의 힘으로 아주 건강하게, 슬프지 않게 살아야 한다는 그 당부를 하기 위해서. 병원으로 연락을 해볼까? 지금도 그 병원에 있을 리가 만무하다. 하지만, 병원에 연락처를 알려달라 한다면 무슨 소식을 전해 주지 않을까?

이제 와 뭘 알겠단 말이냐. 알아서 뭘 어쩌겠단 말이냐. 하즈예. 이제 아이들이 다 떠났다. 아내는 딸애 집에서 살면 된다. 네 곁에 가고 싶구나. 너와 나, 눈감는 순간까지 같이 살 순 없을까. 산 속이든 바닷가든 어디든 단 둘이 파묻혀 다시는, 다시는 헤어지지 말고 저승이 아닌 이승에서 살아갈 순 없을까. 저승이 아닌 이승에서, 우리 둘이 남은 여생을…… 아아, 이 무슨 욕심인가. 이제 하즈예는 한 가정을 이루고 행복하게 살아갈 텐데. 이 기막힌 욕심이라니.

참으로 이상한 밤이다. 유미가 소설을 쓴다는 사실도 너무 놀라웠다. 너무 신기했다. 이제는 대학 시절의 문학 소녀 꿈은 다 없어졌으려니 했었다. 내 자식이 글을 쓴단다. 자식들 중에 소설을 쓰는 자식이 있다는 게 가슴을 묘하게 설레게 했다. 도대체 무슨 내용일까. 미국 학교에 혼자뿐인 한국인 선생. 한국인이든 일본인이든 중국인이든 오직 단 하나뿐인 동양인 선생이란다. 그러니 그런 분위기에서 선생님을 하자면 이런저런 혼자만이 느끼는 특별한 그 무엇이 있겠지, 분명 있겠지, 그러니까 그런 이야기일까? 유미는 저녁상 앞에서 학교 이야기를 자주 한다.

"엄마들이 성적표에 아주 민감해요."

"미국 엄마들도 그러니?"

"그럼요. 전 한국에서 선생 노릇 해보지 않아 모르지만 여기 부모들도 여간 극성 아니라고요."

"혹시 한국인이라고 무시하진 않니?"

"글쎄. 속으로 무시하는 사람이 있을지도 모르죠. 하지만 속으로 어찌 생각하든 그게 무슨 상관이에요. 겉으로 아주 공손하면 그만이지. 안 그래요? 임금님도 뒤에서는 욕하는 판인데 뭐. 며칠 전에는 줄리 엄마가 성적표를 들고 따지러 왔겠지."

"따지러?"

"응, 왜 영어 독해력에 A가 아니고 B냐면서 그동안 모아둔 시험지를 다 가지고 왔더라고."

"그래? 시험지를 가지고 와?"

"응. 그래서 내 기록 노트와 일일이 맞춰봤다고요. 그랬는데 알고 보니 줄리가 점수를 나쁘게 받은 시험지는 집에 가지고 가질 않았더라고요."

"어유, 그래 네가 그걸 다 일일이 기록해 두었니?"

"물론이죠. 어떤 시험을 보고, 점수가 뭐고 빠짐없이 다 기록해 두죠. 그래야 항의하는 부모에게 자신있게 증거를 보이면서 말할 수 있거든요. 여기는 모든 게 증거예요."

"그런 걸 어떻게 알았니?"

유미가 학교 이야기를 시작하면 영수는 물론 조 여사도 신기한지 연신 그래서, 그래서 해가며 독촉했다.

"처음 담임을 맡았을 때, 교사 생활 오래한 선생들이 그런저런 걸 알려주더라고요. 때로는 아주 까다롭게 구는 부모들이 있으니까 무엇이든 다 확실하게 기록해 놓으라고요."

"고맙구나. 그런 선생들이."

"그래요. 아주 고마운 선생들이 있는가 하면 괜히 날 미워하는 선생들도 있어요."

"미워해? 왜 널 미워해?"

조 여사는 미워한다는 말에 음성마저 돋우며 물었다.

"그런 거 있잖아요. 공연히 주는 거 없이 미운 사람. 그러니까 동양인을 싫어하는 사람도 있을 수 있지 뭐. 나도 어떤 선생은 말야, 공연히, 정말 나한테 하나도 잘못 하는 거 없는 데도 싫은 사람이 있거든."

교사가 50명도 넘는 다는 학교에서 딱 한 사람뿐인 동양인. 그 속에 충분히 스토리가 있으리라. 유미는 가끔 한국 사람 이야기도 했다. 미국에 갓 이민온 사람들이 아이들을 학교에 입학시키면서 영어가 잘 통하지 않아 고생하는 이야기.

"아유, 나도 그랬지만, 우리나라에서 대학까지 나왔으면 뭐해요? 아무리 영문법이 훤해도 말이 안 통하는 데야 무식한 사람 따로 없지. 어떤 엄마는 아이를 학교에 두고 가면서 흑흑 흐느껴가며 울어요. 영어 한 마디 못하는 애가 미국 애들한테 구박받을까 봐 걱정이 되어 울음이 저절로 터지는가 봐."

"그렇겠지. 에그, 그 심정 오죽할까."

"글쎄, 어떤 한국 애는 화장실 가고 싶을 때 내 교실로 달려오는 애도 있어요."

"화장실 가고 싶은데 왜 네 교실로?"

"제 담임에게 화장실 가고 싶다는 영어를 못하겠으니까 나한테 오는 거지. 하여튼 별별 일이 다 있어요."

그런 실화들을 잘 엮어나가면 특이하고 재미있는 소설이 될 수 있겠다. 유미야. 소재를 멀리 찾으려 하지 말고 주변에서 찾도록 해라. 자신이 제일 잘 아는 이야기부터 써나가도록 하거라. 주인공도 많이 만들지 마라. 장편소설이라고 주인공이 많을 필요가 없다. 참, 미국학교에서 일어나는 이야기라면 아무래도 영어 표현이 들어가겠구나, 하지만 영어는 가급적이면 피하고 우리말로 풀이해서 쓰도록 해라. 무엇인가를 쓰는 생활을 살고 있는 딸. 살아 있음의 무게라 할까. 딸아이에게서 그것을 느낀 감동적인 밤이었다.

안정된 직업을 가지고 있는 엔지니어의 부인. 귀엽고 건강하게 자라나는 두 딸. 조용하고 깨끗한 시카고 교외에 자리 잡은 아담한 집. 보통 여자라면 이것으로 흡족해하며 살아갈 수도 있을 것이다. 하건만 아이 키우고 집안 살림 하는 게 생활의 전부라면 왜 굳이 그 비싼 돈 들여가며 유학까지 왔느냐며 두 아이 낳아놓고 야간 대학원에 다닌 아이. 그래서 선생이 되었건만 그것도 또 모자라 밤늦게까지 잠을 설치며 소설을 쓰고 있는 아이.

유미야. 내 가슴이 참으로 오랜만에 이렇게 훈훈하구나. 그래. 쓴다는 그 자체에 묵직한 무게를 두고 쓰도록 해라.

물어볼걸. 지금이라도 아버지 방에 들어가 물어볼까? 아주 좋은 기회

아닌가. 밤은 깊고 깨어 있는 사람은 아버지와 딸 단 둘뿐이다.

'아버지, 그때 그 사진 어떻게 내 캐비닛에 넣으셨어요? 어떻게 내 캐비닛 비밀번호를 아셨어요? 아버지, 침대 밑에 두고 온 내 일기장 상자는 지금 어디 있어요? 북아현동에서 불광동으로 이사가실 때 어떡하셨어요? 아버지, 아시죠? 그 안에 일본 여자 사진 도로 넣어둔 거 아시지요?'

물어볼걸.

'아버지. 미안해요. 제가 잘 간직했다가 이런 날, 이런 순간에 드려야 하는 건데, 그때는 제가 너무 어렸나 봐요. 사진을 보는 순간, 어찌나 무섭던지. 팔이 다 떨렸어요. 행여 엄마가 아시게 될까 봐 가슴이 콩알만 해졌었어요. 엄마가 만약, 아버지가 그 일본 여자 사진을 다 태워버리지 않고 하나를 간직해 두신 걸 아신다면 얼마나 배신감을 느끼시겠어요. 그게 무서웠어요. 엄마의 실망이 무서웠어요. 엄마의 그 실망이 불쌍했어요. 그래서 얼른 도로 넣어 봉해 놓고 온 거예요. 지금 와 생각해 보니 제가 가지고 올 걸 그랬어요. 아버지는 저에게 보관해 달라고 부탁하신 건데, 제가 그걸 지키지 못했어요. 생각이 짧았어요. 너무 어렸나 봐요. 그때, 제가 겨우 스물두 살이었잖아요.'

사랑하는 사람의 사진을 차마, 차마 다 태워버리지 못하고 딱 한 장을 숨겼다가 몰래 딸아이 방 캐비닛에 감춰둔 아버지. 지금도 아버지 속에 하즈예는 생생하게 살아 있을까? 살아 있을까? 그날, 유미는 유미대로, 그리고 영수는 영수대로 각기 다른 방에서 아침 햇살이 동녘 하늘을 분홍색으로 물들일 때까지 잠을 이루지 못했다.

하숙생

"여보. 요즈음 아버지가 좀 이상하셔."

북어국을 한 대접 더 떠오면서 길주가 남편 학중에게 한 말이다. 밤마다 술을 잔뜩 마시고 들어오는 남편이 미웠지만 그래도 아침이면 정성껏 북어국을 준비하는 길주다. 무남 독녀인 길주는 속이 상해도 어디가 하소연할 곳도 없다. 그래서 친정 부모에게 남편이 술 마시고 늦게 들어온다고 불평을 털어놓으면, 친정 부모는 사업하는 남자는 으레 그런 법이라며 오히려 사위 편만 든다.

"무슨 소리야?"

"요새 매일같이 둘째 언니한테 편지 보내셔."

두 사람은 고등학교 시절부터 연애를 했다. 해서 너나들이하던 말투를 형기와 인하가 생기고 나서부터 어렵게 바꿨지만 지금도 툭하면 서로 반말 투다.

"그게 뭐가 이상해? 하실 말씀이 있으니까 자주 보내시겠지."

"아냐. 아무래도 이상해. 한 달에 한 통도 쓰실까 말까 하던 편지를 요샌 맨날 쓰신단 말야. 아주 급한 편지라며 어제는 내가 우편국에 두 번이나 나갔다 왔어."

"두 번씩이나?"

그제야 학중은 숟가락을 놓고 고개를 갸우뚱했다.

"그렇다니까. 그러니까 이상하잖아? 혹시 다시 병이?"

시아버지 병환이 다시 도지는 것 같아 불안하다. 일단 그 이상야릇한 병이 도지면 평소에 그렇게나 점잖고 그렇게나 다정다감한 시아버지가 영 딴사람이 되어버린다. 그런데…… 그러지 않고서야, 어떻게 하루에 두 번씩이나 우편국 심부름을 시킬 것인가. 동부이촌동에서 충무로 입구에 있는 국제 우편국까지 다녀오자면 한 시간으로는 어림도 없다. 그걸 모르실 분이 아닌데, 뭐가 그리 급한지 당장 다녀오라고 독촉하신다.

시아버지가 미국에서 나오셨을 때는 굉장히 건강하셨다. 미국 의사에게 'A OK' 진단을 받고 돌아오니 작품에 대한 의욕도 다시 살아난다고 하실 정도였다.

"이제 붓을 꺾으련다. 전 같지 않다. 신나게 쓰고 싶은 줄거리가 없어. 억지 춘향으로 써댈 수도 없고. 기억력도 자꾸 감퇴돼 가는 것 같다."

미국에 들어가기 전 시아버지는 작품에 대해, 아니 인생 자체에 대해 완전히 지쳐버린 듯했다. 아마 그래서 더욱 미국에 오시라는 시누이 말에 솔깃하셨던 것 같다.

"미국에서 종합 진찰을 받을 때 스탬보리스 의사가 하는 말이 내 건강이 사십대 남자나 마찬가지래요. 사십대. 그러니까 이제부터 내 나이는 마흔이다. 하하하. 사십대처럼 다시 써야지."

그러다 일 년을 채 넘기지 못하고 다시 쓰러지셨다.

"난 아무래도 여기서 애들 돌봐주며 있는 게 좋지 않겠어요?"

영수가 한국으로 돌아가려 할 때 조 여사는 조심스럽게 남편의 눈치를 살펴가며 말했다. 유미네 아이들도 어리지만 다미네 아이들은 아직 손이 가야 하는 어린애들이다. 막내 은미는 아직 아이는 없지만 다미네 가까이 살고 있다. 그래저래 딸애들이 셋씩이나 미국에 있으니 좀더 애들 곁에 머물고 싶었다.

"그래. 그거 참 잘 생각했소. 크리스틴, 엘리자베스도 할머니를 그렇게 따르고, 또 유석이와 영건이가 아직 어리니까 당신이 여기 있는 게 아이들에게 도움이 되겠소."

영수는 아내 의견에 적극 찬성했다. 바쁜 미국 생활이다. 맞벌이 부부 생활을 하는 딸애들이다. 그러니 꼭 한국에 돌아가야 할 이유도 없는 입장이니 손자 손녀들 곁에 있는 게 큰 도움 아니겠는가. 뿐 아니라 영수는 사실 아내가 곁에 없는 게 한결 편했다. 아내가 꼬장꼬장 일일이 간섭을 한다든가, 신경을 피로하게 한다든가 하는 건 전혀 아니건만, 이상하게 아내가 집안에 있으면 웬일인지 편하지가 않았다.

죄가 많아서? 지은 죄가 많아서 저절로 그런 압박감이 느껴지는 것인가 보다, 라고 영수는 스스로를 진단한다.

아내 조금자에게 가진 것은 없지만 행복하게 해줄 자신이 있다고 큰소리 빵빵 쳤었다. 그러나 그 말을 이행하지 못했다. 6·25 때부터 아내는 다섯 아이들을 혼자 이리저리 끌고 다니며 생과부 노릇을 한 거나 다름없다. 그러다 동란 중에 남편은 일본으로 가고, 돌아왔을 때는 몸도 마음도 정상인이 아닌 남자였다.

미안하다는 말이 오히려 뻔뻔스러워 영수는 미안하다는 말도 입에 올리지 않는다. 미안하다는 말은 사실 굉장히 무책임한 말이다. 미안하다는 말은 자기 위로, 자기 변명밖에 되지 않는다. 정말 진심으로 미안함을 느끼는 사람은, 더 이상 미안하지 않도록 진지하게 노력이라도 해야 한다. 최선을 다 해서. 하지만 영수는 그 노력을 할 길이 막막하다. 아내 곁에 가지 못한다. 오지 말라고 아내가 막는 것도 아닌데 영수 스스로 그러지 못한다. 자나깨나 마음속에 하즈예가 들어 있으면서 아내 곁에 간다는 건, 아내를 모욕하는 것이라고 영수는 생각한다.

"그 여자, 한국에 데려올 길이 있으면 데려와 살도록 해요. 괜한 말이 아니에요. 진심이라고요. 당신에게 필요한 건 약이 아니고 그 여자입니다. 정말 난 괜찮아요. 난 아이들 데리고 살 테니, 그 여자 데리고 와 살라고요. 남들이 뭐라 하면 어때요? 당신이 언제 남들 무서워했어요? 제발 그럴 길만 있다면 그 여자 데리고 와요. 진심입니다."

영수는 안다. 아내의 그 말이 진심이라는 것을. 조금자는 그런 여자라는 것을. 영수는 아내가 그러면 그럴수록, 아내에게 미안하고 미안한 마음이 나중에는 어려움, 불편함으로 변해 갔다.

조 여사 역시, 남편과 서울로 돌아가기보다는 딸들 곁에 머물기를 원했다. 우선 이 집 저 집 다니면서 아이들 돌봐 준다는 명분도 명분이지만 남편과 한 집에 있으면 숨통이 막히는 것 같았다.

하루종일 방 안에 있는지 없는지조차 모를 정도로 좀처럼 서재에서 나오지도 않는 사람인데, 그리 신경이 쓰여졌다. 어쩌다 낭기 대신, 식사 쟁반을 들고 서재에 들어가면 그가 그렇게 불편해할 수가 없었다. 불편해할 정도가 아니라 당황해할 정도였다.

'부부란 한 이불 속에서 잠잘 때 부부라는 옛말이 하나도 틀린 말이 아니구나. 저 사람과 내가 정말 다섯씩이나 아이들을 만든 사이인가.'

때로 조 여사는 그가 식사하는 모습을 멍한 시선으로 바라보면서 이런 생각에 젖곤 했다.

"나가 봐요. 오늘은 외출 안하오?"

그는 식사하는 동안 아내가 곁에 있으면 불편한지 자꾸 나가보라고 했다.

"홍택이네 다녀오지 그래."

"어제 갔다 왔어요."

"그럼 나미네 갔다 오구려."

어쩌다 온종일 조 여사가 집에 있는 날이면 그는 자꾸 어딘가 다녀오라고 내쫓다시피 했다. 이래저래 두 사람은, 서로가 서로를 피해 주는 게 오히려 서로를 위해 주는 길이 되어버렸다. 한국에 돌아간 남편이 일 년 정도 넘기고 다시 입원했다는 소식을 듣고 조 여사는 곧 서울에 나가려 했지만 남편이 장문의 편지를 보내왔다. 제발 나올 생각 말고 미국에서 딸애들과 살라고.

영수는 아내가 미국에 눌러 살아주기를 바랐다. 그건 그녀의 노후를 우려해서였다. 영수 생각에 아내는 며느리보다 딸애와 사는 게 훨씬 편할 것 같아서였다.

아내는 하나부터 열까지 자기 가치관, 자기 기준이 뚜렷한 여자다. 그리고 자기 가치관에 대해 굉장한 자긍심을 가지고 있다. 그 가치관에 어긋나는 사람을 아내는 무의식중에 무시하는 경향이 있다. 예의가 없는 사람, 도리에 맞지 않은 사람, 심지어는 무식한 사람으로까지 취급하는 것이다.

"아무리 더운 날씨에도 여자는 절대 맨발을 남에게 보여서는 안 된다."

"화장을 짙게 하고 돌아다니는 건 천한 여자나 하는 짓이다."

"품위 있는 여성은 속살이 훤히 들여다보이는 옷을 입지 않는다."

그런 아내의 기준과 하나밖에 없는 며느리 기준이 딱 들어맞을 리가 없다.

"가정 주부가 발목에 발찌를 걸고 다니니 어째 내 눈에는 좀 그렇다.

너무 야한 거 아니니?"

아내는 며느리의 화사한 의상 색도 못마땅해하고 특히 발찌는 질색을 했다.

"엄마는, 자기 맘이지 뭐. 사람마다 취미가 다르잖아? 팔찌나 발찌나 그게 그거지. 엄만 너무 구식이야."

딸들 중에도 특히 막내인 은미가 새언니를 감싸돌았다.

"그래도 그렇지. 애 엄마가 발찌를 하고 다니다니. 아무래도 지나치잖니?"

"엄마도 참, 엄만 신식 교육 받은 사람이 왜 그렇게 구식이에요?"

"내 눈엔 예쁘기만 하네. 아, 요즘 젊은애들 유행이 당신 시대와 다른 건 당연하지."

영수 또한 무조건 며느리를 두둔했다.

"두 번씩? 우편국까지?"

"그랬다니까."

"미국에 또 가시고 싶은 건가?"

"지금은 가시고 싶어도 못 가시지. 이문호 박사님이 당분간은 아무데도 못 가신다고 했잖아?"

영수는 미국에서 영화, TV 드라마를 보면서 느낀 점이 한둘이 아니었다. 우선 속도가 빨랐다. 질질 엿가락 늘리듯 늘어지지 않는다. 억지 춘향 격으로 울리거나 웃기지 않는다. 자연스럽게 웃기고 울린다.

이제 우리나라도 신파조 드라마에서 벗어날 때가 왔다. 진지하게 인간을 파고 들어가는 글이 나와야 한다. 드라마든 연극이든 영화든 다큐멘터리든 소설 또한 깊이 있는 인간 연구가 필요하다. 무엇이든 주제 하나를 끈질기게 물고 늘어져 파고 들어가는, 그런 구상이 필요하다.

"미국 TV 드라마는 작품을 작가의 경력보다는 질(質) 위주로 선택하고 있는 것이 우리 실정과는 다름을 느꼈다. 6개월 전에 이미 제작을 해놓고 품평을 듣는 데도 놀랐다."

"우리의 TV드라마가 아직도 작가나 연기자 또 연출에 의해 제작되기보다는 제작비를 내고 있는 스폰서에 의해 제작되는 경향이다."

"국내의 TV 드라마는 무의미한 삼각연애 소동에만 그치고 있다. 극중 주인공의 아내는 대개 옛날 힘없는 여인상으로 그려지고 있다."

"눈물을 흘리게 해야 히트를 친다는 제작 태도는 버려야 할 때다."

영수는 신문이나 방송에서 인터뷰를 청할 때마다 거침없이 이런 지적을 했다.

"참 시원한 지적 하셨습니다."

토요일 동아일보에 실린 인터뷰 기사를 읽고 안수길이 제일 먼저 전화를 걸어왔다. 영수가 미국으로 들어가기 전, 「북간도」를 TV 드라마화할 때 두 사람은 거의 매일같이 전화로 안부를 묻고 작품을 의논하고 했었다. 영수는 북간도에 이어 이병주의 「관부연락선」도 TV 드라마로 각색했었다.

"아버지, 요즘 뭐 쓰고 계셔?"

"그걸 내가 어떻게 알아?"

"낭기 같으면 훤히 알 텐데, 당신 낭기만 못하구나."

학중이는 농담하듯 웃어가며 말했지만 실은 옳은 지적이었다. 식구들 중에 지금 어디에 뭐가 나가고 있는가 하는 걸 낭기처럼 정확하게 아는 사람은 없었다.

"KBS 크리스마스 특집극 「메리 크리스마스」 쓰시고, 「크리스틴 돌아오다」, 「낮과 밤이 바뀔 때」 쓰시고, 그러고는 안 쓰셨어. 이제 드라마는 그만 쓰시겠대요."

"그래?"
"응, 미국에서 구상해 오신 소설이 있다고, 장편 쓰신다고 했어. 참 그거 ≪여성동아≫에 연재하시기로 했대."
"너무 무리하시는 거 아닌가?"
"글쎄 말야. 당신이 아버님께 말씀 좀 드리라고. 어머님도 안 계시니 누가 그런 말을 하겠어? 당신, 제발 자주 아버님 방에 좀 들어가 봐."
"아, 내가 언제 짬이 있어?"
"아침에 나갈 때도 다녀옵니다, 방문 밖에서 인사하지 말고, 제발 방에 들어가 인사드리고 나가요. 아버님께서는 작품 세계가 있어 지루하지 않다, 심심하지 않다 하시지만, 생각해 보라고. 얼마나 적적하시고 갑갑하시겠어. 요새 의족이 맞지 않아 외출도 통 못하시고, 하고많은 날, 그 작은 방에서 혼자 지내시니. 어유, 멀쩡한 사람도 쌩 돌아버리겠어. 그러니 제발 일찍 들어와 아버님과 좀 지내고 하라고요. 아버님이 너무 불쌍해."
"아버지가 왜 불쌍해? 별 소리 다 하네."
"아, 아무리 창작 세계가 있다 하지만 아버님은 감옥에서 살고 있는 거나 다름없잖아. 도무지 말상대가 있어 누가 있어. 오죽하면 낭기 집에나 다녀올까 하시겠어."
"그래? 낭기 집에? 아버지가 그러셔?"
"글쎄, 오죽하면 광천에 가볼까 하시겠느냐고. 오죽 갑갑하시면."
"갑갑도 하시겠지만, 워낙 정이 들어 보고 싶으신 게야. 한번 모시고 가야겠군."
"제발 좀 그러라고. 낭기 시집 보내시고 나서 부쩍 쓸쓸해하시는 것 같아."
학중이는 아내 길주가 아버지 생각을 끔찍이 하는 게 고마웠다. 연애 시절부터 북아현동 중문 턱을 넘어서기 무섭게 아버지 방문에다 대고

"아버지 저 왔어요." 하며 인사를 해 아버지가 얼마나 좋아하셨는지 모른다. 길주는 시어머니보다 시아버지를 훨씬 더 좋아했다. 어쩐지 어머니는 어렵다고 했다.

할 일이 많다. 하고 싶은 일이 많다. 새로 시작하는 기분으로, 이제 막 시작하는 신인처럼 글을 쓰고 싶다. 신춘문예에 응모하는 그 정열로 글을 쓰고 싶다. 드디어 생활비, 학비 걱정에서 벗어났다. 이제 남은 생애를 창작 생활에 전념하겠다.

유미가 소설을 쓴단다. 뭐라 할까. 꽁꽁 얼어붙은 얼음 밑으로 졸졸, 졸졸졸, 물이 흘러가고 있는, 그런 살아 있음의 환희라 할까. 소설가의 꿈을 저버리지 않고 아직도 글을 써보며 사는 딸. 그것은 영수에게 신선한 충격이었다. 소설을 쓰는 딸에게 꼭 해주고 싶은 말이 너무너무 많다. 내 자신이 저질러온 실수를 고스란히 알려주고 싶다. 내가 저질러온 실수나 과오를 교훈 삼아 보다 좋은 작품을 썼으면 좋겠다.

사실, 영수는 유미가 문학의 길로 들어서지 말았으면 했었다. 실은 그래서 대학에 다닐 때 문학잡지나 신문 같은 곳에 작품을 응모해 보겠다고 할 때마다 지금은 그런 생각 말고 그저 읽기에 치중하라고 했던 것이다.

글을 쓴다는 작업은 고독한 작업이다. 그 고독한 작업을 업으로 삼고 살아가는 삶은 남이 상상할 수 없을 정도로 외롭다. 자신과의 싸움에서 때로 좌절하고 때로 아무도 모르게 가슴을 치며 통곡해야 하는 그 아픈 삶. 한번 시작하면 마약과 같아 끊을 수도 없는 그 고통의 길. 딸애가 아무리 문학을 좋아한다 해도 그런 길로 들어서게 하고 싶지 않았던 것이다.

한데, 이제 와 이 희열이라니! 딸애가 아직도 틈틈이 습작을 한다는 게 갑자기 몸 구석구석에 곰팡이 슬었던 검버섯 같은 살이 벗겨지고 야들야들 윤기 나는 새살이 돋아나는 듯한, 그런 느낌마저 들었다.

그런데 왠지 초조하다.

글 쓰는 데 주의해야 할 이런저런 점들을 생각나는 대로 써보내고 나면 또 금방 할 말이 생기곤 한다. 장편이라고 주인공이 많을 필요가 없다는 말을, 전번 편지에 썼던가? 하루 전, 아니 두어 시간 전에 써 보낸 편지 내용이 가물가물할 정도로 혼돈이 된다.

왜 이렇게 초조할까. 그 자식이 소설을 쓴다니, 그렇구나. 미국에 가서 엄마가 되고 학교 선생이 되고 했으면서도, 소설가 꿈은 시퍼렇게 살아 있었구나. 그 끈질긴 집념. 그 자식이 꼭 나를 닮았군. 그래. 유미야, 써라, 써라. 내가 원고지를 많이 두고 왔지. 지하실에 수북하게 쌓아 두고 왔지. 그 원고지가 다 없어지도록 써봐라. 그런데 유미야, 아버지 이름이 박혀 있는 원고지는 습작용으로만 사용하도록 해라. 정말 원고를 어디에 보낼 때는 아버지 이름이 박혀 있는 건 쓰지 마라. 김영수의 딸이라는 게 너에게 별 도움이 안 된다. 내 말 명심해라. 신문사든 잡지사든 어디에 응모하든, 김영수의 딸이라는 걸 알리지 말도록 해라. 아버지는 일본에서 돌아온 1959년 이후부터는, 주로 방송극만 써왔기 때문에 소설가 측에서도 희곡 작가 측에서도 이방인이란다. 게다가, 수입이 좋으니까 질투도 많이 받는다. 그래저래 김영수 딸이라는 게 너에게 조금도 득이 될 게 없다.

그래. 그래.

아버지도 소설을 쓰고 싶다. 미국에서 생각해 온 소재들이 서넛 된다. 그리고, 그리고 꼭 쓰고 싶은 글이 있단다. 꼭 쓰고 싶은 글이. 그런데 기운이 없다. 편지 한 장 쓰기도 힘들게 기운이 없다.

유미야, 책상 앞에 앉아 소설을 쓰는 너를 상상해 본다. 그 순간 내가 너, 네가 나. 내가 소설을 쓰고 있는 듯한 착각이 온다.

1977년 봄 들어 유미는 아버지 편지를 자주 받았다. 어떤 날에는 하루에 두 통, 세 통씩도 있었다. 내용은 주로 글 쓰기에 대한 이런저런 충고였다.

"이 즈음은 책상 앞에 앉으면 내가 소설을 쓰는 기분이 자꾸 든다. 그러나 그것은 마음뿐이고, 시야가 흐려오고 곧 피로가 와서…… 생각나는 것이 있으면 또 노랑 종이에 네가 작품 쓰는 데 참고될 말을 쓰마."

'학교 선생님 경험을 바탕으로 이민온 사람들의 이야기를 쓴다 했다. 한번 읽고 싶다. 대강의 줄거리라도 읽어보고 싶다. 내가 등장인물을 많이 등장시키지 말라는 말을 써보냈던가?'

영수는 누워 있다가 벌떡 다시 일어난다. 왜 이리 초조한지 모를 일이다. 오늘 할 말을 다 써보내지 않으면 영영 기회를 놓칠 것만 같은 이상야릇한 불안이 느껴지곤 한다.

"유미야, 절대로 단숨에 써 갈길 생각도 말고, 1년이든 2년이든 걸릴 셈 치고 쓰거라. 상상만으로 리얼한 감흥을 못 일으키는 것이니까. 글은 아무나 쓰는 것이 아니다."

영수는 거기까지 쓰고 다시 침대에 누웠다. 자꾸 머리가 아파 오래 앉아 있을 수가 없었다. 아, 한마디만 더 써 보내자. 하고 싶은 말들이 왜 이렇게 많은지 모르겠다. 미국에 있을 때 차근차근 다 이야기해 주고 오지 않은 게 후회 막심이다.

"소설을 쓰려면 인물을 잘 묘사해야 한다. 이야기에 팔려 인물 묘사가 모호해지면 실패다. 생각날 때마다 메모를 해두어라. 이 메모가 중요한 거다."

"네 편지 보면, '……' 이런 식으로 점을 많이 찍는데, 소설을 쓸 때 그런 점은 노, 노다. 전달하고자 하는 말은 석 장이 걸리든 열 장이 걸리든 확실하게 다 써야 한다. 점선으로 독자가 작가가 하고자 하는 말을 이해한다고 생각하면 오해다."

'인생은 나그네 길 / 어디서 왔다가 어디로 가는가'

영수는 카세트 테이프를 틀었다. 최희준의 「하숙생」은 언제 들어도 좋다. '인생이 나그네 길'이라는 말, '정(情)도 미련도 두지 말자'는 말. 이보다 더 기막힌 시(詩)가 없다.

침대에 누웠다. 소설을 쓸 때 가급적이면 영어는 피하라는 말을 했던가? 왜 이렇게 기억이 안 나지?

초조하다. 몹시 초조하다. 왜일까. 안수길 형이 떠난 탓일까. 하루가 멀다 하고 통화를 하던 친구건만 그의 장례에도 참석하지 못했다. 살아 있어도 나다니지 못하는, 감옥 아닌 감옥 생활이다. 어서 다리가 왔으면 좋겠다. 미국에서 해온 셀룰로이드 의족은 아깝지만 이제는 사용할 수 없게 되었다. 살이 워낙 쪽 빠져 나무로 다시 맞췄다. 나미가 의족제작소 사람을 집에까지 데리고 와 맞춰주었다. 20일만 있으면 새 의족이 온다. 20일, 후딱 지나가겠지. 여태껏도 기다렸으니까.

기다림. 기다릴 수 있는 대상이 있다는 그 자체가 행복이다. 마냥 기다리기만 하면 된다는 그 기대감, 그게 살아 있다는 즐거움이다. 이제 나는 의족을 기다린다. 기다리고 기다리면 만나볼 수 있다는, 그런 기대를 가질 수 없는 하즈에. 이 하늘 아래 어디엔가 살아 있다는, 아아, 그것만이라도 알았으면, 그것만이라도.

그러나 이승의 인연은 바닷가에서 헤어지던 그날 끝난 것이다. 아무 연락을 말고 살아야 한다. 하즈에를 위하는 길은 오직 그것뿐이다.

'하즈에.

잘 살고 있겠지. 나도 잘 지내고 있다. 지금도 나는 너를 사랑한다. 눈을 뜨는 순간부터 눈을 감는 순간까지 잠시도 너를 잊지 않고 살아가고 있다. 우리는 언젠가 어디선가 우연이라도 만날 수 있다는, 그런 꿈조차 가질 수 없는 사이구나. 하지만 이승의 인연이 여기서 끝났다 해도 어찌 너와 나의 사이가 끝일 수 있겠니. 언제고 어디선가 우리 다시 태어나 만난다면 그때는 헤어지지 말자. 그때는 살아도 함께 살고 죽어도 함께 죽자. 사랑한다. 잘 살아다오. 잘 살아다오.'

이런 말을 끄적여본다. 무엇이든 다 적어놓고 싶다. 장미 냄새 같기도 하고, 백합 냄새 같기도 한 하즈에 향기도 고스란히 글로 표현하고 싶은데, 아무리 써봐도 성에 차지 않는다.

결혼했겠지. 아이는 몇일까. 분명 아이를 많이 낳았을 것이다. 언젠가 그런 말을 한 적이 있다. 형제가 많이많이 있었으면 좋겠다고. 혼자는 너무 외롭다고. 아아, 세상이 그녀에게 따스하게 대해 주었으면. 세상이 그녀를 슬프게도 하지 말고 힘들게도 하지 말았으면. 오직 기쁜 일들만 생기는 삶이었으면. 그녀 삶에 기쁘고 행복한 일들만 함박눈처럼 푸근하게 쏟아졌으면.

아아. 하즈에. 사람이 자기 자신 아닌 다른 사람을 이렇게나 아프도록 사랑할 수 있다니. 이렇게나 간절하게 그리워할 수 있다니!

그러나 하즈에. 이 세상에 태어나 너를 만났다는 게 나의 행운이었다. 너의 사랑을 듬뿍 받았다는 게 나에게는 너무나도 과분한 행복이었다.

"유미야.

원고지가 두 장이 걸리든 석 장이 걸리든 네가 쓰고 싶은 말을 충분히, 완전히 표현해야 한다. 그리고 그 속에 철학 즉 주제가 흘러야 한다. 그리고 무엇보다도 재미가 있어야 하고, 내가 과거에 실패한 작품들은 철학보다 재미에 치중했기 때문이다. 재미도 있어야 하고 주제도 있어야 하고, 그러면 되는 것이다. 다음이 문장력이다. 문장력이란 글을 써나가는 매력이다."

"원고지는 바둑판 식으로 한 장을 만들어 도서관에 가서 기계에 넣고 돌려라. 아니 바둑판 식으로 그릴 것도 없다. 내가 사 보내마. 내가 의족이 오면 나가서 원고지를 사 보내마."

오늘은 그만 쓰자. 너무 어지럽다. 영수는 침대에 누워 1939년에 발간된 「소복」 책, 후기를 읽기 시작했다.

「소복」에서, 혹은 「생리」에서, 그 어떠한 비약을 제시하지 못하고, 아니 비약은커녕, 거기서나마 좀더 깊이 들어가 숨은 인간을 발굴해 내지 못하고, 그냥 시대의 조류에 밀려 내려오다가 이제 뒤늦게 이 조그만 책을 상봉하게 되니 책을 갖게 되는 기쁨보다도, 거듭 내 자신의 걸어온 길이 돌이켜 보아져서 부끄럽고 괴롭습니다. 허나, 아직도 나는, 좋은 작품을 써야지 하는 기원(祈願)만은 잃지 않고 있습니다.

기원.

아마도 나는 사는 날까지 이 그지없는 기원 속에서 살고, 이 기원 속에서 그냥 쓰러질 것 같습니다. 이 불같이 타오르는 기원은 또한 나에게는 끊임없는 정열일지도 모릅니다.

이것 때문에 나는 아직도 문학을 단념 못하고, 붓을 잡고 있는지도 모르겠습니다.

그래. 아직도 나는 부끄럽다. 아직도 나는 괴롭다. 이 괴로움을 벗어날 수 있도록 작품을 써야 한다. 이제부터 정말 작품다운 작품을 써야 한다. '하즈에'를 써야 한다. 나는 그걸 꼭 써야 한다. 우리의 슬픈 사랑을. 우리의 생이별을. 한데, 기운이 없다. 편지 한 장 쓰기도 힘들 정도로 팔이 떨린다. 오늘따라 왜 이렇게 머리가 띵할까.

유미한테 원고지를 보내줘야 하는데. 어서 내가 일어나 원고지를 사러 나가야 하는데. 도대체 얘가 어느 만큼 썼을까. 첫 부분이라도 읽어보고 싶다. 첫 부분만이라도 보내달라 할까? 아아, 유미가 소설을 쓴다니! 읽어보고 싶다. 한 꼭지라도 읽어보고 싶다.

그래. 써라. 초조해하지 말고 1년이 걸리든 10년이 걸리든 차근차근

써나가라. 나는 이제 기운이 너무 없다. 기운이 너무 없어 원고지 단 한 장도 쓰지 못하겠구나. 마음일 뿐 오직 마음일 뿐. 그러나 마음이 평온하다. 이제 더 이상 초조하지 않다. 이상할 정도로 평온하다. 행복하다. 그래. 내 자식이 글을 쓰니까. 네가 쓰니까.

써라, 써라. 성공한 작가니, 베스트셀러니, 그런 건 아무 상관 없다. 그저 쓴다는 그 자체에 묵직한 의미를 두고 진지하게 써라. 그게 값진 거다.

하즈예, 아아, 하즈예.

여기 어떻게? 여기가 어디지?

노란 꽃이 끝도 없이 피어 있는 들판이었다. 유채꽃인 듯 싶었다. 그 꽃밭 한가운데 하즈예가 서서 손짓을 했다. 잔잔한 미소를 머금고 어서 오라고, 어서 이리로 오라고 손짓을 하고 있었다.

"아아. 하즈예."

> 인생은 나그네 길, 어디서 왔다가 어디로 가는가.
> 구름이 흘러가듯 맴돌며 가는 곳에
> 정일랑 두지 말자, 미련일랑 두지 말자.

시아버지 방에서 최희준의 「하숙생」이 계속 흘러나왔다.

'저 노래가 저렇게 좋으신가'

길주는 식사하시라고 시아버지 방문을 노크할까 하다가 조금 더 기다리기로 했다. 시아버지는 좋아하는 노래가 있으면 어린애처럼 그것만 테이프 앞뒤로 녹음해 놓고, 온종일 들으신다. 한때는 '헤일 수 없이 수많은 밤을 / 이 가슴 도려내는 아픔에 겨워 / 얼마나 울었던가 동백아가씨'가 매일같이 돌아갔었다.

"아버지, 진지 잡수시겠어요? 지금?"

얼마 후 길주는 시아버지 방을 조심스레 노크했다. 반응이 없었다. 문을 반쯤 열고 들여다보았다. 시아버지는 꿈은 꾸시는지 얼굴에 미소를 머금은 채 침대에 모로 누워 주무시고 계셨다. 길주는 소리나지 않도록 조심조심 방문을 닫았다. 시아버지는 주로 밤에 집필하시고 낮에는 독서하시거나 주무시거나 한다.

"자는 게 아니다. 생각하는 거다."

시아버지는 늘 그렇게 말씀하신다. 눈을 감고 있다고 사람이 잔다고 생각하면 오해라고. 눈을 뜨고 있어도 잠을 잘 수 있고, 눈을 감고 있어도 깨어 있을 수 있다고. 마찬가지로 사람의 형상이 눈에 보이지 않아도 환히 볼 수 있다는 애매한 말도 하신다. 말이 되는 것도 같고 영 안 되는 것 같은 요상한 말씀을 하실 때는 '우리 아버님은 글 쓰시는 분'이니까. 이게 길주의 결론이다.

'아직도 주무시나? 오늘은 참 많이 주무시네.'

한 시간쯤 지났을까. 길주가 다시 시아버지 방을 노크했다. 「하숙생」은 여전히 돌아가고 있었다. 미국에서 가지고 오신 녹음기는 자동으로 되감겨 돌아가고 또 돌아가고 했다.

"아버지, 이제 그만 주무시고 식사하셔요."

길주가 다시 시아버지 방문을 열었을 때, 시아버지는 아까 한 시간 전의 그 모습 그 자세 그대로였다. 노래를 즐기고 계신 듯한 모습, 미소가 얼굴에 번져 있었다.

"세상에 잘 걷지 못하는 사람이 뭐 나뿐이겠니? 마음대로 가고 싶은 데를 못 가니 답답은 하지만, 역시 숙명적으로 알고 있다. 살이 말라서 다리가 잘 맞지 않아 양말을 둘씩 껴 신고 있다, 다니지도 않지만…… 이런 때마다 나는 시베리아에서 감방 생활 하던 때의 솔제니친을 생각한다."

"어서 의족이 되어 걸어다녔으면 좋겠다. 답답하고 어떤 땐 미칠 것만 같다. 그러나 나는 여태껏 참아왔으니까, 더 참을 수 있다."

"여태껏 참아왔으니까 더 참을 수 있다."

1977년 4월 13일, 이것이 김영수가 둘째 딸, 유미에게 보낸 마지막 편지였다.

서민과 함께 오시어
그들과 함께 사시며
「소복」
「혈맥」
「박 서방」
……
그들의 웃음 울음
삭이고 삼키시며
쓰시다
쓰시다
가신 이여……

——유호, 「김영수 묘비문」

에필로그 — 광천 기행

충청도 광천, 바닷가 앞, 사호리 마을. 거기, 낭기 집에 아버지 김영수의 흔적이, 숨결이 가장 많이 남아 있었습니다. 우리 집에 와 한 식구가 되어 살기 시작하면서, 아버지의 오른팔 역할을 했던 낭기. 고백하거니와 저를 비롯한 그 어느 자식도 낭기처럼 아버지께 효도를 한 자식이 없습니다. 아버지의 식사 담당은 어머니보다 낭기의 몫이었습니다. 식사뿐 아니라 시간 맞춰 약을 챙겨드리는 일 등등, 하나부터 열까지 낭기의 정성은 지극했습니다.

낭기 이야기를 하려면 아버지가 앓으시던 무서운 병, '갑상선기능항진증'을 이야기하지 않을 수 없습니다. 아마 집에 자주 드나들던 분들은 아버지께서 가끔 아주 괴팍한 사람으로 돌변하시던 모습을 보고 의아해했을 것입니다.

그랬습니다. 아버지는 그 무서운 병 때문에 가끔씩 미친 사람마냥 아주 이상해지시곤 했습니다. 그래서 더더욱 외할아버지와 단절하고 살다시피 하셨던 것입니다. 어떤 사람들은 "김영수는 후배나 제자 양성에 전혀 신경을 쓰지 않았다."며 굉장히 이기적인 사람이라 비난하기도 하지만 그건 속사정을 몰라서 하는 말입니다. 그 병의 증세가 언제 어떻게 도발할지 모르기 때문에 사람을 그토록 좋아하면서도, 사람을 그렇게 그리워하면서도, 외출하셔서도 일이 끝나기 무섭게 금세 집으로 돌아오셔야 했습니다.

그 병이 도지기 시작하면 그는 목발, 지팡이 같은 것을 마구 내던지시기까지 했습니다. 그럴 때마다, 그리고 심지어 대소변을 받아내는 일까지, 아버지를 지극 정성으로 보살핀 사람은 낭기였습니다.

삐거덕 소리가 날 정도로 낡은 아버지의 침대가 낭기 집에 있었습니다. 작은 방 안을 침대가 다 차지하고 있었습니다. 아버지 손때가 묻어 있는 책 몇 권도 낭기 집 책장 속에 소중하게 들어앉아 있었습니다. 아버지의 편지 다발도 낭기에게 있었습니다.

"언니, 이거 볼래요?"

'아, 아버지의 편지를 보물처럼 간직하고 있는 사람이 나 말고도 또 있었구나.'

장롱 속에서 보자기를 들고 나와 펼치는 순간, 눈에 익은 아버지 글씨. 낭기의 삶 속에 아버지께서 살아 계셨습니다. 낭기는 그 마을 부녀회장으로 동네 여성들에게 청결함을 가르치며 살았습니다. 말로 가르치는 게 아니라 행동으로 가르쳤습니다. 화장실 문에는 "손을 씻을 것"이라고 쓰인 큼직한 종이가 붙어 있었습니다. 아버지는 규칙 사항 같은 것을 그렇게 큼직한 종이에 써서 붙여놓곤 하셨습니다.

소, 돼지, 닭을 기르며 밭농사를 하는 낭기 내외는 새벽같이 일어나 갯벌에 나가 바지락을 캤습니다. 갯벌에 따라나선 나에게 낭기는 무릎까지 올라오는 고무장화를 주었는데 한 짝은 빨간색, 또 한 짝은 파란색이었습니다. 생활의 검소함마저 아버지를 그대로 닮았습니다.

버스도 다니지 않는 꼬불꼬불 산길. 그 당시에는 포장도 되어 있지 않은 그 시골길을 아버지께서 쓰시던 책이며 식기 등을 목이 휘어져라 머리에 일 수 있는 만큼 이고 걸었다 합니다. 낡은 침대며 아버지의 땀 냄새가 흠뻑 배어 있는 매트리스. 자식들은 고물이라고 미련 없이 버릴 그 물건들을, 달구지에 실어 옮겼다 합니다.

낭기뿐입니다. 딸자식들은 다 기러기처럼 훨훨 날아가 살고 있지만, 광천에 사는 낭기는 해마다 아버지 기일이면 아버지께서 좋아하시던 음식을 마련해 바리바리 이고 지고 서울로 올라옵니다.

사호리에 두번째 찾아갔을 때 그 부부는 막 캐온 굴을 마당 한복판에 잔뜩 싸놓고 껍질을 까고 있었습니다. 뾰족한 연장을 껍질 사이에 넣고 망치로 깨트리는 데, 옆에서 보기만 해도 망치가 꼭 손을 내리칠 것만 같아 아슬아슬했습니다. 두 사람의 손도 굴 껍질만큼이나 울퉁불퉁 투박했습니다. 대학에 보낸 두 아들 학비를 위해 부부는 농사일 말고도 눈코 뜰 새 없이 바쁘게 살고 있지만 두 사람은 참 행복해 보였습니다.

아버지.

"새로 만든 의족이 잘 맞아서 걸을 수 있다면 낭기 집에 꼭 한번 가보고 싶다." 하셨던 아버지.

낭기가 착하고 성실하게 살아가고 있습니다. 코피가 터질 정도로 일을 하면서도, 바닷가에 나가 쓰레기를 주워 모아 태우겠지요. 도시 사람들이 놀러와 어지럽히고 간 바닷가를 그렇게 깨끗하게 가꾸며 살아가겠지요. 유식하다는 사람들, 말과 행동이 전혀 다른 문화인들이라는 사람들이 수두룩한 이 세상에 낭기야말로 행동으로 모범을 보이는 숨은 천사였습니다. 마을 이장이 그러더군요. 이 마을에 낭기가 없으면 절대 안 된다고. 낭기야말로 마을의 정신적 지도자라고요.

"언니, 언니가 필요한 거 있으면 뭐든 가져가유. 아버지 편지랑 뭐든 언니가 가지고 싶으면 다 가져가유."

감자를 삶아 내오면서 무엇이든 다, 다 가져가라는 낭기. 그 또한 아버지의 모습이었습니다. 아버지는 당신이 좋아하는 사람에게는 간이라도 내줄 듯, 다정다감한 분이셨습니다.

"아니, 아니다. 다 네 거야. 그 누가 달라 해도 절대 주지 마. 아무것도 내주지 마. 다 네 거니까. 난, 아버지 생각이 간절할 때 너 보러 올게. 지금 이 순간에도 아버지가 어디선가 불쑥 나타나실 것만 같구나."

광천, 사호리 갯마을
낭기 집에 아버지가 계신 듯했습니다.

낭기야.
고맙다.

작가의 말

"대중을 외면한 예술은 죽은 거나 다름없습니다. 예술은 소수의 엘리트를 만족시키기보다 다수의 대중을 참여시키기가 훨씬 더 어렵습니다."

2002년 여름 어느 날, 우연히 신문에서 프랑스 작가 베르나르 베르베르의 인터뷰 기사를 읽는 순간, 아버지의 음성이 들리는 듯했습니다.

"문학은 절대로 소수의 지식인을 위한 게 아니다. 한글을 깨우친 사람이면 누구나 읽고 즐길 수 있어야 한다."

"문학에는 스승이 따로 있는 게 아니다. 사람들의 삶 속으로 들어가 함께 웃고 울며 스스로 배우는 것이다."

"문학인은 특권층이 아니다. 문학인이 특권 의식을 가질 때 그 문학은 가짜가 되기 쉽다."

돌아가시기 며칠 전까지 습작을 하고 있는 딸자식에게 간곡한 문학 강의를 편지로 써 보내시던 아버지, 김영수.

순수문학, 대중문학, 계몽문학, 또는 자유문학파, 현대문학파, 심지어는 서울파, 부산파, 대구파 해가며 이 작은 땅덩어리에서 서로를 경원시하던 문단 풍토를 거부했던 김영수. 소설이면 소설, 희곡이면 희곡, 한 가지 장르만을 써야 하는 고정관념이 지배하던 시절에, 소설과 희곡뿐 아니라 드라마, 시나리오, 뮤지컬까지 넘나들며 글을 쓴 김영수. 문학인, 예술인들의 정치 참여를 못마땅하게 여겨 자유당 시절 "문화인 등록제"를 반대했던 김영수. 그리하여 항상 외톨이였던 김영수.

시대를 조금 앞서 살았기에 무척 외로웠던 작가의 일생을 가능한 한 객관적으로 담아내고 싶었습니다. 그러나 아버지 이야기를 딸자식이 객관적으로 담아낸다는 것 자체가 얼마나 모순인가를 글을 쓰는 과정에서 절실하게 느꼈습니다.

"못하겠다. 도저히 딸자식이 할 일이 아니다. 누군가가 해주었으면……."

그러나 문학적으로도 인간적으로도 고독하게 살다 간 그분의 발자취를 더듬어 정리할 사람이 세상에 아무도 없다는 것을 알기에, 포기했다가 시작하기를 여러 번 반복하면서 지낸 십여 년……. 기억나는 대로, 들은 대로, 느낀 대로 그리고는 상상으로 담아냈습니다.

왜? 무엇 때문에 아버지, 김영수의 이야기를 꼭 써야 하는가? 꼭 쓰고 싶은가? 그 답은 이 두 권의 책 속에 들어 있습니다.

아버지를 위대한 작가로 과장하거나 미화할 의도는 추호도 없었습니다. 단지 알리고 싶었습니다. 왜 그가 그 많은 글을 쓰고도 문단에서 거의 잊혀진 존재가 되어 있는지, 왜 그가 늘 이방인처럼 그토록 처절하리만큼 고독했는지를.

그렇습니다. 그는 불우한 시대를 살다 간 작가입니다. 1940년대는 참으로 명암이 교차되는 암울한 시대였습니다. 일제 말기의 절망적인 시대상, 해방을 전후로 한 이념적 갈등과 혼란. 그리고 6·25 등등, 그야말로 한꺼번에 수많은 난제들이 쇄도해 요동치는 혼돈의 시대였습니다.

그는 일제 하에서 한국 신문이 폐간당하기 바로 직전에 신춘문예로 등단한 작가입니다. 글을 쓰고 싶은 열정은 불길 같은 데 발표할 지면이 없었고, 생계를 위해 제약사 광고 사원으로, 영화사 홍보 사원으로 전전긍긍해야 했던 작가입니다.

해방이 되어 '이제부터 쓰리라. 쓰고 싶은 글을 쓰리라.' 하고 정열을 쏟아 붓기 시작한 지 겨우 5년. 6·25가 발발하자 그는 국방부의 명령으로 동경에 있는 유엔사령부 방송국에 작가 겸 연출가로 파견되어 8년 동안 근무해야 했습니다.

그가 한국에 돌아왔을 때, 그는 이미 여기에도 저기에도 속하지 않는, 속할 수 없는 이방인 같은 존재였습니다. 파벌과 배타성이 강한 한국 문단이 오랫동안 외국물을 먹고 온 사람을 달갑게 생각할 리 없었습니다.

다행히, 그가 돌아온 1960년 초반, 한국은 라디오 드라마의 전성기였고, 곧이어 텔레비전 드라마 시대가 열리면서 그는 드라마를 무섭게 써 나가기 시작했습니다. 그 시절을 산 사람이라면 아마도 '김영수 작, 이보라 연출'이라는 표현이 귀에 익숙할 것입니다.

그는 분명 시대를 조금 앞질러 산 사람입니다. 1940년 당시, 그 자신도 몇 안 되는 동경 유학생 출신이지만, 번안극만을 선호하던 다른 지식인들과는 달리 우리 고유의 창작극을 고집한 분입니다. 아무리 유치하고 저속할지라도, 창작극을 발전시켜야 언젠가 이 땅에 연극이 진정한 예술로 자리 잡는다는 꿈을 외롭게 고집한 분입니다.

신춘문예로 막 문단에 발을 들여놓은 지 일 년도 채 안 된 신인이 겁도 없이, "등단이라는 등용문을 때려 부숴야 한다.", "남의 글을 끝까지 읽지도 않고 평하는 평론가들은 화전민 부락으로 보내자."라고 외친 분입니다. "동경 한복판 서점에는 김일성 전집이 쌓여 있는데 우리 문단은 부산파, 대구파 싸우고 있는가."라며 문단의 파벌을 한탄하셨던 분입니다. "신인을 두려워 말라. 그들이야말로 우리 문단의 활화산이다."

라며 신인을 두려워하는 기성작가들에게 일침을 놓은 분입니다. 하여 "안하무인", "유아독존", "독불장군" 소리를 들어가며 그는 늘 외톨이였습니다. 늘 고독했습니다.

그의 진정한 벗은 글 속에 등장하는 사람들이었습니다.

"오늘은 왠지, 내가 뜻있게 인생을 산 듯 한 착각과 보람마저 느끼게 한 날이었다." 딸자식이 소설가가 되겠다는 꿈을 버리지 않고 식구들이 다 잠든 밤에 몰래 도둑질하듯 습작하고 있는 모습을 발견하고 그렇게나 감개무량해하셨던 아버지. "나는 남편으로서도 실패작이고, 작가로서도 실패작이지만 아버지로서는 실패작이 아니지?" 30여 년 전, 한밤중에 부엌에 앉아 원고지와 씨름하고 있는 딸에게 하시던 말씀입니다. 그 후부터 아버지에게 실패작이 아닌 자식으로 살고 싶다는 게 내 삶의 지표가 되었습니다.

이 이야기를 중단하고 'You-Me English' 영어 교재를 쓸 때, 화를 내다시피 해가면서 소설을 계속하라고, 사명감을 가지고 계속하라고 다그치며 용기를 주신 김문수 선생님께 말로 다 할 수 없는 감사를 드립니다.

내가 너무 어려서 기억하지 못하는 시절의 이야기를 꼼꼼하게 열 장, 스무 장씩 적어 보내주고, 고서점을 뒤져 '김영수' 이름 석 자가 들어 있는 책이면 뭐든 구해 보내주던 종철 오빠, 고 추석양 선생님께 감사를 드립니다. 종철 오빠가 이 책을 보지 못하고 세상을 떠나셨다는 게 참으로 가슴 아픕니다.

"대한민국에는 네 아버지 따라갈 정열가나 정력가가 없다. 다리만 성했다면 문학계고 영화계고 방송계고 휩쓸었을 게다." 아버지 비문을 쓰신 유호 아저씨.

"아버지는 우리 시대 마지막 로맨티스트였다. 아버지 이야기를 쓰지 않고 뭘 쓰고 있느냐."며 나에게 '아버지 글'을 쓰도록 불을 당겨주신 신상옥 감독님.

"참 인자한 분이지만 연습장에서는 호랑이 같은 분이셨다." 방송국 시절의 이야기를 들려주시며 이 글을 쓰는 동안 내내 사랑으로 격려해 주신 박현숙 선생님.

"내가 정말 좋아한 분이셨다."며 아버지와의 일화들을 들려주신 최창봉 전 문화방송 사장님.

김영수를 사랑하고 또 김영수에게 사랑을 많이 받은 이상만, 이혜경 선생님 부부.

"참으로 정열적인 선생님이셨다." 한국 초창기 연극사를 정답게 들려주시던 황정순 선생님.

"연극인들이 참으로 가난하던 시절, 김영수 선생님의 덕을 보지 않은 배우들이 거의 없었다."며 젊은 시절의 아버지를 이야기 해주시던 김동원 선생님.

대한민국 수립 50주년 기념으로 아버지의 「혈맥」을 첫 무대에 올리신 임영웅 선생님.

유엔군 방송국 시절 이야기를 들려주신 위진록 선생님.

용인에 있는 아버지 묘를 같이 찾아갔었던 전세권 선생님.

고서점에서도 구하기 어려운 「소복」 원본을 선뜻 미국으로까지 보내주신 최기인 선생님.

자료를 찾는 데 도움을 준 인보길 사장님.

감사드려야 할 분들을 일일이 열거하자면 끝도 없습니다.

김동리, 서정주 선생님을 비롯해 고인이 되신 분들의 말씀을 녹음하지 못한 게 참으로 아쉽고 안타깝습니다.

"젊었을 때는 아버지하고 참 친했다." (김동리 선생님)

"성격이 급해요. 아주 급해. 하지만 호인이지, 그 입에서 남의 말 나쁘게 하는 거 들어보질 못했어요." (서정주 선생님)

"저 자식, 죽지도 않고 속을 썩인다."며 북아현동 집 마당에 선 채 희죽 웃으시던 박영준 선생님 모습도 잊혀지지 않는 명화의 한 장면처럼 눈에 선합니다.

"감사합니다."라는 말이 무색할 정도로 고마운 사람이 또 있습니다. 글을 쓴답시고 툭하면 방구석에 처박혀 있는 아내를 묵묵히 돌봐준 남편 안영기에게 감사드립니다.

사랑하는 나의 아버지, 김영수에게 감사를 드립니다. '아버지 이야기'를 쓸 수 있는 그런 아버지를 가진 저는 이 세상에 너무나도 행복한 사람입니다.

이 글을 세상에 탄생시켜 김영수를 재조명해 주신 민음사 박맹호 사장님과 여러분께 깊은 감사를 드립니다.

2002년 가을

김유미

작가 김영수 2

1판 1쇄 펴냄 2002년 10월 5일
1판 2쇄 펴냄 2002년 11월 1일

지은이 김유미
펴낸이 박맹호
펴낸곳 (주)민음사

출판등록 1966. 5. 19. (제16-490호)
서울 강남구 신사동 506 강남출판문화센터 5층 (135-887)
대표전화 515-2000 / 팩시밀리 515-2007
www.minumsa.com

값 8,500원

ISBN 89-374-8002-6 04810
89-374-8000-x (세트)